이세계 미궁의 최심부로 향하자 14

he deepest part of the different world labyrinth

와리나이 타리사 지음 우카이 사키 일러스트
박용국 옮김

내 시선을 견디지 못하고,
라스티아라는 약간 고개를 돌렸다.

엿을 보니, 라스티아라도
나와 마찬가지로 뺨이 붉게 물들어 있었다.
"이, 이쪽을 너무 빤히 쳐다보지는 마……."

나는 그 두 사람의 정체를 잘 알고 있었다.
모를 리가 없었다.

『아이카와 카나미』와
『티아라 후즈야즈』

이세계 미궁의 최심부로 향하자 14

와리나이 타리사 지음 | 우카이 사키 일러스트 | 박용국 옮김

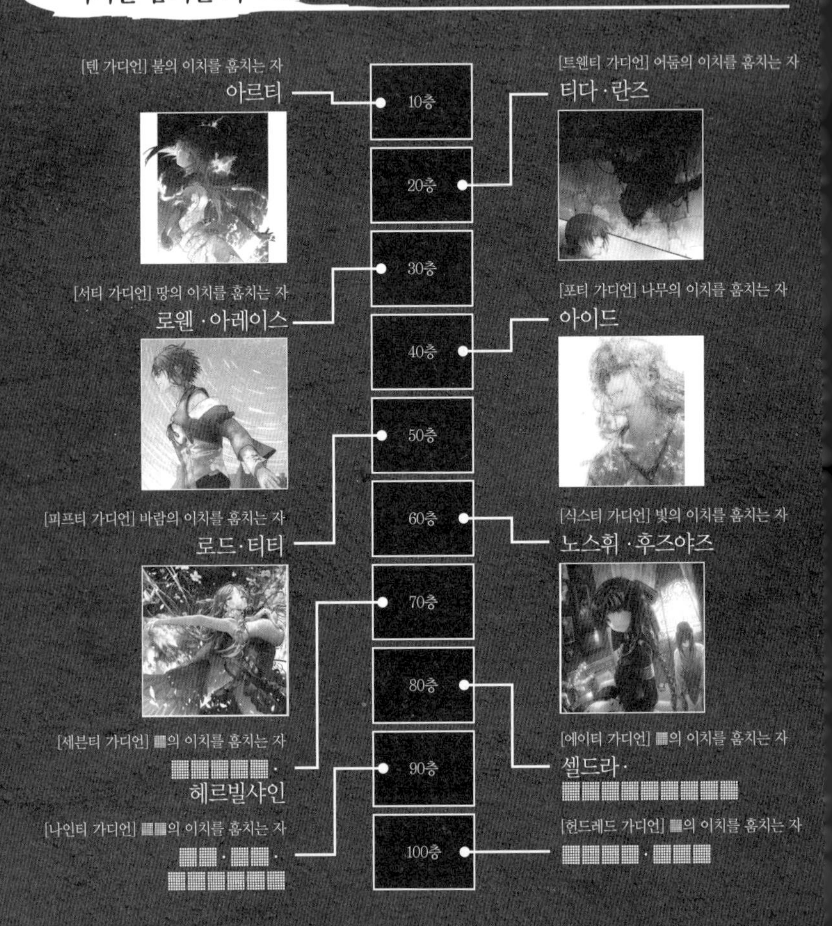

▶지금까지 이야기

갑자기 이세계에 소환된 아이카와 카나미. 게임 같은 이세계에서, 『어떤 소원이든 이루어준다』고 알려진 미궁의 최심부를 향하게 된다. 비아이시아에서의 승부를 마무리 지은 카나미는, 티티와 아이드 남매의 최후를 지켜보고, 디아와 히타키를 되찾았다. 그러나 한숨을 돌린 것도 잠시, 카나미에게 배달된 편지에 적혀 있던 것은 『구원』 요청이었다…….

등장인물소개

라스티아라 후즈야즈

성인 티아라의 재탄생을 위해 마련된 주얼 크루스.

아이카와 카나미

이세계에 소환된 소년. 차원마법을 즐겨 사용한다.

스노우 워커

모든 일에 무기력한 드래고뉴트였지만, 최근 들어 약간 적극적.

마리아 디스트러스

카나미의 노예. 집을 불사른 소녀. 아르티와 융합해서 힘을 얻었다.

디아

마법이 주특기인 소녀. 시스의 혼과 분리되어, 자신을 되찾았다.

세라 레이디언트

라스티아라에게 충성을 맹세한 파란 늑대 수인. 남성을 껄끄럽게 여긴다.

라이너 헤르빌샤인

자기희생 정신이 강한 소년. 카나미의 기사로서 함께한다.

그림 림 리퍼

저주에서 풀려난 『사신』. 카나미의 힐링 요소.

펠린크론 레거시

셀레스티얼 나이츠. 카나미를 갖가지 책략에 빠뜨렸지만, 패배를 당했다.

성인 티아라

재탄생의 기회가 있었으나, 현대의 젊은이들에게 힘을 맡기고 사라진 성인.

라그네 카이크오라

셀레스티얼 나이츠의 일원. 무투대회 때 마석에 대해 심상치 않은 집착을 보였다.

C O N T E N T S

1. 파티 재결성

“우, 우우……. 으에엥, 으에에에에엥…….”

훌쩍이는 소리가 방 안에 메아리쳤다.

장식 없는 수수한 방 안에 다섯 명의 남녀가 있었다.

우선 중앙에 울고 있는 드래고뉴트(용인, 龍人) 스노우. 그 뒤에 놓여있는 테이블 앞에는 디아, 그리고 잠들어 있는 히타키가 나란히 앉아있었다. 나와 라스티아라는 그런 스노우 앞에 어쩔 줄 몰라 하는 표정으로 서 있었다. 지금 우리는 애선『리빙 레전드호』의 한 선실에 모여서, 11번 십자로에서 있었던『고백』에 대한 청산 작업을 하는 중이었다.

선실 창밖으로 보이는 풍경은, 밤바다. 선실은 파도 때문에 가볍게 흔들리고 있었다.

굳이 ≪디멘션≫까지 쓰지 않더라도, 주위 10킬로미터 이내에는 아무도 없음을 알 수 있었다.

아까부터 내 머릿속에는 줄곧 스킬『감응』의 경고음이 울려 퍼지고 있었다. 1년 전 기억을 떠올리게 만드는 그리운 감각이었다. 우연하게도, 그때와 같은 시간대, 같은 장소에서 같은 문제에 직면해 있는 것이다. 한바탕 소동을 넘기고 나면,『리빙 레전드호』안에서 나는 또다시 위통에 시달리게 되리라.

지금 직면한 문제는, 울고 있는 스노우만이 아니었다.

훌쩍이고 있는 스노우 뒤에서, 디아는 찻잔을 입에 가져가 홀짝이고 있다.

그것은 일행의 마음을 안정시키기 위해 준비해 둔 차였는데——.

"어, 어라? 이상하네……?"

디아가 들고 있던 컵이 쨍그랑 깨져 나가고, 디아가 어리둥절한 얼굴로 고개를 갸우뚱거렸다.

"아, 컵이……. 미안, 카나미. 왜 이러지? 이상하게 힘이 들어가네. 어라, 또——"

디아는 다른 잔으로 차를 마시려 시도했지만, 그 잔도 깨져서 내용물이 흘러나왔다. 쨍그랑쨍그랑 맑은소리와 함께, 내가 일동의 기분을 가라앉히기 위해 준비해 두었던 티세트는 전멸에 가까워져 갔다.

디아도 악의가 있어서 그런 게 아니라는 건 알고 있었다. 무의식중에 너무 힘이 들어간 것뿐이리라. 다만, 무의식중에 벌인 일이라는 점이 오히려 더 무서웠다. 그뿐만이 아니라, 어째선지 디아 옆에서도 기묘한 압박감이 느껴졌다. 눈을 감은 채 꼼짝도 하지 않는 여동생, 히타키에게서 흘러나오는 기운이었다.

여동생의 눈치를 볼 이유 따위는 전혀 없으련만, 조용히 앉아있는 히타키에게서 냉기가 뿜어져 나오는 것 같은 느낌이 들었다.

식은땀이 흐른다. 다리가 덜덜 떨린다. ……하지만, 이제

다시는 도망치지 않을 것이다.

1년 전에 했던 것처럼 문제를 뒤로 미룰 생각은 없었다. 더는 그럴 필요가 없는 것이다.

최대의 숙적이었던 팰린크론은 사라졌다. 감정에 뚜껑을 덮고 있었던 스킬『???』도 없다. 여동생인 히타키도 되찾았다. 무엇보다, 나는 일생일대의『고백』을 했다.

자신이 좋아하는 사람이 누구인지를 선택하고, 죽어도 그 길을 단념하지 않겠다고 다짐했다.

1년 전에는 하지 못했던 일을 비로소 해낸 것이다.

후즈야즈국 11번 십자로에서, 수많은 사람이 지켜보는 가운데 맹세했다.

다만, 본격적으로 이야기를 시작하기 전에, 우선 이『리빙 레전드호』의 선실에 이르기까지의 흐름을 재확인해 보고자 한다. 스킬『감응』이 울리는 죽음의 경고를 헛되이 하지 않기 위해서라도, 앞으로의 행동 방침은 신중하게 선택하고 싶다. 잘못된 선택을 했다가는, 이번에는 정말로 배가 가라앉고 말 것이다.

――모든 일은, 한 통의 편지에서 시작되었다.

『본토』 북부에 있는 비아이시아국에서, 나는『나무의 이치를 훔치는 자』 아이드,『바람의 이치를 훔치는 자』 티티와 승부를 판가름 지은 뒤, 루즈와 쿠넬에게『북연맹』을 맡겼다. 그리고 이제 슬슬『남연맹』 쪽으로 가 볼까 하는 생각을 하기 시작했을 때쯤,『구원』 요청이 적힌 편지가 도착했다.

그 편지의 발신인은 세라 씨였다. 요약하자면 "1년 전에 실패했던 성인 티아라 『재탄생』 의식을 후즈야즈에서 다시 거행한다. 그런데 나는 페데르트의 음모 때문에 라스티아라 곁을 떠나게 되었다"라는 내용이었다.

라스티아라의 안부가 걱정된 나는, ≪커넥션≫을 통해 혼자서 황급히 연합국의 후즈야즈로 향했고, 도착하자마자 바로 그 성인 티아라와 마주쳤다.

내가 가진 천 년 전의 기억에 따르면, 시조 카나미와 성인 티아라는 친구였을 것이다.

혹은 사제지간으로서 서로를 신뢰하는 사이였다. 내 눈에 보이는 『표시』는, 티아라를 『사람』이 아닌 『마법』으로 해석하고 있었다. 그리고 서로 눈을 마주친 순간, 비록 그녀와 함께했던 시간의 기억은 없을지언정, 그녀가 내 편이라는 것을 직감적으로 알 수 있었다. 정말 **이상하리만치** 신비로운 감각이었다.

아군이자 『마법』인 그 티아라는, 새로운 이야기를 만들어내라면서 내 등을 떠밀었다. 라스티아라와 나의 행복을 기원하며, 온 힘을 다해——간과하기 힘든 폭로 같은 것도 좀 있긴 했지만——그야말로 목숨을 걸고 『고백』을 거들어준 것이다.

옛 친구의 그런 조력 덕분에, 나와 라스티아라는 때와 장소를 가릴 겨를도 없이, 감정이 이끄는 대로 서로에 대한 사랑을 외쳤다. 엄청나게 민망하긴 했지만, 결국 우리는 서로 맺어졌다.
돌이켜보면, 참으로 기나긴 길이었다. 스킬『???』이며 천 년 전의 악연 등등 갖가지 장해물이 있었지만, 끝내 여기까지 다다른 것이다.
——하지만 문제는 그 이후였다.
관객들의 우렁찬 갈채 소리가 울려 퍼지는 가운데, 라이너 녀석이 비겁하게 도망쳤다. 11번 십자로에 남겨진 나와 라스티아라는 몇 분 동안 그 자리를 떠날 수 없었다.
몇 분 뒤, 우리는 습격을 받았다. 아니나 다를까, 그 습격의 범인들은 나와 가까운 사람들이었다.
사건의 흐름은 지극히 단순했다. 도청 마법을 통해『고백』이야기를 들은 스노우와 디아가, 내가 이용했던 ≪커넥션≫을 통해 좇아와서 11번 십자로까지 찾아온 것이다.
그리고 스노우는 수많은 사람의 눈앞에서 울음을 터뜨렸다. 부끄러움도 체면도 잊은 듯한 대성통곡이었다.
이동 중에 우리의『고백』을 도청하면서 망상에 망상을 거듭한 것이리라. 당장이라도 폭발할 것 같은 마력을 휘감은 채, "버림받으면 죽어 버릴 거야!"라면서 압박하고 들었다.
그 순간, 안 그래도 티아라의 폭로에 의해 땅에 떨어졌던 나에 대한 평판이 아예 땅속으로 파고 들어가는 것을 느꼈다. 스노우 역시 만만찮은 유명인사라는 점이 내 평판 하락에 박차를 가했다.
특히 여성들의 시선이 얼음장처럼 차가웠다.

참고로 같이 따라온 디아는, 어째선지 말없이 스노우 편에 붙었다.

말없이 날린 ≪플레임 애로우≫가 그녀의 대답을 대변해주었다.

이제 디아 역시 유명인사다. 주위를 둘러싼 관객들은 "후즈야즈의 공주님도 모자라서, 사도님에게까지 손댄 거야?"라면서, 황당함을 넘어 기가 막힌다는 표정으로 나를 쳐다보고 있었다.

그 참상을 함께하고 있던 리스티아라는, 고백 때 스스로 얘기했던 자신의 입장을 곧이곧대로 실행해서, 정말로 즐거운 듯 웃고만 있을 뿐, 도와주려는 시늉조차 하지 않았다. 하는 수 없이, 나는 혼자서 스노우와 디아를 다독이며, 디아가 내쏜 마법을 ≪디멘션 · 카운팅(천산상쇄, 千算相殺)≫으로 상쇄하는 수밖에 없었다. 그것은 가디언과의 싸움에 필적하는 영역의 싸움이었다.

아니, 굳이 비유를 쓸 것도 없이, 솔직히 둘 다 『나무의 이치를 훔치는 자』 아이드보다 훨씬 강했다.

레벨59에 달한 디아의 마법은, 나조차도 완전히 상쇄할 수 없었다. 화력만으로 따지면 아이드의 몇 배는 된다.

그런 사투 끝에, 몇몇 마법 화살이 나에게 꽂히기도 했다. 불과 몇 초 만에 아이드를 뛰어넘는 전과를 올린 두 사람과의 전투는 점점 격화되어 가서, 나는 진심으로 생명의 위기를 느낄 지경이 되었고── 이러다가는 진짜로 죽겠다는 생각이 들었을 때쯤, 운 좋게도 미처 예상치 못했던 지원군이 11번 십자로에 출현해 주었다. 소음 때문에 정신을 차린 페데르트였다.

페데르트는 눈을 뜨자마자 "빨리 라스티아라 님을 포박하라!"라고 주위 기사들에게 명령해 주었다. 주위 상황을 파악하기도 전에, 당초의 목적에 대한 집착부터 드러낸 것이다.

그 참견 덕분에, 스노우와 디아의 관심이 그쪽으로 쏠렸다.

두 사람의 적의가, 중요한 대화에 훼방을 놓으려 드는 페데르트에게로 집중되었다.

정말 어찌나 고마웠는지 모른다…….

그때 페데르트가 개입해 주지 않았더라면 정말 큰일 날 뻔 했다…….

자칫 잘못하면 후즈야즈 지도에서 11번 십자로가 지워지는 정도로는 끝나지 않았을 것이다.

나는 페데르트에게 진심으로 감사하면서, 곧바로 스킬『감응』이 가르쳐준 그대로 행동에 나섰다.

일단 "먼저 훼방꾼 페데르트부터 물리치고, 상황을 진정시킬 수 있는 곳에서 찬찬히 얘기하자"면서 스노우와 디아에게 스킬『속임수』를 걸어 얘기한 것이다.

내가 가진 스킬을 총동원한 필사적인 설득이었다. 페데르트의 훼방 덕분에 조금이나마 이성을 되찾은 스노우와 디아는, 다행히도 그런 나의 교섭에 응해 주었다.

이렇게 해서, 11번 십자로를 뒤흔든 소동은, 스노우와 디아의 울분이 담긴 마법이 페데르트에게 발사되는 것과 함께 가까스로 종식되었다.

용감한 재상대리님의 희생이 11번 십자로를 구해낸 것이다. 덤으로 내 목숨도 구해주었다.

그 후, 매정하게 도망쳤던 라이너가 대성당에서 많은 기사들과 관리들을 이끌고 돌아와 준 덕분에, 뒤처리도 깔끔하게 마칠 수 있었다.

관객들은 강제 해산되고, 나와 라스티아라 등도『공적인 피해를 고려하지 않고 백주대낮에 시가싸움을 벌인 죄』로 대성당에 연행되었다.

다만, 연행이라는 건 어디까지나 형식적인 것이었다. 우리는 가벼운 조사만 받고 풀려났다.

그리고 귀찮은 뒷일은 알아서 처리하겠다고 나서는 라이너에게 모든 일을 맡겨 놓고, 우리는 도망치듯 ≪커넥션≫을 통해 후즈야즈에서 비아이시아로 이동했는데── 하지만 도착하자마자, 루즈와 쿠넬이 진지한 얼굴로 국외 추방을 명했다. 나 역시, 기껏 재건하고 있는 비아이시아 성을 붕괴시키고 싶지는 않았다. 사람들에게 피해가 가지 않는 조용한 곳으로 이동해 달라는 제안을 받고 선택한 곳이, 바로『리빙 레전드호』였던 것이다.

우리는 비아이시아 재건 과정에서 여기저기 만들어 둔 ≪커넥션≫을 이용해서 섬으로 이동하고, 만약에 범위마법이 발동하더라도 사망자가 발생하지 않을 만큼 넓은 해상으로 이동했을 때쯤……그제야 차분하게 대화할 수 있는 분위기가 갖춰져서, 우리는 배에서 가장 넓은 선실로 집합했다.

──그리고, 현재에 이른 것이다.

훌쩍이면서도 이따금씩 내 눈치를 살피는 스노우. 흘린 차와 찻잔을 치우고 있는 디아, 그 옆에서 잠들어 있는 것 같으면서도 묘한 마력을 내뿜는 히타키.

숙취라도 생기는 게 아닐까 싶을 만큼 농밀한 마력이 가득 차서, 대화 중에 작은 불티라도 튀면 폭발해 버릴 것만 같았다. 식은땀뿐만이 아니라 맥박수까지 급등하고 있었다.

다만, 1년 전처럼 한 발짝도 움직일 수 없는 정도는 아니었다.

우리는 날로 성장하고 있다. 물론, 그건 레벨이나 스킬을 얘기하는 게 아니다.

나뿐만이 아니라, 라스티아라도 디아도 스노우도, 모두 조금씩 앞으로 나아가고 있다.

라스티아라와 디아는 자기 안에 있던 다른 인격을 떨쳐냈고, 스노우는 1년의 세월 동안 자신의 나약함을 극복했다. 그러니 예전과 같은 사태가 벌어질 리 없는 것이다.

당연히 내 표정에서도 자신감이 넘쳤다. 그렇게 생각한 건 나뿐만이 아니었던 듯, 옆에 있던 라스티아라도 같은 표정으로 한 발짝 앞으로 나섰다.

"카나미, 이번 일은 내가 해결할게……."

온몸이 저릿저릿한 무지막지한 마력 속에서, 먼저 행동하기로 결단을 내린 건 라스티아라였다.

나는 라스티아라가 가진 의지의 힘을 믿는다.

그리고 그 신뢰는 오늘 사건을 겪으며 한층 더 굳건해졌다. 그런 라스티아라가 "맡겨 줘"라고 나선 상황인 만큼, 나는 말 없이 고개를 끄덕여 대답하고 그녀들을 지켜보기로 마음먹었다.

중임을 맡은 라스티아라는, 훌쩍이고 있는 스노우 쪽으로 다가갔다. 스노우 곁으로 가서는, 무릎을 굽히고 몸을 낮추어 눈높이를 맞추고, 다정한 목소리로 말을 걸었다.

"스노우, 내 얘기를 좀 들어 주면 안 될까……?"

라스티아라는 먼저 손을 내밀어 스노우를 조심스레 일으켜 세웠다.

하지만 일어섰다고 해서 스노우의 울음이 멈춘 것은 아니었다. 그녀 안에는, 흔해 빠진 다정한 말만 가지고는 바꿀 수 없는 감정이 있었다.

그 점은 라스티아라도 알고 있을 것이다.

울음을 그치지 않는 스노우의 양어깨를 붙들고, 정면에서 똑바로 얼굴을 응시했다.

스노우의 우는 얼굴과 라스티아라의 진지한 얼굴이 마주쳤다.

"울지 마, 스노우……. 나는 스노우가 좋아. 이제는 분명히 말할 수 있어. 지난번 『무투대회』에서 했던 얘기는 지금도 잊을 수가 없어. 정말 좋아해, 스노우."

그리고, 밑도 끝도 없는 고백이 튀어나왔다.
믿고 맡겼던 것을 후회할 만큼 뜬금없는 고백이었다.
"어?"
"어?"
나와 스노우는 동시에 당황했다.
스노우는 울음을 일시 중단할 정도였다.
하지만 라스티아라는 아랑곳하지 않고 한 발짝 스윽 다가갔다.
안 그래도 가까웠던 거리가 한층 더 가까워졌다.
"스노우에 대한 얘기는 오래 전부터 글렌 녀석한테 들어서 알고 있었어. 돌이켜보면 처음 만났을 때부터 마음이 끌렸던 것 같기도 해."
바람……은 아니라고 믿고 싶다. 하지만 라스티아라는 지금, 아까 나에게 『고백』했던 그 입으로, 내게 했던 말을 다른 사람에게 똑같이 하고 있다. 상대가 동성이라는 점을 고려하더라도, 이 두 번째 고백 탓에 첫 번째 고백의 가치가 곤두박질치는 느낌을 지울 수 없었다.
"어……, 라스티아라 님?"
앞으로 불쑥불쑥 다가드는 라스티아라의 태도에, 스노우는 거듭 후퇴하지 않을 수 없었다.
그런 끝에 선실 벽까지 내몰렸을 때, 라스티아라는 야심 찬 대사를 던졌다.
"스노우의 『영웅 역』 자리는 아직 남아있어?"

당장이라도 쿵 하고 벽을 짚고, 스노우의 턱을 스윽 들어 올리기라도 할 것 같은 분위기였다.

라스티아라는 자신이 좋아하는 연애극의 남자 배역을 참고하는 것처럼 보이는 구석이 있었다.

따지고 보면 치졸한 유혹이었지만, 그것을 실행하는 장본인이 라스티아라라면 얘기가 달라진다.

원래 그렇게 만들어진 존재이니 당연한 얘기지만, 까놓고 말해 그녀는 연합국에서 가장 아름다운 이목구비를 갖고 있다. 그 터무니없는 매력 중에는 남성적인 면도 섞여 있었다.

남녀를 불문하고 모조리 사로잡아 버리는 그 매력 덕분에, 라스티아라는 후즈야즈 국민들 사이에서 신의 화신으로 불리는 것이다. 그런 그녀의 시선에, 스노우는 어쩔 줄을 몰랐다.

"저, 저기……."

"걱정 마. 이제부터는, 무슨 일이 있어도 내가 지켜줄 테니까. 그러니까, 이제 울지 마."

보통 사람이었다면, 미처 생각할 틈도 없이 고개를 끄덕였을 것이다. 라스티아라에게는, 반론을 용납지 않을 만큼의 존재감이 있는 것이다. 나약한 의지 따위는 가볍게 지우고 지배해 버리는 그 힘 앞에서, 스노우는 고개를 가로저었다.

"……아뇨."

곤혹스러워 하는 와중에도, 그것만은 안 된다고 부정했다.

"그건 필요 없습니다, 라스티아라 님. 저는 이제 더 이상

편리한『영웅 역』같은 건 원하지 않아요……. 그렇게 편리한 건 이 세상에 없다는 걸, 이제는 아니까요."

"하긴, 그 말이 맞을지도 몰라. 하지만 나라면 그 편리한 영웅 역할을 마지막까지 연기해 낼 수 있을 것 같은데? 스노우가 만족할 때까지, 계속. 나는『영웅 역』이 취미니까!"

마치 스노우를 타락시키려 드는 것 같은 유혹이었다.

하지만 그것은 라스티아라의 본심에서 우러나온 말이기도 할 것이다. 그 점은 스노우 역시 알고 있었다.

그렇게 오래 알고 지낸 사이는 아니지만, 라스티아라의 본질은 아주 단순했다.

——라스티아라는, **원래 이런 녀석인 것이다**.

그렇기에, 스노우는 그 진심 어린 제안을 받아들일 수 없었다.

조금 전까지는 관심을 끌기 위해 우는 시늉을 하고 있었지만, 이제 그것까지 그치고 진지하게 대꾸했다.

"네……. 아마 실제로도 라스티아라 님은 제가 부탁하기만 하면, 죽을 때까지 제 영웅이 되어 주시겠지요. 하지만, 그건 안 돼요. 그 자리를 맡을 수 있는 건 오직 카나미뿐이라는 걸, 바로 라스티아라 님이 가르쳐주셨으니까요. 카나미만이 저의『좋아하는 사람』이니까……."

"그랬구나. 역시 이제 나는 안 되는구나. 이거 좀 분한걸."

스노우의 거부를 즐거운 얼굴로 듣고 나서, 라스티아라는 한 발짝 뒤로 물러섰다.

"부, 분한 건 오히려 저에요! 저는 라스티아라 님에게 졌으니까요! 그『좋아하는 사람』을 빼앗겼는걸요! 솔직히, 무지하게 분해요! 분하긴 하지만!!"

스노우는 분개해서 진심을 퍼부었다.

하지만 그 기세도 뒤로 갈수록 나약해져 갔다.

"언젠가는 이렇게 될 거라는 걸, 막연하게는 각오하고 있었어요……. 꽤 오래 전부터, 카나미는 라스티아라 님을 좋아한다는 걸 알고 있었으니까요……."

라스티아라와 얘기할 때는 굳이 말을 꾸밀 필요도 없다는 듯, 자신의 나약한 면을 솔직하게 드러냈다.

하지만 스노우는 결연한 의지를 잃지 않고, 역으로 라스티아라에게 애원했다.

"죄송합니다, 라스티아라 님. 아마 아직 저는 단념하지 못한 것 같아요. 언젠가 카나미에게 좋아한다는 말을 듣고 싶다는 생각을 아직 버리지 않았어요. ……이런 저라도, 계속 두 분 곁에 있어도 될까요? 제가 있으면 폐를 끼치게 될 거라는 건 저도 알아요! 알고 있지만, 조금만 더 노력해 보고 싶어요! 조금 더 곁에 있고 싶어요! 반드시 도움이 되어 드릴게요!!"

라스티아라를『영웅 역』으로는 받아들일 수 없다. 아니, 아예 라스티아라의 적이 될 가능성까지 있다. 그래도 곁에 있고 싶다. 스노우는 그렇게 애원했다.

지금도 그녀에게는 나태한 면이 남아있으니, 진지해지는

게 두려울 것이다. 하지만, 그럼에도 도전할 기회를 달라고 얘기한 것이다. 그 대가로, 도움이 되겠다는 약속까지 했다.

그 절박한 모습을 본 라스티아라는——

"아아, 스노우……."

애정 가득한 목소리로 이름을 불렀다.

내『고백』을 들었을 때 못지않게 흥분한 기색으로, 스노우의 모습을 응시했다.

그리고 도저히 못 참겠다는 듯, 스노우를 꽉 끌어안았다. 용솟음치는 감정을 주체하지 못하고 달려든 느낌이었다. 스노우가 놀라건 말건, 팔에 힘을 꽉 주어 끌어안고 말을 이었다.

"곁에 있어 주기를 바라는 건 오히려 나야, 스노우."

"……어, 어라?"

예상했던 것과는 다른 반응이었는지, 스노우는 더더욱 당황했다.

도전장을 던진 상황이니, 분위기가 껄끄러워질 거라고 예상했던 것이리라. 하지만 실제로는 정반대였다. 라스티아라는 더할 나위 없이 들떠 있었다.

나는 그 원인이 뭔지 알 수 있었다. 오늘 진심 어린『고백』을 한 덕분에, 그런 라스티아라의 비정상적이고 일그러진 일면을 누구보다 잘 알 수 있었다.

——지금, 그녀는 스노우의 성장에 홀려 있는 것이리라.

1년 전의 스노우를 알고 있기에, 지금의 성숙해진 모습이 더없이 매력적으로 느껴지는 것이다. 나태하던 스노우가 조금씩 앞으로 나아간다는 스토리에 푹 빠져 버린 게 틀림없었다.

사람 그 자체보다 그 이야기에 이끌린다는── 그 못된 버릇이, 지금, 한껏 드러나고 있다.

"응!! 앞으로도 계속 우리 곁에 있어 줘, 스노우! 그리고 스노우 말대로, 아직 포기하기에는 일러! 일러도 너무 일러! 본격적인 이야기는 이제부터 시작이니까!!"

그렇기에 라스티아라는 스노우의 제안에 쌍수를 들고 찬성했다.

찬성하는 정도가 아니라 아예 격려까지 하는 지경이니, 스노우는 당황해서 물었다.

"이, 이제부터요? 아니, 단념하지 않겠다고 하기는 했지만, 솔직히 그건 그냥 최후의 발악 정도로만 생각했는데요……. 두 분은 11번 십자로에서 그런 『고백』까지 하셨으니……."

"스노우, 연합국 레반교에서 혼인은 몇 살부터 가능하지?"

"혼인할 수 있는 연령 말씀인가요? 12세부터죠."

"나는 아직 네 살이니까. 앞으로 8년이나 시간이 있다는 얘기야."

"네?"

이제 모든 짐을 훌훌 털어냈는지, 라스티아라는 말도 행동도 거침이 없었다.

쉴 새 없이 날아드는 그 거친 직구들을, 스노우는 끝내 감당해 내지 못했다.

“어, 아, 네. 하긴, 그 말씀이 맞아요. 그 말씀이 맞긴 한데, 대체…….”

“나와 카나미는 아직 서로를 좋아한다고 얘기한 것뿐이야. 그냥 그것뿐이니까, 이야기로 따지자면 이건 아직 반환점 정도까지밖에 못 온 것 아니겠어?”

“바, 반환점……, 이라구요?”

그제야 스노우도 실감하기 시작했다. 라스티아라의 일그러진 일면을.

그녀는 자기 자신의 인생마저도 흔한 책들 속 이야기들 중 하나 정도로만 인식하고, 그 이야기가 극적인 전개로 펼쳐지기를 진심으로 염원한다. 그것이 비극이든 희극이든, 기꺼이 받아들일 준비가 되어 있다.

“그러니까 스노우는 단념하지 말고……, 언젠가 나한테서 카나미를 빼앗으면 되는 거야.”

라스티아라의 일그러진 일면에, 나와 스노우는 잠시 말문이 막혔다.

원래는 비꼬는 것으로 들렸어도 이상할 게 없는 말이었다. 승리자가 패배자를 조롱하는 것 같은 도발이었다. 하지만 라스티아라는 진심이었다. 이것은 진심 어린 격려다. 연인을 다른 여자에게 빼앗기는 것도 나쁘지 않다는 식의, 괴상하고 가벼운 사랑이 담긴 말이었다.

——솔직히, 1년 전까지만 해도 이 정도까지는 아니었던

것 같다.

마리아와 스노우를 응원한 적은 있었지만, 그건 어디까지나 상식의 범위 안이었다.

그런데 오늘의 『고백』을 겪으면서, 라스티아라 안에서 '자제'라는 단어가 완전히 소멸해 버렸다. 어머니 격인 『성인』 티아라에게 '반드시 행복해지겠다'고 약속한 것을 계기로, 자신의 취미, 성적 취향을 드러내는 데 주저가 없어졌다.

"상대가 스노우라면, 카나미를 빼앗긴다고 해도 납득할 수 있어. 스노우에게는 그만큼의 매력이 있으니까. 이야기의 메인히로인이 되기에 충분한 매력이! 나는 1년 전의 이야기를 아직도 똑똑히 기억하고 있어. 그때 본, 스노우의 씩씩하고도 광기 어린 모습과 외침을. 그리고 최근 1년 사이에 스노우가 겪은 고난도 알고 있어. 그 모든 이야기가, 스노우도 카나미에게 어울리는 아이라는 걸 증명해 주고 있어. 나는 진심으로 그렇게 생각해. 상대가 스노우라면, 나는 분명 만족할 수 있──."

"잠깐 스톱!!"

나는 본능적으로 제지하고 나섰다. 오늘 막 사귀기 시작했는데, 오늘 당장 파국을 맞을 것 같은 분위기였다. 이대로 가다가는 다시 차이는 흐름으로 흘러갈 것 같다는 예감이 들었다.

그런 내 조바심을 알아챈 건지, 라스티아라는 변명을 덧붙였다.

"무, 물론 그렇게 되더라도 나는 카나미 곁을 떠나지 않을 거야! 나는 카나미와 함께 행복해지겠다고 어머니에게 맹세했으니까. 무슨 일이 있어도, 평생토록 카나미를 뒤쫓으면서 살 거야. 카나미가 싫다고 해도, 영원토록 바라볼 거야. 무슨 일이 있어도, 카나미와는 평생 함께할 거야!"

라스티아라는 웃으며 대답했다. 하지만 그녀와 내가 생각하는『함께』의 의미가 서로 다르다는 걸, 방금 똑똑히 깨달았다. 나는『함께』라는 말에서 같은 집에 사는 가족 같은 모습을 연상하고 있지만, 라스티아라는 같은 무대에 서는 동료 연기자의 모습을 그리고 있다.『고백』은 성공했을지언정 갈 길은 아직 멀다는 것을 짐작케 하는 미소를 지으며, 라스티아라는 말을 이었다.

"나는 언제까지나 카나미와 함께할 거야. ……하지만 솔직히 말하자면, 나는 스노우와도 함께하고 싶어. 카나미뿐만 아니라, 스노우도 무지하게 탐나니까. 기회만 있으면 카나미에게서 빼앗고 싶을 정도로——."

탐욕스럽게도, 빼앗고 싶다는 선언까지 했다.

그 말을 들은 스노우는, 조금 전까지의 기세는 어디 갔는지, 한 발짝 뒷걸음질 쳤다.

"라스티아라 님, 그러고 보니……. 지난번에, 제가 취향이라고 하셨는데……."

"스노우를 좋아한다는 건, 저기, 이런저런 험한 꼴을 당했으니까……, 지켜보고 있자면 사랑스럽게 느껴진다고나 할까……. 스노우는 카나미와 좀 닮은 구석이 있잖아?"

그런 라스티아라의 발언에 신변의 위험을 느낀 스노우는 한 발짝 더 물러서려 했지만, 미처 도망가기도 전에 턱 하고 어깨를 붙들리고 말았다. 그리고 라스티아라는 스노우의 머리를 부드럽게 품에 안고 쓰다듬기 시작했다.

"스노우, 미안해……. 우리 때문에 워낙 고생을 많이 해서 혼란스럽지? 울고 싶으면 마음껏 울어도 돼. 내가 곁에 있으면서 위로해 줄 테니까……. 내가 항상 곁에 있어줄게……. 이제 다시는 스노우를 혼자 두지 않을 거야. 나는 거짓말이나 하는 아무개씨와는 다르니까. 한 번 한 약속은 절대 어기지 않으니까……."

"우, 우우. 아아아아……."

어째선지 나에 대한 험담까지 더해 가며, 마치 어머니처럼 최선을 다해 응석을 받아주고 있었다.

안 그래도 잉여 인간의 재능이 충만한 스노우는, 그런 라스티아라의 포옹을 뿌리치지 못하고 있었다. 전설 속 신의 화신에 의한 끈질기고도 악마적인 유혹 앞에서, 신음하고 있었다.

"있잖아, 조금 흥분을 가라앉힐 시간을 갖는 게 어때? 인생은 아직 기니까, 느긋하게 생각하자. 세상일을 다 서둘러 해내려고 할 필요는 없어. 아니, 애초에 나는 카나미와 스노우 둘 사이의 관계를 좋아하니까, 그걸 민폐로 여긴 적은 한 번도 없어. ……맞아! 언젠가 다 같이 사는 건 어때? 정말 즐거운 나날이 될 거야. 같이 미궁을 탐색하는 동료가 아니라, 진짜 가족이 되는 거야. 우리는 다들 부모가 없는 사람들이 잖아. 그렇게 사는 것도 나쁘지 않겠다는 생각 안 들어?"

"라, 라스티아라 님……!"

스노우는 바들바들 떨리는 목소리로 이름을 불렀다.

더 이상은 안 된다. "자, 착하지"라면서 머리를 쓰다듬는 라스티아라의 손길을, 스노우는 기쁘게 받아들이고 있었다. 그러다가 결국은 완전히 꺾이고 말았다.

"아아아아……, 라스티아라 니임! 카나미는 참 못됐어요! 제가 이렇게 열심히 애쓰고 있는데, 도무지 좋아해 주지를 않잖아요!"

"그러게 말이야. 카나미는 정말 나쁜 놈이야. 어머니 말마따나, 쓰레기 같은 녀석이야."

최종적으로, 어째선지 내가 완전히 나쁜 놈이 되어 버렸다.

그렇게 스노우를 완전히 손에 넣은 라스티아라는, 짓궂게 싱긋 웃었다.

자신의 응석을 모두 받아주는 이해자를 얻은 스노우는 칠칠찮게 웃었다.

"에헤헤……."

정말 그걸로 만족하는 거냐, 스노우…….

솔직히 말해서, 나는 이 일련의 흐름을 순순히 납득하는 스노우의 태도에 놀람을 금할 수 없었다. 따지고 보면 지금 스노우는 연적의 품속에서 응석을 부리고 있는 상황인 것이다. 라스티아라 역시 연적을 품에 안고 응석을 받아주는 중인 셈이다.

그런 두 사람의 가치관을, 나는 도무지 이해할 수 없었다.

그러다 보니 저절로 미간이 찌푸려졌다. 나에게 있어, 연애란 좀 더 신성한 것이었다.

──『단 하나뿐인 운명의 사람』과 맺어지는 것, 그것만이 『진짜』.

양다리 같은 건 절대 있을 수 없다. 목숨을 걸고, 오직 한 사람만을 행복하게 해 주어야 한다. 사랑하는 사람을 행복하게 해주지 못하는 인생에는 아무런 의미가 없다. 일단 한 번 맺어지면, 그 사람과 『영원』히 함께해야만 한다. 죽음이 두 사람을 갈라놓을 때까지 함께할 때에만, 그 사랑이 『진짜』라는 것을 증명할 수 있다. 나는 그렇게 생각한다. 하지만 이 둘은──

"좋아! 스노우가 기운을 되찾은 걸 보니 나도 기뻐!"

"네, 라스티아라 님! 슬픔이 가라앉고, 훨씬 밝고 긍정적으로 생각할 수 있게 됐어요!"

"다행이야. ……앗, 그런데 어느새 다시 존댓말로 돌아왔으니까, 그 점은 고쳐 줬으면 좋겠는걸."

"응! 미안, 라스티아라! 그러고 보니 우리는 동료였지!"

정말로 정답게 손을 맞잡고 있었다. 세상에는 다양한 사람들이 있으니, 인간관계의 형태도 다양하다는 건 나도 알고 있었다. 현대인의 가치관과 이세계인의 가치관은 서로 다르다. 시대나 탄생 배경이 조금만 달라도, 각 사회의 문화는 크게 변모하는 법이다.

내 미간의 주름은 갈수록 깊어져만 갔지만, 체념하고 이 상황을 받아들이는 수밖에 없었다.

두 사람은 나와는 달리 모든 걸 납득한 것 같고, 행복해 보였다. 그런 상황에 찬물을 뿌릴 생각은 없었다. 스노우는 이대로 라스티아라에게 맡겨 둬도 별문제는 없을 것이다. 까놓고 말해서, 두 사람의 상성은 찰떡궁합이다. 조금 다른 상황에서 만났더라면, 라스티아라는『스노우만을 위한 영웅』이 되었을지도 모른다.

그런 두 사람을 두고, 나는 또 한 명의 동료 쪽으로 눈길을 돌렸다.

스노우의 울분에 편승해서 11번 교차로에서 말없이 마법을 쏘아댔던 디아였다.

그녀는 내가 상대해야 한다고 판단한 나는, 말을 걸었다.

"디아는……, 어떻게 생각해?"

두 사람이 다다른 이야기의 결말이 디아에게도 통할 거라는 보장은 없었다.

그녀의 사고방식은, 허용범위가 넓은 스노우와는 다를 것이기 때문이다.

"아니, 나는 딱히……. 남녀 간의 애정 같은 건 잘 모르니까……. 살짝 열 받는 장면도 있었지만, 아까 한바탕 날뛰고 나니 다 풀렸어."

갑작스러운 내 질문에, 디아는 약간 당황해서 고개를 돌린 채 대답했다.

예전과 같은 실수를 되풀이하지 않기 위해, 사소한 변화도 놓치지 않도록 ≪디멘션≫을 통원해서 그녀의 모습을 꼼꼼히 살폈다.

"나는 스노우와는 달라. 내가 카나미에게 원하는 건 그런 게 아냐. 나는 카나미와 같이 미궁을 탐색하기로 약속한 동료니까……. 같이 있을 수만 있다면, 그걸로 충분해."

많은 것을 원하지는 않는다고, 디아는 고백했다.

그리고 외면하고 있던 시선을 이쪽으로 돌리고, 우리를 축복해 주었다.

"둘이 참 잘 어울려. 라스티아라가 착한 녀석이라는 건 나도 알고 있으니까, 딱히 불만은 없어."

구김살 없는 미소를 머금고 단호하게 말했다.

진심에서 우러나온 말처럼 들렸다. 얼핏 보면 차분하게 보였다.

디아는 순진무구한 녀석이니 음침한 감정 따위를 가질 리가 없다고 믿고 싶게 만드는 표정이었다.

하지만 실제로는 그렇지 않다는 걸 이제 알고 있기에, 나는 물었다.

"하지만, 디아 안에 있는『또 하나의 디아』는 그렇게 생각하지 않는 거 아냐?"

"……."

디아 마음속 깊은 곳에 있는 예민한 부분을 건드렸다. 당연하게도, 구김살 없던 그녀의 미소가 굳어졌다. "불만은 없다"던 조금 전 디아의 말은, 아마 진심에서 우러나온 말이었을 것이다. 그러나 한편으로는 정반대의 감정도 품고 있는 게 틀림없었다. 그렇기에 디아의 분위기는 남성적이었다가 여성적이었다가, 항상 불안정한 것이다.

정곡을 찔린 디아는, 미소를 잃고 체념한 얼굴로 고백했다.

"……그래. 카나미 말이 맞아. 미안, 괜히 폼 잡느라 또 감정을 억눌렀어. 역시 나는 카나미를 놓치고 싶지 않아. 나를 혼자 내버려 두고 둘이서만 정답게 지내는 건, 조금 싫어. 아마 『또 하나의 나』가 질투심을 견딜 수 없게 될 거야."

조심스럽게 "조금 싫다"라고 표현했지만, 실제로는 '조금' 정도가 아닐 것이다.

디아의 몸에서 흘러나오는 마력이 그 사실을 증명하고 있었다.

착한 아이 흉내를 그만둔 디아는, 몸속의 막대한 마력을 해방했다.

그리고 예전처럼 그 마력으로 나를 감싸고, 붙잡으려 들었다.

당장이라도 뼈와 살을 짓이겨 버릴 것 같은 마력 속에서, 나는 차분하게 얘기에 귀를 기울였다.

디아는 억제할 수 없는 자신의 마력을 보며 띄엄띄엄 말을 이어 갔다.

"이 1년 동안, 나는『디아블로 시스』에 대해 많이 알 수 있었어. 사도 시스는 정말 짜증 나는 녀석이었지만, 내 진짜 부모들과는 달리, 부모다운 역할을 제대로 해 주기는……, 했던 것 같다는 생각이 들어. 적어도 그 녀석 덕분에 나는 내『스킬(타고난 차이점)』과 공존할 수 있는 방법을 알 수 있었어. 지금 나는 카나미 없이는 안 된다고, 솔직하게 말할 수 있어."

이번에는 구김살이 엿보이는 미소를 지으며, 사도 시스가 자신의 부모 같은 존재라고 평했다.

감당하기 힘든 스스로의 성격을 경멸하며, 자기혐오에 빠져 있는 건지도 모른다.

"아마 나는, 두 사람이 연인 사이가 되든 말든, 지옥 끝까지 따라갈 작정일 거야……. 아마 죽을 때까지 카나미를 붙잡으려고 들 거야. 이 손으로, 평생토록. 평생토록……."

디아도 스노우가 그랬던 것처럼 자신의 입장을 밝히고, 미소 띤 얼굴로 사과했다.

"그러니까, 미리 사과해 둘게. 미안해. 아마 나는 앞으로 질투심 때문에 두 사람 사이에 온갖 훼방을 놓게 될 거야."

그 사과는, 지금처럼 스킬『과보호』에 의해 마력이 폭주하는 것을 두고 한 얘기이리라. 그 점을 스스로 알고 있으면서도, 디아는 내가 허가하지 않더라도 평생토록 따라다니겠다고 선언했다. 그 선언에 대해 대답한 것은, 스노우를 쓰다듬고 있던 라스티아라였다.

"……디아는 잘못 없어. 디아는 아무런 잘못도 없어."

"고마워, 라스티아라. 『또 하나의 나』는 이제 더 이상 어떻게 해 볼 수도 없을 만큼 카나미에게 사로잡히고, 카나미를 사로잡으려 하겠지……. 그래서 이 모양이 된 거고."

방 전체에 가득 차 있는 자신의 마력을 바라보며, 자조 섞인 얼굴로 어깨를 으쓱했다. 그런 디아를 향해, 라스티아라는 단호하게 말했다. 지조 없는 세 번째 고백이 입에서 흘러나왔다.

"나는 그런 디아가 좋아. 예전에 세라와 같이 셋이서 미궁 탐색을 할 때도 느꼈었지만, 그런 디아의 불안정한 면이 마음에 쏙 들어."

"그렇게 얘기해 준 건, 지금까지 살면서 라스티아라밖에 없었어. ……지금까지는, 세상에 딱 한 명뿐이야. 그때도 나를 외면하지 않고 함께해 줘서 정말 고마워. 나도 라스티아라가 좋아."

디아도 그 고백에 화답했다. 라스티아라에 대한 디아의 감정도 상당히 복잡할 것이다. 그래도 웃으며 서로에 대한 호감을 전하고, 서로가 서로를 방해하면서 협력할 것을 허용하는 모습이었다. 동시에, 디아의 몸에서 흘러나오던 마력이 위축되어 갔다. 자신의 속내를 솔직하게 털어놓고, 자기 내면의 불안에 대해 상담한 덕분에, 마음과 마력이 진정된 것 같았다.

배 여행에 어울리는 화기애애한 분위기가 선실 안에 돌아왔다.

“다행이다……”라고 한숨을 지으면서, 나는 문득 1년 전의 기억을 떠올렸다.

1년 전에는 상상도 할 수 없었던 광경이었다. 그때, 나는 진심으로 죽음의 위기를 느꼈었다. 만약 내가 라스티아라와 사귀게 되면, 사망자가 나올 거라고 생각했었다. 하지만, 이제 그 죽음의 기운도 사라졌다. 어느 정도 살의가 오가긴 했지만, 그 위기도 무사히 넘겼다. 일촉즉발의 양상이 누그러진 것을 확인하고, 라스티아라도 나를 따라 한숨을 내쉬었다. 다만, 그 한숨은 내 한숨과는 조금 다른 의미를 갖고 있었다.

“하아……. 역시 여기는 좋은 곳이라니까……. 참 마음에 들어. 가슴이 두근거려. 언제 무슨 일이 터질지 알 수 없는, 외줄타기 같은 밸런스! 궁극적으로는 둘 다 무슨 짓을 저지를지 장담할 수 없는 이 느낌! 내일이면 카나미가 어떻게 될지도 장담할 수 없는 이 느낌! 역시 여기가 내 진정한 안식처라니까!!”

지금의 디아와 스노우에게 완전히 홀려서, **일을 저지를** 것을 기대하고 있었다.

우리 세 사람은 이제 모든 게 말끔하게 정리된 거라고 생각하고 있었지만, 라스티아라는 아무도 신뢰하지 않았다. 디아와 스노우는 억울하다는 듯 반론했다.

“아니, 나는 이제 사고 안 쳐……! 마법 제어 실력도 늘었으니, 그리 쉽게 폭주하는 일은 없……을 거야. 아, 아마도…….”

“나, 나나나나도 이상한 짓 안 해! 마법으로 도청하는 짓 같은 건 이제 졸업했으니까! 진짜, 진짜야! 난 이제 믿음직한 총대장님으로 대접받는다니까!”

약간 자신 없어 보이는 그 반론에, 라스티아라는 웃으며 활기찬 목소리로 대답했다.

“응! 둘 다 **믿어**!”

그 ‘믿는다’는 말이 과연 어떤 뜻일지…….

스릴이라면 사족을 못 쓰는 라스티아라의 변함없는 성격에, 나는 기가 막힐 지경이었다.

한편으로는 옛 추억이 떠올라 감회에 젖기도 했다. 처음 만났을 때도 이런 식이었다. 마리아의 당돌한 도전을 지켜보면서, 누군가가 죽기 직전까지는 절대로 손대지 않겠다고 하던 시절의 라스티아라 말이다. 그 뒤로 수많은 우여곡절을 겪었지만, 본질은 달라지지 않았다.

그녀는 언제나 탐욕스럽게, 자신의 이상적인 이야기를 추구할 뿐.

“……미안하지만, 카나미. 나는 계속 쫓아다닐 거야. 내가 원하는 완벽한 세계를.”

설혹 상대가 나라고 해도―― 아니, 상대가 연인이기에 더더욱, 자신의 이상을 방해하는 건 용납할 수 없다는, 전의 가득한 미소를 지어 보였다. 스노우가 의존하는 대상도, 디아의 스킬이 향하는 대상도, 내 연심의 대상도, 언젠가는 자신이 전부 차지하고 말겠다는 욕망이 강렬하게 느껴졌다.

"알아. 그러기로 약속하고『고백』한 거야. 이해할 수 있도록 노력할게."

라스티아라가 그런 녀석이라는 건, 오늘 일을 통해 뼈저리게 깨달았다.

나는 그것을 부정할 생각도, 교정할 생각도 없었다.

그런 내 생각을 전하자, 라스티아라는 한 동료의 이름을 불렀다.

"그럼, 다음은 마리아 차례겠네."

마치 사랑하는 연인의 이름이라도 부르듯이, 열기를 머금은 목소리로 말했다.

이어서 그 황금색 두 눈을 선실 창문 쪽으로 향했다. 정확히 말하자면, 창문 너머의 바다── 그리고 그 바다 너머의『본토』에 있을 마리아 쪽으로 향한 것이었다.

"카나미를 다른 모두에게서 빼앗든, 카나미에게서 다른 모두를 빼앗든, 마리아를 빼놓는 건 있을 수 없는 일이니까. 빨리 마리아를 만나고 싶어."

"그래. 앞으로 뭘 하든, 우선은 마리아와 리퍼를 만나는 게 먼저야. 세라 씨도 저쪽에 있다고 그랬던가? 빨리 가고 싶어……그래 봤자, 배를 타고 가는 거니까 더 빨리 갈 수단도 없지만."

지금 우리 배는『본토』남부로 항로를 잡고 있었다.『미궁 연합국의 후즈야즈』가 아닌 『본토의 후즈야즈』의 항구로 가서, 곧장 수도로 향할 계획이다. 거기에는 『개척지』에 새로 개척된 연합국의 도시가 아닌, 천 년의 역사를 가진 진짜 도회지가 펼쳐져 있을 것이다. 이 세계에서 가장 커다란 도시, 속칭 『대성도(大聖都)』라 불리는 곳이다.

라스티아라는 어서 그 『대성도』에 가고 싶어 안달이 난 모양이었지만, 나는 그게 현실적으로 불가능한 일이라고 충고했다.

"그건 그래. 더 빨리 가고 싶지만, 이건 어떻게 해 볼 수가 없는 일이겠지."

"그래. 오늘은 밤도 늦었으니, 무리할 수도 없는 노릇이고 말이야. 오늘은 너무 파란만장한 하루를 보내느라 피곤해 죽겠어. 이제 그만 자자. 중요한 얘기는 대충 끝났으니까, 나머지 일은 내일 해결하자."

나는 하루 일과를 마무리하자고 제안했다.

오늘 아침에는 비아이시아 성에서 높으신 분들과 회의를 하고, 낮부터는 후즈야즈에서 『고백』 대회. 저녁에는 디아 및 스노우와 싸우고, 밤에 『리빙 레전드호』를 타고 출항. 장담컨대, 이 자리에 있는 모두 기진맥진한 상태일 게 틀림없었다.

이렇다 할 반론도 없이, 모두들 내 제안에 동의해 주었다.

라스티아라와 스노우는 다소 비틀거리면서 발걸음을 내딛었다.

"그래. 이제 슬슬 자는 게 좋겠어."

"잔뜩 싸우고 잔뜩 울었더니, 졸려……."

디아도 자리에서 일어나서, 줄곧 잠들어 있는 히타키의 손을 잡아끌었다.

"카나미, 히타키는 내가 맡을게. 스킬『과보호』도 있으니까, 같은 방에서 자고 싶어."

"그래. 동생은 디아에게 맡길게."

잠시 망설였지만, 나는 히타키와 디아를 같은 방에 묵도록 했다. 두 사람은 1년 동안 줄곧 함께 지냈던 것이다. 이제 와서 내 고집으로 떼어놓았다가는 오히려 위험해질 뿐이다. 마음 같아서는 언제 어디서나 내가 히타키를 지켜주고 싶지만, 지금은 애를 끊는 심정으로 디아를 믿기로 했다.

이렇게 해서 잠자리에 들기로 한 우리는, 어둠침침한 배의 복도에서 작별을 고하고, 1년 전에 정했던 각자의 선실로 돌아갔다.

나도 옛 내 선실에 도착해서 문을 열었다. 방 안에는 1년 전과 조금도 달라진 게 없는 광경이 펼쳐져 있었다. 마지막에 보았을 때의 상태 그대로인 가구며 소품들의 배치를 보니, 내 방에 돌아온 것 같은 안도감이 느껴졌다. 물 흐르듯 자연스럽게 침대로 향해서, 힘차게 침대 위에 몸을 던졌다.

그리고 천장을 올려다보며, 커다란 숨을 내쉬었다.

"후우우……."

이어서 눈을 감고, 오늘 있었던 일들을 가볍게 떠올려 보았다. 잠들기 전에 오늘 일에 대한 반성이라도 할 생각이었는데……, 기억을 돌이켜 보는 중간에, 약간 찜찜한 부분을 발견했다.

——바로 『성인』 티아라의 최후였다.

그녀는 어마어마하게 복잡하고 강력한 마법 ≪리바이브(재탄생)≫를 통해 소멸했다.

그 순간이, 눈꺼풀 뒷면에 달라붙어서 사라지지를 않았다.

티아라는 정말 진심에서 우러나온 애정으로 라스티아라를 아껴 주고 있었다.

그 광경은 마치 진짜 어머니와 딸 같았다. 태어나자마자 멀리 떨어져 버렸고, 외모도 전혀 달랐지만, 그 마력이나 행동거지는 쏙 빼닮아 있었다. 둘 다 명랑하고 긍정적이며, 수단 방법을 가리지 않는 막무가내적인 면도 갖고 있는 등, 분명한 혈연관계가 느껴졌다.

그것은 **부모가 자식에게 베푸는 『진짜』 애정**이었으리라…….

——마음속 깊은 곳에서, 질척하고 어두운 감정이 솟구쳐 올랐다.

불현듯 떠오르는 얼굴이 있었다.

바로 미궁에서 만난 60층의 가디언, 『빛의 이치를 훔치는 자』 노스휘의 얼굴이었다.

그녀와도 닮은 것 같다는 생각이 들었다. 말투는 전혀 다르지만, 그녀 역시 티아라나 라스티아라와 본질적인 면에서 닮아있는 것 같다는 느낌이 드는 것이다. 얼마 전에 『바람의 이치를 훔치는 자』 티티의 인생을 마법으로 엿보았을 때, 노스휘가 후즈야즈라는 성을 쓰는 것을 분명히 보았었다.

노스휘와 우리 사이에는 수많은 연결점이 있는 게 틀림없었다.

그런 예감이 있었다. 애초에 그녀는 어디서 태어나서, 어떤 유년시절을 보내고, 어떻게 해서 『이치를 훔치는 자』로 선정된 것일까. 어째서 노스휘는 그렇게까지──.

"────앗!"

나는 침대에서 벌떡 일어났다. 방으로 다가오는 기척이 느껴졌기 때문이었다.

이내 똑똑, 하고 누군가가 방 창문을 두드렸다.

"카~나~미~, 놀~자~"

허리춤에 찬 검 쪽으로 손을 가져간 나 자신이 바보처럼 느껴질 만큼, 얼빠진 목소리가 들려왔다.

그 목소리의 주인이 누군지를 알아채고, 나는 경계를 풀었다.

"어, 으응? 왜 갑자기……? 아까 자자고 얘기했잖아?"

창문 쪽을 향해 그렇게 말하자, 방문객은 능숙하게 바깥에서 창문을 열고 방 안에 들어왔다.

나도 이제, 방에 들어올 때는 문으로 들어오라고 예전처럼 동료들에게 따박따박 주의를 줄 생각은 없었다.

아마 우리는 평생토록 창문을 출입구처럼 쓸 운명인 것이다.

"으~음, 미안. 방에 돌아가고 나서 느꼈는데, 어째 잠이 안 와서……."

멋쩍게 뺨을 긁적이며 방에 들어온 것은, 바로 라스티아라였다.

아까 헤어져서 자기 방으로 돌아갔다가, 바로 내 방을 찾아온 모양이었다.

"잠이 안 와?"

"아~, 그게……. 크흠. 우리는 『고백』 끝에, 오늘부터 건전한 교제를 시작한 것 맞죠?"

"아, 아아, 맞습니다."

라스티아라는 갑자기 헛기침을 하더니, 정중한 태도를 취하고는, 진지하기 그지없는 표정으로 물었다. 그녀의 얘기는 틀림없던 사실이었다. 『고백』이 무효화된다면, 난 울 거다. 고개를 끄덕여 대답하자, 라스티아라는 『고백』 때처럼 뺨을 붉게 물들인 채, 어떤 단어를 언급했다.

"카나미, 데이트하러 가자."

"데, 데이트?"

데이트. 기본적으로, 서로 사귀는 사이인 남녀가 둘이서 놀러 가는 행위를 뜻하는 단어라는 건, 원래 세계의 지식 측면에서는 알고 있었다. 그리고 그게 이세계에서도 통하는 상식이라는 것 역시 알고 있었다. 즉, 밀회다. 오늘, 이 타이밍에, 라스티아라는 나와 함께 밀회를 즐기고 싶다고 제안하고 있는 것이다.

“응, 데이트.”

라스티아라는 미소 띤 얼굴로 그 단어를 거듭 되뇌었다. 원래 세계에서 학교에 다닐 때 여러 번 듣긴 했지만, 결국 여동생 이외의 여자와는 해 볼 기회가 없었던 데이트라는 단어가 머릿속에 메아리쳤다.

태도가 은근히 뻣뻣한 건, 데이트 신청을 하는 게 부끄러워서 그런 것인 모양이다.

그녀에게 그런 고급스러운 수치심이 아직 남아있었다는 사실에 놀라면서도, 나는 되물었다.

“지, 지금?”

“당장! 데이트! 둘이서! 가자!”

내 의문에, 라스티아라는 힘차게, 어째선지 한 단어씩 딱딱 끊어서 대답했다.

자세히 보니 뺨은 홍조를 띠고 있고, 동공은 부풀어 올라 있고, 콧김이 거칠었다.

그 모습만 봐도, 그녀가 약간의 흥분 상태에 빠져 있다는 것쯤은 굳이 『표시』해 보지 않아도 알 수 있었다.

“괜찮아……? 졸리지 않아?”

“그야 무지 졸리긴 하지만……. 그래도 잠이 안 왔어! 어떻게 잠들 수가 있겠어?! 오늘은 이렇게 기쁜 일들이 잔뜩 일어났잖아! 어머니를 만나고, 카나미에게 『고백』하고, 다시 동료들과 같이 모험을 떠날 수 있게 되고……! 어찌나 기쁜지, 몸이 진정이 안 되는 거 있지!!”

흥분에 겨워서 잠들지 못하는 어린아이처럼, 거칠게 콧김을 내뿜으며 이유를 늘어놓았다.

지금 눈앞에 있는 소녀가 원래는 내 허리 정도의 키밖에 안 되는 네 살짜리 어린아이라는 것을 되새기게 하는 광경이었다. 그리고 라스티아라는 이렇게 말을 끝맺었다.

"그러니까, 가자! 오늘, 지금 당장! 연인들답게, 데이트하러!!"

도저히 내일까지 참을 수 없으니, 지금 당장 가자고 외쳤다.

그 데이트 신청을 받은 나는, 먼저 아까 했던 얘기와의 모순점을 지적했다.

"아니, 아까는 스노우나 디아한테도 기회를 주겠다고 그러지 않았어? 아직 시간은 있다는 식으로 얘기했던 것 같은데……."

"응, 그랬었지."

"그런 소리를 해 놓고 이러는 건 좀 이상하지 않아?"

완벽하게 혼자만 앞서가려는 행동이다. 하지만 라스티아라는 자신의 행동에 한 치의 망설임도 없다고 대답했다.

"그 말대로, 나는 분명 디아랑 스노우에게 언제든 카나미를 훔쳐 가도 좋다고 말하긴 했어. 하지만 그렇다고 해서 앞으로 펼쳐질 우리 둘의 이야기를 성의 없이 진행하는 건 좀 아닌 것 같아. 디아와 스노우를 배려하느라고 카나미에게서 거리를 둔다? 기껏 연인 사이가 됐는데? ……그건 좀 아니잖아. 그건 잘못된 거야."

라스티아라는 내 얼굴을 거침없이 응시했다.

일말의 주저도 없는 시선이었다. 자신의 행동에 후회도 미안함도 거리낌도 없다고 말했다.

그녀답게 무자비하고 폭력적이면서도 정정당당한 모습이었다.

“나는 절대로 대충하지 않을 거야. 스노우와 디아가 최선을 다해 카나미를 좋아해 주기를 바라는 만큼, 나도 최선을 다해 카나미와 사귈 거야. 그게 올바른 형태라고 생각하니까.”

살짝 눈이 아찔해졌다. 너무나도 눈부셨다. 그리고 쑥스럽고, 기쁘고, 복받치는 감정을 주체할 수가 없게 되고…….

나도 서서히 졸음이 달아나 버렸다.

“그러니까 지금 당장, 교제 시작 후 첫 데이트를 시작하자.”

라스티아라가 거듭 데이트를 신청했다.

창밖에서 비쳐드는 달빛을 등지고, 찬란한 머리칼을 나부끼며, 황금색 눈동자의 소녀가 요염하게 웃었다.

지금 나로서는, 그 데이트 신청을 거절할 도리가 없었다.

게다가 슬프게도, 하루 이틀 정도의 철야는 이미 수도 없이 겪었다.

“……그럼, 가자. 그런데 어디로 갈 거지? ≪커넥션≫이 있으니까 어지간한 곳은 다 갈 수 있지만, 밤에 갈 수 있는 곳은 얼마 없을 것 같은데.”

“걱정 마시라! 실은 이미 정해 뒀거든! 우리 둘의 첫 데이트 장소는――.”

라스티아라는 훗훙 하고 교태 어린 목소리로 웃고는, 자신만만하게 제안했고——.

내달린다.

바닥이 진창이라 달리기 힘들고, 진흙 튀는 소리가 거슬렸다.

하수도처럼 어둡고 습도가 높고 지독한 악취가 풍기는 회랑을, 지금 나는 달리고 있다.

미궁『정도』에서 약간 벗어난 곳에 있는 특수한 구역이었다.

거기서 길이가 2미터를 훌쩍 넘는 지네 옆을 통과해 내달리며, 검을 옆으로 휘둘렀다. 지네 몬스터는 단말마의 비명을 지르며 절명했다.

그것은 빛 입자를 흩뿌리면서 마석으로 변해 갔다. 나는 그 모습을 ≪디멘션≫으로 지켜보며, 굳이 드롭 아이템을 줍지도 않은 채 계속 달려갔다.

잔챙이에게는 눈길도 주지 않았다.

목표물은 단 하나. 이 습지대 구역의 보스인 플라이포비아뿐.

수백 미터 앞에 사람 크기의 거대 파리 형태 몬스터가 도사리고 있다는 것은, 이미 ≪디멘션≫을 통해 파악한 상태다. 나는 숨을 헐떡여 가며, 그 파리 몬스터를 향해 내달렸다.

"허억, 허억, 허억——!"

하지만 속도가 부족했다. 시간이 부족했다.

보스를 처치하는 것 자체는 어렵지 않을 것이다. 아직 미궁의 얕은 층인 10층대이니, 어떤 몬스터든 혼자서도 처치할 수 있다. 지금 내게 부족한 것은, 앞서 달리는 라스티아라와를 따라잡는 데 필요한 속도였다.

이번 첫 데이트의 목표는, 라스티아라를 쫓아가고, 따라잡고, 앞지르는 것이었다. 도무지 이해가 안 가는 내용이었지만, 어쩌다 보니 그렇게 되어 있었다.

라스티아라는 나와 마찬가지로 전속력으로 앞서 달리면서, 숨을 헐떡이며 말했다.

"허억, 하하, 허억, 하하하핫하핫!! 이게 연인들이라면 당연히 하는 놀이, '나 잡아 봐라'. 이거, '나 잡아 봐라 놀이' 맞지?!"

아니다. 전혀 아니다.

데이트 신청을 받고 기대에 부풀어 있던 내 설렘을 돌려달란 말이다.

하지만 내가 그런 불만을 얘기할 틈도 없이, 라스티아라는 수백 미터의 거리를 전속력으로 달려가서, 나보다 먼저 에어리어 보스인 플라이포비아에게 달려들었다.

전투는 눈 깜짝할 사이에 끝났다. 플라이포비아가 급속도로 접근한 라스티아라를 발견했을 때는, 이미 그 몸이 세로로 쪼개져 버린 뒤였다. 전력질주의 속도가 붙어 있던 데다,

타고난 근력과 『천검 노아』의 날카로움까지 더해져서, 어마어마한 공격력을 만들어 낸 것이다.

제아무리 보스몬스터라도, 그 일격을 버텨낼 수는 없었다.

아까 내가 베어 넘긴 지네 몬스터처럼, 보스몬스터도 사라져 갔다. 라스티아라는 그 빛 입자 속에서 멈춰 서서, '나 잡아 봐라 놀이'에서 승리한 것을 내게 자랑했다.

"좋아! 내가 이겼다!"

나도 몇 초 뒤에 그녀를 따라잡아서, 거칠게 숨을 몰아쉬면서 충고를 건넸다.

"아니, 이건 '나 잡아 봐라 놀이'가 아니잖아……. 그 이전에 데이트도 아니고……."

데이트 장소로 미궁을 택한 라스티아라의 선택을, 나는 지금도 납득하지 못하고 있다.

미궁에 도착하자마자 "술래잡기하자!"고 말하고는, 어째선지 "후후후, 나 잡아 봐라"라고 국어책 읽는 말투로 말하는가 싶더니, 게임 속 모험가가 시간제한 보스 공략 퀘스트라도 받은 것처럼 내달린 라스티아라의 행동도 납득이 가지 않았다.

데이트라는 얘기를 들었을 때, 나는 당연히 배의 갑판에서 정답게 얘기를 나누거나, ≪커넥션≫을 통해 둘이서 밤거리를 나들이하거나 하는 것을 생각했던 것이다. 그런 나의 불만을 아는지 모르는지——아니, 알고 있는 게 분명한 라스티아라는, 환한 미소를 지으며 방금 전의 '나 잡아 봐라 놀이'에 대한 감상을 늘어놓았다.

"아아, 데이트라는 건 정말 재미있는 거구나……! 역시 서로 사귀는 사이라면 이런 걸 해야지."

"여기가 찬란한 태양이 빛나는 모래사장 같은 곳이었더라면, 나도 불만은 없었을 거야……."

"모래사장보다 여기가 더 로맨틱하지 않아? 가슴이 두근거리지 않아?"

"그야, 언제 몬스터가 달려들지 알 수 없는 상황이니까 두근거리긴 하지."

가빠진 호흡에 맞추어, 심장이 두근두근 맥동했다.

게다가 미궁 안은 지상에 비해 공기가 희박하니, 틀림없이 평상시보다 맥박이 빠르게 뛰고 있을 것이다. 다만, 아무리 가슴이 두근거린다 해도, 해변의 모래사장에 비하면 이 미궁 안은 어이없을 정도로 삭막하기 그지없었다.

이런 곳을 보고 로맨틱하다고 표현하는 사람은 라스티아라밖에 없을 것이다.

그런 그녀의 감수성은 평생 변하지 않을 테고――사실 나도 그 감수성이 변치 않기를 바라고 있기에, 체념 어린 한숨을 지으며, 이 로맨틱하다는 '나 잡아 봐라 놀이'에 대한 감상을 얘기했다.

"하아……. 그나저나, 나도 작정하고 달렸는데 끝내 못 따라잡았네. 순발력은 내가 앞서지만, 지구력이 딸리는 것 같아."

"신체능력 면에서는 자신이 있으니까. 이것만은 절대로

안 질 거야. 게다가 어머니 덕분인지, 오늘은 유독 몸 컨디션도 좋았고 말이야."

라스티아라는 보스몬스터의 마석을 주워서 나에게 던져 주었다.

그러는 동안, 나는 서로의 스테이터스를 확인해 보았다.

【스테이터스】
이름 : 아이카와 카나미 HP369/369 MP1312/1312
클래스 : 탐색가
레벨29
근력15.97 체력17.78 기량23.67 속도30.00 지능23.59
마력53.78 소질6.21
【스테이터스】
이름 : 라스티아라 후즈야즈 HP923/923 MP521/521
클래스 : 기사
레벨24
근력22.12 체력21.89 기량12.56 속도15.78 지능19.23
마력16.25 소질6.50

티아라의 힘을 얻은 라스티아라는, 전체적인 수치가 예전에 비해 증가해 있었다.

그러나 그렇게 얻은 힘에 자만하지 않고, 자신의 다음 과제를 찾으려 했다.

"하지만 신체 능력만 가지고는 안 된단 말이지. 역시 자신 있는 마법이 없으면 가디언들과의 싸움에 따라갈 수가 없을 테니까. ……말하자면 주특기 같은 거. 나한테는 필살기가 필요해."

『나무의 이치를 훔치는 자』 아이드와 『물의 이치를 훔치는 자』 히타키를 상대로 싸워 본 경험이 있는 라스티아라는, 자신에게 필살기가 부족하다고 생각하고 있는 모양이었다.

아무리 신체 능력이 뛰어나더라도, 물리적인 공격만 가지고는 한계가 있다.

디아나 마리아는 최대 화력을 발휘하면 도시 하나쯤 초토화시킬 수 있는 능력을 갖고 있지만, 만능형인 라스티아라에게는 그런 화력이 없다.

『이치를 훔치는 자』들은 기본적으로 엄청난 마력을 갖고 있다. 무엇보다, 이름과 관련된 속성 마법의 프로페셔널이기도 하다. 마법에는 별 자신이 없던 로웬 씨조차도, 필살기에 해당하는 마법을 보유하고 있었다. 평범한 마법으로는 그들의 진정한 『마법』에 상대도 되지 않는다는 생각에는 나도 동의했다. 동의하긴 했지만, 한편으로는 그런 그녀의 힘 역시 필요할 거라는 생각도 들었다. 너무 게임적인 사고방식인지도 모르지만, 전원이 고화력 마법을 구사하는 건 밸런스 면에서 좋지 않다는 생각이 드는 것이다.

"아니, 애초에 라스티아라 혼자서 싸우려고 하는 것 자체가 문제야. 라스티아라는 유격전이나 교란 임무에 집중하고, 마무리는 동료들에게 맡기는 게——.”

“그거! 멋진 장면만 다 차지해 버리다니, 치사해! 나도 승부를 마무리 지으면서 필살기를 외치고 싶어! 마지막 순간에 목청껏 외치고 싶단 말이야!!”

“그런 얘기였구나.”

심정은 충분히 이해가 갔다. 목청껏 멋들어지게 영창하면서 대형 마법의 이름을 외치고 싶다는 욕구는 나에게도 있었다. 솔직히, 라스티아라에게 지고 싶지 않을 정도였다.

현재 나의 최대 화력은, 아마 ≪디 아 레이스(친애하는 일섬(一閃))≫일 것이다. 이 마법 자체는 나쁘지 않다.

나쁘지는 않지만…….

이건 원래 로웬의 마법이라, 내 필살기라고 하기에는 아무래도 고개가 갸웃거려지는 면이 있었다.

그리고 이 ≪디 아 레이스≫. 의외로 발동되는 모습이 수수하다.

까놓고 말해서, 그건 그냥 검을 휘두르는 게 전부인 것이다. 리퍼가 뒤에서 보조해 주면 얘기가 달라지지만, 혼자서 쓰면 지나치게 마니악한 연출로 끝나고 만다.

나는 검술과 보조에 특화되어 있다 보니, 뭘 하든 화려함이 부족하다.

아마 라스티아라도 비슷한 생각을 갖고 있을 것이다.

그러다 보니, 게임 속 시각 이펙트를 방불케 하는 마리아나 디아의 마력을 진심으로 부러워해서, 1년 전의 배 여행

때부터 어떻게든 따라 하려 애쓴 적도 있었다.

대량의 몬스터를 단숨에 쓸어버리는 통쾌한 느낌은 마법만이 가진 특권이리라.

몸과 검만 가지고는 해낼 수 없는 일이다.

"응. 라스티아라 말대로, 자기만의 마법이 필요하긴 해."

"어떻게 하면 익힐 수 있는 걸까? 일단은 끈기 있게 레벨업을 하는 수밖에 없으려나?"

"글쎄. 남들을 흉내 내서 겉모습만 화려한 마법을 써 봤자 소용없다는 건 예전에 시험해 보고 알았으니까……. 이번에는 제대로 자신의 장점을 살린 마법을 만들려고 노력해 봐야겠지."

"내 장점……. 웬만한 건 어중간하게 잘하고, 『주얼 크루스(마석인형)』고, 모든 마법을 암기하고 있고, 그리고 또……."

나와 라스티아라는 공동의 목표를 발견하고, 서로에 대해 확인해 가면서 미궁을 거닐었다.

조금 전에는 이런 건 데이트가 아니라고 투덜대던 나였지만, 둘이서 필살기를 궁리하면서 걷는 건 조금 즐거웠다.

즐겁고── 그리고 편안했다.

이런 면에서는 정말 죽이 잘 맞는다.

티티와는 다르게 센스도 서로 비슷해서, 기술명을 두고 충돌할 일도 없다.

취향을 공감할 수 있기에, 얘기를 나누기만 해도 마음이 편안하다. 아마 라스티아라도 같은 심정일 것이다. 세라 씨나 라그네와 이런 얘기를 할 수는 없을 테니까.

우리는 우리 둘이서만 나눌 수 있는 얘기를 마음껏 즐기면서, 미궁 안을 나아갔다.

그러다가, 라스티아라는 한 마리의 몬스터 앞에서 발걸음을 멈추었다.

"아, 미노타우로스 발견."

소머리 같은 머리를 가진 거대한 인간형 몬스터가 우리 앞을 막아섰다.

나는 『표시』를 통해 상대를 확인했다.

【커마인 미노타우로스 : 랭크20】

전에도 본 적이 있는 정보였다. 그리고 그 정보 확인을 마쳤을 때는 이미, 라스티아라가 미노타우로스의 머리를 베어 버린 뒤였다.

"그러고 보니, 처음으로 카나미랑 같이 미궁을 탐색할 때도 이 녀석이랑 싸웠었지. 옛날 생각나는걸~"

"그때만 해도 조금 위험한 상대였는데, 이제 식은 죽 먹기가 됐네."

아예 전투 자체가 성립하지도 않을 정도다.

순식간에 죽어 버린 미노타우로스의 마석을 줍고, 라스티아라는 옛 추억에 잠겼다.

"그때는 마리아도 같이 있었지."

표정이 약간 어두워졌다.

이 미노타우로스와 싸우던 시절, 라스티아라는 마리아를 짐짝처럼 취급했었다. 겉으로는 목숨을 걱정해서 그런 거라고 했지만, 실제로는 얕잡아보며『소질』의 부족을 지적했던 기억이 난다. 그랬건만, 이제 자신이 마리아보다 약해지고, 가디언들과의 싸움에서 짐짝 신세가 되고 말았다는 것에 대해 약간 아이러니를 느끼는 모양이었다.

나는 그런 라스티아라를 곁에서 지켜보고 있었다.

라스티아라는 내 걱정을 눈치챘는지, 이내 어두운 기색을 떨쳐냈다.

"걱정하지 마. 이제 나에게는 티아라라는 어머니가 함께 하고 있어. 금방 나 나름의 전투 방식을 찾아낼 테니까, 카나미는 걱정하지 마."

전의에 불타는 얼굴로, 무언가를 떠올리면서 선언했다.

"나도 따라잡을 거야. 무슨 일이 있어도 따라잡을 거야. 마리아 옆자리에는 내가 서고 싶으니까."

라스티아라는『나무의 이치를 훔치는 자』『물의 이치를 훔치는 자』『사도 시스』, 이 셋과 싸웠을 때, 마리아에게 도움이 되어 주지 못했던 것을 한스럽게 여기고 있는 것이리라.

"어두운 얘기는 그만하자. 지금은 즐겁고도 즐거운 데이트 중이니까."

자신의 목표를 또렷하게 확립한 라스티아라는, 마음을 다잡고 앞장서서 발걸음을 내딛었다. 나는 그 뒷모습을 향해 말을 걸었다.

"저기 말이야, 데이트 얘기가 나와서 말인데……. 이거, 정말 데이트 맞아? 이런 곳을 돌아다니는 게 정말 재미있어?"

"재미있는데? 대성당에 틀어박혀 있던 시절에 비하면 얼마나 재미있나 몰라. 공기도 탁하고, 어둡고, 습하고, 진짜 죽음의 위기가 있잖아. 살아있다는 걸 실감할 수 있지 않아?"

내 목소리에 이쪽을 돌아본 라스티아라는, 그야말로 생기 넘치는 미소를 지었다.

"……그럼 됐어."

기껏 즐기고 있는 라스티아라에게 찬물을 뿌릴 수는 없었기에, 딱히 반론은 하지 않았다.

하지만 실은 다른 곳에 가고 싶다는 심정은 사라지지 않았다.

솔직히, 내게는 여자와의 데이트에 대한 로망이 있었던 것이다.

첫 데이트라면 특히 더 특별한 법. 평생의 추억이 될 테니까, 충분히 계획을 세워 두고 싶었다. 어느 정도 고급스러운 레스토랑 같은 곳을 예약해서 둘이서 야경을 즐긴다든지, 선택지는 얼마든지 있었다.

원래 세계에서 친구에게 데이트 얘기를 듣고 정말 부러웠던 기억이 있다.

물론 이 이세계에서 관광지나 영화관 데이트를 즐기는 건 현실적으로 불가능할 것이다. 그래도 어딘가에서 쇼핑을 하거나 연극을 관람하는 것 정도는 가능할 터였다.

하다못해 미궁 안만 아니었더라도, 이 사소한 대화가 좀 더 즐겁게 느껴졌을 텐데…….

"알겠다, 카나미는 적들이 너무 약해서 재미없다는 거지? 이해해, 이해해. 하긴 스릴이나 해프닝 같은 게 부족하긴 해. 이렇게 얕은 층은 말이야."

"너, 내가 원하는 건 그런 게 아니라는 거, 다 알면서 그러는 거지?"

떨떠름한 표정으로 걷는 나를 보고, 라스티아라는 얄밉게 놀려댔다.

"후후훗. 물론 알고 있지. 전에도 비슷한 얘기를 했었으니까."

라스티아라는 내 심정을 알고 있다는 사실을 자백했지만, 그렇다고 발걸음을 늦추지는 않았다.

"아아, 그런 적이 있었지……."

나도 라프타리아처럼 감회에 젖어 들었다.

예전에 둘이서 20층 부근을 걸었을 때도 비슷한 식으로 의견 충돌을 겪은 적이 있었다.

거침없이 미궁 안 깊이 들어가자고 제안하는 라스티아라와, 벼를 베듯 차근차근 작업해 나가자고 요구하는 나. 그때는 두 의견 사이의 중립적인 방식을 택해서, 순조롭게 미궁을 공략해 나갔었다. 그때의 흐름을 재현해 볼 생각에, 나도 일방적인 요구를 들이댔다.

“라스티아라, 즐거운 시간 보내고 있는데 이런 소리해서 미안하지만……. 나는 좀 더 데이트다운 일을 하고 싶어. 이런 것 말고, 연인들다운 걸 하고 싶어. 될 수 있으면, 스릴 넘치는 것 말고 새콤달콤한 느낌이 좋아.”

“흐음흐음~.”

라스티아라는 턱에 손을 짚은 채 생각에 잠기는가 싶더니, 얼마 되지 않아 해답을 끌어냈다.

어쩌면 처음부터 대답을 정해 두고 있었던 건지도 모른다.

“그럼, 데이트다운 느낌을 내려면, 이렇게 하면 될까?”

옆으로 와서, 내 왼손을 잡았다. 데이트답게 손을 잡고 걷자는 얘기인 모양이었다.

여기가 미궁이 아닌 다른 곳이기만 하다면, 더할 나위 없이 정상적인 대답이었다.

그리고 그 갑작스러운 접촉에, 나는 살짝 긴장했다.

“……어?! 이, 이건, 무지하게……!!”

옆에 있는 라스티아라도 마찬가지로 긴장했는지, 목소리가 떨렸다.

“무지하게……! 무지하게 장난 아니네……!”

생각보다 훨씬 더 데이트다운 느낌에, 우리는 감동하고 있었다.

라스티아라와 알고 지낸 지는 이미 꽤 오래됐지만, 이렇게 새삼스럽게 손을 잡는 건 신선한 느낌이었다.

게다가 나는 쓸데없이 뛰어난 갖가지 감지 기능을 갖고

있는 탓에, 손바닥을 통해 전해지는 상세한 정보들이 머릿속에 흘러들었다. 살갗의 온도와 습도, 피와 마력의 맥박, 근육의 움직임은 밀리미터 단위로 포착할 수 있었다. 무엇보다도, 여자 살결의 보들보들한 감촉이 느껴졌다.

여자아이 특유의 반발력 적은 탄력에, 스스로의 뺨이 붉게 물들어가는 것을 알 수 있었다.

옆을 보니, 라스티아라도 나와 마찬가지로 뺨이 붉게 물들어 있었다.

"이, 이쪽을 너무 빤히 쳐다보지는 마……."

내 시선을 견디지 못하고, 라스티아라는 약간 고개를 돌렸다.

나는 그녀가 정말로 동요하고 있다는 것을 알아채고, 이렇게 제안했다.

"……쑥스러우면, 그만할까?"

"그만하는 건……, 싫어! 계속할 거야! 이대로 쭉 데이트 속행!"

라스티아라는 결심을 굳히고 선언했다. 하지만 이것이 데이트가 아닌, 미궁 탐색의 일환이라는 건 명백했다. 나는 냉정하게 위험성을 경고했다.

"아니, 나도 속행하고 싶은 마음은 굴뚝같지만……. 둘 다 한쪽 손이 묶여 있으면 위험하지 않을까?"

"으~음. 하지만 이러면 우리 둘의 욕망이 다 충족되는 셈이니까……."

라스티아라는 들뜬 목소리로 대답했다.

하긴 맞는 말이었다. 라스티아라는 스릴을 맛보기를 원하고, 나는 데이트다운 일을 하기를 원한다. 이렇게 하면 양쪽의 조건을 모두 완전히 충족시키는 셈이었다.

우리 둘 다 이중의 의미로 두근거림을 느낄 수 있을 것이다.

"그건 그래. 그럼 당분간 이렇게 가 볼까."

그래서 나는 손을 잡은 채 미궁을 탐색하자는 제안을 받아들였다.

일단 마음속으로는, '여유가 있는 낮은 층수까지만'이라는 조건을 달아 두기는 했다.

오늘 40층 이상의 깊은 곳까지 들어갈 계획은 없으니, 보스만 피하면 위험은 없을 것이다.

"좋아, 그럼 이대로 성큼성큼 들어가자~"

일종의 결박 플레이라도 하는 기분으로, 우리는 미궁 탐색을 재개했다.

하지만 걷기 시작한 지 몇 초 만에, 탐색에 애로사항이 발생했다.

손과 손을 맞잡는 감촉이 의식을 앗아가서, 눈앞에 뻗은 회랑에 집중할 수 없었던 것이다. 손바닥을 통해 체온이 느껴지는 것만으로도, 뺨에는 그보다 몇 배는 더 강렬한 열기가 치솟았다. 서로의 심장이 거세게 요동쳐서, 고동의 리듬이 뒤섞여 나갔다. 서로의 숨결이 가까이에 느껴지는 것만으로도, 어쩐지 쑥스러운 느낌이었다.

게임으로 비유하자면 명중률이나 회피율에 막대한 디버프가 걸린 상태일 것이다. 물론 그뿐만이 아니다. 육체적인 면뿐만이 아니라 정신적인 면에서도 디버프가 걸려 있다.

그렇다고 손을 놓지는 않았다. 이렇게 달아오르는 열기는, 우리 두 사람 모두가 원한 것이었기 때문이다.

그리고 그 기세를 살려서 몬스터와 전투도 수행했다. 이번에 나타난 적도 추억 속의 몬스터였다.

21층에 출몰하는, 팔이 넷 달린 괴상한 몬스터, 퓨리.

늑대와도 같은 포효를 내지르며 덤벼드는 퓨리에 맞서, 우리는 정면으로 대응했다. 서로 손을 맞잡은 채, 나는 오른손에 보검 로웬을 움켜쥐고, 라스티아라는 왼손에 천검 노아를 움켜쥐고, 적이 팔을 치켜드는 동시에 내달렸다.

서로의 호흡이 조금이라도 흐트러졌다면 손을 놓고 싸울 수밖에 없게 됐겠지만, 우리는 조금의 어긋남도 없는 호흡으로 전투를 개시하는 데 성공했다.

리퍼나 티티 때처럼 『연결고리』로 서로의 마음을 연결한 것도 아니었는데, 우리의 움직임은 완벽하게 일치했다.

퓨리가 공격하는 타이밍에 맞추어, 우리는 자세를 낮추어 돌진했다.

적의 가랑이 밑을 통과해서 빠져나가는 동시에, 내가 적의 왼다리를, 라스티아라가 적의 오른다리를 베어 넘겼다. 체중을 지탱하던 다리에 부상을 입는 바람에 적의 무릎이 꺾여서, 급소의 위치가 낮아졌다. 우리는 돌아서는 동시에 칼부림을 날렸다.

즉사였다. 내가 적의 목을 날리고, 라스티아라가 몸통을 일도양단해 버렸다.

칼부림을 날린 자세 그대로, 우리는 서로 등을 맞댄 채 손맛을 음미했다.

“오~?! 생각보다 괜찮은데! 역시 카나미랑 나는 상성 최고라니까!”

“응. 상상했던 것보다 훨씬 잘 풀려서, 나도 좀 놀랐어.”

우리는 손을 잡고 있는 상태라는 불리함 따위는 존재하지 않는 것처럼 몬스터를 처치했다.

그리고 실전을 경험하고 보니, 이 전투 방식이 그렇게 나쁘지만은 않다는 점도 알 수 있었다. 일반인과는 전혀 다른 감각을 가진 우리만 할 수 있는 사고방식이겠지만, 서로 손을 맞잡고 있으면, 옆에 있는 상대의 움직임이 손에 잡힐 듯 느껴졌다. 파트너에게 빈틈이 생겨서 적의 공격에 노출되더라도, 손을 힘껏 잡아당겨서 구해줄 수 있을 것이다. 공명마법을 쓰기 용이해지고, 회복마법이나 보조마법도 둘이 동시에 침투시킬 수 있다.

그렇게 나쁘지만은 않은 전투 방식인지도 모른다. 그런 구실을 바탕으로, 우리는 계속 손을 잡은 채 탐색해 나가기로 하고, 다시 발걸음을 내디뎠다.

폴짝폴짝 뛰을 뛰거나 하는 정도는 아니지만, 상당히 들뜬 기분으로 걸었다. 탐색 도중에, 아까 그 퓨리가 내지른 단말마의 비명을 듣고 모여든 여러 몬스터들과 싸우기도 했지만, 호흡이 딱딱 들어맞는 우리의 진격을 막을 수 있는 몬스터는 한 마디도 없었기에, 하나같이 접촉하는 즉시 절명했다.

마석과 경험치를 모아 가며, 우리는 30층까지 전진했다.

열기로 체력을 앗아가는 용암지대. 단단함이 특징인 광석지대. 라스티아라와 많은 얘기를 나누면서, 예전에 공략했었던 미궁을 지나고, 스스로의 성장을 확인하며 더 깊은 층까지 공략해 나갔다.

손을 잡은 상태에도 자연스레 익숙해졌을 때쯤, 라스티아라가 크리스털 몬스터를 무찌르면서 말을 걸었다.

"후우, 드디어 30층까지 왔네. ……아, 그러고 보니 말이야, 우리가 없는 동안에 카나미는 미궁 어디까지 공략했어?"

살짝 가시 돋친 말투였다. 라스티아라에게 있어 기대의 대상인 미궁 탐색을 나 혼자서만 즐긴 것에 대해 나무라는 것인지도 모른다.

"공략했다고 하기는 좀 힘들지도 모르지만, 66층까지는 대충 알아."

"어, 벌써 66층이나……?"

불만이 있으면 팰린크론 녀석에게 따져 줬으면 좋겠다.

거기까지 떨어지지 않았더라면, 나도 아직 공략하지 못했을 것이다.

"참고로 가디언이 있는 층의 내역을 얘기해 주자면, 40층이 아이드, 50층이 티티, 60층이 노스휘의 층이었어. 이제 아이드와 티티가 사라져서, 60층 이외에는 ≪커넥션≫을 설치할 수 있을 테니까, 일단은 그 정도를 목표로 해서 들어가자. 아, 혹시 66층에도 설치할 수 있으려나……?"

"헤에, 흐으응, 그렇구나~. ……그럼 그중에서 내가 아직 못 만난 가디언은 노스휘밖에 없네. 저기 말야, 노스휘는 어떤 느낌이야?"

어떤 느낌……? 새삼스러운 질문에, 나는 약간 당황했다.

가장 먼저 떠오른 것은 "악의"라는 단어였다. 나에 대해 그렇게 강한 악의를 보인 것은 그 녀석밖에 없었다.

자신이 나의 적이라는 것을 감추려 하지 않고, 사사건건 나를 괴롭히려 들었다.

하지만 그게 그녀의 전부가 아니라는 건 알고 있다. 아마 천 년 전에 그녀의 성격을 뒤틀리게 만든 모종의 사건이 있었을 것이다. 그런데 나는 아직 그 사건을 기억해 내지 못한 상태니까, 사실상 노스휘에 대해 아무것도 모른다 해도 과언이 아니었다.

하는 수 없이, 나는 내가 아는 범위 안에서 노스휘에 대한 인물평을 얘기했다.

"솔직히, 나도 잘은 모르겠어……. 처음 만났을 때는 예의 바르고 다정해서, 『성녀』나 『공주님』이라는 단어에 딱 어울리는 여자아이로 보였어. 하지만 그게 전부가 아니라는 건 이미 알고 있어. 다혈질에, 엄청난 집착을 갖고 있고, 수

단 방법을 안 가리고……. 하지만 그건 천 년 전에 여러 번 배신을 당하고 끔찍한 슬픔을 겪었기 때문이라는 것도 알고 있어……."

라스티아라는 그런 내 이야기를 진지하게 듣고 있었다. 언젠가 만나게 될 가디언에 대한 정보를 하나라도 놓치지 않으려 하는 그 모습을 보고, 나는 더 자세한 이야기를 이어갔다.

상대가 라스티아라인 만큼, 아무것도 숨기지 않을 생각이었다.

"천 년 전에, 노스휘는 후즈야즈의『빛의 깃발』역할을 맡아 일군을 이끌고 있었어. 당시 노스휘의 목적은, 북부로 돌아선 배신자, 시조 카나미를 포박하는 것. 시조 카나미와 노스휘는……, 저기, 당시에는 부부였으니까, 도망친 남편을 뒤쫓는 식이었던 것 같아. 기억은 안 나지만, 나와 깊은 관계가 있었다는 건 틀림없어."

약간 두려움에 휩싸인 채, 노스휘와 내가 부부 사이였다는 사실을 털어놓았다.

사실 나는 이 이야기를 믿지 않았다. 하지만 이 상황에서 변명처럼 "천 년 전 일이니까 이제 무효야"라느니 "어디까지나 부부였을지도 모른다는 소문이 있었다는 얘기야"라느니 하는 식으로 애매하게 얼버무릴 생각은 없었다.

오늘 막 교제를 시작한 연인에게, 실은 아내가 있었다는 사실을 고백하며, 나는 식은땀을 흘렸다.

그리고 머뭇머뭇 옆에 있는 라스티아라의 얼굴을 살펴보니.

"——**빨리 만났으면 좋겠다.**"

좋아하는 유명인사라도 떠올리는 것처럼, 라스티아라는 노스휘와의 해후를 갈망하고 있었다. 분노나 실망 같은 느낌은 티끌만큼도 찾아볼 수 없었다. 오히려 환희에 차 있었다.

아아, 역시나…… 이 녀석은 이렇게 나오는구나…….

"저기, 라스티아라? 나 방금 꽤 놀라운 사실을 실토한 건데……. 나랑 노스휘가 부부라는 얘기……."

"어머니 덕분에 충분히 마음의 준비를 할 수 있었으니까, 그 정도는 예상하고 있었어."

"예상하고 있었다고?"

"당연히 예상했지. 그냥 카나미는 원래 그런 사람이라고 생각하기로 했어. 그리고 카나미의 그런 점도 싫지 않으니까, 그 점은 걱정하지 마. 아니, 솔직히 방금 그 얘기는 진짜 재미있는 얘기였어! 아아, 가슴이 미치도록 뛰는걸!!"

관대해도 너무 관대한 그 마음에, 나는 살짝 압도당할 지경이었다. 나와 노스휘가 부부 사이였다는 이야기쯤은, 그녀에게 있어서는 자기가 좋아하는 이야기에 나오는 흔한 양념 정도에 불과한 것이리라.

"아아……. 60층의 가디언! 『빛의 이치를 훔치는 자』 노스휘! 노스휘노스휘노스휘! 빨리 노스휘를 만나보고 싶어!"

노스휘를 만나보고 싶다는 말만 연발하는 라스티아라.

이쯤 되니, 그녀는 기어이 가볍게 뜀까지 뛰기 시작했다.

손을 잡고 나란히 걷던 나는, 자세가 무너진 와중에도 가까스로 그녀를 따라갔다.

"진짜 기분이 좋나 보네."

"노스휘 얘기를 들으니까, 역시 카나미랑 같이 있으면 즐겁다는 사실을 새삼 깨달았거든. 아아, 그건 그렇고, 부부라니, 부부라니, 후훗!"

콧노래라도 부를 듯한 기세로, 라스티아라는 신나서 뜀걸음까지 하는 이유를 설명했다.

"이 미궁 탐사── 손잡고 즐기는 데이트도 재미있고, 배에 돌아가면 다른 동료들도 있어! 자고 일어나면 스노우와 디아가 기다리고 있고, 앞으로 도전해야 할 미궁도 있어! 이번에는 정말, 1년 전에 했던 것처럼 다 함께 『모험』을 즐길 수 있어!"

최근 1년 동안 대성당에 처박혀 지내느라 울화가 쌓여 있었던 것이리라.

이제부터 맞이할 모든 새로운 생활이 기대돼서 어쩔 줄 모르겠다고 말했다.

"카나미랑 있으면 앞으로도 계속 즐거운 나날을 보낼 수 있을 거라는 확신이 들었어. 그러니까 조금 들떠서 표정이 우스워지는 건 어쩔 수 없잖아?"

라스티아라는 미궁을 탐색하는 사람다운 진지한 표정을 지으려고 애쓰고 있는 모양이었지만, 싱글벙글한 웃음을 주체하지 못하고 있었다. 그리고 내 손을 잡아끌면서 부탁했다.

"그러니까 카나미, 앞으로도 우리 계속 함께하자."

라스티아라의 반짝이는 머리칼이 뒤로 나부껴서, 내 코끝을 간질였다.

빛 그 자체와도 같은 그 머리칼은, 함께하는 미래를 맹세하는 소녀의 얼굴과 이어져 있었다. 더없이 환한 얼굴로 웃으며, 더없이 소중한 듯 내 손을 잡고, 나를 『앞』으로 이끌려 하고 있었다.

그 『앞』이라는 것은, 미궁 안쪽이라는 뜻만이 아니었다.

그 『앞』이라는 것은, 곧 『미래』였다.

나는 그녀가 얘기한 "계속"이라는 말에 대해 생각했다.

앞으로도 계속 함께하며, 머나먼 미래에도 우리 둘이 같이.

그 광경을 머릿속에 떠올려 보았다. 가능하면 조용한 곳이 좋겠다.

드문드문 농가들이 서 있는 마을의 작은 집에서 같이 사는 우리 두 사람.

지금 내가 가진 힘 정도면, 손수 집을 짓고 자급자족하는 생활을 하는 것쯤은 식은 죽 먹기일 것이다. 가능하면 바다에서 가까운 곳이 좋을 것 같다. 아니, 현재 가진 재산으로 어딘가에 가게를 내는 것도 나쁘지 않을 것 같다. 의사는 어려울 것 같아서 포기했으니, 음식이나 의복 관련 가게 정도가 좋을까. 서로 힘을 모아서 가게를 성장시켜 가는 건 더없이 즐거운 일일 것이다.

내 이상은 변경에서 살아가는 생활이지만, 아마 그게 실현되기는 힘들 것이다.

보나 마나, 라스티아라는 시골이 아닌 위험한 지역으로 이주하기를 원할 테니까.

세계 각지의 위험한 몬스터들을 토벌할 생각에, 자신이 용사라면서 떠벌리고 다니고, 혼자서 용병 노릇을 시작할지도 모른다. 아니, 혼자서 할 일은 절대 없겠지. 라스티아라는 나를 끌어들여서 『모험』을 떠나려 할 게 분명하다. 내키지 않아도 거절하지 못하는 나를 막무가내로 끌고 나가서, 기껏 지은 새 집을 방치하고 세계 각지를 여행하고 다니는 것이다.

인생의 방침은 정반대여도 근본적인 취향이 같은 우리는, 둘이서 즐겁게 세계를 모험하리라. 때로는 내 요청이 받아들여져서, 어느 안전한 도시 같은 곳에서 휴식을 취할 수 있을지도 모른다. 그때가 오면, 정말 연인다운 데이트를 해 보고 싶다.

아아, 정말 즐거울 것 같다……. 잠깐 상상만 했는데도 이렇게나 행복할 수가…….

많은 곳들을 여행하고, 많은 곳들을 구경하고, 많은 것들을 경험하는 것.

오랜 시간을 들여가며, 둘이서 같이.

언제까지나 함께.

『영원』히.

그런 감정에 잠겨 웃고 나서, 나는 라스티아라에게 약속했다.

"――그래. 우리는 **영원히 함께**하는 거야, 라스티아라."

그렇게 대답하자, 라스티아라는 태양에 필적하는, 오늘 본 것 중 가장 환한 미소를 보이며 힘차게 "응!"하고 고개를 끄덕여 대답했다.

눈이 부셨다. 라스티아라가 보여주는 미소는 순진 그 자체였지만, 내가 보여준 미소에는 약간 어두운 감정이 섞여 있었다. 켕기던 부분을 빛이 덮어 버리는 바람에, 순간적으로 눈을 감고 말았다.

조금 전에 내가 느낀 감정이 무엇인지, 나는 알고 있었다.

하지만 그건 인간이라면 누구나 갖고 있는 것이기에, 딱히 꺼림칙하게 여기지는 않았다.

꺼림칙하지는 않았지만……, 아무래도 눈을 똑바로 뜰 수 없었다.

라스티아라는 앞을 향해 걸었다. 내가 항상 함께할 거라 믿으며, 미궁 안쪽으로 나아갔다.

그러는 동안, 나는 줄곧 그녀의 옆얼굴을 바라보고 있었다.

결국, 미궁 탐색은 40층에서 멈추었다.

가능하면 더 깊은 곳까지 들어가고 싶었지만, 무리하지는

말기로 했다.

시간을 고려하면 상당히 빠른 클리어 타임이라고 할 수 있었다. 초반의 '나 잡아 봐라 놀이' 때 전력질주를 한 덕분이리라.

40층에 도달한 우리는, ≪커넥션≫을 지나 배의 갑판으로 돌아왔다.

미궁에 들어가던 당시와는 달리, 수평선 너머로 태양이 빛나고 있었다. 밤을 새고 맞이한 빛에 눈이 시렸다. 눈을 찡그려서 체내시계를 맞춘 나는, 그제야 배를 찾아온 방문자를 발견했다.

갑판 중앙에서 배의 주 돛대를 올려다보고 있는 소년 소녀 기사가 있었다.

라이너 헤르빌샤인과 라그네 카이크오라였다.

라그네가 먼저 우리를 발견하고, 나와 라스티아라 쪽을 쳐다보며 인사를 건넸다.

"아, 두 분 모두 좋은 아침임다~, 실례 좀 하고 있슴다~."

짤막한 갈색 머리칼이 흔들리도록 그 자리에서 폴짝폴짝 뛰면서, 힘차게 손을 흔들었다.

라스티아라가 그 모습에 반응해서 내달렸다.

"아~! 라그네가 있잖아~!"

"네~! 아가씨~! 저도 왔슴다~!"

라그네가 양팔을 벌려 자세를 잡고 기다리자, 라스티아라는 그런 라그네에게 뛰어가 품에 안겼다. 내가 들은 바에 따르면, 두 사람은 태어났을 때부터 주종관계였다고 한다. 주위 사람들의 시선에 개의치 않고, 온몸으로 재회를 기뻐하고 있었다. 반면에 나는 냉정하게 내 기사에게 인사를 건넸다.

"라이너, 벌써 돌아온 거야?"

"그래. 페데르트 녀석에게 뒤처리를 맡겼더니, 기꺼이 자기가 맡겠다고 나서서 말이지. 덕분에 생각보다 일찍 끝났어."

라이너도 나와 마찬가지로, 옆에서 오가는 과격한 인사에 황당해하면서, 연합국 후즈야즈에서 일어난 일에 대한 보고를 해 주었다.

"페데르트가? 그랬구나. 이런저런 우여곡절이 있었지만, 이번에는 정말로 페데르트 녀석에게 신세를 많이 진 것 같아……. 다음에 만나거든 감사 인사라도 해야겠어."

대성당의 관리자 직책을 다시 라스티아라에서 페데르트로 바꿀 거라는 얘기는 들었지만, 그자가 앞장서서 뒤처리를 맡아 주기로 한 건 반가운 오산이었다.

다음에 만날 때는『본토』에서 선물이라도 사서 가야겠다.

"아니, 아마……. 그 녀석은 엄청나게 열 받아 있으니까 그만두는 게 좋을걸. 이번에도 말도 안 되는 일을 떠맡겼으니까."

"아하하……, 역시 화났어?"

"이번에는 그래도 짭짤하게 한 몫 줬으니까 지난번만큼은 아니겠지만……. 굳이 따지자면, 엉뚱한 짓 하지 말라고 단단히 으름장을 놓고 온 나에 대한 원한이 더 클지도 모르지."

라이너는 한쪽 입꼬리를 끌어 올리며, 악역처럼 살짝 웃었다.

미궁을 나온 직후라 아직 예민한 상태인 ≪디멘션≫이, 그 오른손의 작은 움직임을 놓치지 않고 포착했다. 사악해 보이는 표정과 뭔가를 떠올리는 듯 쥐었다 폈다 하는 손의 움직임으로 보아, 라이너가 상당히 험악하게 협박했다는 걸 짐작할 수 있었다.

내가 느긋하게 데이트를 즐기는 동안에도, 그는 온 힘을 다해 일해 준 모양이었다. 한 달 전에 라스티아라를 맡기고 후즈야즈에 두고 왔던 일을 비롯해서, 진심으로 감사했다.

"고마워, 라이너. 아니, 그게 아니지. 수고했어, 기사 라이너. 내가 없는 동안에 라이너가 라스티아라를 지켜 준 덕분에, 지금 이렇게 다 같이 배에 타고 있을 수 있게 됐어."

나름 기사의 주인답게 폼을 잡으며 노고를 치하해 보았다. 내가 그렇게 나올 거라고는 예상 못 했었는지, 라이너는 눈이 휘둥그레지도록 놀랐다가, 이내 고개를 옆으로 돌리고 가만히 대답했다.

"……뭐, 일단 황공하다고 말해 두지."

참으로 감정에 솔직하지 못한 소년 기사다.

하지만 그건, 내 표현이 부족한 것도 원인일 것이다.

감사의 마음을 좀 더 잘 전하고 싶지만, 나는 이 이세계에서 기사를 어떤 식으로 대해야 하는지 잘 알지 못했다. 라이너는 물건이나 돈을 밝히는 성격은 아닐 것 같고, 형식을 갖춘 칭찬법 같은 것도 알 길이 없었다.

약간 망설이다가, 옆에서 라그네의 아담한 몸을 번쩍 안아 든 채 빙글빙글 돌고 있는 라스티아라를 보고는, 라이너에게 한 발짝 다가갔다. 자신에게 찾아올 미래를 예측한 건지, 라이너는 칼자루에 손을 대고 경계태세를 취했다.

"잠깐! 저건 저 둘이니까 할 수 있는 거야! 그런 건 하지 마! 진짜 하지 마! 이 배에 누가 타고 있는지를 생각해! 게다가 여기는 도망칠 곳도 없어!!"

아무래도 기사를 치하하는 라스티아라의 방식은 견본으로 삼기에는 무리가 있는 모양이었다.

라이너의 절박한 거부반응을 보고, 나는 진심으로 아쉬워하며 단념했다.

그리고 감사나 칭찬이 아닌, 다음 이야기로 넘어가기로 했다.

다름 아닌, 옆에서 헹가래를 받고 있는 라그네에 대한 얘기였다.

"그건 그렇고, 왜 라그네도 같이 온 거지?"

"아아, 지금 이 자리에 없는 세라 씨를 대체하는 역할이라고 생각하면 돼. 건강 문제로 휴양 중인 라스티아라 곁에 호위가 한 명도 없는 건 좀 체면이 안 서니까. 그래서 일단 대성당에서 가장 강한 기사를 파견하게 된 거지. 감시와 보고 역할도 겸해서."

그래서 라이너와 함께 배까지 온 모양이었다.

서로 모르는 사이도 아니니, 처음 보는 기사가 따라오는 것보다는 나을 것이다.

그렇게 생각하고 있으려니, 라이너가 밑도 끝도 없는 얘기를 꺼냈다.

"그건 사실 구실일 뿐이고, 사실 라그네 씨는 페데르트의 미움을 사서, 대성당 안에서 설 자리가 없어졌을 뿐이라는 모양이지만."

"라이너. 제 험난한 대성당 사정을 그렇게 얘기해 버리면 어떡함까……. 제아무리 『셀레스티얼 나이츠(천상의 7기사)』 총장이라 봤자, 결국은 집안과 인맥이 제일이더라 이검다."

어느새 라그네가 우리 바로 옆에 다가와서 아련한 눈빛으로 말했다.

완전한 계급사회인 후즈야즈의 대성당. 백이 없으면 여러모로 고된 일이 많을 것이다.

더불어 1년 전 사건을 계기로 『셀레스티얼 나이츠』의 명성이 약간 낮아졌다는 얘기도 들은 바 있었다.

"으~음, 『아이카와카나미 지크프리트 비지터 발트후즈야즈 폰 워커』님. 당분간 세라 선배 일을 대신하고 싶슴다. 제발, 곁에 있을 수 있도록 허가해 주십쇼~. 부탁임다~."

"당연히 대환영이지, 라그네."

혹시 거절하면 라그네가 불쌍한 신세가 될 것 같았기에, 웃으면서 맞이해 주었다.

"우우……. 전례가 없을 만큼 자상한 상사를 맞이하니 살짝 감동의 눈물이 나올 것 같습다. 잘 부탁드림다~. 덤으로 앞으로의 인생에 제 백이 돼 주십쇼~. 이 임무가 끝나도 제 고난은 계속된단 말임다~."

"백이 될지 어떨지는 모르겠지만, 나는 라그네를 응원하고 있어."

"역시 카나미 씨! 예전 그대로라 얼마나 좋은지 모르겠습다!"

내가 긍정적으로 대답하자, 조금 전까지의 음울한 표정은 온데간데없이 기뻐했다. 그녀의 말 중에 "예전 그대로"라는 표현에 내가 미간을 찌푸리고 있을 때, 옆에서 라스티아라가 라그네를 빼앗아갔다.

"좋아, 결정! 그럼 라그네는 나랑 같은 방을 쓰기로 하자! 호위 담당이기도 하니까, 적응될 때까지는 같이 지내는 거야!"

"아가씨와 같은 한 방을 쓰는 검까? 전 상관없습다. 와, 이러니까 대성당 시절 생각나네요~."

"그래, 그래. ……나랑 한 방을 안 쓰면 **위험**하니까."

라스티아라가 라그네를 배 안으로 데려가려 하면서, 은근슬쩍 본심을 뇌까렸다.

지금 내 옆에 있는 라이너가 가장 염려하고 있는 "만약의 상황"에 대한 걱정이었다.

"위험? 이 배, 뭔가 위험한 물건이라도 싣고 있는 검까?"

"이제부터 그걸 알려줄 거야. 그러니까 카나미, 자기 전에, 당장 디아와 스노우한테 가서, 아까 우리 둘이 데이트 한 걸 자랑 좀 하고 올게!"

오해의 여지를 주지 않고 위험의 정체를 알려주기 위해, 우리 배에 실려 있는 폭탄 앞에서 불씨를 피울 작정인 모양이다.

"보, 보고하겠다고? 방금 한 데이트를……."

"아무것도 숨기지 않는 사이가 되자! 라는 방향으로 갈 생각이라서 말야. 그리고, 이러면 그 애들이랑 이것저것 **편하게 할 수** 있을 테니까."

그것만은 절대 양보하지 않겠다는 듯, 라스티아라는 히죽 웃었다.

그 모습으로 미루어보아, 라스티아라는 디아와 스노우에게 보고하는 것까지 데이트의 일환으로 여기고 있다는 걸 짐작할 수 있었다.

"그게 진짜 목적이었군."

"아니. 전부 다 진짜 목적이었어."

라스티아라는 단호하게 정정했다. 이러면 그녀의 계획대로, 내일부터 스노우와 디아는 한결 더 마음대로 움직이고, 마음대로 떼를 쓸 수 있게 될 것이다.

이로서 라스티아라가 원하던 완벽한 모습에 한 발 더 가까워진 셈이다.

치밀한 녀석이다. 착각하기 쉽지만, 라스티아라는 아무 생각 없이 무작정 들이받는 성격이 아니다. 오히려 그 반대다. 몸보다 머리를 먼저 움직이는 지성이 있다.

실은 운동보다 책을 좋아하는 집순이적 성격. 만약 이 세계에 내 세계의 게임이 있었더라면, 아마 미궁 탐색 같은 귀찮은 일은 때려치우고 계속 실내에 틀어박혀 게임만 즐길 것이다. 즉, 나와 마찬가지로 까다롭게 이것저것 고민하는 성격이란 얘기다. 기본적으로 비밀을 싫어하는 나는, 그런 그녀의 방침을 제지하지 못하고, 뛰어가는 두 사람의 뒷모습을 지켜보았다.

"그럼 가자. 겸사겸사 이 배도 소개해 줄게!"

"알겠습다. 그동안 미력하나마 호위해 드리겠습다~"

상사와 부하가 배 안으로 사라져 가고, 갑판에는 또 다른 상사와 부하가 남았다.

내 옆의 기사 라이너는 기가 막힌 표정이었다.

"지크, 조금 전까지 데이트하고 있었던 건가?"

"응……. 미궁에서."

"그건, 뭐, 좋은 일이지. 당신들 둘이 정답게 지내는 건 더할 나위 없이 반가운 일이니까. ……그건 그렇고, 나는 좀 급한 일이 있어서, 후즈야즈의 페데르트한테 가서 일을 좀 도와줘야 할 것 같아. 목적지에 도착하거든 불러 줘."

"——마법 ≪디폴트≫."

갑판에 설치되어 있는 후즈야즈행 ≪커넥션≫ 쪽으로 걸어가려 하던 라이너를, 차원마법을 통한 공간 왜곡으로 다시 끌고 왔다.

어딜 도망가려고?

"데이트한 걸 자랑하고 오겠다"는 라스티아라의 말이 불안해서 견딜 수 없는 모양이지만, 솔직히 더 불안한 건 나다. 기사면 기사답게 나를 지켜달란 말이다, 라이너.

"크윽, 도망도 못 치게 하다니……! 빌어먹을! 두 번째지만, 이거 너무 무섭잖아!"

"도착할 때까지 후즈야즈행 ≪커넥션≫은 필요 없으니까 없애 둬야겠어."

"뭐, 뭐야?! 진짜 없앴잖아! 이 자식이!"

라이너가 욕지거리를 하건 말건, 인정사정없이 마법 문을 없애 버렸다. 후즈야즈 측에 남겨두고 온 ≪커넥션≫이 사라지지 않는 이상, 이쪽 문은 얼마든지 다시 만들 수 있는 것이다. 즉, 라이너는 내 허가 없이는 외국으로 도망칠 수 없다는 얘기가 된다.

나는 대충 구실을 붙여서 라이너의 도주를 나무랐다.

"……라이너. 라그네를 남겨두고 혼자만 도망치려고 드는 건 좀 아니잖아. 여기까지 데려온 이상, 잘 지켜 줘야지."

앞으로 무슨 일이 벌어지건, 라그네는 그 중심에 말려들게 되어 있다.

그런 라그네에 대한 호위는 가장 냉철한 인물인 라이너에게 맡길 생각이었다.

하지만 라이너는 고개를 저어 나의 의뢰를 거부했다.

"아니, 라그네 씨는 강한 사람이니까 그렇게까지 걱정할 필요는 없어. 확신하는데, 이런 곳에서 죽을 사람은 절대로 아냐."

"응? 아니, 하지만 아까 스테이터스를 보니까 그렇게 강해 보이지는 않던데……."

【스테이터스】

이름 : 라그네 카이크오라 HP173/173 MP39/39

클래스 : 기사

레벨18

근력3.88 체력4.21 기량12.01 속도5.67 지능7.82 마력1.72 소질1.12

선천 스킬 : 마력조작2.19

후천 스킬 : 검술0.59 신성마법1.12

이 정도였다. 1년 동안 그럭저럭 성장한 수준으로밖에 보이지 않았다.

솔직히, 이 배에서 살아남을 수 있을지 불안이 남는 스테이터스였다.

"지크, 스테이터스는 그렇게 높지 않더라도, 라그네 씨는 강해."

하지만 라이너는, 그런 스테이터스 따위는 아무 근거도 안 된다는 듯 연신 고개를 가로저었다.

"말로 표현할 수 없는『의지의 힘』이 있다고 생각하면 돼."

그 말인즉슨, 『수치로 나타나지 않는 수치』가 높다는 얘기일까.

라스티아라도 얘기했던 적이 있었는데, 라그네에게는 남들에게는 없는 특출한 재능이 있는 모양이었다.

"하긴, 의표를 찌르는 실력이 대단한 것 같긴 해. 처세술도 뛰어나고."

"조심하는 게 좋을 거야. 저런 사람이야말로 이 세계의 진정한 강자에 해당하니까."

"……알았어."

그렇게까지 라그네를 두고 도망치고 싶은 거냐……, 하는 생각이 들었지만, 지금 라이너가 걱정하고 있는 대상은 나라는 걸 이해하고, 순순히 고개를 끄덕였다. 마치 라그네가 나나 라스티아라보다 더 강하다는 듯한 말투였다.

"알았으면 됐어. ……나도 라그네 씨를 두고 갈 생각은 없어. 아까는 장난으로 그랬던 거야."

라이너는 체념한 듯, 다시 갑판의 중심 돛대 쪽으로 걸어갔다. 그리고 그 근처에 있는 테이블 위의 해도와 나침반(같은 마법도구) 쪽으로 눈길을 돌렸다.

"그래. 목적지에 도착할 때까지 배 안의 잡일이라도 처리해 둬야겠군. 바람의 기사인 나라면, 배에서 할 수 있는 일이 제법 있을 테니까."

그리고 바람마법을 발동해서 배의 돛에 바람을 일으켰다. 항해 경험이 있는 듯, 그 움직임에는 조금의 주저도 없었다.

더불어 그 마법은 『바람의 이치를 훔치는 자』 티티를 연상케 했다. 그녀의 제자라는 이름에 걸맞은 섬세한 바람 조작을 통해, 라이너는 배의 속도를 끌어올렸다.

그에게 맡겨 두면, 잠들어 있는 동안의 항해도 별 문제는 없을 것이다.

나는 안심하고 내 선실로 돌아가려다가, 그 전에 한 가지 제안을 했다.

"아, 라이너. 라이너도 라그네처럼 나랑 같은 방을 쓸래?"

"이봐, 진심으로 하는 소리냐?"

라이너는 해도를 살펴보던 눈을 찌푸리며 이쪽을 쳐다보았다. 그리고 황당하다는 듯 내 제안을 거부했다.

"이제 막 교제를 시작한 녀석과 어떻게 한방을 쓰라는 거냐. 나는 알아서 빈방을 골라서 쓰면 돼."

칫, 아깝게 됐다. 방패막이로 쓰려고 했는데.

나는 표정 변화 없이 마음속으로 혀를 찼다.

이 타이밍에 하기에는 너무 부자연스러운 제안이었는지도 모른다. 한방에서 지내는 건 단념하고, 곁에 있는 시간을 최대한 늘릴 수 있는 다른 방법을 모색했다. 상대가 라이너이니만큼, 스킬 『속임수』 같은 반칙도 총동원해야 한다. 그러나 라이너는 그런 내 생각까지 미리 읽고 못을 박아 버렸다.

"미리 말해 두는데, 난 미궁에도 안 들어갈 거야."

미궁 탐색에도 동행하지 않겠다고 말란 라이너는 중심 돛대의 사다리 쪽으로 다가갔다. 아예 대놓고 도망치려는 태세였다.

"당신이라면 알 텐데. 지금 어마어마한 마력이 갑판 쪽으로 이동하고 있다는 걸."

"……역시 오는 거야?"

라이너의 예민한 감각이 선내에 있는 무지막지하게 강력한 존재를 감지한 모양이었다.

그건 ≪디멘션≫ 없이도 쉽게 알아챌 수 있었다.

될 수 있으면 의식하지 않으려고 애써 왔지만, 현실은 가혹했다. 이대로 선실로 돌아가도록 내버려 두지 않겠다고 주장하듯, 익숙한 마력이 이쪽으로 다가오고 있었다. 보나마나, 라스티아라에게 선동당한 스노우와 디아일 것이다.

"저런 녀석들과 미궁 탐색이라니, 자살행위나 마찬가지야. 같이 미궁에 가고 싶다면, 저 녀석들은 빼고 해 줘. 우리 둘이서만 가는 것 정도는 응해 줄 수도 있으니까."

라이너는 내 여자 동료들이 정말로 껄끄러운 모양이었다.

최근에 든 생각인데, 라이너는 노스휘나 티티 때문에 약간 여성 공포증에 걸린 건지도 모르겠다. 그리고 내 동료들도 그 문제아들과 비슷한 수준으로 여기는 것 같았다.

그 점은 나도 부정할 수 없었다. 라이너의 심정도 충분히 이해할 수 있었기에, 이번에는 순순히 물러서기로 했다.

"알았어. 그럼 나 혼자서 갈 때 부를게."

"그렇게 해 줘. 그럼, 나는 돛대 위의 망루로 피난해 있을 테니까……, 죽지 마"

"아니, 죽을 걱정까지는 안 해도 돼. 요즘엔 다들 사이가 좋으니까."

"네 입에서 나오는 '사이가 좋다'라는 말만큼 믿기 힘든 것도 없어. 하여튼, 저 녀석들은 온몸이 흉기인 데다, 나라 하나 불살라 버리는 것쯤은 식은 죽 먹기인 연료 덩어리라는 인식을 잊지 마. 당신은 무의식중에 여기저기 불을 붙이고 다니는 타입이니까, 얘기할 때 남들보다 더 신중을 기해야 해. 거듭 말하지만, 죽지 마."

"아, 알았어……."

못난 자식을 걱정하는 부모처럼, 라이너는 거듭 잔소리를 늘어놓았다.

나에 대한 라이너의 신뢰가 너무나도 옅어서 서글프기까지 할 지경이었다. 그건 아마, 어제 티아라가 떠벌린 대폭로 때문일 것이다. 특히 인간관계 면에 있어서, 나에 대한 신뢰는 땅바닥을 넘어 맨틀까지 곤두박질쳐 버렸다.

항해도구를 들고 돛대 위로 사라져 가는 라이너의 뒷모습을 지켜본 나는, 방으로 돌아가기를 단념하고 근처의 의자에 앉았다. 쾌청한 하늘을 올려다보고, 찬란한 햇빛에 눈을 찌푸리며, 바다의 잔잔한 파도 소리에 귀를 기울였다. 고요한 마음으로 이런저런 것들을 체념하며, 갑판으로 올라오는 동료들을 기다렸다.

오늘 잠을 자려면 한참 더 시간이 지나야 할 것 같다.

◆◆◆◆◆

"라스티아라와는 손을 잡고 탐색했다고 들었는데."

약간 토라진 디아의 목소리. 그리고 다시 돌아온 미궁.

라스티아라와 함께한 미궁 탐색에서 돌아온 지 채 1시간도 되지 않아서, 나는 아까 설치해 두었던 40층의 ≪커넥션≫을 통해 다시 미궁에 돌아왔다. 결국, 한숨도 못 자게 됐다.

지금 나는 디아, 스노우와 함께 셋이서 미궁 회랑을 걷고 있는 상황이다.

41층은 식물이 가득한 곳이라, 만약 ≪디멘션≫이 없었더라면 풀꽃으로 위장한 몬스터들에게 희생당하고 말았을 것이다. 그런 41층을 걷던 나는, 옆에서 걷는 디아의 뺨이 약간 뾰로통해진 것을 보고 대답이 궁해졌다.

"저기, 디아도……, 하고 싶어?"

"하고 싶은지 아닌지 묻는다면……."

디아는 입을 오물오물 움직이며 뺨을 붉혔다.

나는 전투 때와 같은 수준의 긴장감을 갖고, 찰나의 순간 안에서 심사숙고했다. 그리고 디아의 말에 동조해서 "맞아, 맞아"하고 떠들어대는 스노우를 무시한 채, 신중하게 대답했다.

"미안, 디아. 그런 건 라스티아라와만 할 생각이야. 그러니까, 오늘은 그냥 평범하게 미궁 탐색만 하자"

단호하게 거절했다. 애매모호하게 구는 것보다, 지금 이 자리에서 확실하게 얘기해 두는 게 더 중요하다고 생각한 것이다. 장래를 생각하면 이 방법이 최선. 가장 적은 상처로 끝낼 수 있는 방법이라고 확신하고 있지만――

"그, 그래. 그렇겠지. ……하긴 그러는 게 당연하지. 하핫."

세상의 종말이라도 맞이한 것 같은 디아의 표정을 보니, 그 확신이 뒤흔들렸다.

디아는 살짝 눈물을 머금은 채 공허하게 웃고 있었다. 평소에는 밝고 티 없이 해맑은 그녀가, 내 대답 때문에 울먹이고 있는 것이다. 죄책감 때문에, 몸을 쪼아 먹히는 것처럼 아팠다.

확신이 흔들린 이유는 그것뿐만이 아니었다. 바로 옆에서 떠들고 있던 스노우가 심각한 표정으로 민첩하게 디아 가까이에서 물러섰다. 디아에게서 흘러나오는 마력이 별안간 탁해지면서, 당장이라도 닥치는 대로 공격하고 들 것 같은 살의를 띠었기 때문이었다.

나와 스노우의 얼굴이 창백해졌다.

혹시라도 디아가 폭주하면 가까이 있는 우리의 목숨이 위태롭다는 걸, 얼마 전의 전투 경험을 통해 알고 있었기 때문이다. 미궁 안이라 도망칠 곳도 없고, 그 터무니없는 폭발력이 밖으로 빠져나가지도 못하니, 이상적인 최대 화력이 실현될 것이다. 단적으로 말하자면, 나와 스노우는 방어도 하지 못한 채 죽는다.

"아, 그, 그래도! 중간까지라면, 조금 정도는 잡아도 될 것 같아!"

나는 순식간에 꺾이고 말았다. 자기 마음의 나약함이 한심해서 견딜 수가 없었다.

하지만 현재 디아의 스테이터스상 마력은 177.22. 대략 내 세 배나 된다.

한 나라의 국토 전체에 마력을 침투시킬 수 있을 정도인 내 마력의 세 배인 것이다.

간단하게 표현하자면, 생물로서의 생존본능이 최대한으로 발휘될 정도의 차이였다.

"어, 응……? 카나미, 정말이야?"

디아가 숙이고 있던 고개를 들고, 갑자기 환해진 얼굴로 물었다.

몸에 휘감고 있던 살벌한 마력도 순식간에 흩어져 사라졌다. 내가 속으로 무슨 생각을 하는지 조금의 의심도 갖지 않은 채, 디아는 순수하게 내 말에 기뻐하고 있는 것 같았다. 모든 것을 용서하고 싶게 만드는 그 순진한 미소를 보니, 했던 말을 취소할 엄두가 나지 않았다.

"응. 조금 정도라면……."

"그, 그렇단 말이지! 그렇게 얘기해 준다면야……."

마력이 안정되어 그저 귀여운 여자아이로 돌아온 디아가 내 오른쪽으로 와서 손을 잡았다. 옆에서 걷는 디아의 모습을 ≪디멘션≫이 꼼꼼하게 전달해 주었다.

디아는 부끄러움 때문에 제대로 앞을 보지도 못한 채, 앞머리로 두 눈을 가리고 있었다. 뺨은 붉게 물들고, 안절부절못하는 모습. 항상 느끼는 거지만, 디아는 아기 동물처럼 깜찍하다.

“그럼, 반대편은 나!!”

그리고 어째선지 스노우가 내 왼쪽으로 다가와서 손을 잡고 들었다.

기다렸다는 듯 콩고물을 주워 먹는 데 일가견이 있는 녀석이다.

그녀 쪽은 ≪디멘션≫으로 상태를 살필 생각조차 들지 않았다.

셋이서 나란히 산책이라도 하는 듯한 이 상태에, 나는 식은땀을 흘렸다.

“아, 아무리 그래도 이건 좀……!”

이러면 나는 양손을 모두 쓰지 못하는 상태가 된다. 미궁에서 이러는 건, 아까 라스티아라와 함께할 때보다 훨씬 더 위험한 진형이었다. 무엇보다, 또다시 몰려오는 죄책감이 나를 괴롭혔다.

조금 전까지만 해도 라스티아라와 손을 잡고 데이트를 했으면서, 수십 분 뒤에는 다른 여자아이와 손을 잡고 걷고 있는 것이다. 불성실하기 짝이 없는 짓이다. 천박하기 짝이 없는 짓이다. 부풀어 오를 대로 부풀어 오른 죄책감은, 이제 아에 몸을 톱으로 썰어 버리는 것 같은 고통을 줄 지경이었다.

죽음의 예감이며 긴장이며 자기혐오 등등, 갖가지 것들이 뒤얽혀서, 오늘도 순조롭게 위벽이 상해 가고 있었다. 하지만 그런 나와는 달리, 양옆에 있는 두 사람은 신이 나서 걸으며 대화를 나누고 있었다.

"……어쩐지 라우라비아의 극장선에 갔던 일이 떠오르네. 그때도 이렇게 카나미와 같이 걸었었는데."

"아아, 기억나. 『무투대회』 때 일 말이지~. 그때는 정말 부러웠는데. 둘이서 손을 잡고 극장선 안을 돌아다녔잖아. 완전 데이트 같았어."

"응……? 그때 너는 적이었었잖아. 어떻게 그렇게 잘 아는 거야?"

"근처에서 남몰래 보고 있었다……고나 할까?"

"아아, 또 도청했다는 거군. 그러고 보니 그런 소리를 했었지."

"에, 에헤헤. 미안……."

혼자서만 상황을 납득하지 못하고 있는 내 심정과는 무관하게, 더없이 화기애애한 분위기였다.

나와는 달리, 이렇게 손을 잡고 있는 것에 대해 아무런 죄책감도 없어 보였다.

아마 이건 라스티아라 때문에 벌어진 상황이리라.

라스티아라는 동료들에게, 내 곁에 있어도 된다고 처음부터 얘기했었다. 게다가 아까 배 안에서 두 사람에게 데이트 얘기를 하면서, 교묘하게 부채질하기까지 했다. 그 책략의 결과가 이것이다.

그 점을 이성적으로 냉정하게 이해하고 나니, 이성을 되찾을 수 있었다.

솔직히 말해, 문제는 내 마음일 것이다.

라스티아라도 디아도 스노우도 납득하고 있는데, 나만 납득하지 못하고 있으니 말이다. 『단 하나뿐인 운명의 사람』과 맺어져야 한다는 연애관을 가진 나만이 붕 떠 있다.

"중간까지만 잡고 갈 거니까 그런 줄 알아……."

내가 목소리를 쥐어짜듯 못을 박아 두자, 두 사람은 "알았어"라고 순순히 고개를 끄덕였다.

그 대답으로 미루어보아, 막무가내로 떼를 쓸 생각은 없다는 걸 알 수 있었다.

내가 정말로 질색하면 당장이라도 손을 놓을 생각이라는 것도 알 수 있었다.

하지만 내가 어떻게 정말로 질색할 수 있겠는가. 사실 두 사람 모두, 비록 약간 폭주하는 버릇이 있을지언정, 근본적으로는 착한 소녀들이다. 길을 걷다 보면 누구나 쳐다볼 만큼 어여쁜 소녀들이기도 하다. 양손에 꽃을 든 이 상태가 마냥 불만스럽기만 하다고 한다면, 그건 거짓말이 될 것이다. 내 뺨도 살짝 붉게 물들어 있다. 아주 축복받은 상황이라는 건 나도 알고 있다. 기쁘지 않을 리가 없는 것이다.

——하지만, 그렇게 은근히 기뻐하는 나 자신을 용서할

수가 없었다.

스스로의 상반된 감정을, 나는 전투시의 사고속도를 동원해서 분석해 냈다.

셋이서 손을 잡고 미궁을 걸으며, 이건 결국 개인의 성격 문제라는 해답을 도출해 냈다.

——『아이카와 카나미』는, **그런 인간인 것이다**.

선천적으로 그렇게 **태어났으니까** 어쩔 수 없는 노릇이다.

어느 쪽 감정도 무시할 수는 없으니, 기쁨은 기쁨대로 느끼고, 그러면서도 절대 자신을 용서하지도 않는 게 제일일 것이다.

완전히 마음을 정리하지는 못했지만, 어떻게든 마음속으로 타협을 이끌어낸 나는, 셋이서 손을 잡은 기묘한 진형으로 미궁 안을 걸었다. 다만, 그렇게 손잡고 걷는 탐색은 몇 분 만에 중단되었다.

"디아, 스노우. 전방에 적이 있어. 이건 피해 갈 수 없을 것 같아."

울창한 풀숲으로 가득한 41층을 나아가다가, 어느 길로 가든 적과 조우할 수밖에 없는 상황에 처했다. 만약 리퍼가 있었다면 어둠마법으로 따돌릴 수도 있었을 것이다. 라이너나 티티와 동행하는 중이었다면 속도로 밀어붙여서 돌파할 수도 있었을 것이다. 하지만 디아와 스노우라는 발 느린 두 사람과 동행하고 있는 경우에는, 신중하게 처치해 가면서 나아가는 수밖에 없다.

몬스터와 격돌하기로 결정되자, 양 옆의 두 사람은 내 손을 놓았다.

누구들처럼 전투 중에도 손을 잡고 싸우는 짓을 할 생각은 없는 모양이었다.

"좋아, 드디어 때가 됐네."

"나도 싸울게!"

두 사람 모두 전투태세에 들어간 것을 보고, 나는 멀리 있는 적을 확인했다.

예전에 라이너, 비비와 함께 셋이서 지상으로 올라갈 때는 상대하지 않고 통과했던 몬스터였다. 몸길이가 5미터 정도나 되고, 형태는 식물의 알뿌리처럼 생겼다는 표현이 가장 적절할 것이다. 거대한 알뿌리 밑에 달린 네 가닥의 굵직한 뿌리를 꿈틀거리는 식으로 땅 밖에서도 이동할 수 있었다. ≪디멘션≫으로 자세히 살펴보니, 위쪽에 있는 싹 같은 부분이 벌어져서 입이 되어 먹잇감을 포식하는 형태일 가능성이 높아 보였다. 뿌리에 붙잡히는 상황은 피하는 게 좋을 것 같다.

적에 대한 정보를 동료들과 공유하고 나서, 어떤 식으로 싸워야 할지 고민하고 있으려니, 놀랍게도 스노우가 진형을 제안했다.

"일렬종대로 가자. 선두는 내가 맡을게. 후방에는 디아가 서고, 카나미는 디아를 호위하는 형태로 유격전을 펼치는 건 어때?"

"그, 그래. 하긴 그게 최선이겠네."

나는 동요하면서도 고개를 끄덕였다. 나 역시 그게 가장 이상적인 진형이라고 생각하던 참이었다.

무엇보다, 스노우가 선두에 서겠다고 자원한 것에 대한 놀람을 감출 수가 없었다.

내가 아는 스노우라면, 가장 피곤한 선두는 어떻게든 피하려 들었을 것이다.

내 놀람을 아는지 모르는지, 스노우는 다음 작전까지 고안했다.

"기본적으로 적의 첫 공격은 드래고뉴트인 내가 받아낼 테니까, 디아와 카나미는 잘 지켜보고 있어. 그 뒤에 빈틈을 찔러서 공격을 꽂아 넣자."

"스노우, 위험해지면 내가 반드시 도와줄게."

"응, 부탁할게. 너만 믿어, 디아."

후위를 맡을 디아와의 신뢰 관계도 완벽했다.

그 리더다운 모습에, 나는 참견하지 않고 얌전히 지켜보기로 마음먹었다.

이렇게 해서, 우리는 스노우를 선두로 해서 적을 향해 정면으로 돌격했다.

【몬스터】그랜드 티버 : 랭크41

우리가 적을 목격하는 것과 동시에, 상대도 반격 태세에 들어갔다.

기습이 아닌 정면승부였다. 식물 몬스터인 그랜드 티버는 네 가닥의 굵직한 뿌리 중 한 가닥을 채찍처럼 휘둘렀다.

"어림없지!"

선두에서 달리던 스노우가 그 일격을 받아냈다.

대포와도 같은 굉음과 함께, 회랑이 거세게 뒤흔들렸다. 대형차들 간의 충돌 사고라도 난 것 같은 충격이었다. 하지만 그 엄청난 질량의 채찍을 얻어맞은 스노우는 한 발짝도 후퇴하지 않았다. 바닥을 힘차게 딛고, 양팔로 막아낸 것이다.

만약 나나 디아가 맞았더라면 회랑 벽까지 나가떨어졌을 것이다.

그 묵직한 일격을 받아냈는데도, 스노우의 HP는 조금도 깎여나가지 않았다. 내가 『표시』를 보고 안심하고 있을 때, 그랜드 티버는 굵은 가지를 연속으로 휘둘러댔다. 이번에는 후방에 있는 나와 디바를 겨냥한 공격이었다. 그러나 그 두 번째 공격도 스노우가 사이에 끼어들어 받아냈다.

스노우는 항상 적 몬스터와 아군 후위 사이의 대각선상에 서 있다.

그 위치 관계를 유지하는 한, 적의 공격이 우리에게 닿는 일은 없으리라.

뿌리에 의한 공격은 아무 의미도 없다는 걸 그랜드 티버도 깨달았는지, 이내 공격 방법을 바꾸었다. 위쪽의 싹 부분에서 가루 같은 것을 분출한 것이다.

"저 씨앗, 위험해 보여! 빨리 흩어 버려, 디아!!"

적의 행위를 본 스노우가 재빨리 지시를 내렸다.

충분히 신뢰가 가는 그 명령을 듣고, 디아는 주저 없이 대답했다.

"알았어! ──《플레임》!!"

화염 계통 기초마법을 광범위하게 내쏘아서, 그 기세와 열기로 씨앗들을 모조리 불살라 버렸다.

완벽하게 조절된 화염마법이었다. 그리고 그것을 신속하게 지시한 스노우의 지휘 능력도 훌륭했다. 이제 내가 굳이 모든 파티원들을 《디멘션》으로 파악할 필요도 없겠다는 확신이 들 만큼 완벽한 대처 능력이었다.

그리고 그것은 나라는 개인이 완전히 자유로워졌다는 뜻이기도 했다.

그야말로 마음껏 유격전을 펼칠 수 있는 순간이 드디어 찾아온 것이다.

스노우가 선두에서 적을 유인하고 있다. 특수한 공격은 디아가 적절하게 대처해 준다.

적은 스노우와 디아에게 집중하고 있다. 그렇다면 내가 해야 할 일은 단 하나.

"──마법 《디폴트》."

두 사람 덕분에, 이제 공격에만 전념할 수 있다.

거리를 왜곡하는 차원마법을 사용해서, 나는 순식간에 적의 배후로 이동했다.

그랜드 티버는 정면에 집중하느라 나의 이동을 알아채지 못했다. 그리고 나는『마법빙결화』를 이용해서 칼날을 늘리고, 방어에 대한 염려 없이 검을 휘둘렀다.

"하앗!"

무방비상태인 그랜드 티버를 갈기갈기 찢어발기는 것쯤은 식은 죽 먹기였다.

아마 적은 무슨 일이 일어난 건지 이해하지도 못했으리라. 눈앞에 있는 적들에게만 집중하고 있었는데, 어느샌가 몸이 쪼개져 버렸다는 것밖에는 모를 것이다.

단숨에 열 조각으로 쪼개져 버린 그랜드 티버는 빛의 입자로 변해 소멸해 갔다.

그 자리에 남은 마석을 주우면서, 나는 감상을 늘어놓았다.

"나이스, 스노우. 선두에서 지휘해 준 덕분에 편하게 움직일 수 있었어."

덮어놓고 스노우를 칭찬했다. 어쩌면 이렇게 칭찬하는 건, 그녀를 만난 후로 처음인지도 모르겠다.

"다행이야. 사실 난 예전부터, 파티 플레이를 할 때 카나미는 보조에 주력하면서, 마지막에만 어쌔신처럼 움직이는 게 좋을 것 같다고 생각했었거든. 사령탑 역할을 맡는 것보다는, 순간적으로 변화하는 상황을 분석해서 독단적으로 자유롭게 움직이는 유격전이 더 맞아. 성격 면으로도 그럴 거고."

맞는 말이었다. 나 역시 스노우와 같은 식으로 분석하고 있었다.

지금까지 내가 사령탑 역할을 맡아 온 건, 적성을 가진 사람이 따로 없었기 때문이었다.

"저, 저기……, 어때?"

스노우는 불안한 표정으로, 자신의 고찰에 대한 평가를 물었다.

내 평가는 만점에 가까웠다. 불안하게 여길 건 전혀 없다고 웃으며 말해 주었다.

"다시 봤어. 역시 스노우는 리더가 될 소질이 있다니까."

원래부터 재능은 있었던 것 같다. 어린 시절에는 또래 친구들을 단호하게 이끌어 가는 골목대장 같은 성격이었다고 들었는데, 이건 예상을 뛰어넘는 리더십이었다.

다만, 가만히 생각해 보면 그건 당연한 일일지도 모른다.

최근 1년 동안, 스노우는『남연맹』총사령관 대리를 맡고 있었다. 그리고 많은 부하의 존경을 받고, 신뢰를 얻어서, 전임자보다도 더 유능하다는 평판까지 들릴 지경이었다.

스노우는 원래 사람들을 짊어지고 싸울 수 있는 그릇을 가진 사람일 것이다. 일상생활에서는 게으른 면이 아직 남아있는 것처럼 보이지만, 이렇게 진지한 상황이 되니 그녀의 새로운 힘이 돋보였다.

"내가 없는 사이에 정말 열심히 노력했구나. 몰라볼 정도로 성장했어."

"에헤헤……."

계속 칭찬을 퍼붓다 보니, 스노우의 얼굴은 점점 헤벌쭉해져 갔다.

옷자락 밑으로 보이는 용의 꼬리를 살랑살랑 흔들면서 기뻐하는 걸 보고, 어쩐지 대형견 같다는 무례한 생각을 하고 있으려니, 옆에 있던 디아가 초조한 듯 목청을 높였다.

"카, 카나미! 나도 강해졌어! 다음에는 내가 혼자서 처리할게!"

스노우가 칭찬 세례를 받는 것을 본 디아가, 자신도 멋진 모습을 보여주고 싶다며 의욕을 불태우기 시작했다. 나는 고생길이 훤한 패턴으로 흘러가는 전개에 불안을 느끼며, 디아에게 물었다.

"이 정도 층이라면 문제는 없을 것 같지만……. 정말 괜찮겠어?"

"그래, 괜찮고말고! 대신, 다음 계단이 있는 방향만 가르쳐줘!"

"방향을? 다음 계단이라면……, 저쪽이야."

뭘 어쩌려는 건지 어리둥절하면서, 요청대로 ≪디멘션≫을 통해 파악한 다음 계단의 위치를 디아에게 얘기해 주었다.

디아는 그 방향으로 고개를 돌리고는, 그 자리에서 즉시 마법을 구축하기 시작했다.

혹시라도 폭주하기 시작하면 스노우와 둘이서 막을 작정이었지만, 디아도 혼자서 몬스터에게 돌진하는 짓은 하지 않았다. 그 대신, 폭주한 것으로밖에 보이지 않을 만큼 어마어마한 마력으로 회랑을 가득 채워 나갔다.

조금 전 전투에서 사용한 마력과는 비교도 되지 않는 양의 마력이었다. 그 마력이 완벽하게 컨트롤되고 있다는 건 ≪디멘션≫을 통해 파악할 수 있었다. 그래도 언제든 움직일 수 있도록 준비는 해 두었다.

그리고 태양광과도 같은 디아의 마력이 변환되어, 추억 속의 마법이 발동되었다.

"——신성마법 ≪시온≫."

예전에 『어둠의 이치를 훔치는 자』 티다를 궁지로 내몰았던 빛의 대포를 내쏜 것이다.

'마력 방해' 효과를 가진 마법이었던 걸로 기억한다.

≪시온≫의 마법명을 읊는 동시에 디아의 마력이 응축되어, 디아의 몸을 감싸는 구체를 형성했다. 생성된 포는 하나뿐. 하지만 그 밀도는 상상을 초월했다. 『이치를 훔치는 자』 수준의 농도라는 건 의심의 여지가 없었다.

지나치다는 생각밖에 안 드는 그 마법의 사용 용도를 짐작할 수 없어서, 나는 디아에게 물었다.

"……디아. 그걸로 뭘 어쩌려고 그래?"

"여기부터 저쪽 끝까지 가는 길을, 이걸로 전부 청소하려는 거야."

방 청소라도 하는 것처럼 가볍고, 주저 없는 대답이었다.

이어서 디아가 손을 옆으로 휘둘렀다.

디아를 감싸고 있던 빛 거품이 팽창했다. 구체가 회랑 안에 다 들어가기 힘들 만큼 팽창했을 때, 마법 ≪시온≫이 아까 내가 가르쳐준 계단 방향으로 확장되어 갔다.

그제야 나는 디아가 하고자 하는 게 무엇인지를 알아챘다. 마법의 효과가 예전과 달라지는 바람에, 알아채는 게 좀 늦어졌다. 이건 일종의 저격이다.

디아는 스스로 작전을 궁리해서 실행하고 있는 게 아니었다. 미궁을 처음 탐색할 때 구사했던 ≪플레임 애로우≫ 저격을, 지금 자신이 가진 힘에 걸맞은 ≪시온≫으로 재현하려 하고 있는 것뿐이다.

예전과 다른 점이라면, 지금 디아가 겨냥하고 있는 것은 몬스터가 아닌, 길 그 자체라는 것.

공격의 규모를 레이저에서 빛의 홍수로 격상시켜서, 다음 계단까지 가는 길을 쓸어버리려 하고 있었다. 그 마법 ≪시온≫의 성과를, ≪디멘션≫이 나에게 가르쳐주었다.

디아의 말마따나, 그야말로 청소라는 표현이 딱 들어맞는 광경이었다.

끝도 없이 덩치를 불린 빛이 회랑을 질주해서, 그 길에 있는, 마력을 띤 모든 것들에 이상을 일으켰다. 우선 미궁에만 존재하는, 마력이 깃든 풀꽃이 순식간에 시들었다. 지상에도 서식하는 일반적인 동물들만이 살아남았다. 이것만 해도, 함정이나 독에 당할 걱정은 사라진 셈이다.

더불어 회랑의 몬스터들에게도 이상이 나타났다. 식물로 위장하고 있던 소형 몬스터들은 빛에 휩쓸리자마자 정체를 드러내더니, 몇 초 만에 빛으로 변해 사라졌다.

중형 이상의 몬스터들은 비록 소멸하지는 않았지만, 빛 속에서 고통에 몸부림치고 있었다. 지능이 높아 보이는 몬스터들은 빛으로부터 벗어나려 뛰어다니고 있었다.

빛의 홍수에 휩쓸려서, 우리와 계단 사이에 있던 몬스터의 태반이 사라졌다.

남은 몬스터들도 그냥 두면 알아서 무력화될 것이다.

무시무시한 범위마법이라는 생각이 드는 한편, 약간 태평한 생각도 머릿속을 스쳤다.

이런 방법으로 공략당하는 미궁이 좀 불쌍하다는 생각이 든 것이다.

아마 이 41층을 구성하는 데에는 며칠의 시간이 걸렸을 것이다. 드디어 40층을 넘어선 사람들을 위해, 너무 어렵지도 않고 너무 쉽지도 않은 난이도를 설정했을 게 틀림없다. 클리어할 보람이 있는 던전으로 만들어야겠다면서 열심히 만들고 있었을 천 년 전의 나를 상상하기만 해도, 어쩐지 애처롭게 느껴졌다.

그런 제작자의 심정 따위는 알 길이 없는 탐험가 디아는 범위마법에 의해 쓸려나간 41층을 보며 승리의 포즈를 취했다.

"느낌이 괜찮아! 카나미, 봤어?! 거의 다 해치웠어! 마리아 녀석에게도 지지 않을 만큼 마력 컨트롤 실력이 늘지 않았어?!"

흐흥 하고 콧김을 뿜으며, 디아는 마법의 성과를 자랑했다.

“으, 응. ≪디멘션≫으로 살펴보니까, 계단까지 가는 길에 있던 몬스터들이 거의 사라졌네. 위험해 보이는 식물들도 없어져서, 정말 말끔하게 정리됐어. 대단해도 너무 대단해서 여러 모로 놀라는 중이야…….”

“나는 카나미의 파트너니까! 당연히 이 정도는 돼야지!”

칭찬받은 디아는 의기양양하게 웃었다. 그녀에게는 스노우 같은 꼬리가 없지만, 살랑살랑 흔들리는 강아지 꼬리가 보이는 것 같은 느낌이었다. 이쪽은 소형견이다.

“으으음…….”

디아가 칭찬받는 것을 보고, 뒤에서 지켜보던 스노우가 신음했다.

1년 동안 자기도 많이 성장했다고 생각했는데, 동료 중 하나가 규격을 초월한 영역에 발을 들여놓고 있었던 것이다. 이런저런 생각이 드는 것도 당연할 것이다.

“우, 우으으……. 역시 이제 내가 제일 약해진 건가……?”

나름 힘에 자신을 갖고 있던 스노우가, 디아의 비상식적인 힘을 보고 토라지려 하고 있었다. 디아는 자기 때문에 동료가 침울해하는 것을 보고, 바로 격려의 말을 건넸다.

“아니, 그래도 스노우가 마음만 먹으면 제일 강하잖아? 내가 시스에게 지배당했을 때, 한 번 그 『용화』 상태로 싸워서…….”

“으~음, 그건 안 돼. 노 카운트. 목숨을 버리다시피 하는 짓이라서, 웬만하면 쓰기 싫어. 『용화』는 내 힘이라는 느낌도 안 들고……. 티티 언니한테 막히기도 했고."

"그랬구나. 그래도 걱정하지 마, 스노우. 조급해하지 말고 천천히 힘을 길러 나가자. 내가 있는 한, 네가 목숨을 걸고 싸워야 할 상황은 절대 없을 테니까. 시간은 얼마든지 있어."

"오, 오오오오……. 디아 니이이이임, 멋져어……."

자기가 지켜주겠다고 당당하게 선언하는 디아의 말에, 스노우는 감동해서 전율했다.

최근 알게 된 사실인데, 두 사람은 은근히 상성이 좋았다. 디아는 어지간한 남자들보다 늠름한 발언을 할 때가 있어서, 스노우의 취향을 저격할 때가 많은 것이다.

동료들 간의 동료애를 확인한 우리는, 탐색을 재개했다. 신성마법에 의해 정화된 길을 따라 걷는 동안, 기세가 오른 디아가 제안했다.

"오늘은 어쩐지 컨디션이 좋은 것 같아! 다음 층에서도 나한테 맡겨 줘! 이번에는 그동안 열심히 훈련한 『검술』 쪽도 써 볼 거야!"

"어, 『검술』? 스노우, 어떻게 생각해……?"

마법을 쓴다면 안심하고 맡길 수 있겠지만, 『검술』의 경우는 얘기가 다르다.

듣자 하니 비아이시아에서 스노우와 함께 열심히 검술 훈련을 했다던데, 성과다운 성과가 있었던 걸까.

"『검술』이라……. 지난번에도 얘기했지만, 신병 정도의 실력인 나를 상대해도 한 번도 못 이기는 수준이야. 그건 좀 추천하기 힘들겠는데."

동료의 안부가 걱정된 듯, 스노우는 단호하게 고개를 가로저었다.

그러나 디아는 억울하다는 듯 물고 늘어졌다.

"그, 그건! 군더더기 없는 1대1 결투 형식이라서 진 것뿐이었어……! 미궁용 『검술』은 따로 있어!"

결투와 미궁 탐색은 방식이 다르다는 주장인 모양이었다. 그 말마따나, 인간을 상대할 때와 몬스터를 상대할 때의 기술 선택에는 차이가 있을 것이다. 지성의 유무에 따른 전술 타이도 생기게 마련이다.

인간은 이기지 못해도 몬스터는 이길 수 있는 검사가 있다고 해도 이상할 건 없다.

그러나 절망적인 수준의 운동신경을 가진 디아가 『검술』로 몬스터를 상대할 수 있을 것 같다는 생각이 안 들었다. 나와 스노우가 의심 어린 눈길로 쳐다보자, 디아가 진지한 얼굴로 설명을 시작했다.

"거짓말 아냐! 지금까지의 내가 아레이스 할아버지한테 배운 형식에 지나치게 사로잡혀 있었다는 점을 똑똑히 깨달았어……! 그건 정식 기사들의 결투용 기술이지, 탐색가인 나에게 걸맞은 기술이 아냐. 나는 나다운 검술로 싸워야 해. 이제부터 너희들에게 그 점을 증명해 줄게!"

이야기의 논리 자체는 문제가 없어 보였다.

한쪽 팔에 스테이터스가 몰려 있는 디아에게 일반적인 『검술』이 안 맞는다는 점은 틀림없는 사실일 것이다.

제법 설득력 있는 그 얘기를 들으니, 나와 스노우도 한 번 정도는 지켜볼 의향이 생겼다.

그리고 말끔하게 청소된 41층을 클리어한 우리는, 42층에 들어섰다.

42층도 41층과 마찬가지로 열대우림처럼 식물들이 가득해서, 앞으로 나아가는 것만 해도 여간 고역이 아니었다. 사방이 식물들로 끝도 없이 덮여 있고, 나무뿌리며 덩굴이 천연 올가미를 이루고 있어서 1초도 방심할 수 없었다.

물론 출현하는 적들은 동물 타입. 41층보다 한결 큰 덩치의 몬스터들이, 디아의 신검술을 선보일 상대가 되는 것이다.

첫 번째 몬스터는 로즈다일. 100미터쯤 떨어진 지점에서 포착했다.

【몬스터】로즈다일 : 랭크42

대충 본 감상은, 장미와 인간의 중간쯤. 걸어 다니는 육식식물이었다. 다만, 인간미가 강한 드리어드(수인, 樹人)들과는 달리, 식물의 비중이 높았다. 팔다리 대신 굵직한 줄기와 칼날 같은 잎. 머리와 가슴 대신 빨간 꽃이 흐드러지게 피어 있었다. 암술과 수술이 있어야 할 중앙부분에는 동물의 것과 비슷한 커다란 입이 있고, 날카로운 이빨들이 그 안에 즐비하게 늘어서 있었다.

그런 로즈다일에 맞서, 디아는 의기양양하게 검으로 상대하려 했다.

"둘 다, 똑똑히 보고 있어. 이게 내가 만들어 낸 새로운『검술』이야. 일격으로 끝내줄게."

솔직히, 여기는『검술』을 쓰기에 적합한 구역은 아니었다.

장애물이 많고 바닥도 고르지 못하다. 과연 어떤『검술』을 보여줄지 조금 기대하며 지켜보고 있으려니, 디아는 앞으로 나아가지 않은 채, 1000미터나 떨어진 이곳에서 왼손의 검을 치켜들었다. 빈틈투성이 상단 자세였다.

그리고 그 자세에서, 중간이 떨어져 나간 오른팔을 앞으로 내밀고 뇌까렸다.

"먼저 손으로 붙잡고──."

오른팔에서 찬란한 마력 팔이 생성되어, 그 윤택한 마력을 바탕으로 뻗어 나갔다.

오른팔이 고무처럼 뻗어 나가서, 멀리 있는 몬스터에게 접근했다.

거기부터는 순식간이었다.

뻗어 나간 오른팔이 적과 접촉하기 직전에, 갑자기 손이 팽창해서, 마치 거대한 짐승의 입처럼 로즈다일을 집어삼켰다. 갑작스러운 공격을 받은 적은 탈출을 시도했으나, 어마어마하게 진한 디아의 마력이 온몸을 꽉 움켜쥐고 있어서 움쭉달싹하지 못했다.

나도 최근에 붙잡힌 적이 있기에, 로즈다일의 심정을 충분히 이해할 수 있었다. 시각적으로 보면 그저 투명한 팔일 뿐이지만, 뼈에 금이 갈 만큼 강력한 힘으로 옥죄고 있는 것이다. 경악과 공포 때문에, 냉정한 판단 능력을 상실했을 것이다.

"다음엔 이쪽으로 끌어당겨서——."

로즈다일을 붙잡은 디아는, 뻗은 팔을 다시 수축시켜서 이쪽으로 끌어당겼다.

그리고 끌려간 로즈다일을 기다리고 있던 것은, 상단 자세로 쥔 검.

그 검에는 디아의 마력이 깃들어 있었다.

신성마법에 의한 강화가 걸려 있으니, 아마 날카로움이나 중량이 몇 배는 더 향상된 상태일 것이다.

"힘으로 밀어붙여서, 최대한 세게 휘두르는 것!!"

끌려간 로즈다일이 도착하기가 무섭게, 적은 디아의 검에 의해 일도양단되었다.

스테이터스의 힘과 마력에 의한 압도적인 폭력이, 42층을 배회하던 몬스터를 덮쳤다. 당연하다는 듯 즉사해서 빛으로 변해 사라져 가는 몬스터. 그 옆에서, 디아가 초롱초롱 빛나는 눈으로 우리에게 감상을 물었다.

"어때?! 내『검술』이!!"

칭찬을 갈구하는 얼굴이었다. 더불어, 또다시 보이지 않는 꼬리를 흔들고 있는 것 같은 환각을 느꼈다. 다만, 기대감으로 가득한 디아에게는 미안하지만, 나와 스노우의 반응은 신통치 않았다.
두 사람은 "으~음" 하고 충분히 신음한 끝에, 동시에 대답했다.
"『검술』이 아닌데……."
"『검술』이 아니네……."
"누가 봐도 『검술』이잖아?! 검을 쓴 기술이니까!!"
"아니, 방금 그건 검이 없었어도 아무 문제 없었을 것 같은데……."
지금 디아는 내가 빌려준 검을 쓰고 있는데, 만약 그 검이 없었더라도 결과에는 아무런 차이도 없었을 것이다. 확신하건대, 검은 메인이 아니었다.
"검은 필요해! 나는 검사니까!"
하지만 디아 본인은 방금 그걸 『검술』로 여기고 있는 모양이었다. 검을 들고 자신의 직업을 강조하는 디아 앞에서, 나와 스노우는 곤혹스러울 따름이었다. 그녀의 꿈을 응원하고 싶은 마음은 굴뚝같지만, 대놓고 벌이는 직업 사기에 쌍수를 들고 동의할 수는 없는 노릇이었다.
그런 우리의 모습을 보고, 디아는 다음 『검술』을 선보여서 납득시키겠다며 의욕을 불태웠다.
"그, 그럼 한 번 더! 이번에는 찌르기를 해 볼게!"
한 번 더 해 보겠다는 모양이다. 하는 수 없이 나는 아까 했던 것처럼 적당한 몬스터를 찾아냈다.
그 몬스터에 맞서 디아가 가장 먼저 취한 행동은, 빛을 내뿜는 것이었다. 위압과 시각 방해를 겸한 빛을 먼저 내뿜으며, 검술의 찌르기 자세를 취했다. 다만, 그러면서 조용히――.

"≪디바인애로우 스피어≫……."

마법병을 읊조리는 것을, 나는 놓치지 않았다. 아까와 마찬가지로 디아의 검에 마력이 실렸다. 그 마력이 충분히 쌓였을 때쯤――.

"찌르기!"

디아의 포효가 회랑에 울려 퍼지고, 마법의 칼끝이 뻗어 나가서, 아까 그 빛 때문에 시각을 상실한 적을 꿰뚫었다. 훌륭한 일격이었다. 즉사한 몬스터를 보며, 나와 스노우는 다시 감상을 표현했다.

"응, 훌륭한 마법이야."

"응. 훌륭한 마법이네."

"『검술』이라니까!!"

디아는 발을 동동 구르며, 자신이 마법사라는 것을 완강하게 부정했다.

그리고 곧바로 다시 "다음 기술을 보여주지……!"라고 뇌까리며 몬스터를 상대로 디아류 『검술』을 선보이려 했다. 나와 스노우는 그런 그녀를 뜨뜻미지근한 시선으로 지켜보았다.

처음에는 조심스럽게 디아의 『검술』을 지켜보고 있었지만, 이제는 아예 관전 무드라 해도 될 정도였다.

나와 스노우는 입으로는 재미있다는 듯 디아를 놀리고 있었지만, 실은 그 유창한 연속 마법 구축에 감탄하고 있었다.

무엇보다, 디아가 마력에 의지하기 시작했다는 것은 곧 『자기 자신을 잘 알게 되었다』는 뜻이 되기도 했다. 초기처럼 검만 가지고 무모한 돌진을 하지 않고, 자신의 장점을 살리려 하고 있는 것이다.

디아가 그렇게 마력이라는 장점을 가지고 밀어붙이기 시작하니, 대부분의 몬스터는 그야말로 압살 당했다. 덕분에 우리는 안심하고 그녀에게 맡겨 둘 수 있었다.

디아는 검사라는 긍지를 잃지 않은 채, 그러면서도 자신의 마력을 실려서 혼자서 미궁을 탐색하고 있나. 스노우와 마찬가지로 디아도 성장해서, 한 발짝 어른에 가까워진 것을 실감케 하는 광경이었다.

이렇게 해서, 42층은 디아류 『검술』의 대활약에 의해 손쉽게 공략되어 갔다. 디아의 『검술』에 대해서는 "그럼 이제부터는 『마법검술』이라고 부르자"라는 식으로 중간에 결론을 내렸다. 나의 『마력빙결화』와 같은 분류에 해당할 것이다.

——그 후, 우리는 50층을 향해 차례로 미궁을 클리어해 갔다.

한 번 지나간 적이 있었던 길이었기에, 기본적으로 헤맬 일은 없었다. 불면+공복이라는 최악의 컨디션으로 통과했던 지난번에 비하면 정말 식은 죽 먹기였다. 처음 보는 적이 튀어나오는 일도 없어서, 딱히 사고가 일어날 일도 없었다.

우리는 한나절을 들여서, 『바람의 이치를 훔치는 자』 티티의 층까지 도달했다. 물론 예전 같은 초원이나 폭풍은 없었다. 그녀가 떠났다는 사실을 실감할 수 있는, 휑뎅그렁한 공간뿐이었다.

"좋아, 도착"

"호오, 여기가 티티 언니가 있던 층이구나~."

"……아무것도 없네."

셋이서 잠시 둘러보고 다니다가, 이동용 ≪커넥션≫을 설치했다.

이제 당면 목표는 달성한 셈이다. 우리는 남은 시간 동안 뭘 할지 의논하다가, 레벨업을 좀 하자는 결론에 이르렀다.

더 진행해서 60층까지 가는 건 별 이득이 없었다. 노스휘가 건재한 이상, 거기에 ≪디멘션≫을 설치할 수도 없기 때문이다. 그러니까, 이 50층을 휴식지점으로 삼아서, 그 전후의 층을 다니며 몬스터를 사냥하는 게 가장 좋을 거라 판단했다.

아직 기운이 넘치는 디아와 스노우에게 이끌려서, 우리는 방금 통과해 왔던 층을 다시 거슬러 올라가며 몬스터를 찾고, 싸웠다.

물론 레벨업을 하는 동안에도 보스는 철저하게 피해 다녔다. 예전에 레벨업 중에 가벼운 기분으로 보스에게 도전했다가 호되게 당했던 기억을 아직 잊지 못한 것이다. 34층의 갤프래드 젤리 때였다.

내가 적당한 곳과 적당한 몬스터를 찾아내고, 스노우가 적의 이목을 끌고, 디아가 마법을 꽂아 넣는다. 그런 과정을 반복해서 효율이 상당히 향상되었을 때쯤, 우리는 배로 돌아갔다.

이렇게 빠른 퇴각도 지난번의 경험 덕분이었다.

무작정 레벨만 올리면 그만이 아니라는 걸, 우리는 1년 전에 뼈저리게 느꼈었다. 지나친 레벨업으로 인해 몬스터에 가까워져서 몸에 이상이 발생할 수 있다는 것을 알고 있는 것이다.

본격적인 사냥을 하기 전에, 누구의 레벨을 어느 정도까지 올릴지 정해 두어야만 한다.

그 협의를 마치고 나서 묵묵히 레벨업을 했다.

『본토』의 대성도 후즈야즈에 도착할 때까지, 아마 미궁에서는 레벨업에만 전념하게 될 것이다. 벌써부터 섣불리 미궁의 최심부에 도전할 필요는 없었다.

우선은 대성도에 가서 마리아, 리퍼와 합류하는 게 먼저다. 그런 다음 세계수로 가서, 최후의 사도인 디프라클라와 만나야 한다. 거기부터가 진짜 시작이다.

그때까지는 레벨업과 휴식에 시간을 쏟을 생각이었다.

――그리고 이날, 밤을 새워 가며 미궁을 탐색한 나는, 배에 돌아오기가 무섭게 내 방에서 쓰러지듯 잠들었다.

한계까지 움직인 몸을 침대 누이고 쉬었다. 아마 내일도 동료들과 미궁에 들어가서 레벨업을 해야 할 것이다. 상황에 따라서는 또 다시 밤을 세게 될 가능성도 있다.

체력 회복에는 최선을 다해야 한다. 준비에 만전을 기하고, 컨디션도 완벽하게 관리해 두어야 한다.

대성도에 도착하면 함정과 기습의 가능성도── 아니, 가능성이 아니다.

함정과 기습은 반드시 있을 것이다.

『빛의 이치를 훔치는 자』 노스휘가 아직 세계에 남아있다. 그러니, 반드시 있다.

지난번에 그녀는 “먼저 지상에서 기다리고 있겠습니다” “『북연맹』의 죄는 씻을 수 있어도, 『남연맹』의 죄는 남아있습니다”라고 말했었다.

그 말을 곧이곧대로 믿을 수는 없지만, 확신에 가까운 예감이 있었다.

노스휘는 『남연맹』 대성도 후즈야즈에서 기다리고 있다.

지금까지 만났던 모든 『이치를 훔치는 자』들이 그랬던 것처럼, 천 년 전부터 줄곧 나를 기다리고 있다. 노스휘는 틀림없이 최선을 다해 만반의 준비를 갖춘 채 나를 기다리고 있을 것이다.

그러니 나도 최선을 다해 레벨업을 하고, 최고의 멤버들을 모아 도전하는 수밖에 없다.

앞으로 맞이하게 될 노스휘와의 결전을 생각하며, 나는 깊은 잠 속으로 빠져들었다.

서서히 빠져들었다. 그날의 꿈은 아주 오래되고, 아주 그리운──.

2. 타고난 도전자

『노스휘 후즈야즈』의 가장 오래된 기억은, 탄생의 순간이었다.

똑똑히 기억하고 있었다.

많은 기억들이 풍화되었지만, 그날의 대화만은 똑똑히 기억이 났다.

눈에 들어오는 빛. 귀에 들어오는 소리. 코를 간질이는 향기. 모든 것이 선명하게 떠올랐다.

――처음 눈을 뜬 곳은, 어슴푸레한 방 안.

이제 갓 태어난 나는, 성인으로 만들어진 몸을 일으켜서, 처음 보지만 이미 알고 있는 방을 둘러보았다. 주위는 눈꺼풀 속과 분간이 가지 않을 정도로 어두웠다. 그 탓에 지식과 대조하기가 쉽지 않았지만, 시각이 아닌 후각을 통해 확신할 수 있었다.

독특한 죽음의 냄새와 갖가지 약품 냄새가 뒤섞여 있었다.

더불어 온몸을 감싸고 있는 진한 『마의 독』.

이곳은 후즈야즈 성에 있는 탑들 가운데 하나. 전 여왕의 병실이자, 현 『마의 독』 연구소 겸 시체 안치실이 틀림없었다.

눈이 어둠에 적응되고 나니, 먼저 재료라는 이름의 시체 더미가 방 한쪽에 쌓여 있는 모습이 보였다. 꽉 닫힌 창문과 가득 쌓인 시체. 얼핏 보면 사악한 연구를 하고 있는 것처럼 보이는 광경이지만, 그 시체들은 죽여서 모아 온 게 아니었다.

그것들은 전부, 세계의 『마의 독』에 침식당해 원통하게 목숨을 잃은 백성들이었다. 지금은 친척 하나 없어서 무덤에 들어가지도 못하는 사람들이 수도 없이 많은 시대였다. 그것들을 방치하지 않고 한데 모아서, 감염의 공포를 이겨낸 학자들이 시체를 연구하며 치료법을 모색하고 있는 것이다.

아름다운 이야기다. 감동적인 일이다. 하지만, 황당할 정도로 무의미한 일이기도 했다.

결국, 후즈야즈국의 학자들은 아무런 성과도 얻지 못했다. 동포들의 시체를 넝마처럼 헤집은 끝에 얻은 것이라고는, 저항할 도리가 없는 절망감뿐. 이 나라의 지식과 기술만 가지고는, 아마 천 년이 지나도 해명해 낼 수 없었으리라.

——그렇다면, 『마의 독』이 충만한 지금 이 방 안에서도 느긋하게 앉아있을 수 있는 나는 대체 어떻게 태어난 것인가.

그것은 후즈야즈 밖에서 온 외적 요인 덕분이었다.

사도와 이방인. 특히 이방인의 힘에 의해 『마의 독』에 의한 연구가 폭발적으로 진척되었다. 거기에 사도의 기적적인 힘이 더해져서, 『마의 독』에 적응할 수 있는 인조 생물이 태어나는 데 이르렀다.

——이것이 내가 태어나게 된 경위.

'태어났다'고 표현했지만, 어머니 배 속에서 출산한 건 아니었다.

인간의 살점과 『마의 독』 결정을 반죽해서, 인간의 손으로 만들어 낸 인간형 물체다.

나는 그 점을 선천적으로 알고 있었다. 피에 지식을 새겨 넣는 편리한 기술 덕분에, 나에게는 아무런 혼란도 없었다. 나는 본능적으로 깨어났고, 자신을 알고, 세계를 알고, 자신의 자리를 알았기에, 이 어두운 방에서 나가려 했다.

침대 밑으로 내려와서, 석조 바닥을 터벅터벅 맨발로 걸었다. 낡은 목제 문을 밀어 열고, 아래로 향하는 계단을 내려가, 최근에 증축된 어느 방으로 들어갔다.

그리고 난생 처음으로 느껴 보는 빛── 하지만 눈부시지는 않았다.

내 두 눈은 선천적으로 빛에 적응되어 있었다. 덕분에 이렇다 할 문제도 없이 아래층 방으로 들어갈 수 있었다. 조금 전까지 있었던 방과는 달리, 청결한 공기로 가득한 공간이었다. 응접실처럼 활용되고 있는지, 간소한 테이블과 의자가 마련되어 있었다. 그 방에서 나를 기다리고 있던 사람들이, 나의 등장을 보고 놀라면서도 환영해 주었다.

"…………어?! 저, 정말로 움직이고 있잖아……!"

가장 먼저 목소리를 낸 것은 금발의 성인 여성. 사도 시스.

"그야 당연히 움직이지. 움직이게 만들었으니까."

다음으로 목소리를 낸 것은 갈색 머리의 소년. 사도 레거시.

"다행이야……. 성공했구나……."

안도의 한숨을 내쉬는 것은 백발의 노인. 사도 디프라클라.

세 사도들이 나를 맞이해 주었다.

세 사람 모두 독특한 분위기를 풍기고 있었다. 얼굴 생김이나 의복은 지극히 평범하지만, 그들이 모두 특별한 사람들이라는 것을 본능적으로 이해할 수 있었다.

나를 만든 사도……. 그렇다면 이 사람들이 바로, 나의……?

"으~음, 이건 『주얼 크루스』라고 부른다는 모양이야. 첫 번째 시제품이지만, 완성품이라 해도 좋을 정도의 성능을 갖고 있어. 세계가 적응할 때까지 시간을 버는 정도로는 안성맞춤……, 이라고 히타키가 그랬어. 내 전언은 이게 끝이야. 너희들, 들었어?"

젊은 사도인 레거시가, 어른인 다른 사도들에게 설명했다.

몸집은 작은 주제에 태도가 건방지다는 생각이 들었지만, 그들의 연령과 외모는 아무 관련이 없다는 걸 나는 알고 있었다. 내가 말없이 가만히 있으려니, 다른 사도들은 기쁨을 드러냈다.

"호오, 이게 『주얼 크루스』……! 아주 좋아, 정말 훌륭해!!"

"『주얼 크루스』라. 잘 만들어졌군. 한 발짝 앞으로 나아갔다는 건 틀림없어. 드디어……."

세 사람은 나를 『주얼 크루스』라 불렀다.

당시 존재하던 마법기술을 총동원하고, 당시 최고의 마석을 사용한 끝에, 당시 마의 환경에 견뎌낼 수 있게 만든 이상적인 인간형 물체—— 최초의 『주얼 크루스』가 탄생하는 순간이었다.

하지만 그에 대한 대우는 내가 기대했던 것과 약간 달랐다.

그 때문에 약간이나마 표정이 어두워진 것을, 나 스스로도 알 수 있었다.

"으~음, 이거 이름은 어떻게 하지?"

그런 내 심정을 알아챈 건지, 레거시는 내가 기대했던 것에 가까운 제안을 던졌다.

그런데 그 질문을 들은 다른 사도들은 당혹감을 감추지 못했다.

"굳이 이름 같은 건 붙일 필요 없는 거 아냐? 그냥 『수얼크루스』라고 부르면 되잖아."

"음. 이건 『빛의 깃발』이라고 부르는 거 아니었나?"

성인 여성인 사도 시스도, 노인 모습인 사도 레거시도, 어른스러운 외모와는 달리 일반상식이 없었다. 감성이 인간과는 조금 달랐다. 내가 선천적으로 알고 있던 지식 그대로였다.

"아니, 그건 종족이나 지위 같은 거지, 이름이 아니잖아……. 우리도 갖고 있는 이름을, 이 녀석에게도 붙여 주자는 거야."

"아아, 하긴 식별하자면 필요하긴 하겠지. 주인님도 그렇게 얘기했었으니까. 하지만 나는 그런 건 소질이 없어. 너희 둘 중에 하나가 지어."

"그럼 내가 붙일게! 으~음, 어디 보자~. 이 애는 남부의 상징이고, 나라를 구할 성녀고, 북쪽으로 이끌어줄 존재니까——."

시스가 기다렸다는 듯 손을 들었다. 그리고 지금 이 자리에서, 내 이름이――.

“『노스휠드(북쪽 땅으로 향하는 자)』! 『남연맹』의 『빛의 깃발』이 되어서 세계를 구할 성녀! 『빛의 이치를 훔치는 자』 노스휠드 후즈야즈로 하자!!”

그것은 이름이 아니라 직책의 호칭이었다.

영 이름 같지 않은 이름이었지만, 나에게는 그것을 거부할 기력이 없었다. 그저 그녀의 말을 머릿속으로 되뇌면서 확인만 할 뿐이었다.

듣자 하니 나는 성녀고, 더불어 『빛의 이치를 훔치는 자』인 모양이었다.

……솔직히 잘 모르겠다. 아니, 단어의 의미 자체는 알고 있다. 피 속에 다량의 지식이 함유되어 있으니, 지금 나는 아마 어지간한 학자들보다 더 박식한 상태일 것이다.

이 세계, 이 나라, 이 지하실, 이 상황의 모든 것을 이해하고 있었다.

지금 『마의 독』 때문에 세계가 절체절명의 위기에 처해 있다는 것도 알고 있었다.

세계가 구세주를 갈망하고 있다는 것도 알고 있었다.

사람들이 나에게 원하는 게 무엇인지도 알고 있었다.

그렇게 해야만 하는 이유도 알고 있었다.

자신의 힘이 어느 정도인지도 잘 알고 있었다. 전부 다, 알고는 있었다.

……하지만 도무지 실감이 나지 않았다.

태어났다는 실감이 들지 않았다. 세계에서 살아간다는 실감이 들지 않았다. 당연히 이 세계의 위기에 대해서도 별다른 관심이 없었다. 주위에 있는 모든 이들이 타인처럼 느껴졌다. 얘기하는 모든 것들이 나와 무관하게 느껴졌다. 흥미를 느낄 수 없었다.

아아, 그런 건 알 바 아니다…….

내가 태어나서 처음으로 느낀 감정은, 그런 담백한 절망이었다.

공허하고 서글프고, 모든 것이 무의미하게만 느껴져서 웃음이 날 지경이고, 사라져 버리고 싶은 충동에 휩싸여서, 문득 눈에 들어온 어떤 것에 이끌렸다.

그것은 사도들이 아닌, 그 뒤에 있는 창문. 최상층과는 달리, 이 방의 창문은 활짝 열려 있었다. 나는 창문을 향해 걸어갔다. 나와는 무관하게 떠들어 대는 사도들을 내버려두고, 혼자서.

"하늘……. 어두워……."

창틀에 손을 짚고, 생후 첫 목소리를 냈다.

이어서 나는 몸을 밖으로 내밀려 했다. 지금 나는 머릿속에 많은 양의 지식들을 갖고 있기에, 지금 스스로가 어떻게 해야 할지를 잘 알고 있었다.

여기서 뛰어내리면, 모든 게 끝난다.

머리부터 바닥에 들이받으면 손쉽게 죽을 수 있다.

일반적인 인간이라면 공포를 느낄 테지만, 나는 주저 없이 실행할 수 있다.

태어나기 전의 나로 돌아갈 수 있다. 이 공허한 감각으로부터 벗어날 수 있다.

“좋아, 노스휠드! 세계는 어두워! 그리고 그 캄캄한 어둠을 걷어내는 게 네 사명이야! 이 세계를 구하는 주춧돌이 될 수 있는 걸 기뻐하렴! 네 목숨을 주인님께 바칠 수 있다는 걸 깊이 감사해야 해!”

어느 틈엔가 시스가 내 곁에 와서, 한 손으로 내 어깨를 안고 있었다.

함께 사지로 나아갈 동료라도 얻은 듯, 초롱초롱 빛나는 눈으로 새까만 하늘을 가리키고 있었다.

내가 갖고 있던 지식대로, 정의를 관장하는 사도인 시스는 머리가 약간 부족한 모양이었다.

그 부족한 머리 때문에, 나는 타이밍을 완전히 놓치고 말았다.

이어서 디프라클라가 나에게 다가왔다.

그나마 좀 양호한 머리를 가진 사도가 시스의 말을 알기 쉽게 통역해 주었다.

“노스휠드. 우리 사도들을 대신해서 인류를 통일해다오. 이 나라의 왕족들을 대신해서 후즈야즈를 통합해다오. 이 세계의 『마의 독』에 적응하지 못한 사람들을 대신해서 적들과 싸워다오. 보통 사람들의 힘으로는 할 수 없는 일을, 네가 대신 해 주었으면 한다는 거다."

대신.

그것이『빛의 이치를 훔치는 자』의 진가라는 것을, 나는 알고 있었다.

내가 만들어진 목적이 그것이라는 것도 알고 있었다.

"……노스휠드. 해 주겠느냐?"

"당연히 해 줘야 하는 거 아냐?! 이건 영광이라고, 영광!"

디프라클라와 시스는 기대에 찬 눈길로 나를 바라봐 주었다.

딩 비있던 김각에 조금이나바 사극이 온 느낌이 들어서, 나는 가만히 고개를 끄덕였다.

"네, 해 볼게요."

그것 말고 달리 할 것도 없었기에, 딱히 깊이 생각하지도 않고 받아들였다.

그리고 곧바로 창틀에서 손을 떼었다.

두 사도는 그런 내 대답에 크게 기뻐했다.

"응, 당연하지. 후훗, 정말 기쁜걸. 동료가 더 늘었잖아. 잔혹한 세계지만, 역시 희망은 분명히 남아있었던 거야. 후후훗."

"확실히 기쁜 일이긴 하군. 이렇게 한 발짝씩 앞으로 나아간다는 건 말이야."

호들갑 떠는 두 사람 뒤에서, 레거시가 한숨을 짓고 있었다.

그리고 이제 자신과는 상관없는 일이라는 듯, 그대로 돌아서서 한발 앞서 방을 떠났다.

이것이 첫 대면.

——이렇게 해서, 나는 남은 두 사도의 손에 의해『주얼 크루스』로서의 미세조정을 받게 되었다.

그들을 따라 후즈야즈 성으로 가서, 국내 최대의 서고로 갔다. 가장 먼저 한 것은 공부였다. 몸속의 피에 새겨져 있는 지식에 관한 확인. 상식의 대조. 예의범절에 관한 확인. 며칠을 들여서, 국가를 대표하는『빛의 깃발』이 되기 위해 필요한 것들을 익혔다.

그 뒤에는 날조된 혈연 관계자들과 대면했다. 선왕의 숨겨둔 자식이라는 거짓말을 진실로 바꾸기 위해, 사도의 권한을 동원해서 온갖 곳을 돌아다녔다. 온갖 곳이라고 해 봤자, 어차피 조금 전까지만 해도 망하기 직전이었던 나라인 만큼, 돌아다닐 곳은 그렇게 많지 않았다. 몇 달이 지난 후, 나는 후즈야즈 왕가의 말석에 앉을 수 있었다.

아무리『사도』의 영향력이 막강하다고 해도 비상식적인 얘기였다.

그런 상황만 봐도, 이 세계와 나라가 말기에 이르렀다는 걸 실감할 수 있었다.

존재를 인정받은 뒤에는, 마법에 대한 조정.『마의 독』을 이용해서 초자연 현상을 일으키는 것은『빛의 깃발』이 되기 위해 필수적으로 익혀야 할 일이었다. 아직 마법의 원형인『주술』이 보급되어 있을 뿐, 대부분은 마법을 쓸 줄 모르는 시대였기 때문이다.

하지만 나는『마의 독』에 대한 적응력이 어마어마하게 뛰어났기에, 손쉽게 갖가지 기적을 일으킬 수 있었다.

더불어『사도』가 선택한『빛의 이치를 훔치는 자』라는 가호까지 더해져서, 모종의 마법이 내 몸에서 상시 발동하고 있었다.

인류 통일을 위한『빛의 깃발』계획의 근간.

――『매료』.

내 안에서 흘러나오는 빛을 보기만 해도, 마법 저항력이 낮은 사람들은『매료』되어 빠져들었다.

내 음성을 듣기만 해도, 그것을 절대적 진리라고 착각하고 복종했다.

내 모습을 보기만 해도, 내가 세계의 구세주라 믿고, 내 뒤를 따랐다.

다만, 상대를 가리지 않고 무적인 건 아니었다. 사람에 따라 마법에 대한 저항력이 다르고, 나라는 개인에 대한 환멸을 느끼게 되면 마법은 허무하게 깨어졌다.

그런 문제에 대비해서 준비한 것이, 바로 이 완벽한『주얼크루스』의 몸이었다.

생각할 수 있는 한 최고의 외모를 가진 몸을 마련하고, 생각할 수 있는 한 최고의 지식을 심어서, 그 약점을 보완하는 식이었다.

뒤집어 말하자면, 일단 내 외모에 눈길을 빼앗기기만 하면, 제아무리 마법 저항력이 높아도『매료』에 성공하는 것이다. 내 깊은 지식에 패배를 인정하는 경우에도 마찬가지다.

그 밖에 내 연설이나 춤으로 감동시키는 방법도 있다는 모양이었는데, 이건 『사도』가 아닌 『이방인』의 아이디어였다. 이세계에서는 노래하고 춤추는 우상이 단기적으로 아주 뛰어난 효율을 보였다는 것이다. 계획 중에는 극장을 지어서, 거기가 노래하고 춤추는 계획도 있었다.

——이렇게 해서, 완벽한 『빛의 깃발』인 나는, 마법의 힘까지 이용해서 조금씩 후즈야즈 민중들의 마음을 휘어잡아 나갔다.

처음에는 왕족 신분으로서 대중에게 인사하는 것부터 시작했다. 국내의 온갖 행사에 참석하고, 틈만 나면 시내에 나가 자선활동을 하고, 싹싹하게 국민들과 접했다. 물론 틈틈이 기적의 마법을 사용해서, 앓아누운 환자를 치료하고, 빈곤에 시달리는 아이를 구제하고, 목소리로 사람들의 불안을 떨쳐내 주었다.

한 달, 또 한 달, 계획은 담담하게 진행되어 갔다.

나는 『빛의 깃발』로 인정받기 시작했다.

북부에 있는 전설의 『로드(통치하는 왕)』를 흉내 내서, 절대로 패배하지 않는 상징으로 변모해 갔다.

반년이 지났을 때쯤에는, 사도들도 "이제 너에게 다 맡겨둬도 괜찮을 것 같다"며 안심했다.

디프라클라와 시스는 더 이상 내 곁에만 붙어 있지 않고, 다른 계획에 정신을 쏟기 시작했다.

그렇게 판단하는 것도 당연한 일이었다.

내가 길거리를 걸으면 환호성이 터져 나오고, 병사들의 주둔지에 들르면 우렁찬 함성이 터져 나오는 것이다. 행사라도 있어서 노래나 춤을 선보이기로 결정이 나면, 온 나라가 들썩였다.

『매료』의 마법은 방방곡곡까지 완벽하게 자리 잡고 있었다.

예를 들어 내가 "세금을 어마어마하게 올리겠습니다"라고 하더라도, 국민 대부분은 "네, 기꺼이 바치겠습니다"라고 대답할 것이다. 지금 내가 "인근의 대국에 쳐들어가겠습니다"라고 해도, 병사들 대부분은 "이 목숨을 당신께 바치겠습니다"라고 대답할 것이다.

모든 게 순조롭게 풀리고 있었다.

이 나라의 통일이 끝나면, 다음에는 이웃 나라를『매료』시킬 것이다.

그리 긴 시간은 걸리지 않을 것이다. 이미 이웃 나라 국민이나 귀족 중에도 내 신자들이 상당히 많다는 정보가 있었다. 주변국 통일은 정말 시간문제였다.

다만 한 가지 문제가 있다면, 그건 나라는 한 개인의 문제일 것이다.

그것은 갑자기 찾아오는 것이다. 작업하듯 기계적으로 하루하루를 보내다 보면, 함정에 빠진 것처럼 그것에서 헤어 나올 수 없게 된다.

『빛의 깃발』로 지내는 나날은 힘들지 않았다. 괴롭지 않았다.

대신, 즐겁지도 않았다. 편안하지도 않았다.

내가 너무나도 완벽하다 보니, 모든 것이 지나치게 순조로웠다.

그때와 똑같았다. 처음 태어났을 때 느꼈던 허무감이 다시 덮쳐들었다. 느닷없이 현실감이 사라졌다. 흥미가 사라졌다. 세상 누구도 나와는 상관없다. 세계 따위 알 바 아니다. 한없이 공허하고 서글프고 무의미해서 웃음만 나오고, 사라지고 싶다는 강렬한 충동이 몰려오고, 별안간 죽고 싶어졌다.

그래서 나는 다시 그 탑의 방에서 창밖을 내다보았다.

다만, 이제 내 몸은 창밖으로 떨어지는 것 정도로는 죽을 수 없는 지경이 되었다. 그러니 더 살상력 높고 위험한 곳으로 가야겠다는 생각에, 나는 외투로 얼굴을 가린 채 후즈야즈 성 밖으로 나섰다.

성의 경비병들을 무시하고 시가지로 들어갔다.

마주치는 국민에게는 눈길조차 주지 않은 채, 주저 없이 국외로 떠나려 했다.

바다에 갈 생각이었다. 나를 아는 사람이 아무도 없는 곳으로 가서, 바다에 빠져 죽을 생각이었다. 빨리 아무도 모르는 곳으로 가서, 이 시답잖은 이야기를 끝내 버리려고――

그렇게 바다로 가던 길에, 나라의 관문에서 한 소년이 기다리고 있었다.

사도 레거시가 나른한 얼굴로 나를 보며, 가볍게 "여어"

하고 인사했다.

나는 발걸음을 멈추고, 놀라서 휘둥그레진 눈으로 말했다.

"어……, 어떻게 여기에?"

어떻게 여기에 있는 것인가. 도무지 이해가 가지 않았다.

"그게, 이제 슬슬 또 죽고 싶어질 시기가 된 것 같아서. 나도 반년쯤 지나니까 그렇게 되더라고."

레거시는 내 속내를 완벽하게 간파하고 있었다. 더불어 반년 전에 처음 만났을 때, 내가 창밖으로 뛰어내릴 생각이었다는 것도 알고 있었던 모양이다.

사도들은 남의 마음을 이해할 줄 모르는 바보들이라고 생각했었는데, 이 무기력해 보이는 소년만은 다른 것 같다고 생각을 고쳐먹었다.

세계의 주인인가 뭔가 하는 자가 만든 세 번째 사도, 레거시.

많은 결함을 갖고 있어서, 혼자서만 대기하는 경우가 많았다. 특유의 무기력해 보이는 언동으로 미루어보아, 다른 두 사도도 그에게는 아무런 기대도 하지 않는 게 분명했다. 극단적으로 말하자면, 농땡이 피우는 식충이── 그런 식의 평가를 받던 사도가, 나에게 길을 제시해 주었다.

"네가 왜 지금 그렇게 끔찍한 공허감에 시달리는지……내 나름대로 해답을 갖고 있어. 내 얘기를 조금 들어 주겠어?"

레거시는 내 대답을 듣기도 전에, 그 자리에서 돌아서서 걷기 시작했다.

국외로 이어지는 길이 아닌, 후즈야즈 국내로 돌아가는

길로 나를 이끌었다.

그런 그의 뒷모습을 보고, 나는 주저했다.

무시하고 국외로 떠날 수도 있다. 단순한 힘으로만 따지면 내가 더 강하다. 아무리 사도가 『빛의 깃발』을 원한다 한들, 이제 나를 막을 수 있는 자는 없다. 막무가내로 사직하는 것쯤은 식은 죽 먹기다.

그렇지만, 나는 순순히 레거시 뒤를 따라갔다.

나 자신도 놀랄 만큼 고분고분 따라갔다.

유력한 가설은 하나. 약간 닮은 구석이 있다고 느꼈기 때문이다.

레거시의 무기력한 성격과 나의 주체성 없는 성격 간에는 공통점이 많았다.

그렇기에 그가 가진 생각에 조금이나마 흥미를 느낀 건지도 모른다.

나는 레거시를 따라서, 시내의 어떤 건물을 찾아갔다.

"여기는……."

후즈야즈국에 다수 존재하는 병동 중 하나였다.

이 나라에는 헤아릴 수 없이 많은 환자가 있었다. 아니, 이 나라뿐이 아니라, 이제 사람들을 좀먹는 병이 세계 규모로 창궐하고 있었다. 바로 『마의 독』에 의한 중독 증상이었다.

그런데 마법의 시조가 된 이방인이 『마의 독』을 분해하는 방법을 만들어냈다. ≪레벨업(마력변환)≫이라는 이름의 마법을── 정확히 말하자면 『주술』이지만 지금은 마법이라고 부르기로 하자. 이 마법을 시전하면, 『소질』이 있는 자는 『마의 독』이 분해되고, 독이 되기는커녕 오히려 힘으로 바꿀 수 있다.

이 마법이 배포되었을 때, 온 나라가 환희로 들끓었었다.

손도 못 쓰고 죽어갈 수밖에 없던 불치병을 이겨낼 수 있는 방법이 발견된 것이니, 당연한 얘기였다.

다만, 그 마법의 혜택을 모든 이들이 쉽게 누릴 수 있는 것은 아니었다.

우선, 마법을 다룰 줄 아는 사람이 적어도 너무 적었다. ≪레벨업≫을 쓸 수 있는 마법사가 한 명 있다고 해도, 하루에 몇천 명이나 되는 사람들에게 마법을 걸 수는 없는 노릇이었다. 덧붙이자면, 마법을 건다고 해서 모두가 『마의 독』에 의한 고통으로부터 벗어날 수 있는 것도 아니었다.

살아남으려면 『소질』이라는, 타고난 재능이 필요했다. 이게 없으면, 아무리 발버둥 쳐도 살아남을 수 없었다. 『마의 독』에 맞서지 못하고 죽어갈 뿐이었다.

따라서 지금 레거시와 내가 찾아온 곳은, 그 ≪레벨업≫을 사용하고도 병을 고치지 못한 환자들이 수용되어 있는 곳이었다.

더 이상 손 써 볼 방도가 없어진 환자들을 죽을 때까지 격리하기 위한 공간이라 해도 과언이 아니었다.

당연히 그곳에서는 『마의 독』에 괴로워하는 처절한 신음이 메아리치고 있었다.

고통 속에 쇠약해져 가기만 하는 사람들이, 즐비하게 늘어선 싸구려 침대에 누워있었다.

그러나 그곳에 의사는 한 명도 없었다. 간호하는 인원도 최소한이었다.

이곳이 버려진 영역이라는 사실을 실감하게 하는 광경이었다.

하지만, 냉정하게 말하자면 싸구려 침대가 있는 것만 해도 감지덕지라 해야 할 것이다. 길바닥에서 객사하지 않고 지붕 덮인 실내에서 죽을 수 있는 건, 사도와 이방인에 의한 부흥 덕분이었다.

내가 냉정하게 병동 내부를 확인하고 있으려니, 레거시가 환자 한 명을 가리키며 말했다.

"저걸 어떻게 생각하지?"

레거시가 가리킨 것은 아이와 여인.

열 살도 되지 않아 보이는 소년이 『마의 독』 중독 증상으로 괴로워하고 있었다. 신음소리와 함께, 쥐어짜는 목소리로 "난 죽기 싫어"라며 절규하고 있었다. 그 곁에서는 여인이 소년의 손을 부여잡고 애절하게 기원하고 있었다. 제발 우리 아이를 살려달라고 신에게 염원하며, 소년에게는 "살아야 해"라며 목소리를 쥐어짜듯 격려하고 있었다.

"안타까운 광경이라고 해야 하는 건가요? 이 나라의 참상은 내가 더 잘 알아요. 아니면 혹시, 죽는 건 무서운 거라는 얘기라도 하려는 건가요?"

"아니, 그게 아냐. 그건 중요하지 않아. 우리와는 상관없는 애기니까. 그보다……."

레거시는 주저 없이 고개를 가로저었다. 세계 구원을 꿈꾸는 사도가 할 법한 소리는 절대 아니었다. 그는 세계의 멸망보다 중요한 얘기가 있다는 듯, 말을 이었다.

"죽음을 기다리는 아이를 보고, 살아 달라고 애원하고 있잖아?"

세계의 위기가 아닌, 사람의 생사도 아닌, 두 사람의 관계성에 대한 지적이었다.

레거시는 그 관계성을 알기 쉬운 말로 변환해 주었다.

"저런 걸 두고, 사랑, 그리고 사랑받는 거라고 한다는 모양이야."

"뭐, 뭐라고요? 사랑받는 것……?"

굳이 이런 음울한 곳에 찾아와서 이런 상황을 보여주면서 무슨 얘기를 하려는 건가 싶었는데, 뜻밖에도 사랑에 대한 얘기였던 것이다.

다른 사도들과 마찬가지로, 레거시 역시 어딘가 좀 이상한 녀석이었다.

그런 판단이 들 정도로 무신경한 행동이었지만, 나는 이어지는 레거시의 말에서 귀를 뗄 수 없었다.

이성적으로는 정신 나간 얘기라는 걸 알았지만, 본능이 원하고 있었다.

사랑받는 것이 어떤 것인지에 대해 흥미를 느꼈다.

"실은 태어나는 순간부터, 부모는 자식을 저렇게 사랑해 준다나 봐."

"태어나는 순간부터, 부모가 자식을……."

피에 새겨진 정보에는 없는 얘기였다. 왜 그 정보가 나에게는 없는 건지를 미처 고민하기도 전에, 갖가지 의문들이 풀려나갔다. 그걸 이해하는 동시에, 병동 안의 모자에게서 시선을 뗄 수 없게 되었다. 방금 전까지는 의미도 가치도 느낄 수 없었던 광경이, 갑자기 전혀 다른 느낌으로 다가왔다.

"우리 같은 예외도 있겠지만, 기본적으로는 다들 그래. 자식을 낳은 부모는, 모두 저렇게 걱정해 주지."

이 순간, 나는 자신이 가진 불안정한 감각의 이유를 명확히 깨달았다.

요컨대, 나에게는 그것이 부족했던 것이다. 그래서 이렇게 휘청거리고 있는 것이다. 마음이 자리를 잡지 못하는 것이다. 울분에 차 있고, 툭 하면 토라지곤 하는 것이다.

원래, 이 세계에 태어난 나에게는 부모가 있었어야 했다.

내가 굳이 아무것도 하지 않아도 나를 사랑해 주고, 내가 창밖으로 뛰어내리려 하면 "살아 줘"라고 말려 줄 사람이.

"레거시 님……."

나는 나도 모르게 쥐어짜는 목소리로 중얼거렸다.

사도의 이름을 부르며, 더 얘기해 달라고 재촉했다.

"그래, 무슨 얘기를 하려는 건지 알아. 한번 만나 보겠어? 마침 귀향해 있으니까."

레거시는 그런 내 기대에 완벽하게 부응해 주었다. 지금 내가 원하고 있는 것이 무언지를 조금의 오해도 없이 이해하고는, 곧바로 돌아서서 앞장서 걸어갔다.

이번에는 조금의 망설임도 없이 그 뒤를 따라갔다. 병동을 나서서, 시가지를 걸어, 다른 건물 안으로 들어갔다. 그곳은 시내 한구석에 있는 조그만 식당이었다.

가게 안에서는, 이 나라에서 일하는 사람들이 한때의 행복한 시간을 누리고 있었다. 경비나 건설 등 육체노동에 종사하는 남성들이 많이 보였다. 가게 안의 분위기로 보아, 술을 중심으로 파는 가게 같았다.

나와 레거시는 적당한 메뉴를 시키고, 가게 구석에 있는 자리에 앉았다. 주위 국민들에게 얼굴을 들키면 일이 성가셔질 것 같았기에, 나는 외투 옷깃에 얼굴을 푹 묻고 속삭이듯 물었다.

"레거시 님, 왜 여기로 오신 거죠?"

"저기야. 아마 저 검은 머리 남자가 네 아버지에 해당하는 사람일 거야. 여러 가지 의미로."

레거시는 가게 카운터석에 앉아 있는 두 사람 쪽으로 눈길을 보냈다.

나도 그쪽으로 눈길을 돌려서, 그 두 사람의 얼굴을 확인했다.

우리 자리와 멀리 떨어진 카운터석에서 한가롭게 얘기를 나누는 두 사람.

흑발 소년과 금발 소녀. 둘 다 소박한 옷을 입고, 이 서민적인 가게의 분위기에 자연스럽게 녹아들어 있었다. 하지만 자세히 보면 두 사람 모두 범상치 않은 자들이라는 걸 알 수 있었다. 소년도 소녀도, 나를 뛰어넘는 힘을 갖고 있었다.

나는 그 두 사람의 정체를 잘 알고 있었다.

모를 리가 없었다. 말하자면, 나는 저 두 사람을 위해 태어난 것이나 마찬가지니까.

『아이카와 카나미』와 『티아라 후즈야즈』. 『이방인』과 『진짜 공주님』.

"저 검은 머리가, 제 아버지……?"

"그래, 아버지야. 우리 사도들은 산파 노릇을 한 것뿐이지. 너를 낳은 건 『이방인』 두 사람이라고 하는 게 옳을 거야. ……열 받는 일이지."

레거시의 말은 사실일 거라 생각했다.

사도들은 이방인처럼 『소질』이 높고 강한 존재를 만들기 위해, 『아이카와 카나미』와 『아이카와 히타키』의 신체 일부를 사용해서 나라는 『주얼 크루스』를 완성시켰다. 그렇기에 지금 내 외모는, 내가 대신해야 할 대상인 티아라 후즈야즈보다 아이카와 남매 쪽에 더 가까웠다. 내 부모가 누구인지를 묻는다면, 저 흑발의 『이방인』이 맞을 것이다.

"레거시 님. 아버지 곁에 있는 건 티아라 님인가요?"

"그래, 맞아. 원래 네 『빛의 깃발』 역할을 짊어져야 했을 녀석이지."

둘 다 내 짐작이 맞았다는 것을 확인했을 때, 주문했던 음식들이 테이블에 놓였다. 마실 수 있을지 없을지 애매한 물과, 이가 부러질 것처럼 딱딱한 검은 빵이었다.

그런 것들을 무감정하게 입 속에 집어넣으며, 나는 두 사람의 뒷모습을 바라보았다.

그런 내 모습을 보고, 레거시는 어리둥절한 얼굴로 물었다.

"카나미 형씨를 만나러 갈 생각은 없는 거야? 여기서 만나면 재미있을 것 같아서 데려온 건데."

"그럴 수는 없어요. 애초에 지금 만나 봤자 저분은 저를 모르니까요."

저곳에 앉아있는 다정한 두 사람은, 태생 자체가 부도덕적인 존재인 나에 대해 전혀 모르고 있다. 지금 내가 말을 걸면, 시스와 디프라클라는 아마 큰 곤경에 처할 것이다. 『빛의 깃발』 계획에 지장이 생길지도 모른다.

"그렇겠지. 그래서 안내한 거니까."

그렇건만, 세 번째 사도인 레거시는 아무렇지도 않게 계획을 위기에 빠뜨렸다.

내가 반년 동안 공들여 이룩해 놓은 것을 하찮게 대하는 그 태도에, 약간 불쾌한 기분이었다.

하지만 한편으로는, 계획에 대해 나 자신이 어느 정도 애정을 갖고 있었다는 것도 깨달았다.

아까부터 난생처음 겪는 일들의 연속이었다.

지금 아버지에게 말을 걸 수는 없지만, 그래도 수확은 충분히 얻은 느낌이었다. 지금까지 나는 자신이 모든 걸 다 알고 있다고 생각했었는데, 실은 그렇지 않다는 것을 뼈저리게 깨달았다.

죽기에는 아직 이른 건지도 모르겠다.

"일단 돌아가서 찬찬히 생각해 보겠습니다. 적어도, 이제 괜찮은 것 같습니다. 새로운 것들을 많이 알아서, 신선한 기분입니다."

"그래? 그렇다면 다행이군."

레거시는 내 감사를 순순히 받아들였다. 막무가내로 나와 아버지를 만나게 하려 하지 않고, 그저 묵묵히 식사에 어울려줄 뿐이었다.

얼마 후, 아버지와 티아라 후즈야즈는 가게를 떠나갔다.

그에 이어서, 우리도 시내로 돌아갔다.

목적을 달성한 우리는, 굳이 많은 얘기를 하지 않고 헤어지게 되었다.

"그럼 잘 가, 노스휠드. 조금 기대하도록 하지."

이제 내가 자살할 일은 없다는 확신을 얻은 듯, 레거시는 시내로 사라져 갔다.

나도 "그럼 이만"이라고 대꾸하고, 곧바로 후즈야즈 성으로 돌아갔다.

오늘은 정말 파란만장한 하루였다. 난생 처음으로 피로감을 느꼈다. 곧장 방의 침대에 걸터앉아서, 땅이 꺼질 듯 한숨을 내쉬었다. 이곳은 예전에 티아라 후즈야즈가 요양하던 곳이자, 내가 탄생한 곳이기도 했다.

그 방에서, 나는 오랫동안 허공을 응시했다.

멍하니 앉아서, 바깥세상이 아닌 자신의 가슴속에 있는 것에 집중했다.

레거시 덕분에 허무감은 사라졌지만, 그렇다고 해서 기분이 좋아진 것은 아니었다.

오히려 예전보다도 더 불쾌해진 것 같은 느낌마저 들었다.

질척하고 검고 끈적이는 무언가가 뱃속에서 들끓어 오르는 기분이었다.

그리고 줄곧 뇌리에 달라붙어서 떨어지지 않는 광경이 있었다.

시내의 병동에서 본 모자. 시내의 식당에서 본 두 사람.

두 개의 광경을 번갈아 떠올리면서, 문득 창밖을 내다보았다.

늘 그렇듯 어두운 하늘이었다. 그렇게 생각하고 있으려니, 하늘에서 티아레이(하얀 눈 같은 것)가 내리기 시작했다.

이 세계에서는, 사람들을 좀먹는『마의 독』이 결정화해서 내리곤 한다.

결정의 형상은 각양각색이고, 때때로 색이 변하기도 했다. 큰 조각도 있고 작은 조각도 있으며, 유리 조각이 떨어지는 것처럼 보일 때도 있었다. 그것이 사람들을 좀먹는 사악한 독이라는 것을 알고 있어도, 나처럼 무관계한 자의 눈에는 아름답게 보였다.

천천히 떨어지는 수많은 티아레이.

물건이 떨어지는 것보다는 느리고, 깃털이 떨어지는 것보다는 빠르다.

독특한 속도로 떨어지는 결정의 모습은 워낙 환상적이어서, 넋 놓고 있다가는 계속 눈길을 빼앗기고 말 정도였다.

나는 생각에 잠긴 채, 창밖의 모습을 빤히 바라보았다.

그러다 보니, 어째선지 때때로 이상한 망상이 머릿속에 떠올랐다.

아아, 어쩐지…….

하늘에서 천천히 떨어지는『마의 독』이, 이 세계의 살결을 타고 흐르는 핏방울 같아…….

그런 감상을 느꼈다. 그러는 동안에도 티아레이는 쉴 새 없이 내리고 있었다.

마치 멈추지 않는 피 같다고 생각한 순간, 정말로 그것들이 빨갛게 물든 것 같은 느낌이 들었다. 세계가 피투성이가 돼서 새빨갛게 물들고 있는 것이다.

주룩주룩주룩 빨간 피가 흘러내린다. 피가 폭포수처럼 하늘에서 쏟아진다.

이러다 곧 죽는 게 아닐까 싶을 만큼, 어마어마한 양의 피가──.

"────앗!"

망상이 머릿속에서 부풀어 올라서, 온몸에 소름이 돋았다.

갑자기 몸이 떨렸다. 온몸의 털이 곤두서는 것 같은 감각이었다.

나는 도망치듯 이불 속으로 파고들었다.

"…………?!"

오늘 나는, 어느 모자에게서 사람과 사람 간의 인연을 배웠다.

부모가 주는 애정만 있으면, 이 어두운 세계에서도 살아갈 수 있다는 걸 이해했다.

그건 곧, 더는 혼자라는 것을 당연한 것으로 여길 수 없게 되었다는 뜻이기도 했다.

항상 품속에 있던 공허감이, 별안간 외로움으로 바뀌었다. 그 외로움은 불안이 되고, 이내 공포로 전환되었다. 논리적으로 설명할 수는 없지만, 아주 단순한 감정의 흐름이었다.

무서워……. 아무도 없는 방에서 홀로 있는 건…….

피와 죽음이 머릿속에서 부풀어 올라도, 나에게 "살아야 해"라고 말해 줄 사람은 아무도 없다.

손을 잡아 줄 사람도, 의논해 줄 사람도 없다.

조금 전까지만 해도 스스로 죽음을 택하려 하던 내가, 어째서인지 지금은 미칠 듯이 죽음을 두려워하고 있었다. 그 병동에 있던 어린아이처럼 "죽기 싫어"라는 생각만이 가득했다.

사람이 죽으면 어떻게 되는 걸까. 죽음은 아프고 고통스러운 걸까. 죽으면 어디로 가는 걸까. 거기는 정말 아무것도 없는 무(無)의 세계일까. 내 의식은 그대로 존재하는 걸까. 존재한다면 언제까지 계속 존재할 수 있는 걸까. 지금처럼 새까만 어둠 속에서 영원히 상념에만 잠겨 지내는 세계일까.

이런 어둠 속에서 홀로, 『영원』히……? 『영원』히, 혼자서……?

해답을 찾을 수 없는 의문이 꼬리에 꼬리를 물었다. 이불 속에서 살짝 고개를 내밀어, 방 안을 살펴보았다.

방 안이 평소보다 더 어둡게 느껴졌다. 당장이라도 어둠이 나와 이불을 통째로 집어삼켜 버릴 것 같은 불안감이 엄습했다.

본능적으로 양손으로 가슴을 꾹 끌어안았다. 공포를 견딜 수가 없어서, 자기 자신을 위로하지 않고는 베길 수가 없었다. 하지만 그 정도로는 부족했다. 어둠으로부터 벗어나기에는 턱없이 부족했다.

"──≪라이트≫!"

빛을 만들었다. 긴급상황에서만 쓰라고 사도가 신신당부했던 힘으로, 이 어두운 세계를 밝히려 했다. 하지만 아직도 부족했다.

세계가 밝아지기는 했다. 눈에 보이는 시야는 명확하니, 밝다고 표현하지 않을 수 없었다.

그런데도 아직 어둡게 느껴졌다. 이렇게 환한 세계에 있건만, 아직도 빛이 부족하다고 느껴졌다. 세계가 이렇게나 어두웠다는 사실에 놀라서, 나는 연신 마법을 발동시켰다.

"――≪라이트≫≪라이트≫≪라이트≫――."

부족하다. 더 많은 빛이 필요하다. 더더욱 밝아져야 해.

방 구석구석까지 빛이 채워져 갔지만, 세계는 여전히 끔찍하게 어두웠다.

어두운 건 무서워……. 못 견디게 무서워…….

무서워, 무서워무서워무서워…….

양손으로 꼭 끌어안은 몸에서, 심장소리가 선명하게 들려왔다.

귀가 따갑도록 심장이 뛰고 있지만, 이 심장이 멎으면, 죽는다.

제아무리 완벽한『주얼 크루스』라도 죽는다.

그렇게 생각하니, 거칠게 흐트러졌던 심장의 박동이 별안간 불안해졌다.

당장이라도 심장이 멎어 버릴 것만 같았다.

당장이라도 죽어 버릴 것 같은 느낌에, 죽음의 공포는 더더욱 가속되었다.

나는 죽어서 무(無)로 돌아가는 것이 두려웠다. 없던 존재가 되는 것이 두려웠다. "살아가 줘"라고 말해 주는 이 하나 없이 사라지는 것이 두려웠다. 아무런 의미도 없는 인생으로 끝나는 것이 두려웠다. 내가 죽은 뒤에도 세계가 계속되는 것이 두려웠다. 내가 살았다는 것 자체가 잊혀 버리는 것이 두려웠다.

무서워……! 잘은 모르겠지만 무서워……!

아니, 잘 모르니까 무서운 걸까……?!

공포 때문에 숨이 턱 막히는 기분이었다.

가슴이 찢어질 것만 같았다. 몸과 영혼이 통째로 경련하고 있다. 그러니까──

……누가 나를 좀 구해줘.

누가 나에게 손이라도 내밀어 줘.

나 혼자서는 견딜 수 없어. 누가 한마디 말이라도 건네줘.

……아까 그 어린아이처럼, 누가 나를 좀 사랑해 줘.

"살아가 줘"라고 다정한 목소리로 말해 줘. 그렇지 않으면 이 고통에서 벗어날 수 없어.

밝은 세상으로는 영원히 나갈 수 없어.

언제부턴가 침대가 굵은 눈물방울에 젖어 있었다.

심장 소리가 너무 커서 알아채지 못하고 있지만, 나도 모르게 오열이 터져 나오고 있었다. 경련과 함께 딸꾹질을 연발했다. 어린아이처럼 꼴사납게 통곡하고 있었다.

그리고 그런 나에게 들려온, 마치 이 순간을 기다리고 있었던 것 같은 목소리.

"──괜찮아요. 당신에게는 제가 있어요. 당신의 어머니인 제가."

애타게 갈망하던 그 한 마디에, 나는 이불 밖으로 고개를 내밀었다.

방 안에는 흑발의 소녀 한 명이 서 있었다.

창밖에 펼쳐진 혈액 같은 하늘을 등지고 서서, 자애로운 어머니처럼 미소 짓고 있었다.

바로 알아볼 수 있었다. 첫 해후였지만, 그녀가『아이카와 히타키』임을 확신했다.

그녀가 한 말을 듣고 판단한 게 아니었다. 본능적으로 이해한 것이다.

"어머니니까 알 수 있어요. 지금 당신이 겪고 있을 고통을……."

그렇게 속삭이는 그녀는 바로, 레거시가 내 어머니라고 얘기했던 그 사람이리라.

지금 내가 갈망하던 사람이, 내가 갈망하던 말을 건네주었다.

……그렇게 갈망하던 일이건만, 나는 아직 공포에 떨고 있었다.

왠지는 모르겠지만, 나는 그녀를 어머니로 여길 수 없었던 것이다. 시내에서 보았던 광경과는 너무나도 달랐다. 아파하는 아이의 손을 잡고 "살아가 줘"라며 통곡하던 여인과 비교하면 너무나도.

두뇌가 이해를 거부할 만큼, 아이카와 히타키의 그 모습은 너무나도――.

◆◆◆◆◆

"——허억!"

멎어 있던 숨을 토해냈다.

이어서 들이마신 공기는 허파를 그을려 버릴 만큼 뜨거웠다. 지금 자신이 위기에 빠져 있다는 사실을 명료하게 전해주었다. 동시에 눈을 부릅뜨고 주위 상황을 확인했다.

몸은 제대로 움직이지 않았기에, 눈과 고개만 움직여서 확인할 수밖에 없었다.

조금 전에 꾼 꿈과 비슷하게 어둠침침한 세계가 펼쳐져 있었다. 물론, 비슷하기만 했지 전혀 다른 세계였다. 우선 가장 큰 차이는, 상공을 덮고 있는 것이 먹구름이 아닌 흙벽이라는 점.

즉, 지금 나는 하늘 아래가 아닌 지하에 있다.

지하 공간에서 눈을 떴음에도 폐쇄감은 전혀 느껴지지 않는 대형 동굴이었다.

멀리서 수많은 불빛이 점멸하고 있는 모습이 보였다. 이 대형 동굴에는, 방금 꿈속에서 본 후즈야즈의 시가지보다도 더 큰 도시가 펼쳐져 있었다. 번듯한 벽돌 건물이 규칙적으로 늘어서 있고, 마석으로 포장된 길이 뻗어 있었다. 가로등은 빛나는 마법도구로 되어있는 것들뿐만이 아니라, 긴급 상황에 대비한 액체연료 램프들도 다수 섞여 있었다. 언제든지 물을 쓸 수 있도록, 시가지에는 용수로가 거미줄처럼 뻗어 있었다.

『**천 년 전의 개척지** 지하유적』이, 현대에는 어엿한 지하도시로 진화해 있었다.

그 대형 동굴을 이 정도로 변모시키다니, 참 대단한 일이다.

나는 약간 감회에 젖어 지하 풍경을 바라보다가, 이어서 자신의 상태를 확인했다.

체력과 마법은 이미 한계 직전. 심상치 않은 양의 땀이 흐르고, 숨도 가빠진 상태다.

몸은 제대로 움직이지 않는다…… 하지만 지금 나는 지하 도시를 고속으로 이동하고 있다. 쉴 새 없이 바뀌는 풍경을 바라보던 시선을 옮겨서, 나를 안고 있는 남자를 쳐다보았다.

어깨에 거창한 케이프를 맨 귀족스러운 풍모에, 항상 눈꼬리가 힘없이 처져 있는 비실비실한 얼굴. 붉은 구리색의 짧은 머리칼을 나부끼고, 뺨에는 굵직한 땀방울을 흘리며 있는 힘껏 질주하는 남자.

최근에 강제적으로 내 부하로 삼은 전직 『최강』 탐험자, 글렌 워커였다.

내가 자신의 얼굴을 쳐다보고 있는 것을 알아챈 글렌은, 쉬지 않고 달리면서 말했다.

"노스휘 님!! 정신이 드셨습니까?!"

"네. 혹시나 해서 여쭤보는 건데, 제가 정신을 잃었었나요?"

"네. ……하지만 정신을 잃으시는 것도 무리는 아니었습니다. 열기와 공기 상태가 장난이 아니니까요."

조금씩 상황 파악이 되어 갔다.

지금 글렌은 적이 쓴 화염마법의 열풍 때문에 기절한 나를 안고 도주 중.

이어서 많은 기억이 되살아났다. 1주일 전, 나는『북연맹』 비아이시아에서 카나미 님과 결투를 벌이게 된 아이드와 협력하고, 친구 로드와 사도 시스 등의 전투를 지켜본 후, 곧장『남연맹』의 대성도를 찾아왔다.

이곳에 와서, 언젠가 찾아올 카나미 님을 요격하기 위한 준비를 시작한 것이다.

이용할 수 있는 패를 마련하는 게 급선무였던 나는, 천 년 전에 실행했던 계획을 그대로 다시 써먹기로 했다.

우선 이 대성도 후즈야즈 내에서, 성녀를 자처하며 여러 환자들을 구했다. 더불어 국가 내부 깊숙이 잠입하기 위해, 원로원에서『매료』를 구사, 국가의 요인들을 세뇌했다.

지반을 다진 뒤에는 카나미 님 요격을 위한 시책을 국가적으로 강행하고, 차원마법을 구사해서 머나먼 미궁으로부터 천 년 전의 부하들을 불러오고, 이 대성도의 명물인 세계수를 재봉인했다.

그 결과, 나는 불과 며칠 만에 세계 최대의 국가를 함락시키는 데 성공했다.

모든 것이 순조로웠다. 이제 나에게 대항할 수 있는 건, 같은『이치를 훔치는 자』나『사도』밖에 없으리라. 그렇게 생각했을 때, 그녀의 습격을 받은 것이다.

나의 가장 큰 오산이었던 그녀의 이름을, 글렌이 언급했다.

"……꼭 미궁 속 아르티의 층 같네요."

『불의 이치를 훔치는 자』의 힘을 물려받은 자, 마리아.

지하도시 쪽으로 눈길을 돌리니, 안구의 모양을 띤 불꽃 몇 개——『불의 눈』이 떠 있는 모습이 보였다.

글렌도 그것을 알아채고, 품속에서 나이프를 꺼내어 투척했다.

나이프는 공중에 떠 있던 불꽃에 정확하게 꽂혔지만, 『불의 눈』은 여전히 사라지지 않았다. 안개를 검으로 꿰뚫은 것처럼 일렁이기만 할 뿐, 그 형태는 무너지지 않았다.

『불의 눈』은 우리를 힐끔 쳐다보며 일정한 거리를 유지하고 있었다.

"완전히 따돌리기는 힘들 것 같네요. 글렌, 저를 내려놓아 주세요."

"하, 하지만! 노스휘 님!"

거부하려 하는 글렌을 밀어 젖히고, 나는 막무가내로 땅바닥에 내려섰다.

너무 거칠게 내려오느라 자칫하면 자빠질 뻔했지만, 가까스로 서서 버틸 수 있었다.

그리고 글렌을 뒤에 내버려 두고, 지금까지 도망치던 것과는 정반대 방향으로 발걸음을 내디뎠다.

"기다리십시오! 저도 따라가겠습니다!"

고개를 돌려 글렌의 얼굴을 쳐다보았다.

진심으로 나를 걱정하는 듯한, 사람 좋아 보이는 얼굴이었다.

하지만 나는 도무지 그를 신뢰할 수 없었다. 완전히 믿고 의지할 수 없었다. 이 대성도에 있던 『셀레스티얼 나이츠』들이나 주문 제작한 『주얼 크루스』들을 『매료』시키는 건 간단했다. 하지만 이 남자와 엘미라드 싯다르크만은, 『매료』시키는 데 은근히 애를 먹었다. 덧붙이자면, 가까스로 『매료』에 성공한 경위도 어쩐지 미심쩍은 구석이 있었다.

이 녀석은 내 외모와 힘에 마음을 빼앗긴 게 아니었다.

내 뜻과 사상에 감동한 것도 아니었다. 『매료』에 성공한 이유는, 굳이 표현하자면 『빛의 이치를 훔치는 자』 노스휘가 아니라, 최근에 미궁에서 불러낸 내 부하 『피의 이치를 훔치는 자』 파프너 헤르빌샤인 때문인 것처럼 보였다.

글렌과 엘미라드는, 내가 아닌 『피의 이치를 훔치는 자』 파프너를 만나고 나서야 마음에 빈틈이 생긴 게 틀림없었다.

그렇게 마음에 빈틈이 생긴 이유는 알 수 없었다.

남자들끼리만 공감할 수 있는 무언가가 있었던 걸까……. 그게 아니면…….

하여튼, 이 상황에서 불확정 요소인 글렌을 배후에 두는 건 영 꺼림칙했다.

"글렌, 굳이 저를 도우려고 할 필요는 없어요. 아니, 그건 무의미한 짓이에요. 당신이 막무가내로 다가가 봤자, 상대의 시야에 들어가기만 해도 숯덩이가 되어 버릴 테니까요. 같은 전장에 있기만 해도 내장이 타 버릴 거예요. 괜히 따라와 봤자 짐만 될 뿐이에요."

이 지하도시 같은 폐쇄공간에서 벌어지는 전투라면, 『불의 이치를 훔치는 자』는 타의 추종을 불허하는 위력을 발휘한다. 아무리 아군을 증원해 봤자 아무런 의미도 없다.

글렌의 의지를 단호하게 거절하고 나서, 나의 차후 계획에 대해 얘기했다.

"처음부터 얘기했잖아요? 저는 상대와의 정면 대결을 피하고 항복하겠어요."

원래는 카나미 님을 상대로 쓸 작전이었지만, 약간 앞당겨서 쓰기로 했다.

항복해서 무방비한 몸을 드러내고, 내부로 파고든다. 지금은 기껏 모아둔 패를 쓸데없이 소비하지 않는 게 중요하다. 『매료』시킨 글렌 등은 최후의 순간에 소비하고 싶었다.

여기서 글렌이 붙잡히는 건, 내가 붙잡히는 것보다 더 치명적인 피해였다.

"당신들은 후퇴해서 개별행동에 들어가세요. 당초 예정대로 제 마력을 맡길게요."

"하지만 저희에게 마력을 맡기시면, 노스퀴 님은 이제——."

"네, 이제 남은 마력은 1할도 안 되죠. 마리아 씨에 비하면 먼지 수준이나 다름없는 마력량이겠죠."

『불의 이치를 훔치는 자』를 계승한 자의 힘은, 어느덧 전성기 시절 아르티의 수준에 육박해 있었다. 지금의 내가 그녀와 마법으로 맞대결을 벌였다가는, 눈 깜짝할 사이에 증발하리라.

"그렇지만 상대가 먼지 수준일수록, 마리아 씨가 『대화』에 응해 줄 가능성이 높아요. 마력이 적다는 게 꼭 단점만은 아니라는 거죠."

"하지만 마리아는 만만한 상대가 아닙니다! 아무리 죽일 수 없는 이유를 만들어 봤자, 마리아는 생각 자체를 멈추고 애매한 존재를 다짜고짜 죽일 수 있는 힘을 갖고 있습니다! 마리아는 정말로……, 정말로 마음이 강한 사람이에요!"

나의 『매료』에 걸려 있는 글렌은, 얼마 전까지만 해도 동료였던 소녀의 강점을 술술 늘어놓았다.

전직 『최강』이었던 남자가 이렇게 얘기할 정도라니…….

아르티는 정말 좋은 아이를 찾아낸 모양이다.

"알아요. 지금 그녀는 그야말로 『모든 걸 훌훌 털어낸 아르티』에요. 정신적 약점을 극복해서, 온갖 정신마법의 간섭을 무력화시키죠. 『수치로 나타나지 않는 수치』가 높아서, 마력이나 스킬이 아닌, 자기 마음의 힘만 가지고도 정신마법 공격을 쳐낼 정도에요. ……정말 말도 안 되는 존재죠."

라이너와 마찬가지로 자기보다 더 강한 자를 상대하면서도 움츠러들지 않고 도전해서, 멋지게 승리를 거두는 강자였다. 반면에 나는 대표적인 약자.

자신보다 약한 적에게는 턱없이 강하지만, 강한 상대에게는 턱없이 약하다.

이런 상황을 뒤집을 생각은 추호도 없었다.

"하지만 글렌. 그래도 반드시 해야만 해요."

그런 말을 남기고, 나는 글렌에게서 등을 돌려 비틀거리는 걸음걸이로 지하도시 도로를 걸어갔다. 뒤에서 글렌이 뭔가 말하고 있는 것 같지만, 귀를 기울이지 않고 발걸음을 서둘렀다.

지하도시에 살고 있던 사람들은 이미 모두 지상으로 피난한 상태라서, 혼자 남으니 참으로 고요해졌다. 지하 특유의 어두침침한 도시 안, 저 멀리서 불길이 타오르고 있었다. 대량의 땀을 땅바닥에 뚝뚝 흘리면서, 절대로 지지 않겠다고 마음속으로 거듭 되뇌며 걸었다.

아까 기절했을 때 꾼 꿈 때문인지, 그 의지는 굳건했다.

정말 그리운 기분이 드는 꿈이었다……. 그리고 그때 이후로 자신이 얼마나 성장했는지 실감했다. 아니, 성장한 게 아니라 닳은 거라는 표현이 옳은지도 모른다. 솔직히, 나에게도 그런 풋풋했던 시절이 있었다니, 좀 믿기 힘들 정도였다.

이제 이렇게 시커멓게 변해 버렸으니, 그 세 사도에게는 미안할 따름이었다. 내가 사도들의 기대에 부응하는 건, 이제 절대로 불가능할 것이다.

지하도시를 걸으며 옛 기억을 떠올렸다.

죽기 직전의 주마등같다는 생각이 들었지만, 이내 고개를 가로저었다.

아직 죽을 수 없었다. 어떻게 이런 곳에서 죽을 수 있겠는가. 나에게는 아직 『미련』이 있다. 아직 찾지 못했다. 아직 손에 넣지 못했다. 아직 카나미 님에게서 아무것도 받지 못했다.

그러니까, 카나미 님을 만나야 해…….

다시 한번 카나미 님을 만나서, 이 모습을 보여줘야 해…….

카나미 님……! 아아, 카나미 님, 카나미 님, 카나미 님……! 어서 빨리――!!

"――앗!!"

사랑하는 이의 이름을 마음속으로 되뇌고 있으려니, 그것을 가로막기라도 하듯 머리 위에서 검은 칼날이 날아들었다. 도시의 도로 한가운데를 걷고 있던 나는, 마법을 써서 재빨리 찬란하게 빛나는 깃발을 오른손에 생성, 그 검은 칼날을 막아냈다.

내 깃발과 적의 낫이 격돌하고, 힘에서 밀린 나 혼자만 일방적으로 나가떨어졌다. 나는 곧바로 깃발을 땅바닥에 꽂아서 속도를 줄이고, 그 자리에 멈춰 섰다.

가까스로 기습을 막아낸 나는, 검은 낫을 휘두른 자의 모습을 쳐다보았다.

"……다시 만났네요, 마리아 씨."

"당신은 카나미 씨를 만날 수 없어요. 여기서 끝이에요."

마치 내 생각을 읽기라도 한 듯이, 흑발 소녀 마리아는 다짜고짜 부정부터 하고 들었다. 같은 사람을 사모하는 사이인 이상, 어느 정도는 공감대가 있을지도 모른다.

다만, 이렇게 대치하고 있는 서로의 모습은 사뭇 달랐다. 입이 찢어져도 닮았다는 말은 할 수 없었다.

이제『빛의 이치를 훔치는 자』라고 부르기도 민망할 만큼 힘을 상실한 나와는 달리, 마리아의 몸은 찬란하게 빛나고 있었다.

검은 머리칼에 검은 눈. 검은 옷에 검은 낫.

어둠보다도 더더욱 검게 보이는 소녀가 눈앞에서 웃었다. 그 눈은『부적』으로 가려져 있지만, 나이답지 않은 요염한 미소를 머금은 채 살벌한 마력을 내뿜고 있었다.

그 마력의 색만은, 검은색이 아닌 적색. 화염속성의 마력이 그녀의 윤곽을 빨갛게 그어 놓고 있었다. 옷의 소매며 옷자락에서 분출되는 화염은, 일식 때의 검은 태양에서 뿜어져 나오는 홍염 같았다.

이제 마리아는『불의 이치를 훔치는 자』를 계승했을 뿐만 아니라, 카나미 님이『땅의 이치를 훔치는 자』로웬에 맞서기 위해 만든『사신』의 힘도 손에 넣은 상태였다.

그 결과가 이것이었다. 화염과 어둠. 적과 흑. 정과 반.

서로 상반된 힘이 융합해서, 사각이 존재하지 않는 완벽한 마법사의 경지에 다다랐다.

그 마법사는, 마치 사신처럼 예언했다.

"잘 가세요, 미궁의 가디언.『빛의 이치를 훔치는 자』노스휘. 친구 아르티의 이름을 걸고, 당신의 죽음은 절대적으로 확정됐어요."

검은 머리에 검은 눈을 가진 사람들은 왜 이렇게 다들 무서운 걸까.

옛 기억을 떠올리니, 메마른 웃음이 흘러나올 것만 같았다.

그리고 바로 전의를 풀고, 손에 있던 빛의 깃발도 소멸시켰다.

이제 두 번 다시, 이런 무서운 녀석들과 정면으로 싸울 생각 따위는 없었다.

천 년 전에 『로드』 일당과 싸우고, 현대에 『차원의 이치를 훔치는 자』와 싸우면서, 나는 배웠다. 최강의 적이라는 걸 뻔히 아는 상대에게 온 힘을 다해 도전하는 건 바보짓이라는 걸.

사실 포기하지 말고 노력하는 게 올바른 일일 것이다.

강적을 상대로도 당당히 맞서는 건 용감하고 멋진 일일 것이다.

언젠가 염원이 이루어질 것을 믿으며 전진하는 건, 이야기 속 주인공이 할 행동이리라.

하지만, 올바르고, 훌륭하고, 도덕적이고, 주인공이라는 게 뭐 어떻단 말인가.

그런다고 승리할 리가 없다. 그런다고 행복해질 리가 없다.

이제 다시는 속지 않을 것이다. 속는 것은 곧 패배. 패배는 곧 종말. 종말은 곧 소멸이었다.

나는 아직 사라지기 싫다. 무슨 수를 써서라도 승리해서, 이 『미련』을 이루고 싶다.

그래서 나는, 0에 가까운 승산이 아닌, 그녀가 가진 일말의 양심에 승부를 걸었다.

"네, 맞아요……. 마리아 씨 말씀대로, 제가 패배하겠죠. 제가 이길 수 있을 거라는 생각이 손톱만큼도 안 들어요……. 그러니까 저는 투항하겠습니다. 투항할 테니까, 마지막으로 제 변명을 조금만 들어 주시면 안 될까요?"

"변명? 제가 그런 걸 들어야 할 이유가 있나요?"

냉랭한 목소리. 마리아는 내 목숨 구걸을 차단했다. 하지만 실제로는 하나의 난관을 넘어선 셈이었다.

다짜고짜 죽이지 않고, 대답을 해 준 것이다. 그녀가 내 변명을 들어야 할 이유는 없겠지만, 이제 내가 말하면 저절로 귀에 들어갈 수밖에 없다.

그 변명을 듣고도 과연 마리아가 나를 죽일 수 있을까.

"제발 부탁이에요. 들어 주세요, 마리아 씨. 오늘까지 제가, 이 후즈야즈에서 해 온 일들. 그 모든 행실들을――."

언짢아하는 마리아를 무시하고, 나는 입을 열었다.

내가 태어나서 지금까지 이루어 온 모든 것을 건 작전을, 이제 결행한다.

내 최후의 싸움이 시작된다.

3. 타고난 패배자

『아이카와 카나미』의 가장 오래된 기억은 무엇일까?

당연한 얘기지만, 라스티아라와 처음 만난 날은 아니었다.

연합국의 미궁에 흘러든 순간이 가장 오래된 기억이라고 말하기에는, 이제 무리가 있다.

그보다 더 오래된 얘기가 있었다는 것을 나는 알고 있다. 하지만 그 천 년 전의 기억조차도, 가장 오래된 기억이라고는 할 수 없다. 그보다 더 오래전. 이 『이세계』가 아닌 『원래 세계』에서의 기억이, 내 안에 존재한다.

콘크리트 도로와 가옥이 늘어서 있고, 어두운 거리에는 어디에나 전등 불빛이 켜져 있는 곳.

현대사회의 일본에서 생활하던 시절의 기억이었다.

거기서 여동생과 단둘이. 남매가 함께 살던 기억이 바로 가장 오래된 기억――**은 아니다**.

그보다 훨씬 더 오래된 기억이 있었다.

우리 아이카와 남매에게 어엿한 가족이 있던 시절 말이다.

그야말로 처음 중의 처음. 여동생은 아직 갓난아기이고, 나는 이제야 막 자의식이 확립되기 시작하던 어린 시절.

나는 그때의 기억을 선명하게 간직하고 있었다.

허구한 날 기억을 잃기만 하는 인생이건만, 그 날의 광경만은 전부 떠올릴 수 있었다.

눈에 들어온 빛. 귀에 들어온 소리. 코를 스친 냄새. 모든 것이 선명하게 떠올랐다.

――그날, 내가 있던 곳은 어둠침침한 방 안이었다.

방 안의 벽에는 하얀 벽지가 붙어 있고, 한쪽 면만 통유리로 되어 있었다. 그 통유리 너머로는 대도시의 건물들과 먹구름 낀 하늘이 보였다. 콘크리트로 덮인 바닥은 한참 멀리 떨어져 있어서, 길 가는 사람들의 모습을 보려면 유리창에 바짝 달라붙어서 내려다보아야 했다.

값싼 집은 아니었다. 그 아파트 최상층에서 내려다보이는 경치는, 그야말로 한 줌의 사람 중에서도 한 줌의 사람, 천만 명 중 단 한 명의 승리자만이 손에 넣을 수 있는 풍경이었다.

나는 그 방에서 감도는 강렬한 소독약 냄새가 좋았다.

그것은 나에게 있어 아버지와 어머니를 상징하는 냄새였으며, 집에 돌아왔다는 것을 실감케 해 주는 냄새이기도 했다.

나는 이 집이 좋았다. 최소한의 새하얀 가구만이 있을 뿐 장난감은 하나도 없고, 이제 막 세 살이 된 나에게는 지나치게 넓고, 여기서 부모님이 함께 있는 모습은 한 번도 본 적이 없었지만……. 그래도, 좋았다.

내 가장 오래된 기억은, 내가 좋아하는 그 집에서, 오랜만에 아버지와 단둘이 있게 됐던 때의 기억이었다.

그날은 비가 내리고 있었다.

먹구름에서 떨어진 빗방울들이 연신 유리창을 때리고 있

었다.

유리창을 타고 흐르는 빗물은 마치 눈물 같아서, 계속 쳐다보고 있으니 이상한 감각에 빠져들었다. 나도 아버지도 아닌 누군가가 바로 곁에서 울고 있는 것 같은 느낌이 들어서, 이유도 없이 괜히 슬퍼졌다.

아버지도 그런 내 감각을 알아챘던 건지도 모른다.

비 오는 날은 언제나 악기를 꺼내서 연주해 주곤 했다.

바이올린류의 현악기인 경우가 많았다. 아버지가 턱에 악기를 끼우고 활을 당기는 모습은, 어린 눈에도 멋있게 보였다. 하지만 나중에 찬찬히 생각해 보니, 그건 당연한 일이었다. 아버지는 일본의 전국적으로 유명한 배우였다. 단정한 외모를 갖고 있는 건 당연했다.

아버지를 보면, 누구라도 최소한 "멋있는 축에 들어간다"라는 평가를 내릴 것이다. "보통 이하"라는 평가를 받을 일은 절대 없었다.

매끈하게 귀로 들어오는 현악기의 음색.

높고 날카로운 소리인데도, 귀에는 조금도 따갑게 느껴지지 않았다.

가늘고 부드러운 실이 귀로 들어가서 심장에 부드럽게 얽혀드는 것 같은 음악이었다.

어느 틈엔가, 슬픈 감정은 말끔히 사라져 버렸다.

그렇게 악기를 켜는 아버지의 뒷모습을 보며, 나는 새로운 감상을 느꼈다.

그것은, 동경.

아들인 나는 아버지를 동경하고 있었다.

어디를 가든, 아버지의 이름을 모르는 사람은 없었다.

뭐든지 못 하는 게 없는 아버지의 재능을 모두가 찬양하고 있었다. 그리고 아버지는 당연하다는 듯 뭘 하든 성공했다. 거대해도 너무 거대한 아버지의 뒷모습을 보며 진심으로 동경하는 아들——.

이것이 바로, 내가 떠올릴 수 있는 가장 오래된 기억.

메마른 웃음이 새어 나올 것만 같았다. 가장 인상적으로 남아있는 기억이라는 게, 돈을 퍼부어서 산 고급 아파트에서 나눈 부자간의 말 한마디 없는 교류라니, 우스운 일이었다.

몇 년이 흐른 뒤, 어린 나는 현실을 알게 되었다.

아이카와 카나미의 아버지는 인간쓰레기였다는 현실을, 강제로 직시하게 되었다.

시간이 흐름에 따라서, 그 남자의 추악함을 알아가게 되었다. 알면 알수록 절망에 빠졌다.

단순하게 말하자면, 아버지는 최고의 재능을 갖고 있었지만 인간성은 최악이었던 것이다.

아버지는 약자를 깔보고, 짓밟고, 잡아먹는 것을 좋아했다. 숨 쉬듯이 주위에 불행을 흩뿌리고, 그것을 유쾌하게 여기는 성격이었다. 노력하는 자는 우습게 보고, 재능을 가진 자는 절대로 인정하지 않았다. 유능한 신인을 권력으로 짓밟는 건 일상다반사였고, 경쟁하는 라이벌들은 지저분한 수단을 동원해서 몰락시켰다.

한 번 눈독 들인 여자는 속여서라도 손에 넣으려 했다. 경우에 따라서는 돈으로 고용한 폭력적인 협력자들까지 동원해서 지배하려 들었다. 결혼한 몸이면서, 날마다 다른 여자를 방으로 끌어들였다. 1주일에 한 번꼴로, 매번 다른 여자가 고함치며 쳐들어왔다. 그리고 통곡하며 쫓겨났다.

자신의 욕망에 솔직하면서, 동시에 자신의 명예와 지위에도 민감했다. 도덕성이라는 것을 선천적으로 상실한 게 아닐까 싶을 정도의 악인이었다.

하지만, 그나마 이 정도에서 그쳤다면 평범한 악인 정도였을 것이다.

아버지의 가장 사악한 부분은, 조금의 죄책감도 품지 않았다는 점이었다.

그것이 타고난 천재인 자신에게 주어진 당연한 권리라 믿어서, "네 아버지는 정의를 실현하고 있는 거다"라면서 아들과 딸에게 뻔뻔하게 자랑까지 하는 남자였다. 희생된 사람들 앞에서 "아아, 재미있구나"라면서 폭소까지 하는 남자였다.

한 줌의 악인 중에서도 특히 더 집요하고 추악한 쓰레기.

그것이 아이카와 카나미가 동경하던 아버지였다.

참고로 어머니 역시 별반 다를 게 없는 사람이었다. 그런 아버지와 결혼하고도 이혼 얘기가 단 한 번도 안 나왔다는 것만 봐도, 대충 짐작이 갈 것이다. 어머니도 뛰어난 외모와 재능을 타고났으며, 자신의 욕망에 충실한 사람이었다. 마지막까지 아버지와 이해관계가 일치하던 사람이었으니, 두말할 것도 없는 악인이었다.

이 두 사람이 아이카와 집안의 아버지와 어머니였고, 그 두 사람 사이에서 태어난 것이 『아이카와 카나미』와 『아이카와 히타키』였다.

당연한 일이지만, 이런 부모님 사이에서 태어난 우리 남매가 멀쩡하게 성장할 리가 없었다.

평범한 행복을 얻는 건 고사하고, 평범한 가족이 될 수조차 없었다.

가벼운 기분으로 아이 둘을 낳은 부모님은, 별다른 책임감도 없이 우리를 장난감처럼 다루기 시작했다. 하지만 인형 놀이 기분으로 아이를 키우는 부모는 그리 드문 것도 아니다. 일찌감치 조기 영재교육을 하려고 시도한 건, 일반적인 사람들의 시선으로 보기에는 "좋은 부모"의 행동에 해당할 것이다.

다만 문제는, 아이카와 부부의 교육 기준이 일반인들과는 전혀 달랐다는 점이었다.

그래서 우리 남매가 받은 영재교육의 내용은── 흔한 영어 회화나 피아노 교실부터 시작해서, 전통예능에 해당하는 무용이나 예도로 이어졌고, 다수의 스포츠를 동시에 익히는가 하면, 부모님의 직업인 배우나 아티스트 관련 훈련도 해야 했으며, 나아가 명문사립학교 수석 합격을 위한 공부에 이르기까지―― 하여튼 터무니없는 양의 교육을 받아야 했다.

그 교육 결과, 나는 버려지게 되었다.

이유는 단순했다. 내게는 재능이 없었기 때문이다.

아니, 실제로는 보통 이상의 뛰어난 재능 정도는 되었을 것이다.

하지만 부모님에 비견될 정도의 재능은 없었다. 단지 그런 이유 때문에, 초등학교에도 들어가기 전부터 "아이카와 카나미는 우리 자식이 아니다"라는 취급을 받아야 했다.

자신들과 같은 부류에 들어가지 않는다는 이유만으로, 부모님은 나에 대한 흥미를 잃고 『없는 사람』으로 취급하기 시작했다.

그리고 아이카와 가족에게는 외동딸 하나만 있다는 식으로 굴고, 여동생만 예뻐하고, 집 밖으로 데리고 다니게 되었다. 아낌없이 돈을 퍼부어 꾸며준 채 자기 지인들에게 딸을 자랑하던 모습이 기억에 선명하다.

나와는 달리, 여동생은 아버지 어머니에 비견할 만큼의 재능을 갖고 있었다. 나처럼 남들보다 습득 속도가 조금 빠른 정도가 아니라, 갖가지 분야에 있어서 『진짜』였다.

남몰래 아버지를 동경하던 나는, 몇 달 동안 망연자실한 채로 지냈었다.

아버지는 정말로 강했다. 남들과 경쟁하는 것에 있어서는 최강이라고 믿었다.

강하다는 것만으로도, 당시 어린아이였던 내 눈에는 세상 누구보다 멋지게 보였다.

그런데 그런 아버지의 기대에 부응하지 못했다. 부모님이 바라던 자식이 되지 못했다.

자식이 될 수 있었던 건, 여동생 히타키뿐.

여동생은 부모님의 재능을 모두 물려받았다.

아버지가 가진 배우로서의 재능, 아머니가 가진 아티스트의 재능, 그 모든 것을.

당연히 부모님은 여동생의 재능에 만족해서, 항상 여동생만 예뻐했다.

반면에 나는 여동생의 재능을 보고 절망해서, 대항하는 것 자체를 단념했다. 마치 세계가 히타키만 우대하고 있는 것 같은 상황에서 향상심이나 전의를 유지하는 건 불가능했다.

이를테면, 나는 암기과목 공부에 소질이 있었다.

암기 속도가 또래 아이들에 비해 두 배 이상은 빨랐을 것이다.

하지만 내가 아무리 책을 읽어서 지식을 늘려도, 천성적인 지성에는 이길 수 없었다. 내가 열 시간을 들여서 열 개의 지식을 얻는다면, 여동생은 한 시간에 열 개의 지식을 얻는다. 노력하면 노력할수록 자신의 무력함을 뼈저리게 실감할 뿐이었다.

가장 분한 건, 여동생이 신난 얼굴로 그걸 내게 보고하는 것이었다.

나는 어떤 희생을 치러서라도 여동생을 이기고 싶어 미치겠는데, 그 녀석은 항상 칭찬을 바라는 얼굴로 다가오는 것이다. 순진하기 그지없는 얼굴로 나를 쳐다보며, 조금의 사심도 없이 오빠인 나를 보며 웃곤 했다.

나는 이내 여동생과의 경쟁을 단념했다.

단념하고, “아이카와 카나미는 부모님의 자식이 아니다”라는 현실을 받아들이는 수밖에 없었다.

다행히, 부모님은 나에 대해 관심은 없을지언정, 세상의 눈총을 받을 만큼 악의 있는 방치는 하지 않았다.

딱히 무언가를 가르쳐주지는 않았지만, 의무교육 수준의 학교에는 보내 주었다. 충분하고도 남을 만큼의 금전을 정기적으로 주고 “네 마음대로 살아”라고 말해 주었다.

부모님이 준 금액은 학생에게는 과분한 양이었다. 부모님의 금전 감각이 비정상이었던 걸까, 아니면 많은 돈을 주어서 나와의 접점을 최소화하려 했던 걸까. 아마 양쪽 모두일 것이다. 하여튼, 나는 돈 때문에 고생할 일은 없었다.

그 이후로 나는 평범한 아이로서 평범한 생활을 누렸다.

남아도는 돈으로 만화며 게임을 잔뜩 샀다.

노력할 의미를 상실한 나는, 당연하다는 듯 오락에 몰두하기 시작했다.

여동생을 이길 수 없다는 현실을 외면하고 싶어서, 어지간해서는 방 밖으로 나가지 않게 되었다.

방 밖으로 나가서 여동생과 얼굴이라도 마주칠 때면, 원망을 넘어 살의까지 솟구쳤다. 부모님으로부터 『없는 자식』 취급받는 현실과 마주하는 것도, 마음이 아파서 견딜 수가 없었다. 나도 부모님과 여동생을 『없는 사람』으로 취급하며 지내지 않으면 미쳐 버릴 것만 같았다.

그래서 학교 밖에서의 시간은 전부 현실도피로 허비했다.

그렇게만 하면 살아갈 수는 있었으니, 내 입장에서는 그걸로 충분했다. 태어난 것 자체가 축복이니, 분수에 넘치는 소원 같은 건 전혀 없었다. 더 끔찍한 삶을 살고 있는 아이들도 수없이 많다는 걸, 어린 나이에도 잘 알고 있었다.

다만, 자신이 『타고난 패배자』라는 것을 실감했기에, 학교에서는 가능한 한 얌전히 지내려 노력했다.

그럭저럭 친구도 사귀고, 그럭저럭 놀고, 그럭저럭 실패하고……. 초등학교부터 중학교까지, 평범하기 그지없는 학창시절을 보냈다.

아이카와 집안에 관한 모든 것으로부터 시선을 돌린 채…….

그리고 전환기가 찾아온 것은 중학생 시절 중반쯤. 혼자서 살아가는 것에도 적응이 되고, 그런 생활 속에서 내 나름의 보람을 찾아내기 시작했을 무렵이었다.

——아버지가 체포됐다.

나는 별생각 없이 보던 아침 뉴스를 통해 그 사실을 알았다.

점멸하는 액정화면의 스피커에서 어려운 단어들이 줄줄이 나오는 모습을, 나는 내 방에서 멍하니 지켜보고 있었다. 아버지가 불법 약물 사용 혐의로 구속된 것을 계기로, 또 다른 각종 죄상이 줄줄이 발각되어 가는 내용을 방송하고 있었다. 낯선 시사평론가는 분노를 터뜨리고, 아버지의 지인인 듯한 여배우는 울면서 얘기하고 있었다. 어느 채널을 보아도 마찬가지였다. 지금 아버지가 세상으로부터 범죄자 취급을 받아서, 완벽하던 인생으로부터 곤두박질치고 있다는 것을 똑똑히 알 수 있었다.

내 안에서 절대적인 존재였던 아버지가 경찰에 붙잡혔다는 사실에, 나는 놀라고, 당황했다.

텔레비전에서 흘러나오는 아버지의 악행들에 대한 동요는 없었다. 다만, 그렇게 치밀하고 완벽하던 아버지가 실수를 했다는 사실이 이상해서 견딜 수 없었다.

무슨 일이 일어난 건지 제대로 이해하지 못한 상황에서, 어머니 역시 같은 상황에 빠져 있다는 것을 알게 되었다. 경찰이 부부 모두를 감시하고 있다가, 결국 이번에 동시에 증거를 잡는 데 성공했다는 얘기가 스피커에서 들려왔다. 나는 집 안에 멍하니 서서, 학교에 가는 것도 잊은 채, 아이카와 집안의 말로를 지켜보고 있었다.

——그때였다.

어지간해서는 울리지 않던 내 스마트폰이 울렸다.

내 전화번호를 아는 사람은 얼마 되지 않는다.

낯선 번호로부터 걸려온 전화에, 처음에는 장난 전화인 줄 알았다. 하지만 이 타이밍에 온 전화인 것이다. 중요한 연락일지도 모른다는 생각에, 수신 버튼을 눌렀다.

뜻밖에도 그것은 병원에서 걸려온 전화였다. 나는 아직 혼란에서 벗어나지 못한 상태였지만, 전화기 너머로 들려오는 낯선 사람의 절박한 목소리에 못 이겨 움직이기 시작했다. 집을 나서서, 전철을 타고, 머릿속이 뒤죽박죽인 채, 긴 시간을 들여 이동했고, 도착한 병원에서 안내에 따라 어느 병실로 들어갔다.

새하얀 병실이었다.

아이카와 가족이 살던 방과 비슷하게 강렬한 소독약 냄새가 풍겼다.

최소한의 가구와 의료기기가 늘어서 있고, 창가의 하얀 병상에 한 소녀가 누워있었다.

나는 의사 옆을 지나, 빨려들듯이 소녀 곁으로 다가갔다.

누워있는 소녀의 얼굴은 부모를 닮아 아름답고, 그 기다란 머리칼은 조금의 흐트러짐도 없이 흘러내려 있었다. 그 모습을 보면, 누구나 인형처럼 완벽한 외모라는 감상을 느낄 것이다.

내가 찾아온 것을 알아챈 그 소녀는, 눈을 뜨고 몸을 조금 일으키며 조그맣게 중얼거렸다.

"오빠……."

여동생 히타키가 힘없이 미소 지었다.

그 한 마디에 어떻게 반응하면 좋을지 몰라서, 나는 넋 놓고 서 있기만 할 뿐이었다.

그도 그럴 것이, 여동생과 제대로 얘기를 나눈 건, 경쟁심을 불태우던 어린 시절의 막바지……**였을 것**이었기 때문이다.

"오빠, 미안해요. 오빠도 바쁠 텐데 저 때문에……."

여동생은 병상에 앉아 면목 없는 얼굴로 말했다.

뒤쪽에 있던 의사 같은 남자가 그 말의 의미를 얘기해 주었다. 먼저 "아이카와 히타키 양의 오빠 되시죠?"라는 질문부터 날아들어서, 그 질문에 대답하는 데 10초 이상이 소요되었다. 자세한 얘기를 듣자 하니, 다른 친족들과는 연락이 닿지 않아서 최후의 수단으로 나에게 연락했다는 모양이었다.

의사는 아이카와 집안의 사정을 알고 있었던 듯, 나를 보호자의 긴급 대리인으로 상정하고 얘기를 진행했다. 하지만 그 설명을 듣는 나는 엉뚱한 생각에 잠겨 있었다.

우선 여동생이 어떻게 내 전화번호를 알고 있었던 걸까? 애초에 이걸 미성년자인 나에게 물어봐도 되는 걸까? 아니, 그보다 내가 가장 궁금한 건 부모님에 대한 일인데, 왜 지금 이런 곳에 있는 거지? 뭔가 이상하지 않은가? 충격적인 일들이 하루에 너무 몰려 있는 것 아닌가? 차분하게 생각할 여유가 없었다. 제발 차분하게 생각할 시간을 좀 주었으면 좋겠다. 이성적으로 생각할 시간을──.

꼬리에 꼬리를 물고 의문이 솟구쳐서, 도무지 생각을 정리할 수가 없었다.

그러는 동안에도 설명은 쉴 새 없이 들려왔다.

때로는 분노를 섞어 가며, 의사는 히타키의 용태가 얼마나 심각한지를 설명해 주었다.

이렇게 어린 나이에 이 정도로 혹사당한 몸은 보기 드물다고 했다. 간단한 혈액검사만 했는데도 두 자릿수 단위로 이상 수치가 나왔다고 했다. 아직 원인이 밝혀지지 않은 천식발작이 있으니 장기적인 검사가 필요하다고도 했다. 신체적인 치료만으로는 해결되지 않는 부분이 있으니 정신과에 소개장을 써 주겠다는 말도 했다.

아까 텔레비전을 볼 때와 마찬가지로, 갑자기 대량의 정보를 쑤셔 박아 봤자 제대로 이해할 수 있을 리가 없었다.

간단하게 말하자면, 히타키가 병에 걸렸다는 걸까……?

하지만 그건 이상하다. 병이라니 말도 안 된다.

여동생은 완벽한 아이이다. 아버지 어머니와 마찬가지로 완벽한 존재인 것이다. 아버지가 병에 걸린 모습 따위는 본 적이 없었다. 그러니 여동생도 병에 걸릴 리가 없다.

여동생은 선천적으로 천재고, 축복받았고, 뭘 하든 다 성공하고…… 그랬기에 내가 그렇게나 질투했었던 것이다. 원망했었던 것이다. 오랫동안.

하지만 지금 눈앞에 있는 것은, 내 안에 있던 감정과는 전혀 다른 광경.

못 하는 게 없던 여동생이, 전례 없이 연약한 모습을 보이고 있었다. 노래도 춤도 완벽하게 해내고, 어딜 가든 전도유망한 신동 소리를 듣던 여동생에게서 빛이 모조리 사라져 있었다.

"정말, 미안해요……. 이제 내가 기댈 수 있는 사람이라고는 오빠밖에 없어서…….”

당장이라도 쓰러질 듯 창백한 얼굴로 나를 바라보는 여동생의 모습에, 내 머리는 급속도로 식었다.

의문은 끝이 없이 솟아났지만, 그보다 더 중요한 게 있었다.

지금, 피를 나눈 여동생이 눈앞에서 괴로워하며 도움을 청하고 있다.

여동생은 어린아이이다. 아직 어린 나보다도 훨씬 더 작은 어린아이이다.

여동생은 완벽하지 않았던 것이다. 어린 시절부터 겪어 온 패배 트라우마가 내 안에서 히타키의 모습을 절대화하고 있었을 가능성이 높았다. 나보다 뛰어난 건 사실이지만, 악의 화신과도 같은 아버지와 같은 수준의 힘까지 갖고 있을 리가 없었다.

생각해 보면, 옛날부터 여동생만은 항상 나를 보며 웃어 주었다. 그때는 재능이 없는 나를 깔보는 거라고 생각했었지만, 조금이나마 성장한 지금은 알 수 있다.

여동생은 오빠인 나를 좋아해서, 친하게 지내려고 했던 것뿐이었다.

그랬건만……, 나는, 항상…….

나는 일단 사과부터 하고, 여동생의 가녀린 팔을 양손으로 부여잡았다.

“미, 미안해, 히타키……! 지금까지 내가 비정상이었어……! 괜히 화풀이했던 거야. 내가 한심한 놈인 게 잘못이었는데, 다 히타키한테 화풀이만 하고……. 오빠면서 계속 너를 무시하기만 하고……."

그 사과에, 여동생은 진심으로 구원받은 듯한 표정을 보였다.

"아아, 역시……. 오빠는 자상한 사람이었어……."

아아, 역시. 여동생은 항상 내가 구원해 주기를 기다리고 있었던 것이다.

아버지 어머니의 비정상적인 영재교육이 어린아이를 괴롭히지 않을 리가 없었다.

그런데도 나는 계속 그 모습을 모른 척하기만 하고……!

"아냐……!! 나는 하나도 안 자상해. 나는 지금까지 항상 히타키를『없는 사람』으로 취급해 왔어. 히타키가 나보다 작은 어린아이인데도……. 오빠인 나는 한 번도 도와주려 하지 않았어……. 단 한 번도……."

후회했다. 나는 부모의 기대를 모조리 여동생에게 떠넘기고, 혼자서 유유자적하게 평범한 생활을 즐겼다. 아이카와 집안이 비정상이라는 걸 알고 있으면서도, 나보다 뛰어난 재능을 가진 여동생이라면 괜찮을 거라고, 질투를 섞어서 생각 자체를 그만두고 말았다.

"역시 나는 글러 먹은 놈이야……. 아아, 어떻게 그런 멍청한 짓을……!"

어리석은 자신에 대한 분노가 끝도 없이 솟구쳤다. 꽉 움켜쥔 주먹이 당장이라도 부서질 것만 같았다.

"그 얼굴이 바로, 자상한 성격을 나타내는 증거에요. 오빠는 자기 자신에 대해 좀 더 자신감을 가지셔야 해요. 그 자상함이 오빠 바로 오빠가 강한 사람이라는 증거니까요."

여동생은 오른손으로 내 뺨을 가만히 어루만졌다. 그리고 나를 보고 "강하다"고 말해 주었다. 생각지도 못한 평가에, 나는 당황했다.

"강하다고? 무슨 소리를……. 강하다는 건 아버지나 어머니 같은 사람을 두고——"

"아뇨. 저나 부모님처럼 속이 텅 빈 사람은 강하다고 할 수 없어요. 『수치』만 보자면 분명 대단하겠죠. 명성, 재산, 능력……. 하지만 그런 것들은 진정한 힘이라고 할 수 없어요. 오늘 오빠를 만나고 나서야 확신을 얻었어요."

고개를 가로저으려 하는 나를 제지하고, 사랑스러운 눈길로 나를 칭찬했다.

"오빠는 자상한 사람이에요. 그 다정함은, 강점이에요."

"내가……, 다정하다고……."

그 한마디 말이 나에게 전기가 되었다. 이날 이후로, 나는 새로운 인생을 걸을 수 있게 되었다.

결국, 『없는 사람』이었던 나를 찾아내고 인정해 준 건 여동생이었다.

가족으로서 사랑해 준 것도 여동생이었다. ——아버지와 어머니가 아니었다.

"저는 알고 있어요. 오빠는 곤경에 처한 사람을 보면 절대 그냥 외면하지 못해요. 생전 처음 보는 남이라고 해도, 어떻게든 도우려고 최선을 다하죠. 정말 멋진 일이에요."

당황해서 어쩔 줄 모르는 나를 향해, 여동생은 말을 이어갔다. 하지만 약간 과장이 지나친 것 같다는 느낌도 들었다. 내가 그 정도로 칭찬받을 만한 인간일까. 나는 나 자신을 믿을 수가 없었다.

"오빠는 항상 모든 사람을 걱정하고, 자기 이해득실보다 남들을 먼저 생각할 줄 아는 사람이었어요……. 남의 미소를 보고 자신도 미소 지을 수 있는 사람이었어요. 질투가 아니라 축복을 먼저 할 수 있는 사람이었어요. 그런 사람이었어요……."

하지만 내가 뭐라고 부정하기도 전에, 여동생은 몰아치듯 말을 쏟아냈다.

그 잘난 여동생이 하는 말이니 정말 그럴지도 모른다는 생각이 들 만큼, 설득력 있게 들렸다.

마치 『**마법』에 걸리기라도 한 것처럼**, 나는 그 말에 빨려들었다.

"그건 정말 대단한 일이에요. 오빠는 좀 지나치게 사람이 좋은 구석이 있지만, 그건 나쁜 게 아니에요. 한없이 올곧을 사람일 뿐, 절대 약하지는 않아요……."

어느 틈엔가 여동생이 눈앞에 있었다.

그 까만 눈동자 속에 내 얼굴이 비치고 있었다.

나를 똑바로 응시하며, 결코 눈을 돌리지 않고 칭찬을 계속했다.

"오빠는 주저하면서도, 괴로워하면서도, 앞으로 나아갈 수 있어요. 그에 비하면 저는 정말 못났어요. 저는 한 발짝도 앞으로 나아갈 수 없어요. 단 한 발짝도……."

마지막으로, 여동생은 오늘 들은 것 중 가장 나약한 말을 하며 내 뺨에서 손을 떼었다.

멀찍이 물러나서, 시선을 외면하며, 불안감이 감도는 목소리로 중얼거렸다.

"부탁이에요. 이제부터는 오빠랑 함께하고 싶어요. 예를 들어……, 같은 학교에 다니고 싶어요. 오빠랑 같은 집에 살고, 같은 방에서 같은 걸 먹고, 같은 곳에서 잠들고 싶어요. 이제 예전 같은 생활은 두 번 다시 하고 싶지 않아요……."

그리고 부탁했다.

오늘까지 살아온 인생이 괴로운 것이었음을 고백하고, 나와 함께 살고 싶다고 얘기했다.

남의 인정을 받아 본 적도, 믿음을 얻어 본 적도 없는 나는, 좀처럼 대답하지 못했다.

나만 믿으라는 말이 목구멍에서 나오지 않아서, 계기를 찾으려 주위를 둘러보았다.

내 뒤에는 의사가 있었다.

우리의 모습을 끈기 있게 계속 지켜보고 있었던 모양이다. 그 의사가 나를 보며, 힘주어 고개를 끄덕였다. 그렇게 하면 된다고, 전문가가 등을 떠밀어 준 것이다.

——운명이, 결정되었다.

나는, 수없이 많은 길 중에 하나를 선택했다.

"……응."

여동생의 부탁에 화답했다. 그리고 몸을 내뻗어서, 병상에 앉아있는 여동생의 몸을 끌어안고 다독이듯이 말했다.

"걱정 마, 히타키. 앞으로 우리는 함께할 거야. 우리 남매는, **영원히 함께할 거야**……."

오늘 처음으로 내가 스스로 여동생에게 다가갔다. 줄곧 적으로 여겨 왔던 히타키가 실은 나를 구해줄 사람이었다는 것을 깨닫고, 진심으로 사랑스럽게 여기며 끌어안았다.

여동생의 몸은 상상했던 것 이상으로 가냘팠다. 가녀리고, 작고, 연약한 여동생이었다.

역시 나는 잘못 생각해 왔던 것이다. 히타키를 『없는 사람』으로 취급해서는 안 됐다. 내 여동생은 강하지 않았다. 완벽하지 않았다. 구름 위의 존재 같은 천재도 아니었다. 아니, 만에 하나 그런 존재였다고 해도, 그녀가 내 여동생이라는 사실만은 달라질 게 없었다. 히타키의 오빠로서, 나는 그녀를 구해주어야만 했다.

오랫동안 나는 오빠로서의 『사명』을 다하지 못했다. 하지만 그런 나날도 이제 끝이다. 지금, 이 순간부터, 나는 더 이상 길을 잘못 들지 않을 것이다. 오빠로서, 반드시 여동생을——.

"……후훗. 아아, 드디어 저를 봐 주시네요. ……나의 오빠."

결의가 담긴 내 목소리를 듣고, 히타키는 안도 섞인 표정

으로 미소를 지었다.

꼬옥 끌어안은 품속에서, 여동생의 숨결이 느껴졌다.

그 숨결에, 여동생이 살아있다는 것을 실감할 수 있었다. 동시에, 내가 살아있다는 것도 실감할 수 있었다.

『없는 사람』은 이제 없다는 생각이 들 만큼 뚜렷한 실감이었다.

——이렇게 해서, 우리 남매는 부모님의 소실을 계기로 서로의 존재를 확인했다.

아버지와 어머니에게서는 느끼지 못했던 가족 간의 사랑을 확실하게 손에 넣었다.

그토록 갈망했던 말을 들으니, 마음속의 구멍이 메워지는 느낌이었다.

그래서……. 그래서였다. 이제부터는 기필코 히타키를 지켜줘야겠다고 생각했다…….

뒤집어 말하자면, 여동생이 없으면 내 인생도 끝.

이제 다시는『없는 사람』이었던 나로 돌아가지 않을 것이다.

다시는 여동생을『없는 사람』으로 만들지도 않을 것이다.

아이카와 히타키는 내가 지킨다. 무슨 대가를 치르더라도 지킬 것이다. 그것이 나의『미려——

——카나미, 정말 그러냐?

"응……?"

난데없이 낯선 목소리가 울려 퍼졌다.

가장 오래된 기억의 회상 속, 인정사정없는 우렁찬 목소리가 머릿속에 메아리 쳤다.

동시에 모든 것이 사라졌다. 원래 세계의 병실. 하얀 병상과 치료기구. 말끔하게 청소된 바닥과 벽. 지켜보고 있던 의사와 어린 남매. 그 모든 것들이 안개처럼 사라져 갔다.

모든 것이 꿈이었다는 게 증명된 뒤, 나는 아무것도 없는 새까만 방에 내팽개쳐졌다

그때 다시 내 머릿속에 목소리가 울려 퍼졌다.

그것은 분명 처음 듣는 것이었지만, 어쩐지 그립고 편안하게 느껴지는 목소리였다.

――그대는 아버지에게 인정받고 싶었던 것 아니었더냐?

목소리는 고막이 아닌 생각 속에 직접 파고들었다.

견디다 못한 내가 귀를 틀어막아도, 강제적으로 들을 수밖에 없었다.

――실은 여동생이 아니라 아버지에게 사랑받고 싶었던 것 아니었나? 항상 아버지를 동경해 왔다는 걸, 너 스스로도 잘 알고 있지 않았더냐? 그런데 왜 중간부터 여동생 히타키로 바뀐 거지? 히타키를 지키는 게 전부라는 해답에 이르는 건 뭔가 이상하다는 생각이 들지 않으냐?

"자, 잠깐 기다려 봐……."

애써 외면해 왔던 부분을 지적하는 목소리에, 나는 반사

적으로 제지하려 했다.

하지만 목소리는 멈추지 않았다. **사도 특유**의, 상대의 심정을 배려하지 않는 목소리가 쉴 새 없이 날아들었다. 그것도 머릿속에, 직접.

——그대는 그대 자신의 모순을 아직도 모르겠느냐? 그대는 여동생이 아버지의 재능을 물려받았다고 생각하는 것 같지만, 그건 아냐. 히타키 녀석은 그런 것과는 전혀 다른, 『정체 모를 무언가』일 게야.

실제로 아버지와 닮았던 건 그대다. 그대의 아버지는 아무런 재능도 타고나지 못했지만, 노력을 거듭하고 수단 방법을 가리지 않는 방식을 동원해서, 『가짜』 힘을 손에 넣으려 했지. 선천적으로 겁 많은 성격 때문에 애를 먹으면서도, 필사적으로 인생을 살아서, 간신히 다른 누구 못지않은 힘을 손에 넣은 사내. 무엇보다, 가장 중요한 최후의 순간에 패배하는 것까지, 그대와 정말 쏙 빼닮지 않았느냐.

"내가 아버지와 닮았다고?"

그래, 닮았고말고. 그대는 천 년 전에 "『티아라 후즈야즈』와 함께하겠다"고 맹세해 놓고, 정작 그녀를 잊어버렸지. 그리고 더 아름답고, 더 자신과 가깝고, 더 조건이 좋은 『라스티아라 후즈야즈』와 연인이 되어서, 지금 실컷 들떠 있잖느냐.

지금의 그대와 그대의 아버지가 뭐가 다르지?

아주 쏙 빼닮지 않았느냐. 그대는 틀림없는 그 남자의 아들이야.

"그럴……, 리가……."

아니, 그건 별로 중요한 얘기가 아니군.

중요한 건 모든 이야기가 히타키 녀석 꿍꿍이대로 흘러가고 있다는 점이야.

"자, 잠깐. 아까 하던 얘기를 조금 더——."

그대의 부모님이 사라진 것과 똑같은 일이야.

모든 게 다 수월하게 풀리고 있는 것 같아도, 실은 다 히타키의 뜻대루 흘러가고 있는 것뿐.

잘 들어라, 카나미.

장담하는데, 그대 부모님을 함정에 빠뜨려서 몰락시킨 건 아이카와 히타키다. 그대와 단둘이 있을 수 있도록 원래 세계에서의 결말을 유도한 건, 아이카와 히타키가 틀림없어.

"무, 무슨 말도 안 되는 소리야?! 멋대로 지껄이지 마! 애초에 넌 대체 누군데?! 나와 무슨 상관인데?!"

나는 지식과 중용의 마음을 다스리는 **사도 디프라클라**.

지난날 그대의 맹우였던 사도지만, 지금은 식물화돼서 움직일 수 없어.

이제야 그대가 내 손이 닿는 거리에 들어온 덕분에 목소리를 전달할 수 있게 된 게지.

"사도 디프라클라라고……?"

애써 나를 기억해 내려고 할 필요는 없어.

그대는 그대의 역할만 기억해 내면 돼. 그리고 그 역할을 다하기 위해, 약한 마음을 결코 잃어서는 안 된다는 걸 기억해 내야 해. 우리 사도들이 그대를 이쪽 세계로 불러온 것은, 아이카와 카나미가【자기 인생에 진심으로 임하지 못하고】【소중한 사람에게 진심을 전하지 못하고】【주어진 역할에만 필사적으로 매달리고】【결국, 가족 곁에 있을 수조차 없게 되고】【여동생의 이상을 지키려 허세를 부리고】【정말로 원했던 애정은 두 번 다시 얻을 수 없게 되었기】때문이었다.

아이카와 카나미는 혼 자체가 그런 인간이었어. 모든『이치를 훔치는 자』들의『미련』을, 선천적으로 혼 속에 품고 있었지. 그러니까 앞으로 그대는【사랑하는 사람을 구하지 못하고】【모든 것을 잊고, 현실로부터 도피할 거다】.

비하하는 게 아냐. 그대는 누구보다『이치를 훔치는 자』다운 본질적인 약자라서,『이치를 훔치는 자』들의 희망이 될 수 있는 존재야.

그래서 우리는 그대를『이세계』에서 소환한 게야.『이치를 훔치는 자』들의 혼을 구제하고, 정리해서 한 데 모으는 존재로서『계약』했지.

그런데 히타키는 그런 그대에게서『모두를 이해하는 데 필요한 나약함』을 앗아가려 하고 있지. 히타키는 바꿔치기에 일가견이 있는 녀석이야. 남매 사이인 그대 안에서 히타키 녀석의 간섭을 받지 않은 부분은 하나도 없을 게야. 그대의 지금 성격이나 가치관도……, 그대가 동경하거나 호감을 가진 대상도, 아마 전부 다…….

"전부 다, 뭐가 어쨌다는 거야……."

…….

비록 그렇다 해도 말이다, 카나미.

내가 원하는 건 단 하나. 아주 단순한 게다.

잘 들어라. 머지않아 때가 온다. 아이카와 카나미의 이야기는, 드디어 『마지막 페이지』에 다다르게 돼.

그 순간이 찾아왔을 때, 절대 잘못된 선택을 하지 마라.

우리와 맺은 『계약』을 오인하지 말고, 역할을 다해라.

그대가 가진 『미련』은, 여동생이 아니야.

『미련』은, 우리 주인님을 구하는 것.

우리 주인님은 그대를 기다리고 있다.

아이카와 카나미와 『친화』할 수 있는 순간을, 오랜 세월 기다리고 있어.

……내 이야기는 여기까지다.

그릇된 선택을 하면 안 돼. 나는 그대가 세계를 구해주었으면 한다…….

진정한 의미의 가디언은 오직 아이카와 카나미뿐이라고 믿고 있어…….

"사도가 하는 얘기라서 잠자코 듣고 있긴 했지만……. 스케일이 너무 커. 갑자기 세계를 구한다느니 하는 소리를 해봤자, 대체 무슨 소리를 하는 건지……."

말도 안 되는 소리. 이제 그대에게 있어서는 딱히 스케일이 큰 이야기도 아니야.

자신이 가진 힘을 똑똑히 보거라. 그『차원의 이치를 훔치는 자』가 가진 힘을.

애초에 갑작스런 이야기도 아냐. 처음부터 그런 얘기였으니까.

단념해라. 그대는 반드시 이 세계를 구하게 되어 있어. 우리 주인님과 마찬가지로 말이지. 그대와 주인님은, 모두를 구할 수는 있어도, 자신들이 구원받는 일은『영원』히 없을 게야.

그래.

이제 두 번 다시,『영원』히 없어——.

"허억!"

멎어 있던 숨을 토해냈다.

동시에 눈을 번쩍 뜨고, 몸을 일으켜서 황급히 주위 상황을 확인했다.

눈부신 빛이 온 세계에 퍼져 있고, 낯익은 소박한 방이 눈에 들어왔다.

창문 쪽으로 눈길을 돌리니, 아침 햇살이 비쳐들어 침대까지 뻗어 있었다. 내 손은 침대 시트를 꽉 움켜쥐고 있었다.

스스로가『리빙 레전드호』내 자신의 선실에 있다는 것을

깨달았다.

나는 방금 잠에서 깨어난 모양이었다.

"바, 방금 그 꿈은——."

온몸을 흥건하게 적신 땀으로 미루어보아, 그것이 악몽이었다고 판단할 수밖에 없었다.

우선, 버릇처럼 마법 ≪디멘션≫을 펼쳤다. 방을 구석구석 살펴보면서, 적의 공격이 남긴 흔적을 찾았다. 이어서 배의 복도를 살펴보고, 선실들을 하나하나 꼼꼼하게 수색하고, 동료들의 안부도 확인해 나갔다. ——그와 병행해서, 방금 꾸었던 꿈을 돌이켜보았다.

참으로 그리운 기억이었다. 그리고 꿈이 끝날 때쯤에 누군가의 설교를 들었던 것도 어렴풋이 기억났다. 그 목소리는 자처했다. 자신은『본토』의 후즈야즈에서 세계수가 되어버렸다는 사도 디프라클라라고.

예전에 라프타리아가, 세계수의 선택을 받은 인간은 그 목소리를 들을 수 있다는 얘기를 한 적이 있었다. 어쩌면 배가 세계수에 가까워져 가면서, 잠들어 있던 나에게 그 현상이 찾아온 것인지도 모른다.

"디프라클라……. 시스와 같은 사도란 말이지……."

상황 확인을 마친 나는, 그렇게 중얼거리며 침대에서 내려왔다.

평소와 똑같은 방에서 옷을 갈아입고, 오늘 하루를 보낼 준비를 갖춰 나갔다.

이렇게 평정심을 유지할 수 있었던 이유는, 솔직히 말해서, 머지않은 시간 안에 들려올 거라고 마음의 준비를 하고 있었기 때문이었다. 다만, 꿈속으로 끼어든 건 약간 예상 밖이었다. 될 수 있으면 다음에는 의식이 또렷한 낮에 말을 걸어 주었으면 좋겠다. 그렇게 생각하면서 준비를 마친 나는, 가벼운 발걸음으로 방을 나섰다.

쇼킹한 말을 좀 들은 것 같은 느낌도 들지만, 큰 동요는 없었다. 세계수에 있을 사도 디프라클라를 만나러 간다는 방침에도 변화는 없었다.

"……이상한 꿈을 꿨다는 거, 동료들한테도 얘기해 둬야겠다. 좀 애매하지만, 얘기 안 하고 있는 것보다는 나을 테니까."

일단 동료들과 의논하기로 마음먹은 나는, 배 갑판으로 향했다.

마침 배 갑판에서는 라이너가 동료들의 아침 식사를 준비하고 있었다.

"좋은 아침, 라이너."

갑판으로 나온 나는, 우선 아침 인사부터 건넸다.

"그래. 일어났군, 지크. 식사 준비 다 됐어."

테이블 위에는 사람 수 만큼의 빵과 수프. 그리고 살짝 조미료를 친 모둠 샐러드. 간이식사지만, 선상에서는 충분하고 남을 만큼 호화로운 아침 식사였다. 그리고 아직 ≪디멘션≫을 해제하지 않고 있던 나는, 그 식사의 양이 평소와 다르다는 것을 알아챘다.

"오늘도 고마워. ……평소보다 양이 좀 많은 것 같은데?"

"그래, 많이 만들었어. 이 배 여행도 이제 마지막이니까. 마음 놓고 남은 식재료를 다 써 버렸지. 아마 이걸 다 먹었을 때쯤이면 상륙하게 될 거야."

그렇게 말하고, 라이너는 테이블에서 바다 쪽으로 시선을 돌렸다.

아니, 정확히 말하자면 바다 너머에 있는 육지를 바라본 것이었다.

나도 라이너를 따라 그쪽을 바라보고 있으려니, 뒤에서 우렁찬 목소리가 들려왔다.

"아, 카나미가 벌써 와 있잖아! 하긴 당연히 궁금하겠지!"

내 연인인 라스티아라가 갑판으로 나왔다.

그 뒤에는 잠든 채 걷는 히타키와, 그 손을 잡아끄는 디아의 모습도 보였다.

"카나미, 좋은 아침. 이제 곧 도착하겠네."

디아가 아침 인사를 건네 왔기에, 나는 새로 나타난 세 사람에게 동시에 "좋은 아침"이라고 화답했다. 이어서 아침부터 기운이 넘치는 라그네와, 대조적으로 졸음에 겨워 보이는 스노우가 배 안에서 나타났다.

"좋은 아침임다~!"

"조, 좋은 아치임. 흐아암……. 으으, 매일 너무 일찍 깨워서 늦잠을 못 자잖아……."

라그네에게도 가벼운 인사를 건네고, 스노우의 머리는 가볍게 툭 쳐 주었다.

이제 배 안의 동료들이 전부 다 모였다.

마침 좋은 기회다 싶어서, 나는 상륙전에 『주시』를 통해 전원의 스테이터스를 확인했다.

【스테이터스】
이름 : 아이카와 카나미 HP543/543 MP1514/1514
클래스 : 탐색가
레벨36
근력19.21 체력21.11 기량27.89 속도37.45 지능28.54
마력72.32 소질6.21
선천 스킬 : 검술4.98
후천 스킬 : 체술2.02 아류체술1.03 차원마법5.82+0.70
마법전투1.01
주술5.51 감응3.62 지휘0.91 후위기술1.01
제봉1.02 뜨개질1.15 속임수1.72
대장장이1.04 신철야금0.57
고유 스킬 : 디 커버넌터(최심부의 계약자)
??? : ???
【스테이터스】
이름 : 라스티아라 후즈야즈 HP1221/1221 MP562/562
클래스 : 기사

레벨33
근력29.12 체력26.24 기량15.12 속도18.55 지능24.34
마력19.23 소질6.50
선천 스킬 : 무기전투2.35 검술2.15 의신(擬神)의 눈1.00
마법전투2.34 혈술9.12 신성마법3.42
후천 스킬 : 독서1.47 소체1.00 집중수축0.22
【스테이터스】
이름 : 디아블로 시스 HP741/741 MP3412/3412
클래스 : 검사
레벨59
근력15.11 체력13.55 기량9.45 속도10.67 지능39.91
마력177.22 소질5.00
선천 스킬 : 신성마법8.34 신의 가호5.00 단죄5.00
집중수축5.12 속성마법3.12 과보호8.00
연명5.00 저격5.00
후천 스킬 : 검술0.53
고유 스킬 : 사도
【스테이터스】
이름 : 스노우 워커 HP1023/1023 MP390/390
클래스 : 스카우트
레벨29
근력25.21 체력22.12 기량8.89 속도9.23 지능9.99
마력19.12 소질2.62

선천 스킬 : 용의 가호1.10 최적행동2.52 고대마법2.32
심안1.12 선혈마법1.54
후천 스킬 : 선도2.02 지휘2.11 후위기술1.45
군대지휘2.11 교섭1.23
【스테이터스】
이름 : 라이너 헤르빌샤인 HP559/559 MP391/391
클래스 : 기사
레벨34
근력18.45 체력15.01 기량15.28 속도21.98 지능18.35
마력15.23 소질3.87
선천 스킬 : 바람마법2.88
후천 스킬 : 신성마법2.12 검술2.98 혈술1.54
마력조작1.54 집중수축1.02 최적행동4.12
불굴3.89 악감1.04
【스테이터스】
이름 : 라그네 카이크오라 HP183/183 MP41/41
클래스 : 기사
레벨19
근력4.02 체력4.98 기량12.12 속도6.23 지능8.01
마력1.80 소질1.12
선천 스킬 : 마력조작2.20
후천 스킬 : 검술0.60 신성마법1.14

오늘까지 배 여행을 하는 동안, 우리는 줄곧 미궁 50층 부근에서 레벨업에 힘썼다.

라그네는 "이미 충분히 강하니까 더 이상은 올릴 필요 없어"라며 사양해서 큰 변화가 없지만, 전원이 한층 더 강해진 건 확실할 것이다.

세심하게 컨디션 관리를 해 온 덕분인지, 『마인 전환』 증상은 아무에게도 나타나지 않았다. 보아하니 아직 모두 레벨 상한선에 여유가 있었다. 나와 스노우는 『이치를 훔치는 자』의 마석을 갖고 있고, 디아는 사도의 몸을 갖고 있는 것 같았다. 라스티아라는 성인의 힘을 물려받은 덕분에 『마의 독』을 수용하는 그릇이 눈에 띄게 커졌다. 라이너는 유일하게 아무런 보조도 없으면서 레벨 상한선이 높은데, 솔직히 그 이유는 알 수가 없었다. 본인은 "티아라가 말하길, 『수치로 나타나지 않는 수치』 덕분이라고 하더군"이라고 했는데, 석연치 않은 느낌이 드는 걸 부정할 수 없었다.

그렇게 『표시』를 통해 이것저것 확인하고 있으려니, 라스티아라가 뱃머리로 이동해서 몸을 쑥 내밀고, 저 멀리 보이는 육지를 향해 외쳤다.

"아~, 도착! 연합국이 아닌 『본토』! 진짜 후즈야즈!!"

성미 급한 라스티아라는, 저 멀리 보이는 누군가를 가리키며 "도착했다"고 말했다.

생긴 것과는 달리 파티 내 최연소인 그녀는, 흥분을 마음껏 드러냈다. 하는 수 없이 나는, 당장이라도 혼자 바다 위로 뛰쳐나갈 것만 같은 라스티아라를 안고 갑판의 테이블로 끌고 가서 강제로 앉혔다. 시무룩한 그녀를 무시하고, 우선 다 함께 차분하게 아침 식사부터 시작했다.

그도 그럴 것이, 지금까지의 싸움과는 달리, 이번 여행은 서두를 필요가 하나도 없는 것이다.

그런데도 라스티아라는 뺨 속 가득 빵을 쑤셔 넣고, 1초라도 빨리 아침 식사를 마치려 들었다. 나는 그 모습을 미소 띤 눈으로 곁눈질하며, 점점 다가오는 항구의 모습을 확인했다.

연합국 글리어드 못지않은 커다란 항구였다. 차이점을 꼽자면, 즐비하게 늘어서 있는 범선들 대부분이 상선이 아닌 군선들이라는 점. 『개척지』에서 느껴지던 느긋함은 찾아보기 힘들고, 살벌함만 도드라져 있는 느낌이었다.

그리고 그 살벌함을 지워 버릴 만큼의 열기도 느껴졌다.

눈으로 확인할 수는 없었지만, 생활하는 사람들의 열기가 멀리서도 피부로 느껴졌다. 소문으로 들었던 대로, 이 항구 너머에는 연합국보다 훨씬 큰 국토와 많은 인구를 가진 세계가 기다리고 있을 것이다. 그 새로운 대륙 앞에서, 나는 이번 여행의 목적을 얘기했다.

"저 앞에 『대성도』가……. 디프라클라가 있어……."

스스로가 해야 할 일만은 절대 잊지 않을 작정이었다. 『대성도』에서 기다리고 있을 동료들과 합류하고, 방해하려 들 『빛의 이치를 훔치는 자』 노스휘를 물리치고, 사도 디프라클라를 만나서, 잠들어 있는 여동생 히타키를 깨울 방법을 알아내는 것.

단순하게, 그게 전부.

그 뒤에는 히타키를 구하기만 하면 끝이라고, 나는 스스로의 마음을 가라앉혔다.

배가 항구에 도착할 때까지, 아침 식사를 입에 넣으며, 줄곧…….

4. 『대성도』

『본토』에 도착한 우리 일곱 명은, 『리빙 레전드호』를 정박시키고 육로 여행으로 전환했다. 여전히 히타키는 잠들어 있지만, 디아가 손을 잡아끌어 주면 이동에는 별 지장이 없었다. 『본토』의 교통기관이 풍부한 것도 반가운 일이었다. 항구도시를 조금 거닐다 보니 국가의 수도까지 가는 직통 마차가 여러 대 늘어서 있는 걸 발견할 수 있었다. 그 중에 하나를 빌려서 다 함께 올라타고, 대륙 내부로 향했다. 마차가 달리는 도로는 연합국 주변보다 훨씬 잘 정돈되어 있어서, 부드러운 흙에 『라인(마석선)』이 말끔하게 깔린 구조였다. 덕분에 마차의 흔들림은 아주 적었다. 돈과 권력의 힘을 동원해서 빌린 마차 덕분에, 더없이 쾌적하게 이동할 수 있었다.

그리고 도로뿐만 아니라, 마차 차창 밖으로 보이는 풍경도 연합국과는 달랐다.

연합국은 『개척지』라는 단어에 걸맞게 아무것도 없는 평원만 끝없이 펼쳐져 있었지만, 이곳의 평원은 사람의 손길이 닿아 있는 곳이 많았다. 어디를 가든 조금 먼 곳에는 중규모 도시가 보이고, 강이나 숲이 있으면 그 근처에는 항상 몇 채의 오두막이 서 있었다. 평원 위에는 맑고 푸른 하늘만 펼쳐져 있는 게 아니라, 사람들이 생활하고 있음을 나타내는 하얀 연기들이 여러 가닥 피어오르고 있었다. 도로를 일정 거리 달려가면 관문과 숙박 시설을 겸한 건물이 있고, 치안 유지용으로 보이는 경비병 몇 명이 서 있었다.

——마차를 타고 달리면서 연합국과는 다른 그 풍경을 바라보고만 있어도, 지루할 일 없이 시간이 흘러갔다.

항구에서 출발한 지 한나절도 되지 않아서, 우리는 목적지에 도착해서 마차를 내렸다. 목적지 코앞까지 도착한 순간, 여정을 거치며 흥분이 극에 당한 라스티아라가 외쳤다.

"——좋았어! 이번엔 정말로 도착했어! 이제 도착했다고 해도 되는 것 맞지?! 여기가 전설의『대성도』! 이 세계의 중심! 이 세계에서 제일 큰 도시! 그렇구나! 확실히 이 정도면 세계 제일의 도시라고 부를 만도 한걸!"

눈앞에 펼쳐져 있는 것은, 후즈야즈국의『대성도』.

얼마 전에, 나는『북연맹』의 최대 도시이자 비아이시아국의 수도인『왕도』를 방문한 적이 있었다.『나무의 이치를 훔치는 자』아이드가 가진 마법의 힘에 의에 풍성한 신록으로 덮여 있던 그 장대한 경관에 놀란 것이, 바로 얼마 전의 일이었다.

하지만『남연맹』의 최대도시이자 후즈야즈국의 수도인 이『대성도』가 안겨준 충격은 그것을 훨씬 능가했다. 라스티아라의 말마따나, 세계에서 제일 큰 도시임이 분명해 보였다. 지금 내 눈앞에 펼쳐져 있는 광경은, 그렇게 장담하게 만들 만큼 대단한 것이었다.

우선『왕도』와는 달리, 이『대성도』에는 외적의 침입을 막는 외벽이 존재하지 않았다.

대신 연합국처럼 외곽을 따라『라인』이 깔려 있고, 그 약간 안쪽에 튼튼해 보이는 벽돌 가옥이 일정 간격으로 늘어서 있었다.

좌우 어느 쪽을 쳐다봐도 그 가옥의 벽이 끊겨 있는 부분은 찾을 수 없었다.

어마어마하게 넓었다. 그리고 건물의 높이가 하나같이 놀랍도록 높았다.『대성도』의 광대함과 거대함은 연합국의 2배 이상이라는 소문은 사실이었던 모양이다.

나는『대성도』의 끝을 찾아보려는 생각을 단념하고, 시선을 다시 앞으로 돌렸다. 드넓은 규모에 비해 아담한 문이 하나 있고, 그 앞에 도시로 들어가려는 마차들이 즐비하게 늘어서 있었다. 검문 중인 문까지 도보로 이동하면서, 나는 궁금했던 점을 라스티아라에게 물었다.

"그러고 보니, 라스티아라는 여기 온 적이 없었어?"

"있었으면 이렇게 신나지도 않았겠지!"

'후즈야즈'가 들어간 이름을 갖고 있으면서도, 라스티아라는 아직『대성도』에 와 본 적이 없었다는 게 밝혀졌다. 히타키의 손을 잡아끌던 디아가 그 이유를 간단하게 설명해주었다.

"라스티아라는 연합국 쪽을 다스리기 위해 마련된『주얼크루스』라는 모양이니까.『본토』와는 별로 접점이 없을 거야. ——어쩌면, 여기 있는 사람 중에서 여기와 접점이 제일 많은 건 나일지도 모르겠는데?"

"맞습다. 디아 님이 제일임다. 아마 이 중에서 『대성도』에 와 본 적이 없는 건 카나미 씨와 아가씨뿐일 검다. 다른 사람들은 한 번씩은 와 본 적이 있으니까요."

라그네가 의문에 대답했고, 라이너와 스노우는 그 얘기를 부정하지 않았다. 두 사람은 대귀족 출신인 만큼, 『본토』와도 접점이 많이 있는 듯, 『대성도』를 앞에 두고도 차분한 모습이었다.

"그럼, 제가 먼저 가서 관문의 기사들에게 양해를 구하고 오겠습다. 그런 사소한 일들은 다 저한테 맡기십쇼."

라그네는 그렇게 말하기가 무섭게 혼자 앞서 달려가서, 줄지어 있는 마차들 옆을 지나쳐서, 문 앞에 있는 중무장한 기사들 쪽으로 향했다.

그녀는 사소한 일이라고 했지만, 사실 아주 고마운 일이었다.

도시에 들어갈 때면 항상 불법 침입을 해야 했던 내 입장에서, 이렇게 당당하게 들어갈 수 있다는 건 참으로 마음 편한 일이었다. 보아하니 『라인』을 무단으로 넘으면 감시하는 경비병들이 곧바로 모이는 식의 체제인 것 같았다. 우격다짐으로 돌파하다가 괜히 마력만 소비하는 전개는 피하고 싶었다. 그도 그럴 것이, 이 너머에는 『빛의 이치를 훔치는 자』 노스휘가 준비해 둔 전장이 기다리고 있을 테니까.

"그나저나, 진짜 큰 도시네……."

그렇게 중얼거리며, 나는 어마어마한 대도시의 전모를 파악하기 위해 ≪디멘션≫을 펼치려 했다. 마법은 아무런 지장도 없이 성공했다. 평원 전체를 차원속성 마법이 뒤덮어서, 아까 우리가 떠나온 항구의 『리빙 레전드호』 갑판 위에 있는 테이블까지 볼 수 있었다. ——그러나, ≪디멘션≫을 『대성도』 내부로 침투시키는 건 아무리 애를 써도 되지 않았다.

마력으로 이루어진 감각 속에서, 『대성도』 부분만 구멍이 뻥 뚫려 있는 것이다.

이미 겪어 본 적이 있는 감각이었다. 비아이시아에서 싸웠을 때의 그 기억을 어찌 잊을 수 있겠는가. 이건 그때 노스휘 녀석이 의기양양하게 떠벌렸던, 내 ≪디멘션≫을 무효화하는 『사랑의 주문』과 같은 감각이었다. 그 때와 같은 것이 『라인』을 통해 『대성도』 전역을 감싸고 있는 것이다. 아이드 치하의 비아이시아 성과 완전히 똑같은 상황이었다.

"틀림없어. 노스휘가 있어."

목표인 디프라클라를 만나기 전에, 넘어서야만 할 적이 있다.

대놓고 아이카와 카나미 대응책을 갖춰 놓은 도시의 모습을 보니, 예측이 확신으로 바뀌었다.

그런 나의 찌푸린 얼굴을 보고, 마법에 대해 해박한 지식을 가진 라스티아라도 적의 존재를 알아챈 모양이었다.

"으~음? 이건 혹시……. 차원속성만 금지돼 있는 것 같은데? 그 노스휘라는 애가 한 짓이야?"

"그래. 이런 식으로 괴롭히는 데 일가견이 있는 녀석이니까."

물론 본인은 도시 안에 없을 가능성도 있다.

하지만, 노스휘에 대해서는 막연한 확신을 가질 수 있었다. "노스휘 후즈야즈는, 틀림없이 이 『대성도』에서 기다리고 있을 것"이라고 확신할 수 있었다.

"호오, 그렇구나. 그럼 카나미는 어떻게 할 거야?"

"문제없어. 그냥 이대로 들어갈 거야."

솔직히, 이 『라인』은 마음만 먹으면 언제든지 파괴할 수 있다. 해박한 마법 지식을 갖고 있는 라스티아라와 디아가 있으니, 시간을 좀 들이면 『대성도』 밖에서라도 의식 그 자체를 해제할 수 있을 것이다.

그러나 그것은 『대성도』의 평화를 위협하는 일이기도 했다. 만약 그 의식을 해제하면 『라인』을 관리하고 있는 이 나라 사람들과도 적대하게 될 것이고, 그러면 도시 내에서의 행동에 제한이 생길 것이다. 기껏 이번에는 당당하게 정면으로 들어왔으니, 괜히 적을 늘리는 사태는 피하고 싶었다.

하지만 스노우는 그런 내 판단이 걱정스러운 모양이었다.

"카나미. 마법을 못 써도 괜찮겠어? 아이드와 싸울 때도 그것 때문에 고전했잖아……?"

"아니, 아이드와 싸울 때도 지금과 비슷한 상황이었지만, 솔직히 그렇게까지 고전하지는 않았어. 애초에 로웬의 스킬 『감응』을 빼앗지 않는 한, 내 힘에는 별 차이가 없는 것 같기도 하고 말이지…….”

나는 즉시 그 걱정을 부정했다. 아이드와 싸우면서 확신한 건데, 『땅의 이치를 훔치는 자』 로웬에게서 물려받은 『검술』은, 그것 하나만으로 어지간한 『이치를 훔치는 자』의 힘에 필적한다. 게다가 약간 마력 소비가 크긴 하지만, 나는 이제 다른 속성의 마법도 쓸 수 있게 되었다. 차원마법을 봉인 당한 것 정도는, 주저할 이유가 되지 않았다.

“이제 가자. 라그네가 양해를 구한 모양이야.”

방금 저 멀리 있는 라그네의 움직임을 감지한 것도, ≪디멘션≫이 아닌 『감응』 덕분이었다. 나는 로웬이 남겨준 스킬을 절대적으로 신뢰하고 있었다. 무엇보다, 든든한 동료들이 다섯 명이나 있기에, 노스휘가 준비해 둔 전장에 주저 없이 들어갈 수 있었다.

“여러분~! 이쪽입다~! 걸어서 안에 들어가도 된대요~!!”

멀리서 손짓하는 라그네의 목소리에, 라스티아라가 가장 먼저 반응했다.

“응! 바로 갈게! ……스노우, 가자. 우리 마법은 쓸 수 있으니까, 여차하면 우리가 다 함께 카나미를 지켜주면 그만이잖아.”

다 같이 힘을 모으면 무서울 게 없다고 주장하며, 라스티아라는 『대성도』로 들어가자고 종용했다. 스노우는 그 말을 듣고 잠시 고민에 잠겼지만, 이내 고개를 끄덕여 대답하고 발걸음을 내딛었다. 우리는 라그네 뒤를 따라서, 경례하는 기사들이 늘어선 문을 지나, 다 함께『대성도』안으로 들어갔다.

그러자 문 너머에 펼쳐져 있는 시가지를 가까이서 볼 수 있었다.

첫인상을 한마디로 말하자면 "밝다"는 것. 우선 마석과 보석으로 장식된 가도가 직선으로 뻗어 있고, 그 양쪽에는 으리으리한 가옥들이 늘어서 있었다. 그 가옥 대부분은 간판을 내건 상점들이어서, 문 부근은 외부에서 온 사람들을 맞이하기 위한 공간이라는 걸 짐작할 수 있었다.

가도 위 곳곳에는 아치형 벽돌 육교가 걸려 있어서, 이『대성도』가 3차원적인 구조로 이루어져 있다는 걸 알려주었다. 이렇게 넓은 도시이니 시가지 전체가 평지로 이루어질 수는 없는 것이리라. 문으로부터 쭉 뻗은 큰길로부터 약간 옆으로 벗어나면 비탈길로 이루어져 있는 지역이 많았다. 그 고저차 때문에 도시의 건물들은 높이가 일정하지 않았고, 계단식 논처럼 한 곳에서 다양한 가옥을 볼 수 있었다.

그 중에서도 도시의 중심부에 있는 건물은 정말로 거대했다.

얼핏 보고는, 벽이 하늘까지 뻗어 있는 것으로 착각했을 정도의 규모였다.

도시 중앙에 우뚝 서 있는 산과도 같은 건물을 보자마자, 이 도시의 지리에 대해 문외한인 나조차도, 그것이『대성도』의 상징인 후즈야즈 성이라는 걸 알 수 있었다.

연합국 후즈야즈와 비슷하지만, 그보다 스케일이 한층 커진 느낌이었다.

나는 길거리를 걸으며 그 환한 시가지를 바라보고, 이어서 시내에서 생활하는 사람들을 관찰했다. 그 국민들을 본 첫인상 역시, "밝다"라는 한마디로 정리할 수 있었다.

탐색가들만 우글거리던 연합국과는 달리, 이 『대성도』에는 일반 여행자들이 많아 보였다. 왼쪽을 봐도 오른쪽을 봐도, 밝은 표정의 여행자들뿐이었다. 타국에서 온 부유해 보이는 사람이 거리를 걸으며, 늘어서 있는 가게 하나하나를 호기심 어린 얼굴로 바라보고 있었다.

조금 더 걸어가니, 오가는 사람들의 경향에 조금씩 변화가 생겼다.

상점들뿐 아니라 거주용 가옥들이 눈에 띄기 시작하고, 『대도시』에서 생활하는 국민들의 모습이 늘어났다. 뛰어노는 아이들, 지인과 수다 떠는 여인들. 업무 중인 듯 바쁘게 걷는 성인 남성 옆에서, 노인 부부가 손을 맞잡고 행복하게 산책을 즐기고 있었다.

지금은 일시 휴전 중일지언정, 『남연맹』은 엄연히 전쟁 중이다. 그런데도 이 『대성도』만은 평생 전쟁과는 인연이 없는 곳인 양, 평화로운 공기로 가득했다.

"걷고 있으려니 몸이 따끈따끈해지는 느낌이네요~. 오늘은 컨디션이 참 좋습다~"

다만, 그 평화와 활기 속에는 간과하기 힘든 이상이 느껴졌다.

내 파티 중에서는, 라그네가 그 이상현상의 영향을 가장 심하게 받고 있었다.

몸속 깊은 곳부터 고양되어 체온이 상승한 것이리라.

얼굴에 흐르는 땀을 팔로 훔치는 라그네의 모습을 보고, 나는 그녀를 『주시』했다.

【상태】고양0.0 안온0.10 육체강화0.10 정신세정0.10

라그나 카이크오라의 스테이터스에 특수한 상태이상이 네 개.

미세한 수치지만, 특정한 마법의 영향을 받고 있는 게 틀림없었다.

――이 도시에서 느껴지는 이상함은 바로, 지나치게 밝다는 것.

아무리 활기 넘치는 도시라도, 어두운 표정을 한 사람이 한 명도 없다는 건 말이 안 된다.

나는 『감응』을 이용해서 그 원인을 찾아보았다.

그러다가, 라이너도 나와 같은 표정으로 주위를 둘러보고 있는 걸 발견했다.

아마 그도 이 도시의 이상을 감지한 모양이었다. 나보다 먼저 그 이상의 근원을 찾아낸 라이너는, 심각한 표정으로 도시의 바닥을 가리켰다.

그의 손가락이 가리킨 것은, 도시의 『라인』. 번쩍이는 것과는 다른 종류의 빛이 흘러나오고 있는 걸 알 수 있었다. 나는 거기에 손을 대서 마법을 직접 느끼고, 해석했다.

"따뜻한 건가……? 아니, 이건 열기가 아니라, 정신에 간섭하는 마법이야……. 마법의 효과는……, 조금 솔직해지고, 조금 다정해지고, 조금 기운이 나는 마법?"

사람들에게 해가 되는 마법은 아니었다.

그 미약한 빛으로 미루어보아, 마법의 효과가 강제적으로 적용되지는 않는다는 점을 알 수 있었다. 마음만 먹으면, 어린아이라도 이 『라인』의 마법에 저항할 수 있을 것이다. 실제로 라그나 이외의 내 동료들은 아무도 영향을 받지 않고 있었다. 그들이 휘감고 있는 마력의 수준이 너무 높아서, 마법의 힘이 닿지도 못하고 있는 것이다. 그 정도로 미약한 빛이었다.

"어, 어, 어? 혹시 카나미 씨, 라이너, 저를 보고 하는 말임까? 하, 하긴, 뭔가 오고 있는 것 같은 느낌이 들기 하지만……!"

나와 라이너의 시선을 느끼고, 라그네가 허둥대며 변명했다.

그 모습에, 나는 고개를 가로젓고 대답했다.

"아니, 해가 되는 마법은 아니니까 신경 쓸 필요는 없을 것 같아."

"카나미 씨가 그런 표정으로 말하는데 어떻게 무시할 수가 있겠슴까! 아가씨, 해제해 주십쇼~! 아가씨~!!"

라그네가 걱정하지 않도록 나름 표정 관리를 했지만, 그녀는 내 마음속 깊은 곳에 있는 염려를 알아채고 자기 주인에게 애원했다.

“그래, 그래. ――≪리무브≫. 됐어”

라스티아라는 라그네의 애걸을 받아들여서, 상태이상을 회복시키는 마법을 걸어주었다. 겸사겸사 오해를 풀기 위한 해설도 덧붙였다.

“그렇지만 라그네, 이거 정말 해로운 녀석은 아닌 것 같아. 굳이 분류하자면 강화계 신성마법인 것 같으니까.”

“어, 강화 마법? 그렇슴까?”

“그렇지, 카나미?”

라스티아라가 나를 보며 물었기에, 나는 고개를 끄덕여 대답했다.

이건 강화마법으로 분류해도 별 문제는 없을 것이다. 더 자세하게 표현하자면, 이건『사람들을 약간 더 행복하게 만드는 영속적 범위 강화마법』쯤 될까.

올바른 것인지 그릇된 것인지를 따지자면, 이건 올바른 마법에 해당할 것이다.

행복하게 만든다는 것도 어디까지나 강제적인 건 아니니, 사람들의 의지를 막무가내로 왜곡시키는 것도 아니다.

그럼에도 내가 마음속으로 얼굴을 찌푸린 건, 이 정도 수준의 마법을 구축할 수 있는 건 노스휘뿐이라고 생각했기 때문이었다. 노스휘가 순수한 선의로 이 마법을 구축했을 리는 없다는 생각에, 지금도 꼼꼼하게『사람들을 약간 더 행복하게 만드는 영속적 범위 강화마법』을 분석하는 중이었다.

"흐~음. 그럼 굳이 해제 안 해도 되는 거였네요~"

"나는 오히려 라그네가 부러운걸. 우리 정도 수준이 되면 평상시에 휘감고 있는 마력이 너무 짙어서, 이『라인』에서 나오는 마법의 혜택을 못 받거든."

"뭐, 뭐라고요? 그럼……, 여러분은 마력으로 된 방어벽이 항상 전개돼 있다는 말 아닙니까. 아니, 제 입장에서는 든든한 일이니까 상관없지만요."

라그네는 어쩐지 무섭다는 표정을 지었다. 하지만 새삼스럽게 무서워하는 것도 좀 이상하다 싶었는지, 이내 마음을 다잡고 다시 발걸음을 옮겼다.

그리고 우리는 그런 라그네의 안내에 따라, 미리 예정해 두었던 장소에 도착했다.

"즐겁게 얘기를 나누는 사이에~, 제가 추천하던 그곳에 도착했습다~. 세계수 관광 허가도 받을 수 있는 데다, 사람 찾기에도 안성맞춤. 후즈야즈에서 가장 편리한 길드입다!"

그곳은 도시의 여행 구역과 주택가 구역보다 더 안쪽에 있었다.

성이라고 하기는 부족하지만, 그에 필적할 정도로 거대한 건물이었다. 대충 봐도 귀족 저택 10채 정도는 들어갈 법한 부지였다. 그 드넓은 면적과는 딴판으로, 불필요한 장식은 찾아볼 수 없고, 넓은 집에 있을 법한 호화로운 정원도 없었다. 건물 앞쪽에는 10명 정도는 넉넉히 드나들 수 있을 만큼 커다란 입구가 있고, 그 위에는 웅장하고 거대한 간판이 걸려 있었다. 그 밑에는 거친 직업에 어울려 보이는 여행자들 몇 명이 어슬렁거리고 있었다.

꿈에 그리던 그 건물 앞에서, 나와 라스티아라는 흥분을 감추지 못했다.

“호오……! 이게 바로 그, 소문으로만 듣던 모험가 길드구나……!”

“드디어 도착했어……! 미궁이 없는『본토』는, 탐색가가 주류인 연합국과는 달리 모험가가 주류! 그 총본산! 온 세계를 여행하는 모험가들이 여기 다 모여 있단 말이지!”

모험가라는 단어에 대해 꿈을 갖고 있는 우리 두 사람은, 그 커다란 건물에 걸려 있는 간판을 초롱초롱 빛나는 눈으로 올려다보았다.

“아, 아니, 아마 두 분이 기대하는 것과는 다른 곳일 것 같긴 하지만……. 하여튼 여기가『모험가 통합길드 후즈야즈 지부』인 건 맞습니다. 안으로 안내하겠습니다~.”

상상을 초월한 우리의 기대에, 라그네는 곤혹스러운 얼굴로 뺨을 긁적였다.

그리고 입으로 설명하는 것보다는 직접 보여주는 게 빠르겠다는 듯, 안쪽으로 안내했다.

우리 일행은 라그네를 따라 모험가 길드로 들어가서, 내부를 살펴보았다.

먼저 정면에는 안내 데스크로 보이는 카운터가 있고, 거기에는 단정한 차림의 직원 몇 명이 서 있었다. 눈길을 아래로 돌리니 바닥에는 말끔하게 연마된 돌이 깔려 있고, 옆을 보니 모종의 마법으로 표면을 코팅한 석벽이 늘어서 있었다. 말을 타도 손색이 없을 법한 드넓은 공간에, 인테리어는 외부와 마찬가지로 군더더기 없는 차분한 디자인이었다. 창가에는 손님용으로 보이는 깔끔한 벤치가 놓여 있고, 거기에 방문객 몇 명이 앉아있었다. 끝에서 끝까지 완벽하게 청소되어 있어서 청결감이 가득했다.

순간적으로나마, 나는 이세계가 아닌『원래 세계』를 떠올렸다.

마치 현청이나 시청에라도 온 것처럼 현대적인 질서정연함이 느껴졌다.

솔직히, 처음 모험가 길드라는 말을 들었을 때, 나는 연합국의 술집 같은 왁자지껄한 상태를 상상했었다. 라우라비아의 길드『에픽 시커』와 달리, 타국 사람이라도 신청만 하면 가입시켜 준다고 들었기 때문이다. 내 일방적인 이미지였지만, 언제나 우락부락한 모험자들이 모여 있는, 청결감과는 거리가 먼 곳일 거라고 생각했었다. 옆에 있는 라스티아라와 마찬가지로, 이야기 속에 나오는『그럴싸한 곳』을 기대했던 거라 해도 좋을 것이다.

우리가 모험가 길드의 말끔한 모습에 넋이 나가 있는 동안, 라그네는 안내 데스크로 걸어가서 혼자 이야기를 진행했다.

"반갑습니다. ……네? 우리 얘기는 이미 들었다고요? 우와, 그럼 길게 얘기할 것도 없겠네요~. 역시 대성도의 직원분은 뭐가 달라도 다르십다. 으~음, 북쪽 입구를 지나, 중앙식당동을 지나, 모험가 의뢰창구로 가면 된단 말이죠? 알겠습다."

안내 데스크에 서 있던 직원은, 넓어도 너무 넓은 이 모험가 길드 건물 내부 안내만을 위해 존재하는 모양이었다. 벽에 붙어 있는 길드 지도를 잠시 살펴보니, 확실히 어른들도 길을 잃을 법한 넓이였다. 귀족 저택 수준의 건물이 여러 채 연결되어서, 미궁과도 같은 구조를 이루고 있었다. 대기업 사옥 1층의 안내 데스크에서나 할 법한 안내를 받은 라그네가 우리 곁으로 돌아왔다.

"여기 높으신 분이, 직접 만나서 얘기를 들어 주기로 했다네요. 이렇게 특별 대우하는 걸 보니, 아가씨가 왔다는 걸 상대도 알고 있을 가능이 있을 것 같습다. 그럼, 이쪽입다."

다시 라그네의 선도에 따라, 우리는 안내 데스크 직원들의 배웅을 받으며 건물 안쪽으로 이동했다.

은근히 천장이 높은 복도를 걷다 보니, 모험가로 보이는 몇몇 남자들과 마주쳤다.

마주치는 모험가들의 수는 안쪽으로 들어갈수록 점점 늘어났다. 안내 데스크 직원이 얘기했던 모험가 의뢰창구에 도착하니, 그 이유를 알 수 있었다.

그 방은 아까 통과했던 방과 같은 넓이와 인테리어, 같은 안내 데스크와 청결감을 갖고 있었다. 하지만 그곳에는 지금까지 느낄 수 없었던 열기가 없었다. 간단히 말하자면, 나와 라스티아라가 기대했던 대로 모험가들이 우글대고 있었던 것이다.

오랜 세월 애용해 온 검을 허리에 차고, 넝마 같은 외투를 걸치고, 오래된 흉터를 가진 살벌한 표정의 모험가들. 개중에는 활을 짊어지고 있는 자나 지팡이를 들고 있는 자도 있었다.

우리 파티가 방으로 들어간 것을 알아채고, 몇몇 고레벨 모험가들의 시선이 순간적으로 이쪽을 향했다. 유독 눈에 띄는 외모를 가진 단체이기도 하다 보니, 다른 이들의 호기심 어린 눈길이 모여드는 것은 당연했다. 오랜 여정을 거쳐 온 역전의 모험가들에게서 풍기는 공기가, 방 전체에서 느껴졌다.

아까 그 공간은 단순한 현관홀일 뿐, 진짜 모험가 길드는 바로 여기라는 걸 알 수 있었다. 우선 그 누구보다도 라프타리아가, 그렇게 갈망하던 『그럴싸한 곳』의 모습에 기뻐했다. 제지하는 주위의 시선에 아랑곳하지 않고, 어린아이답게 흥분해서 떠들었다.

"오옷, 이제야 좀 그럴싸하네! 이런 걸 기다리고 있었다니까! 영웅담을 쓸 때 참고할 수 있겠어!"

"하긴 아가씨는 원래 이런 곳을 좋아하시니까요. 그럼, 저는 세계수 접근 허가를 받아 올 테니, 여러분은 여기서 기다리고 계십쇼~."

라그네도 주위의 이목을 무시하고 바로 걸어갔다.

그녀 덕분에 모든 일이 순탄하게 진척되었다. 요즘에는 나를 섬기는 기사들 덕분에, 나 자신은 아무것도 할 필요가 없어진 것 같은 느낌이 들었다. 지금도 주위의 모험가들이 우리 파티의 여성 멤버들에게 접근하지 못하도록, 기사 라이너가 은근슬쩍 경계해 주고 있었다(실제로 그가 보호해 주고 있는 대상은 아마 모험가들 쪽이겠지만……).

어엿이 같이 다니기 편하긴 했지만, 스스로 움직이지 않으면 나태한 버릇이 들 것 같아서, 나도 발걸음을 옮겼다. 지금은 ≪디멘션≫을 쓸 수 없으니, 『감응』에 의지해서 정보를 수집하기로 했다.

그 『감응』의 직감에 따라, 나는 일단 주위 모험가들을 자극하지 않도록 방의 벽 쪽으로 이동하려 했다. 하지만 파티에서 가장 눈에 띄는 존재인 라스티아라가 그런 내 뒤를 따라오며 말했다.

"후후후……. 역시 카나미야. 뭘 좀 안다니까. 모험가 길드에 오면 가장 먼저 의뢰지가 붙어 있는 게시판부터 찾아봐야지."

찬란한 머리칼을 나부끼고, 신이 나서 뜀걸음을 하며, 라스티아라는 내 옆으로 왔다.

안 그래도 외모부터가 워낙 눈에 띄니까 하다못해 움직임이라도 자제해 달라고 부탁하고 싶은 심정이었지만, 사실 그녀의 들뜬 마음은 나도 충분히 이해할 수 있었다.

"그래. 역시 모험가 길드 하면 게시판이지. 여기에 대한 얘기를 들은 그 순간부터, 사실 엄청나게 기대했었어. 죽기 전에 의뢰 게시판이라는 걸 한 번이라도 꼭 보고 싶었거든."

"그치!"

방의 벽에 붙어 있는 게시판을, 우리는 한껏 들떠서 잡아먹을 듯 쳐다보았다.

"이것이……!"

"게시판……!"

실물은 상상했던 것과 약간 달랐다. 벽보들이 빼곡하고 난잡하게 붙어 있는 게 아니라, 이 방의 분위기와 마찬가지로 질서정연하게 붙어 있었던 것이다. 우리는 촌놈 티를 풀풀 풍기며 게시판을 살펴보면서, 『대성도』에 대한 정보를 조금씩 수집해 나갔다.

우선, 『대성도』가 이 모험가 길드의 힘을 빌려서 인근 몬스터들을 처리하고 있다는 걸 알 수 있었다. 몬스터 처리 의뢰를 게시하는 곳에, 서부에 발생한 몬스터 『키마이라울프』 토벌에 대한 내용이 적혀 있었다. 상세한 의뢰 내용 끝부분에는 『C2』라는 글자가 있었다.

그 밖에, 도시의 말썽 해결도 여기서 맡아 하는 것 같았다.

도망친 애완동물 수색이나 물건 찾기 등의 내용이 적혀 있고, 이런 의뢰들 말미에는 『E5』라는 문자가 적혀 있었다.

개중에는 국가 규모의 위험한 의뢰도 있었다. 북부 전쟁 지역 증원 의뢰에는 『D이상』, 상인 행상 호위 의뢰에는 『Ace』라고 적혀 있었다. 그리고 아까부터 의뢰 내용 말미에 적혀 있는 알파벳에는――물론, 알파벳처럼 보이지만, 사실 천 년 전의 시조 카나미가 번역한 것일 뿐, 실제로는 다른 문자겠지만――특별한 의미가 있는 게 틀림없었다.

어디까지나 추측이지만, E부터 A까지 있는 이 알파벳의 의미는……!

"모, 모험가 랭크……?!"

"모, 모험가 랭크……?!"

지금까지 이야기 속에서만 만나 보았던 "모험가 랭크"의 존재에, 나와 라스티아라가 동시에 감동에 겨운 탄식을 터뜨렸다. 그러자 뒤에서 라이너가 황당하다는 듯 핀잔을 주었다.

"랭크 구분 정도는 당연히 있어야지. 말하자면 위험도 같은 거야. 구분이 없으면 여러모로 곤란해."

냉정한 의견을 듣고도, 우리의 눈은 게시판에서 떠날 줄을 몰랐다.

알파벳으로 위험도가 표시되어 있다는 건, 고랭크의 의뢰를 살펴보면 대성도에서 일어나고 있는 큰 사건들을 자연스럽게 알 수 있다는 뜻이 될 것이다.

나는 즉시 고랭크 의뢰를 중심으로 찾아보기 시작했다.

그러다 보니 유독 이질적인 의뢰 하나가 눈에 띄었다. 의뢰 제목은 『서부 지하도시의 살인귀』였고 그 말미에는 『SacredAce』라는 글자가 있었다.

"랭크……, 세이크리드 에이스라고……?"

소리 내어 읽는 동시에, 뒤에서 라이너의 설명이 날아들었다.

"최고 랭크인 Ace와는 별개의 특별 분류야. 약칭으로 SA 랭크라고 부르는 경우가 많지. 『신성한 모범자』인가 뭔가 하는 거창한 의미가 있고, 전 세계를 통틀어 열 명도 안 된다고 들었던 것 같아. 실질적으로 그 랭크를 붙인 건 『국가에서 할 테니 손대지 마라』라는 뜻이라더군."

"호오, 뭔가 무지하게 정교한 제도네. 그리고 제일 높은 랭크를 단순히 『A』라고 하는 게 아니라 『Ace』로 표기하는 것도 어쩐지 맘에 들어."

"그런가? 뭐, 이 랭크 분류법은 아주 오래 전부터 이어져 왔다는 모양이니까, 천 년 전과 연관이 있는 당신과는 죽이 잘 맞을……, 지도……."

해설하다 말고, 라이너의 미간에 주름이 가더니, 갑자기 입을 다물었다.

마치 알고 싶지 않았던 사실을 깨닫기라도 한 것 같은 표정이었다.

뒤쪽에서 말없이 상황을 지켜보고 있던 스노우가 그런 라이너의 심정을 대변해 주었다.

"저기, 이걸 보면서 느꼈는데 말야, 이 센스, 카나미랑 비슷하지 않아?"

디아도 그 의견에 동의했다.

"랭크 『세이크리드 에이스(신성한 모범자)』……. 카나미의 마법명이랑 분위기가 비슷하긴 해."

두 사람의 의견이 일치했기에, 나는 다시 한 번 『세이크리드 에이스』라는 이름을 반추해 보았다.

『세이크리드 에이스』, 『세이크리드 에이스』, 『세이크리드 에이스』…….

"응. 그러고 보면 이 근사한 단어 선택 센스는 나랑 좀 닮은 것 같기도 해."

제법 근사했다. 덮어놓고 칭찬 세례를 퍼부어도 좋을 정도의 센스다. 나는 그렇게 판단했지만, 동료들의 생각은 달랐는지, 라이너, 디아, 스노우의 걱정 섞인 목소리가 잇따라 터져 나왔다.

"뭐? ……뭐라고?"

"저기, 스노우. 이거 괜찮은 거야? 어째 하나만 거창한 것 같은데."

"나, 나는 딱히 평가할 말이……."

그런 비판들 속에서, 내 의견에 찬동하는 목소리가 딱 하나.

"에에~, 괜찮은데 왜? 내가 보기에는 멋있는 것 같은데?"

나와 비슷한 센스를 가진 유일한 인물, 라스티아라였다.

나는 그녀의 손을 부여잡고 소리 높여 이름을 불렀다.

"라스티아라!"

"응, 응. 정말 잘 지은 호칭이야. 랭크『세이크리드 에이스』! 비록 그게 천 년 전의 카나미가 생각한 호칭이어서, 지금 카나미가 하는 게 자화자찬이라고 해도 말이야!"

더없이 해맑은 얼굴로, 라스티아라는 나의 센스를 칭찬해 주었다.

어쩐지 좀 비꼬는 것 같은 느낌도 있지만, 그건 그냥 넘어가기로 하자. 지금은 사랑하는 그녀가 나를 이해해 준 것에 대해 솔직하게 기뻐할 때다.

그런 내 반응을 본 디아와 스노우는, 허둥대며 아까 한 발언을 취소했다.

"아니, 찬찬히 들어 보니까 멋있는 것 같기도 해,『세이크리드 에이스』. 나쁘지 않다고나……할까?"

"으~음, 예전부터 생각했던 건데, ≪디멘션 · 글래디에이트(결전연산)≫ 같은 것도 멋있는 것 같아!"

뜬금없이 내 마법명에 대한 고평가가 시작됐다.

하지만 거짓말을 간파하는 능력이 지나치게 뛰어난 나는, 그 이면에 있는 "잘은 모르겠지만 하여튼 칭찬부터 두자"라는 생각을 읽을 수 있었다.

"고마워……, 얘들아."

진정으로 내 센스를 이해해 준 게 아니라는 걸 알면서도, 나는 고맙다는 인사를 할 수밖에 없었다.

오늘까지 함께 싸우면서 이 두 사람이 줄곧 "잘 이해가 안 가는 마법명"이라고 생각해 왔다는 사실에 쇼크를 받아서,

목소리까지 바들바들 떨리고 있었다.

"후, 후후! 아핫!"

의기소침한 내 모습을 보고, 라스티아라는 한층 더 신이 난 표정으로 웃었다.

내가 즐거워하든 의기소침해 하든, 그녀는 다 즐겁게 여기고 있음을 알 수 있었다.

"하아. 지크의 시시껄렁한 센스에 대한 얘기는 이제 그만 하고, 이쪽을 좀 봐."

라이너가 정말 시시껄렁하다는 듯한 표정으로 한숨을 짓고, 작명 센스에 대한 논의를 차단했다. 그리고 게시판에 붙어 있는 의뢰 안건 하나를 가리켰다.

"『세계수 오염 문제』……?"

그런 의뢰명이 붙은 종이였다. 참고로 랭크는『SacredAce』

상세사항을 대충 읽어 보니, 후즈야즈 성 안에 있는 세계수가 한 남자에 의해 점거당했다는 내용이었다. 그 남자는 상당히 강한 선혈속성 마법을 써서, 세계수를 피안개로 감싸고, 새빨갛게 물들였다고 한다.

"그리고, 이것도."

라이너는 또 하나의 의뢰지를 가리켰다. 적혀 있는 의뢰명은『성녀 유괴사건』.

이쪽 역시 랭크는 같았고, 나는 서둘러 상세사항을 읽어 나갔다.

며칠 전에, 원로원의 공인까지 받은 후즈야즈의 성녀가

한 소녀에 의해 납치당했다고 한다. 그 소녀는 화염속성 마법을 보유하고 있는데, 대성도 지하도시의 한 지구를 모조리 불살라 버리고 계속 농성 중이라는 모양이었다.

첫 번째 의뢰 속의 '선혈마법을 쓰는 남자'는 짐작이 가지 않았지만, 두 번째 의뢰의 주인공은 확실하게 알 수 있었다.

『후즈야즈의 성녀』와 『불을 잘 쓰는 소녀』.

"혹시 노스휘와 마리아……?"

나는 익히 잘 알고 있는 두 사람의 이름을 뇌까렸다.

게시판에서 동료의 흔적을 발견한 우리는, 즉시 모험가 길드 내에서 자세한 정보를 수집하기로 했다. 하지만 그러기 전에, 라그네가 데려온 길드 담당자에게 이끌려, 의뢰 게시판이 있는 방을 떠나게 되었다.

아까 라그네가 얘기했던 '특별대우'라는 말은 거짓이 아니었던 듯, 우리는 귀족들을 대접할 때나 사용하는 별실로 이동했다. 새로 안내를 맡은 담당자도 평범한 사무직은 아닌 것 같았다. 별실에 도착해서 간단하게 자기소개를 하자, 그 담당자는 자신이 『모험가 통합길드 후즈야즈 지부』의 서브 마스터라고 소개했다.

소개가 끝나기 무섭게, 나는 동료들의 흔적이 엿보이는 『세계수 오염 문제』와 『성녀 유괴 사건』에 대해 마스터에게 캐물으려 했다. 랭크『SacredAce』라는 건 "손대지 마라"라는 완곡한 표현이라는 얘기를 들은 마당에 이렇게 들이대도 되는 건지 좀 염려했지만――.

"걱정하지 마십시오, 카나미 님. 여러분의 세계수 구역 입장 허가는 이미 발급해 둔 상태입니다. 저희 길드에서 판정한 카나미 님의 랭크는 SA니까요……. 아니, 도리어 저희 쪽에서 해결을 부탁드리고 싶을 정도예요. 저희는 현재까지 『대성도』 내에서 밝혀진 정보를 카나미 님 일행분들께 제공해 드리고, 길드 전체의 힘을 모아 지원할 준비를 갖춰 두었습니다."

"어, 그랬어요?"

맥이 빠질 정도로 쉽게 승인을 받았다.

방 안의 테이블에는 이미 『세계수 오염 문제』와 『성녀 유괴 사건』 관련 자료가 쌓여 있어서, 서브마스터가 정말로 우리에게 의뢰할 작정으로 왔다는 걸 알 수 있었다. 멋진 호칭인 『SacredAce』가 SA라는 약칭으로 쓰이고 있다는 점, 그리고 모험다운 모험도 해 보기 전에 랭크가 끝까지 올라버렸다는 점을 살짝 아쉬워하며, 테이블 위에 놓여 있는 자료로 손을 뻗었다. 그때, 라스티아라가 이건 꼭 물어봐야겠다는 듯 손을 들고 질문했다.

"저기, 서브마스터. 카나미의 랭크가 SA라면 나도 같은 랭크? 그리고 알려주는 김에 우리 일행 모두의 랭크도 좀 알려주면 안 될까?"

"……죄송합니다. 라스티아라 님은, 저희 길드에 모험가 등록을 하실 수가 없게 되어 있습니다. 저기, 될 수 있으면 후즈야즈의 성에서 확인해 주십시오. 시스 님과 스노우 님도 마찬가지입니다. 저희 길드의 판단만 가지고 세 분을 감정할 수는 없습니다. 대신, 라이너 님과 라그네 님은『셀레스티얼 나이츠』의 일원이신 관계로, 랭크 A에 상응하는 대우를 하고 있습니다."

"드, 등록이 안 된다고?! 카나미는『세이크리드 에이스』인데?!"

"그 점은 모쪼록 양해해 주십시오. 카나미 님은 프리랜서 미궁 탐색가로 알려져 있어서, 저희 길드에 등록하기도 용이합니다. 카나미 님께서 등록해 주시면『대성도』의 모험가들 모두가 활기를 띨 테고 말이죠. 저희 길드 입장에서 더없이 유익한 등록입니다. 하지만 세 분은 전혀 다릅니다. 냉정하게 말씀드리자면, 정부 측에 찍히게 될 테니, 엄청난 민폐입니다."

대형 길드의 서브마스터 자리에 앉아있는 사람답게, 대단한 배짱이었다.

라스티아라 앞에서도 당당하게 자신의 주장을 말하며 등록을 거부했다.

서브마스터가 하는 말은 지극히 당연한 얘기였다. 분류하자면, 라스티아라와 스노우는 국가에서 일하는 관리라고 할 수 있다. 각자 신뢰할 수 있는 사람에게 뒷일을 맡기고 왔다지만, 정식 절차를 거쳐서 사임한 건 아니었다. 그런 관리들을 멋대로 빼낸다는 건, 정부에 시비를 거는 짓인 셈이다.

라스티아라 역시 그 정도 사정은 알고 있기에, 더 이상 강요하지는 못하고 끙끙댔다.

"으으으음……."

"주제 넘는 참견일지도 모르지만, 의뢰 수행을 시작하시기 전에 성에 가셔서 인사라도 하시는 편이 좋을 것 같습니다만? 세 분이 여기 계신다는 얘기를 듣고 얼마나 놀랐는지 모릅니다."

서브마스터는 자세한 사정은 묻지 않고 제안만 건넸다. 깊이 얽혔다가는 골치가 아파질 만한 속사정이 있을 거라 생각하는 모양이었다. 그리고 그 생각은 틀리지 않았다.

그 제안에, 라스티아라, 스노우, 디아는 즉각 대답했다.

"가면 시끄러워질 테니, 지금은 안 되겠어."

"나도 여기 있다는 게 알려지면 일이 귀찮아질 것 같으니까 사양하고 싶은데. 불길이 좀 사그라진 뒤에 가는 게 좋겠어. 응, 그게 좋겠어."

"귀찮으니까, 안 갈 거야. 나는 카나미의 동료야. 언제나."

이 나라 사정 따위는 알 바 아니라는 식의 대답이었다.

자국 요인들의 그런 무책임한 태도에, 서브마스터는 기가 질린 기색이었다.

"그, 그러십니까……. 다만, 저희 입장에서는 성 측에 여러분에 대한 보고를 올려야 하니, 머지않아 성에서 사람을 보낼 겁니다. 주의하시길…….”

도시를 보호하는 길드의 일원으로서 보고 의무가 있는 것이리라

나는 딱히 입막음을 할 생각 같은 건 하지 않고, 감사만 표했다.

“저도 길드 운영을 해 본 적이 있으니, 그쪽의 심정은 충분히 이해해요. 국가에 보고하는 건 당연한 일이니, 얼마든지 하시면 됩니다. 그리고 오늘은 정말 여러모로 고맙습니다. 이 『세계수 오염 문제』와 『성녀 유괴 사건』, 두 의뢰 모두, 최선을 다해 해결에 임하도록 하죠.”

“역시 연합국의 영웅님. 그렇게 말씀해 주시니 든든할 따름입니다.”

“그럼, 자료는 저희가 받아 가죠. 그럼 이만 실례할게요.”

나는 곧바로 자료를 『소지품』 속에 챙겨 넣고 방을 떠나려 했다. 그러나 라스티아라는 아직도 미련을 버리지 못한 듯, 어떻게든 모험가 등록을 해 보려고 서브마스터를 닦달했다.

“그럼, 가명으로 랭크E부터 시작할게! 라스티아라가 아닌 무명의 신인으로 등록하면 되잖아! 오히려 그게 더 재미있을 것 같고 말야!!”

“가명이라고요?”

서브마스터가 난처해하는 걸 보고, 나는 황급히 라스티아라를 제지했다.

“라스티아라, 말도 안 되는 소리 마. 그러지 말고 빨리 가

기나 하자."

"크으윽……! 이걸 제일 기대하고 여기 온 건데……! 아까 게시판에서 본 의뢰 중에 꼭 수행하고 싶은 이벤트들이 잔뜩 있었는데……!!"

진심으로 원통한 듯 "빌어먹을……!"이라고 뇌까리는 라스티아라를 질질 끌고, 서브마스터에게 "신세 많이 졌습니다"라고 인사를 남긴 다음, 다 같이 방을 나섰다.

그렇게 모험가 길드의 말끔한 복도를 걸으면서, 옆에서 걷는 디아와 함께 다음 목적지를 의논했다.

"있잖아, 카나미. 『세계수 오염 문제』와 『성녀 유괴 사건』 중에 어느 쪽으로 먼저 갈 거지?"

"세계수는 나중에 가고, 마리아 쪽으로 가자. 노스휘를 상대하고 있는 거라면, 마리아가 걱정되니까."

"성녀 쪽을 먼저 가겠단 말이지……. 하지만 정말 마리아 녀석이 거기 있다면 아무 걱정 안 해도 될 것 같은데. 그 녀석이라면 혼자서도 적에게 완승을 거둘 테니까."

"응? 아니아니, 그럴 리가 없잖아. 나랑 라이너랑 『바람의 이치를 훔치는 자』 티티가 셋이서 덤벼들어도 노스휘를 완전히 제압하지 못했었는데."

"그런 식으로 따지자면, 나와 『나무의 이치를 훔치는 자』 아이드와 『물의 이치를 훔치는 자』 히타키가 셋이서 덤벼들었는데도 마리아를 못 물리쳤으니까 말이지."

디아는 무언가를 떠올렸는지, 약간 파랗게 질린 얼굴로

마리아의 위력에 대해 얘기했다.

내가 미궁에 있는 동안, 마리아 일행은 비아이시아 측에게 도전했다고 들은 적이 있었다. 그 때의 싸움을 떠올리고 있는 건지도 모르겠다. 바로 옆에서 걷고 있던 라스티아라와 스노우도 디아의 말을 부정하지 않고 동의했다.

"디아 말대로, 마리아라면 충분히 가능한 일이야. 스노우도 그렇게 생각하지?"

"응……. 그 싸움 때 우리는 걸림돌 노릇밖에 못 했었으니까, 충분히 있을 수 있는 얘기야."

가디언 한 명쯤은 손쉽게 이기는 강자로 여기는 분위기였다.

하긴, 생각해 보면 마리아에게는 그럴 만큼의 실적이 있었다. 지금도 나는, 『불의 이치를 훔치는 자』 아르티를 이긴 건 그녀라고 생각하고 있다. 『어둠의 이치를 훔치는 자』 팰린크론과 싸웠을 때도, 적이 『세계봉환진』의 힘을 갖고 있지 않았다면 그녀 혼자서도 승리할 수 있었다. 『이치를 훔치는 자』들을 상대해도 밀리지 않을 것 같다는 이미지가 있기는 했다.

――아니, 낙관하는 건 좋지 않다.

지금 마리아는 궁지에 빠져 있을지도 모른다. 노스휘가 짠 모종의 책략에 걸려들었을지도 모른다. 내 도움을 기다리고 있을지도 모른다. 그런 가능성들이 있는 이상, 『성녀 유괴 사건』을 우선시하는 게 옳다.

그렇게 결정한 나는, 자료의 내용을 바탕으로, 유괴범이 농성하고 있다는 지하도시를 향해 발걸음을 서둘렀다. 아까 자료를 훑어보면서 대략적인 위치는 확인해 두었기에, 헤맬 일은 없었다.

그뿐만 아니라, 성녀라 불리는 존재의 성장 배경에 대한 내용도 읽었다.

도착하기 전에, 머릿속으로 간단하게 정보를 정리해 두기로 했다. 자료에 따르면, 성녀가 된 소녀가 대성도에 나타난 것은 보름쯤 전이라고 한다. 그렇게 갑작스럽게 등장한 소녀는, 주특기인 신성마법으로 시내의 환자들을 치료하고 다녔다는 모양이다. 불치병을 고쳐주는 소녀의 모습을 본 사람들은, 차츰 그녀를 성녀라 부르기 시작했다.

당연히 금방 국가의 눈에 들었고, 원로원의 옹호까지 얻어 국가가 공인한 정식 성녀가 되기에 이르렀다.

그 후로도 성녀는 몸을 바쳐 가며 대성도를 위해 일했다.

성녀의 숭고한 마력을 보기만 해도 사람들의 마음속에는 희망이 차올라서, 『북연맹』과의 전투 중에도 미소와 밝은 분위기가 끊이지 않을 정도가 되었다.

그런데 우리가 대성도에 도착하기 며칠 전에, 그 성녀가 납치당했다.

그 즉시 후즈야즈의 기사들이 총동원돼서 성녀 탈환을 시도했고, 지하도시의 1개 지구가 봉쇄될 정도의 격전을 벌였으니……, 결과는 실패. 화염에 휩싸인 봉쇄지구의 참상 때문에, 항간에는 범인이 『사신을 거느린 마녀』가 아닌가 하는 소문이 돌고 있다고 한다.

몇 번을 거듭 확인해 봐도, 역시 마리아일 가능성이 높았다.

마리아가 노스휘와 충돌한 게 사실이라면, 시급히 합류해야만 한다. 『빛의 이치를 훔치는 자』는 대결에서 이긴 것만 가지고는 안심할 수 없는, 정체불명의 일면이 있었다.

우리는 주민들에게 길을 물어 가며 왁자지껄한 대성도 거리를 걸어, 지하도시로 통하는 입구를 찾아다녔다. 그 대성도 내의 거리 중에, 내가 있던 세계에서 본 역의 지하 플랫폼 출입구처럼 생긴 시설을 발견했다. 마법의 세계답게 워프(순간이동)할 수 있는 게이트(마법진) 같은 게 있지 않을까 살짝 기대했는데, 실제로는 지극히 현실적인 구조였다.

입구로 다가가 보니, 지하도시 봉쇄를 담당하고 있는 한 경비원이 우리를 제지했다.

"멈추십시오. 여기부터는 통행 금지입니다. 현재 흉악범죄자가 서부 지하도시 방면에 잠복 중입니다."

"이걸 보여주면 지나갈 수 있다고 들었는데요……."

"모험가 길드 분이십니까? 좀 보여주시죠. 랭크에 따라 제한돼 있으니까요."

그 즉시, 나는 모험가 길드에서 받은 완장을 『소지품』에서 꺼내어 경비원에게 보여주었다. 경비원은 완장을 받아서 확인 작업에 들어갔다. 그런데 중간부터 그 얼굴이 파랗게 질리기 시작했다.

"어?"

그러고 보니, 라이너의 말에 따르면 랭크SA는 전 세계에 열 명 정도밖에 없다고 했었다.

당연히 경비원은 완장의 진위를 의심하기 시작했다. 시간이 아까웠던 나는, 바로 스킬 『속임수』를 걸면서 표정 하나 변하지 않고 완장을 보여주었다. 덤으로 마법으로 가볍게 위압을 가하는 것도 잊지 않았다. 경비원은 그 어마어마한 위압감을 견디지 못하고, 길을 비켜 주었다.

"화, 확인 끝났습니다 지나가서도 좋습니나……. 다만, 이 이후에 벌어질 상황은 어디까지나 본인의 책임이니, 모쪼록 주의를……."

"네. 그럼 근무 열심히 하세요."

상대가 좀 불쌍하다고 생각하면서, 일행과 함께 지하도시로 향하는 계단을 내려갔다. 경비원은 줄지어 봉쇄지구로 들어가는 우리 일행을 잠자코 배웅해 주었다. 하지만 우리의 모습이 사라지면, 틀림없이 모험가 길드 쪽에 확인을 취할 것이다. 흉악한 마력으로 상대를 위협하는 수상한 인물이 SA랭크 완장을 들고 봉쇄구역으로 들어갔으니, 그럴 만도 하다.

다음부터는 라이너가 갖고 있는 A랭크 완장을 써야겠다. 이 SA랭크 완장은 생각보다 사용하기가 까다롭다.

그런 생각을 하며, 미궁에 있는 것과 비슷한 계단을 내려갔다.

석벽으로 둘러싸여 있어서 조금 비좁지만, 정확하게 크기를 맞추어 만든 계단은 걷기에 편했다.

천 개를 넘을 법한 기나긴 계단을 내려간 끝에, 우리는『대성도』 지하도시에 도착했다.

"여기가 지하도시……."

미궁 내부와 비슷한 공간일 거라고 지레짐작했었다. 하지만 회랑으로 이루어져 있는 미궁과는 전혀 달리, 탁 트여 있는 공간이었다. 눈대중으로 계산한 거지만, 공간의 높이는 1킬로미터 가까이는 될 것 같았다. 폭은, 아마 지상의『대성도』 부지의 비슷한 정도일 것이다.

우리가 다다른 곳은, 그 지하도시 내 봉쇄지구의 동쪽 구역이었다.

그리고 원래 그곳에는 지상도시와는 다른 분위기의 신비로운 시가지가 펼쳐져 있었겠지만, 지금 눈에 보이는 것은 화염의 바다.

시선이 닿는 곳마다 불길이 타오르고 있어서, 기껏 내려온 노력이 무색하게, 어느 길로 가야 할지 가늠할 수가 없었다.

"아르티의 층과 비슷하네."

그 광경을 보자마자, 나는 미궁 10층에 있던 아르티의 층을 떠올렸다.

하지만 본질은 전혀 다르다는 걸 알 수 있었다.

아르티의 층은 특수한『꺼지지 않는 불』이 가득했었다. 연소할 대상이 없어도 계속 타오르는 그 불꽃에서는 아르티의 원념이 짙게 느껴졌다.

반면에 이 지하도시의 불길은 부드러웠다. 뜨겁지 않은 건 아니었다. 사람들이 범접할 수 없는 격렬함이 있었다. 그러나 주변의 시가지를 태우지는 않았다. 연소시킬 것이 있음에도 결코 다른 물건에 해를 입히지는 않는, 특수한『태우지 않는 불』인 것이다.

화염에 뒤덮여 있는데도 지하도시 자체는 건재한 그 희한한 광경에, 우리는 숨을 죽였다.

더불어 그 특수한『태우지 않는 불』에서 마리아의 존재를 확신할 수 있었다.

"마리아! 있으면 대답해 줘! 나야! 동료들도 왔어!!"

『태우지 않는 불』의 힘을 충분히 느낀 나는, 화염을 향해 말을 걸었다. 만약 마리아가 그 화염과 지각을 공유하고 있다면, 이 목소리만 듣고도 우리의 내방을 알 수 있을 것이다.

하지만 내가 부르고 나서 1분 가까이 지났는데도 화염에게서는 아무런 대답도 없었다. 마리아가 봉쇄지구 안에 없는 건지, 아니면 대답할 수 없는 상황에 처해 있는 건지, 판단하기가 힘들었다.

상황이 이렇게 되니, 마법 ≪디멘션≫을 쓸 수 없는 게 답답해졌다.

하는 수 없이, 나는 지하도시를 직접 돌아다니며 살펴보기로 했다.

즉시 몸 내부에 차원마법을 구축하고, 자신의 마력을 빙결속성으로 변경했다. 상당한 양의 마력을 소모하는 기술이지만, 이러면 다른 속성의 마법도 쓸 수 있다.

손을 들어 올리고, 화염과 정반대 속성의 마법으로 소화를 시도했다.

"——빙결마법 ≪프리즈≫."

예전의 감각을 떠올리며 마력을 펼쳐 나갔다. 이 지하도시의 화염이 마법에 의한 것임은 알고 있었기에, 『카운터 매직(마법상쇄)』으로 불을 끄는 감각이었다.

내 ≪프리즈≫의 효과에 의해, 주위 화염의 한쪽 모퉁이에 말끔한 구멍이 생겨났다. 마음 같아서는 불을 모조리 꺼버리고 싶었지만, 불꽃의 마력이 너무 짙어서 터널을 만드는 게 고작이었다.

그 화염 터널을 통해, 우리는 지하도시 안쪽을 향해 걸어갔다. 주위에는 화염이 가득했지만, ≪프리즈≫를 유지하고 있는 덕분에, 못 견딜 정도로 덥지는 않았다. 지하도시 탐색에는 별 지장이 없었다. 여차하면 라이너의 바람마법을 통해 온도를 조절할 수도 있고, 화상을 입더라도 회복마법이 있다. 나는 힘차게 ≪프리즈≫로 길을 만들어 가며 안쪽으로, 더 안쪽으로 나아갔다. 이대로 가면 이 지하도시가 봉쇄된 또 하나의 이유와 접촉할 수 있을 것이다.

걸어가면서, 나는 『성녀 유괴 사건』 자료에 적혀 있던 정보를 되새겼다.

그 자료에 적혀 있던 내용은 성녀와 마녀에 대한 것만이 아니었다. 『화염 문제를 해결하더라도, 그 뒤에는 정체불명의 몬스터가 있다』는 정보가 있었던 것이다.

먼저 도전했던 모험가들이 수집한 정보에 따르면, 『어둠속성 마법을 쓴다』『위치에 상관없이 칼부림이 날아든다』『뼛속까지 얼어붙는 무시무시한 목소리가 들린다』라는 모양이다.

모험가 길드 내에서는, 『마녀가 거느린 사신』이 지하도시에 눌러 살고 있다는 소문이 돌고 있었다. ……내가 알고 있는 어떤 인물과 아주 유사한 특성이었다.

모험가들 입장에서 보면 그것은 죽음을 각오해야 하는 배드 이벤트일지도 모르지만, 내 입장에서는 기다려 마지않던 굿 이벤트가 될 것이다. 그렇기에 나는 정체불명의 몬스터를 겁내지 않고 성큼성큼 나아갔다. 뒤따라 걷는 파티 멤버들도 피크닉 기분이었다.

그리고 그 소문 속의 몬스터가, 드디어 지하도시를 배회하던 우리와 접촉을 시도했다.

주위에 가득한 화염 속에서, 형체는 보이지 않고 목소리만이 들려 왔다.

"모험가들이여……. 돌아가라……. 이 앞은 지옥이다. ……거짓말이 아니다. 이 너머에는, 정말로 무시무시한 게 기다리고 있다……."

목소리를 듣는 순간, 등골이 오싹해졌다. 순간, 나는 그 목소리에 실려 있는 어둠속성 정신간섭 마법을 간파했다.

아마 상대방 모르게 공포를 심는 마법일 것이다.
나는 등에 달라붙는 공포를 떨쳐내 버리고, 더더욱 무시무시한 미래를 상상하며 고개를 가로저었다.
"여기서 돌아갈 수는 없어. 여기서 돌아가면 훨씬 더 무서운 일이 벌어질 테니까."
"정말 괜찮겠느냐? 더 갔다가는, 사신이 그대들을 저주할 텐데?『근시일 내에 이성에게 등을 찔려 죽는 저주』 같은 걸 걸어 버릴지도 모르는데? 정말 그래도 괜찮은 거냐~?"
"아니, 저주하는 건 좋은데, 왜 그렇게 맞춤형 저주를 고르는 건데……."
아무리 공포의 마법을 싣고 그럴싸한 연기를 해 봐도, 그녀가 가진 목소리의 질까지 달라질 수는 없었다. 귀에 익은 소녀의 목소리에, 나는 안심하고 담소를 나누며 앞으로 나아갔다.
"감히 내 충고를 무시하다니! 그렇다면――!"
발걸음을 멈추지 않는 나를 향해, 적의가 담긴 마력이 날아들었다.
그 마력의 발생지는 내 입장에서 사각에 해당하는 곳. 다만, 분명 사각에서 덮쳐들 거라고 사전에 예상하고 있었기에, 느긋하게『소지품』속『아레이스 가문의 보검 로웬』을 뽑아 들고 요격했다.
――그리운 금속음이 울려 퍼졌다.
내 그림자 속에서 검고 큰 낫의 날이 뻗어 나왔고, 나는

몸을 돌리면서 그것을 쳐냈다. 이렇게 사신의 기습을『감응』으로 완벽하게 대처하는 것으로, 반가운 동료 가입 이벤트가 시작됐다.

어둠 속에서 갈색 피부의 소녀가 스윽 기어 나와서, 가벼운 인사를 건넸다.

"오! 역시 진짜인가 보네! 가짜도 아니고, 이상한 마법에 걸려 있는 것도 아니네. 무엇보다, 로웬이 있고 말이야! 오랜만이야, 오빠!"

나도 검을 거두어들이며 그 인사에 화답했다.

"그래, 오랜만이야. 너무 늦어서 미안해, 리퍼."

변함없는 외모의 리퍼와 재회하자마자 건넨 말은, 사과였다.

하지만 리퍼는 기다란 흑발을 찰랑이며 고개를 가로저었다. 복장도, 앳된 외모도 1년 전과 달라진 게 없었지만, 외모와는 딴판으로 차분하게 나를 용서해 주었다.

"나는 별로 안 기다렸어. 나름 자유롭게 놀았으니까. 그러니까, 오빠가 사과해야 할 건 내가 아니라 다른 사람……. 마리아 언니한테 했으면 좋겠어."

"알았어. 역시 마리아는 여기에 있다는 거지?"

더 사과하고 싶은 마음은 굴뚝같았지만, 일단 사과의 말은 되삼키고 합류를 우선시했다.

"응. ……마리아 언니는 지금 좀 여유가 없는 상황이라서, 내가 대신 도시 경비를 맡고 있어. 바로 안내해 줄게. 이쪽이야, 이쪽."

리퍼는 앞장서서 걸으며 우리 쪽으로 손짓했다. 그러자 그녀의 진로상에 있는 불길이 저절로 꺼졌다. 아마 지금 리퍼와 마리아 사이에는 『연결고리』가 있는 것이리라. 그리고 마리아가 그 『연결고리』를 이용해서 화염을 조종, 길을 만들어 주는 것이다.

그런 리퍼의 뒤를 따라 걸으며 자세한 얘기를 물어보려 했는데, 그 전에 동료들이 나를 앞질러서 리퍼에게 말을 걸기 시작했다. 라스티아라와 스노우가 "오랜만이야"라며 인사를 건네고, 라그네와 라이너가 자기소개를 하고, 마지막으로 리퍼가 디아의 복귀를 반겼다. 다 함께 나누는 재회의 기쁨을 빼앗을 수도 없는 노릇이라, 앞서 인사를 마친 나는 잠자코 뒤에서 걸을 수밖에 없었다.

다만, 그렇게 담소를 나누는 과정에서, 내가 타이밍을 보아 물어보려 했던 것을 라스티아라가 먼저 물어봐 주었다.

"있잖아, 리퍼. 역시 여기 있는 거야? 성녀 노스휘 후즈야즈라는 사람 말이야."

"응, 있어. 지금 마리아랑 같이 있어."

그 얘기에 깜짝 놀란 나는, 뒤에서 목소리를 높였다.

"어, 둘이 같이 있다고?"

"그래, 같이 있어. 금방 도착할 테니까, 노스휘 씨한테도 인사해야 돼!"

리퍼는 이쪽을 돌아보며, 끔찍하게 난이도가 높은 주문을 했다.

노스휘의 성격을 모르는 여자 멤버들은 태평해 보였지만, 목숨을 걸고 싸운 적이 있는 나와 라이너는 진심으로 질색하고 있었다.

"자, 도착~. 여기가 우리의 거점이야."

담소를 나누는 동안에 제법 많이 걸었는지, 어느새 우리는 지하도시 안에서 가장 큰 건물에 도착했다. 보아하니 리퍼 일행은 여기를 불법 점거해서 지하생활을 하고 있는 모양이었다.

중급 귀족의 것으로 보이는 저택이었다. 불의 결계가 그 저택을 둘러싸서 모든 방문자들을 쫓아내고 있었다. 우리는 드넓은 정원과 현관을 지나 저택 안쪽으로 이동했다. 그리고 리퍼의 뒤를 따라 어느 방으로 들어갔다.

넓은 방이었다. 벽에는 근사한 난로에 불이 켜져 있고, 그 위에는 그림이 걸려 있었다.

중앙에는 방을 횡단하는 기다란 테이블이 놓여 있고, 그 주위로 열 개를 넘는 의자들이 늘어서 있었다. 아마 이 저택의 식당인 것 같았다.

그 커다란 테이블 끝부분에 두 소녀가 앉아있었다.

마리아와 노스휘였다.

마리아는 두 눈을 특수한 붕대로 가리고, 1년 전과는 달리 검은색을 바탕으로 한 복장을 하고 있었다. 예전보다 실전적이고 튼튼해 보이는 그 검은 옷을 보니, 내가 없는 동안에 그녀가 한 고생을 짐작할 수 있었다.

노스휘 역시 미궁 66층에서 만났을 때와는 다른 복장을 하고 있었다. 아니, 복장이 바뀌었다기보다는 결박 장비를 차고 있다고 하는 게 옳을지도 모르겠다. 프릴로 장식된 예전 옷 위에, 붕대가 칭칭 감겨 있었다. 자세히 보니 그 붕대에는 조그만 문자들이 빼곡하게 적혀 있었다. 예전에 『불의 이치를 훔치는 자』 아르티가 쓰던 『부적』을 연상케 하는 패션이었다.

하지만 노스휘의 붕대는 아르티의 것과는 달리 양손을 쓸 수 없게 하는 형태로 감겨 있었다.

그런 두 사람이 서로 적대하지 않고, 음료를 사이에 두고 앉아 느긋하게 얘기를 나누고 있었다. 내가 그 모습을 확인했을 때, 방 안의 두 사람도 방문객들이 온 걸 발견했다.

"카나미 씨……?"

가장 먼저 마리아가 반응해서, 이름을 부르며 일어섰다.

방 안에는 화염 구체가 떠 있었다. 그 화염으로 내 방문을 감지한 것이리라.

이쪽으로 고개를 돌리고, 검은 머리칼을 나부끼며 사뿐히 이쪽으로 걸어왔다.

"마리아……."

우리는 서로의 이름을 부르며 서로를 확인했다.

여기 있는 내가 환상이 아니라는 걸 이제야 확신한 것이리라. 곧바로 내 앞으로 다가와서, 힘껏 끌어안았다. 내 허리보다 약간 위에 양팔을 두르고, 가슴에 얼굴을 묻고, 표정을 보이지 않은 채 중얼거렸다.

"죄송해요……. 만나면 하고 싶은 얘기가 참 많았는데……. 조금만 더 이러고 있을게요……. 조금만 더……."

지금 나는 ≪디멘션≫을 쓸 수 없다. 숨기고 있는 마리아의 얼굴을 엿볼 수 없다. 하지만 서로의 마력이 뒤엉킨 덕분에, 오늘까지 마리아가 해 온 고된 싸움을 짐작할 수 있었다.

나는 그 부드러운 흑발 위를 가볍게 쓰다듬어서 위로해 주려 했는데──.

짜악, 짜악, 짜악.

축축 늘어지는 박수 소리가 울려 퍼졌다.

나는 마리아의 머리를 쓰다듬으면서, 그 비꼬는 듯한 박수 소리의 출처 쪽으로 눈길을 돌렸다. 거기에는 미소를 머금은 노스휘의 모습이 있었다.

"후훗. 오랜만이네요, 카나미 님."

"너와 만나는 건 그렇게 오랜만도 아닐 텐데. ……그건 마리아에게 당한 거냐?"

일단 먼저, 노스휘의 상태에 대해 물었다.

지금 내가 전투태세에 들어가 있지 않은 건, 그녀에게서 느껴지는 마력이 너무나도 보잘것없었기 때문이다. 보아하니 온몸에 감겨 있는 붕대가 마력을 억누르고 있는 모양이었다.

“네, 카나미 님이 오시기 전에 마리아 씨와 싸웠는데…….
완벽하게 참패하고 말았어요. 마리아 씨의『부적』때문에 옴짝달싹도 못 하게 됐지 뭐에요 후후훗.”

노스휘는 꼼짝도 못 하는 자신의 몸을 내려다보며 한층 더 크게 웃었다.

거짓말은 아닐 것이다. 목 부분 등을 관찰하니, 예전에는 특수한 술식 문신이 새겨져 있던 곳에 화상 자국이 생겨나 있었다.

사투 끝에 마리아가 노스휘를 사로잡았다는 걸 알 수 있었다.

“그나저나, 이제 똑같은 화상이 생겼네요.”

노스휘는 자신의 화상 흉터 쪽으로 눈길을 보내며 신이 나서 말을 이었다.

“이렇게 하는 게 얼마나 어려운 건지 모르시죠? 일부러 회복마법의 효과를 낮춰서 교묘하게 흉터를 남기는 건, 아마 저밖에 못 할 거예요. ……후훗, 칭찬해 주시지 않겠어요? 이것 좀 보세요. 카나미 님과 커플 흉터에요. 커, 플, 흉, 터, 에요.”

변함없이, 노스휘는 나에 대해 범상치 않은 집착을 보였다.

그 모습은 여전히 광기에 휩싸여 있었다. 여인의 몸인데도, 아름다움이 훼손되는 것에 아랑곳하지 않고 태연하게 웃는다. 짓궂은 얼굴로, 나와의 접점이 생긴 것을 기뻐한다. 그 표정으로 보아, 자신의 화상 흉터를 이용해서 어떻게 나를 괴롭힐지 열심히 궁리했다는 걸 짐작할 수 있었다.

그 악의를 더 이상은 두고 볼 수 없었는지, 라이너가 허리춤의 검을 뽑아 들며 앞으로 나섰다.

"지크. 이 여자는 냉큼 소멸시켜서 마석으로 만들어 버리는 게 나아. 네가 못 하겠다면, 내가 저택 밖으로 끌고 나가서 목을 베어 주지."

"라이너, 당신도 오랜만이네요. 그런데 보자마자 다짜고짜 사람 목을 베어 버리겠다니……, 정신이 좀 이상한 것 아닌가요? 피를 보는 게 그렇게 좋으세요? 평화적인 대화도 할 줄 모르다니, 기사가 아니라, 꼭 말도 안 통하는 야만인 같네요. 어린아이라도 당신보다는 깊이 생각하고 행동할걸요? 하아, 라이너는 여전히 재수 없는 사람이라니까요."

인사 대신, 노스휘는 반론할 틈도 없이 속사포처럼 악담을 퍼부었다.

"이 자식……! 다른 사람도 아니고 네놈이 그딴 소리를……!!"

노스휘의 도발에, 라이너는 주위의 대답을 듣지도 않고 행동에 나서려 했다.

내 품에 안겨 있던 마리아가, 허둥지둥 고개를 들고 제지했다.

"자, 잠깐만요! 원래는 저도 그분을 죽일 생각이었는데, 그럴 수 없는 사정이 있어서……."

마리아는 아쉬워하면서도 내 품에서 벗어나, 라이너와 노스휘 사이에 끼어들었다.

그리고 제지하는 이유를 설명했다.

"지금 노스휘는『대역』이라는 마법으로 후즈야즈 사람들의 질병 중 상당수를 대신 짊어지고 있어요. 노스휘를 죽이면, 그 모두가 단번에 반환돼서, 도시는 끔찍한 소동에 휩싸일 거예요. 리퍼가『연결고리』를 이용해서 직접 확인한 거니까, 그건 틀림없는 사실이에요."

마리아의 비호를 받은 노스휘는, 라이너를 도발하듯 웃었다.

그리고는 여유 만만한 목소리로 설명을 덧붙였다.

"후훗. 실은, 비아이시아에서 재상 아이드의 멋진 모습을 보고 조금 초심을 떠올렸어요. 저도 고향 후즈야즈를 위해 할 수 있는 일이 있지 않을까 하는 생각을 했고……, 그 결과, 이렇게 되었답니다. 어쩌다 보니 이렇게 인질 같은 형태가 돼서, 정말 미안하게 생각하고 있어요. 네, 정말 어쩌다 보니 이렇게 된 거라니까요. 가까운 시일 내에 카나미 님과 마지막 전투를 벌이게 된다는 걸 알고 있긴 했지만, 정말 우연의 일치일 뿐이에요. 후후훗."

우연일 리가 없었다. 지난번 미궁 66층에서 우리와 사이가 틀어진 순간, 언젠가 노스휘에게서『제60층의 시련』을 받게 된다는 건 확정되어 있었다. 즉, 그녀는 그『시련』의 난이도를 조금이라도 더 끌어올리려고 인질을 잡은 것이다. 무고한 사람들을 방패막이 삼아 싸우겠다는 그 선언을 들은 우리는, 적의 비열함에 치를 떨며 욕지거리를 토해냈다.

"그런 비열한 수을……!"

"이 망할 것……!"

우리는 주먹을 꽉 움켜쥐고, 어떻게든 노스휘의 잔꾀를 넘어서서 공격할 수 있는 방법을 강구하기 시작했다.

아이디어가 떠오르는 즉시 둘이서 공격할 작정으로, 그녀가 앉아있는 의자를 향해 야금야금 다가갔다.

그런데 우리가 미처 노스휘에게 다가가기 전에, 나와 라이너의 분노에 공감하지 못하는 라스티아라가 뒤에서 외쳤다.

"자, 잠깐! 그럼 노스휘는 무지 착한 일을 한 거 아냐?! 지상 도시 사람들을 구해준 거잖아?! 표현이 좀 험하긴 하지만, 방금 그 얘기는 그렇게 화낼 일은 아니지 않아?!"

확실히, 방금 한 얘기만 듣자면 노스휘는 그저 착한 일만 한 것처럼 보인다.

지상에서 들은 얘기와 조합해 보면, 『대성도』를 위해 헌신하는 성녀님 그 자체다.

그렇게 느낀 건 다른 모두도 마찬가지였던 모양이다. 스노우도 디아도 라그네도, 노스휘에 대해 그다지 큰 적의는 없다는 걸 표정을 통해 짐작할 수 있었다. 지금 분노를 드러내고 있는 건, 미궁에서 노스휘와 목숨 건 전투를 벌인 적이 있는 나와 라이너뿐이었다.

나와 라이너는 확신하고 있었다.

노스휘 후즈야즈가 베푼 선행에 지저분한 꿍꿍이가 없을

리 없다는 확신이었다.

그 감각을 다른 동료들과 조금이라도 더 공유하고 싶어서, 나는 모두에게 설명했다.

"아니, 라스티아라. 지금까지 노스휘 녀석에게 당해 왔던 일들을 생각하면, 도저히 납득이 안 가. 이 녀석은 나라 하나를 통째로 희생시키는 책략도 눈 하나 깜짝 않고 써먹은 녀석이야."

"만약 그게 정말이라고 해도, 그렇게까지 살기등등하게 굴 필요는 없는 거 아냐? 지금 노스휘는 움식일 수도 없는 상태 같은데."

라스티아라는 마리아가 그랬던 것처럼 양측 사이에 끼어들어서, 움쭉달싹 못 하는 노스휘를 흘깃 쳐다보았다. 감싸고도는 사람이 둘로 늘어나자, 노스휘는 당연히 한층 더 신이 났다.

"네, 라스티아라 씨 말씀이 맞아요. 지금 저는 꼼짝도 할 수 없는 상태에요. ……조금도 못 움직인다구요. 후후훗, 손가락 하나 못 움직이는 저를 상대로, 카나미 님은 대체 뭘 어쩌려고 그러시는 걸까요? 아아, 지금 저는 저항도 못 하니, 그냥 일방적으로 당하는 수밖에 없겠네요! 그래요, 그 어떤 험한 꼴도, 눈물을 삼키며 견뎌낼 수 없겠지요! 아핫! 아아, 항상 가장 중요한 장면에서는 뒷걸음질만 치는 카나미 님을 상상하기만 해도 웃음이 멈추지를 않네요! 이제부터 어떤 일을 당할지, 정말 어찌나 기대되는지 모르겠다니까요!! ――아, 하지만 라이너는 진짜로 재수 없으니까 가까이 오지 마세요."

안전지대에서 지껄이고 싶은 대로 지껄여 대는 노스휘의 모습에, 나와 라이너의 주먹에는 한층 더 힘이 들어갔다. 하지만 라스티아라의 의견에는 변함이 없었다. 살의를 뿜어내는 우리를 다독이려는 듯, 계속 양측 사이에 버티고 서 있었다.

"카나미! 일단 좀 진정하고 쉬자! 이 저택에서는 편히 쉬어도 될 것 같으니까!"

아무래도 나와 라이너를 제외한 나머지 멤버들은, 노스휘가 그저 좀 방정맞고 말 많은 여자아이 정도인 줄만 알고 있는 기색이었다. 지금까지 상대한 가디언들이 하나같이 착한 녀석들이었다는 점도 영향을 끼쳤을 것이다. 일단 적대하고는 있다. 하지만 작정하고 죽이려 들 정도의 적의는 보이지 않는다. 그런 정도였다.

"그리고, 드디어 마리아도 만났으니까 말이야……. 나는 우선 찬찬히 얘기부터 나누고 싶어. 다 같이……."

여전히 살기를 내뿜는 우리 두 사람을 보고, 라스티아라는 애원했다.

그녀가 휴전을 고집하는 이유를 이제 조금 알 것 같았다. 아마 그 무엇보다도 먼저, 마리아와 얘기해 보고 싶은 것이리라. 하고 싶은 말이나 사과하고 싶은 일들이 산더미처럼 쌓여있다. 지금은 미궁의 가디언에 연연하고 있을 때가 아니다. 그게 그녀의 속내인 것 같았다.

하긴, 지금은 마리아와 재회한 감격을 음미할 때이긴 하다.

무엇보다, 노스휘에게 휘둘리고 있다는 사실 그 자체가 유감스럽기 그지없었다.

“알았어, 라스티아라……. 일단 노스휘에 대한 처리는 보류해 두지.”

“하아, 다행이야. 움직이지도 못하는 애를 다짜고짜 공격하는 줄 알고 조마조마했다니까.”

라스티아라의 제안에 따라, 나는 적의를 거둬들였다.

그런 나를 보고 라이너도 마지못해 검을 집어넣었다.

안쪽에서 노스휘가 “한 방 먹였다”는 듯 신이 난 표정을 짓고 있었지만, 일단은 참아야 한다.

지금은 마리아, 리퍼와의 재회가 우선이다.

노스휘의 처우를 결정하는 건, 쌓인 이야기들을 전부 마친 뒤에 해도 늦지 않다. 그렇게 생각하고 마리아 쪽으로 고개를 돌렸더니, 예상치 못했던 말이 날아들었다.

“저기……, 카나미 씨, 라스티아라 씨, 두 분은 혹시…….”

마리아는 얼굴을 움직여서 나와 라스티아라를 번갈아 쳐다보았다. 그 눈은 노스휘와 마찬가지로『부적』으로 가려져 있으니, 방에 떠 있는 화염 구체를 통해 확인한 것이었다. 그러나 그 범상치 않은 눈썰미로 우리의 분위기를 감지한 듯, 한마디 말을 꺼냈다.

“벌써『고백』하셨나요?”

우리를 똑바로 응시한 채, 핵심을 찌르는 질문을 던진 것이다.

"——어!"

"——어!"

정곡을 찌르는 그 한 마디에, 나와 라스티아라는 숨을 죽이며 놀랐다.

놀랄 수밖에 없었다. 이 방에 들어온 뒤로, 그런 티가 날 만한 행동은 한 번도 한 적이 없었다. 그런데도 마리아는 우리의 사소한 행동이나 태도만 보고, 그 미세한 차이를 감지해 낸 것이다.

어마어마하게 예리한 그 관찰력에 놀라서 좀처럼 대꾸할 말을 찾지 못하고 있으려니, 한 박자 늦게 노스휘의 목소리가 울려 퍼졌다.

"……네?"

눈이 휘둥그레지고, 입은 멍하게 벌어져 있었다. 지금 방 안에서 가장 크게 놀란 사람은, 아마 그녀일 것이다. 마리아는 그저 '올 것이 왔구나'라는 표정인 데 비해, 노스휘는 무슨 말을 하는 건지 이해할 수가 없다는 표정이었다.

그렇게 쓸데없이 말 많고 총명하던 노스휘가, 뚝 멈춰 있었다. 나보다도 더 동요하는 그녀를 보니, 조금이나마 마음을 가라앉힐 수 있었다.

"그래. 마리아 말대로, 여기 오기 전에 나와 라스티아라는 서로를 좋아한다고『고백』을 주고받았어. 앞으로 영원히 함께하고 싶다는 서로의 마음을 확인했어."

상대가 이쪽을 똑바로 응시하며 물은 이상, 나도 시선을 피하지 않고 똑바로 대답하지 않을 수 없었다. 그런 내 대답에, 마리아는 수긍한 듯 고개를 끄덕였다.

"그랬군요……. 역시……."

"별로 안 놀라네."

마리아의 반응은 이상하리만치 조용했다. 얼마 전에 디아와 스노우가 보였던 폭력적인 반응을 생각하면, 그녀의 차분함은 내 예상을 벗어난 것이었다.

"네, 놀라지 않았어요. 저는 처음부터 알고 있었는걸요. 그리고 각오도 하고 있었으니까요."

마리아는 아무런 동요도 없이 대답했다. 오히려 내가 더 동요할 정도의 냉정함이었다.

"처음부터……, 각오를?"

"카나미 씨는 저를 만나기 전부터 라스티아라 씨를 좋아하셨어요. 라스티아라 씨도 마찬가지였죠."

마리아와 만나기 전. 그렇다면 정말 초반 중의 초반이다. 나뿐만이 아니라, 이 자리에 있는 모든 이들이 놀라고 있었다. 의문 가득한 표정들에 둘러싸인 채, 마리아는 단호하게 말했다.

"틀림없어요. 그래서 제가 그렇게 된 거였구요."

'그렇게'라는 건, 1년 전의 『성탄제』 마지막에 우리 집을 불태웠던 일을 말하는 것이리라.

마리아는 두 눈이 없이도 나를 똑바로 응시하고 있었다.
그 예리한 시선을 보고, 나는 그녀가 가진 스킬 『혜안』의 존재를 떠올렸다. 너무 많은 것을 보는 그 스킬의 힘 때문에, 마리아는 언제나 "너무 많은 것을 알았던" 것이리라. 그래서 1년 전부터, 언젠가 찾아올 "나와 라스티아라가 맺어지는 순간"까지 보았던 것이다. 그렇기에 1년이 지난 지금은, 이미 충분하고도 남을 만큼 마음의 준비가 갖춰진 상태다.
마리아가 한 말이 거짓말이 아니라는 걸 확인했을 때쯤, 말이 이어졌다.
"전에도 말씀드렸지만, 두 분 사이의 관계가 어떻게 변하건, 저는 달라질 게 없어요. 카나미 씨를 좋아하는 마음만큼은 무슨 일이 있어도 변치 않을 테니까요. 그러니까 이렇게 차분할 수 있는 거예요."
이것이야말로, 그녀가 가장 하고 싶었던 말이리라.
결연한 의지가 느껴지는 목소리로, 단단히 못을 박듯, 예전에 했던 말을 되풀이했다.
"마리아……."
"안 된다고 하셔도 강제로라도 따라갈 테니까, 각오 단단히 해 두세요."
뭐라 대답해야 할지 몰라 망설이는 나를 향해, 마리아는 부드럽게 웃으며 말했다.
부드러우면서도 힘찬 표정이었다. 나는 그와 비슷한 표정을 잘 알고 있었다. 그 표정을 짓는 사람은, 다시는 헤매지 않는다. 자신의 『미련』을 찾아내고, 『사명』을 완수할 때의 가디언들과 비슷한 표정이었다.

만약 내가 "따라오지 마"라며 거절하고, 마리아에게 새로운 사랑을 찾아주려 들어 봤자, 그건 다 헛수고일 것이다. 그런 단계는 이미 한참 전에 지났다. 시간을 되돌리거나 기억을 지워 버리지 않는 한, 지금의 그녀를 막을 수 있는 방법은 없으리라.

——이제는 마리아의 마음을 뼈저리게 잘 알 수 있었다.

얼마 전까지, 나도 마리아와 똑같은 생각을 했었던 것이다.

내 마음이 닿지 않더라도, 사랑하는 이가 행복해질 수 있도록, 평생 남몰래 지켜보겠다고 각오를 다잡았었다. 오직 그것만이 나의 행복이라고 생각했다. 그래서 나는 마리아를 밀어낼 수도 받아들일 수도 없었고, 방 안은 정적에 잠겨 갔다.

가장 먼저 그 침묵을 깬 것은, 라스티아라였다.

드디어 자기 차례가 돌아왔다는 듯, 마리아의 이름을 불렀다.

"마리아……, 오랜만이야."

"라스티아라 씨, 드디어 해내셨네요. 계속 제가 훼방을 놓는 바람에 한참 늦어졌지만……."

변함없이 다정한 마리아 앞에서, 라스티아라의 표정은 정신없이 바뀌었다.

재회의 기쁨에 붉어졌던 얼굴이 긴장으로 굳어지고, 입과 눈썹의 모양이 변했다. 곤혹스러운 표정이 미안한 표정으로 변하고, 연신 눈길을 피하려 움찔거리다가, 결국은 마리아를 똑바로 응시하며 한 마디 질문을 건넸다.

"마리아는, 괜찮겠어?"

"괜찮을 리가 있나요. 불만이 한가득이죠. 하지만, 제 입장에서 이건 최악의 결과는 아니에요. 마음을 전하고 패한 저는, 아르티에 비하면 훨씬 나은 편이니까……."

라스티아라가 안심할 수 있도록 약간 호들갑스럽게 화난 척을 해 보이고는, 다시 온화한 표정을 지으며 말했다.

그 말을 들은 라스티아라의 얼굴이 조금씩 환해져 갔다.

밝은 미래가 보인 것이리라. 앞으로 다시 마리아와 같이 살 수 있다. 다시 같이 살면서, 같이 웃을 수 있다. 라스티아라는 그런 희망을 품고 마리아를 향해 한 발짝 다가가고, 손을 뻗어서 어루만지려 했다. 하지만 그것을 용납하지 않고 가로막는 목소리가 있었다.

"후, 후훗, 아하하하핫――!"

노스휘의 커다란 웃음소리가, 두 사람의 거리가 좁혀지는 것을 막았다.

그리고 방금 오간 대화를 모조리 비웃는 듯 소리쳤다.

"맞아요, 맞아요, 맞아요! 그 말대로, 천 년 전에 비하면 훨씬 나아 보이긴 하죠! 하지만 결과는 똑같아요! 이게 벌써 몇 번째죠?! 몇 번을 좇아다녀도, 『불의 이치를 훔치는 자』처럼 결코 이루어지지 못해요! 그 열정은 사랑하는 사람에게 절대 전해질 수 없어요! 영원히 배신만 당할 운명! 아아, 이제 영원히 좌절뿐이에요! 저~엉말로 좌절뿐인『비련』의 인생!! 그것이『불의 이치를 훔치는 자』의 숙, 명! 후훗, 아핫, 지독하게 끔찍한 숙명! 끔직한 이야기! 아핫, 하하핫, 하하하하하하핫——!!"

은근슬쩍『불의 이치를 훔치는 자』아르티까지 조롱하는 것 같은 말투였다.

마리아는 아르티를 "친구"라 부르며 따르고 있었다.

노스휘의 인성사성없는 발언에 격노할 줄 알았는데, 그러지는 않았다.

"뜬금없이 무슨 소리죠……? 노스휘?"

도발을 계속하는 노스휘를, 마리아는 어리둥절한 얼굴로 쳐다보았다.

그러는 동안에도 조롱 섞인 외침은 이어졌다.

"그럼요, 잘 알고 있고말고요. 아무 상관도 없는 제가 갑자기 참견하는 건 무례한 짓인지도 모르죠……. 그럴지도 모르지만, 도저히 그냥 넘어갈 수가 없는걸요! 이제 마리아 씨도 엄연한 후즈야즈의 백성! 이 나라의 성녀로 불리는 몸인 이상, 당신의 고통을 그냥 보아 넘길 수는 없어요! 무엇보다, 저는 당신의 심정을 아주 잘 알아요! 카나미 님을 그리며 살아온 1년의 세월! 매일매일매일 온 힘을 다해 뒷바라지해 온 마리아 씨! 그랬건만, 1년이 지나서 드디어 카나미 님이 돌아오자마자 이 꼴이라니! 태연하게 다른 여자를 곁에 두고! 어쩜 그럴 수가! 이런 걸 어떻게 받아들일 수 있겠어요?! 받아들일 수 있을 리가 없잖아요?! 당연히 카나미 님 곁은 자기 자리라고 생각하시겠죠!! 그럴 수밖에요! 가장 먼저 카나미 님을 찾아낸 건――으, 읍, 으음."

"**무리하지 마세요**. 노스휘는 당분간 수다 금지에요."

마리아는 노스휘의 몸에 감겨 있는『부적』을 조종해서, 쉴 새 없이 움직이던 입을 틀어막았다.

그리고 이어서 라스티아라 쪽을 쳐다보며, 노스휘가 방금 한 말을 부정했다.

"라스티아라 씨, 아무것도 걱정하실 것 없어요. 노스휘의 말마따나, 조금 울컥하는 기분도 없는 건 아니지만, 충분히 억제할 수 있는 범위 안이에요. 아까도 말씀드렸다시피, 오래 전부터 알고 있었던 거니까……. 화염마법으로 도시 하나쯤 불살라 버리면 다 풀릴 정도의 짜증일 뿐이죠."

약간 농담을 섞어서, 마리아는 라스티아라와의 화해를 계속하려 했다. 하지만 방금 노스휘와 마리아 사이에 오간 대화를 들은 라스티아라는, 마리아의 호의에 기대서 그냥 넘어가서는 안 된다고 생각한 듯, 한 발짝 앞으로 나서서 고개를 숙이며 사과했다.

"마리아, 1년 전 일은 정말 미안해! 혼자 토라지고 주눅 들어서, 내 멋대로 행동했어……! 마, 많이 화났지……?"

"아뇨. 이렇게 사과를 들었으니, 이제 다 됐어요. 제가 더 언니니까, 이번에는 관대하게 봐 드릴게요. 이번 딱 한 번이에요!"

"그리고! 이번 일도 꼭 사과하고 싶어! 마리아를 응원하겠다고 처음에 약속했으면서, 몇 번이나 혼자 앞질러 가고……! 그건 마리아를 배신하는 짓이었어……! 그것 말고도 더! 사과해야 할 일들이 아직 한참 더 남아있어!!"

"괜찮아요. 그러니까 이제 그런 표정 짓지 마세요. 자, 이리로 오세요."

절박하게 사과를 거듭하는 라스티아라의 모습에, 마리아는 황당해하면서도 미소를 보였다.

그리고 양손을 활짝 펼쳐서, 라스티아라를 품으로 불렀다.

조바심에 휩싸여서 연신 고개를 숙인 채 사과를 연발하던 라스티아라는, 마리아의 얼굴을 올려다보았다. 그 포용력 넘치는 미소를 보고, 비틀거리면서 마리아에게로 다가갔다. 그것은 마치, 눈물 그렁그렁한 아이가 어머니에게 매달리는 모습을 연상케 했다.

라스티아라는 무릎을 바닥에 대고, 상반신을 마리아의 품에 기댔다.

마리아는 그런 라스티아라의 머리를 부드럽게 쓰다듬으며, 자신의 심장 소리를 들려주듯 끌어안았다.

"괜찮아요, 라스티아라 씨. 제 마음과 마력을 들어 주세요. 우리는 그렇게만 해도 모든 걸 알 수 있을 거예요."

마리아는 마력에 의한 포옹을 통해, 혼에서 혼으로 본심을 전하려 하고 있었다.

"마리아……."

그 모든 것을 피부로 느끼고, 전부 다 진실이라는 것을 깨달은 것이리라. 라스티아라는 진심으로 안도해서, 가녀린 목소리로 대답했다.

"고마워……. 정말 사랑해……."

"네. 저도 라스티아라 씨가 좋아요. 처음 만났던 그 밤부터, 항상 그랬어요. 당신만은 언제나 저와 진지하게 마주해 주었으니까요."

처음 만났던 그 밤이라는 단어에, 나는 이 둘의 첫 만남을 떠올렸다.

그때, 라스티아라는 좀처럼 마음을 열지 않는 마리아를 우격다짐으로 붙잡아서, 밤새도록 한 침대에서 얘기를 나누었다. 고향에서 노예로 끌려온 마리아에게 있어서, 이 막무가내식 자상함은 뼈에 사무치게 감동적이었을 것이다.

다만 당시 나의 잘못된 대응을 완곡하게 나무라는 것 같은 느낌도 들어서, 살짝 마음이 불편하기도 했다. 내가 그러건 말건, 두 사람은 계속 둘만의 세계에 빠져 있었다.

"그날 이후로 정말 많은 일이 있었죠. 정말 파란만장한 일들이……. 그 덕분에 우리는 사소한 다툼을 하거나 토라지거나 해도, 금방 다시 화해할 수 있는 사이가 된 거라고 생각해요. 라스티아라 씨는 그렇게 생각하시지 않나요?"

"나도 그렇게 생각해……! 정말 그렇게 생각해!"

결국, 마리아에게 있어 라스티아라가 특별한 사람인 것처

럼, 라스티아라 입장에서도 마리아는 특별한 사람인 것이다. 태어난 순간부터 준비되어 있던 부하들인 『셀레스티얼 나이츠』와는 달리, 라스티아라 자신이 처음으로 발견한 동성 친구였기 때문이다.

“다만, 당연한 얘기지만, 저는 끝까지 카나미 님을 단념하지 않을 거예요. 라스티아라 씨가 곁에 있다 해도, 저는 카나미 씨와 같이 죽고 싶다는 생각을 갖고 있으니까요.”

“응, 알아. 나는 그런 마리아도 좋아하니까 걱정하지 마.”

“좋아한다는 말을 몇 번씩 들으니까 좀 쑥스럽네요.”

라스티아라는 마리아의 품속에서 고개를 들고 “좋아해”라고 거듭 속삭였다. 마리아는 그 말에 쑥스러운 듯 고개를 돌렸다. 두 사람 모두, 지금까지 보인 적 없는 표정을 보이고 있었다.

라스티아라와 내가 서로 사귀는 커플 사이라이라는 게 거짓말처럼 느껴지는 광경이었다. 그런 엉뚱한 걱정에 빠진 나를 무시한 채, 라스티아라는 자리에서 일어섰다. 마리아에게 안겨 있던 자세에서 벗어나, 반대로 마리아를 안고, 뺨과 뺨을 맞댔다.

“됐어, 됐어! 사랑해, 마리아! 고마워!”

“자, 잠깐만요, 라스티아라 씨! 이제, 이제 그만 풀어주세요……!”

입으로는 싫다고 했지만, 그 거부에는 힘이 조금도 들어가 있지 않았다. 마리아의 표정은 여전히 다정하고, 라스티아라의 행동을 순순히 받아 주고 있었다. 오히려 뺨과 뺨을 맞대는 스킨십을 기뻐하고, 더 원하고 있는 것처럼 보이기까지 했다.

이제 완전히 화해한 거라 해석해도 좋을 것이다.

두 사람 사이에 살의나 적의는 조금도 찾아볼 수 없었다.

하지만 입을 『부적』으로 틀어막힌 채, 이야기가 말끔하게 마무리되는 모습을 지켜볼 수밖에 없었던 노스휘는 신음하고 있었다. 말은 하지 못하는 상태였지만, 그녀가 하고자 하는 말이 무엇인지는 짐작이 갔다. 이런 결말은 "있을 수 없다" "웃기는 짓이다" "잘못된 거다"라고 주장하고 싶은 것이리라.

그러나 그런 그녀의 호소를 들어 줄 사람은 아무도 없었다.

라스티아라를 수호하는 기사인 라이너와 라그네는, 방 안 분위기가 누그러진 것에 안도하고 있었다. 스노우와 디아는, 정답게 시시덕대는 라스티아라와 마리아 곁으로 다가가서 더할 나위 없이 온화한 분위기로 재회의 인사를 나누고 있었다.

나는 한 발짝 뒤에 물러서서, 옛 동료들이 재회하는 모습을 바라보았다.

노스휘가 끼어들면 엄청난 불화가 생길 줄 알았는데, 마리아의 포용력이 모든 것을 웃돈 덕분에 무사히 넘어가는데 성공한 것 같았다.

부상자가 한 사람도 나오지 않은 것에 안심하며, 커다란 한숨을 한 번 지었다.

“하아……, 드디어 모두 만났네.”

그런 내 등 뒤에 있던 리퍼도 가벼운 목소리로 말했다.

“그러게 말이야, 이제야 다 모였네. 정말 잘 됐지 뭐야. 오랜만에 마리아 언니가 기뻐하는 모습을 보게 돼서, 나도 기뻐.”

리퍼는 나보다 더 전체 상황을 잘 볼 수 있는 곳에서 자리를 잡은 채 모두를 바라보았다. 변함없이 오지랖이 넓은 그녀는, 마리아의 행복을 자기 일처럼 반기고 있었다.

나는 바로 고개를 돌려서 리퍼와 얘기를 나누었다.

“변함없이 잘 지내는 것 같네, 리퍼. 네 걱정도 많이 했는데…….”

“응? 아니, 내 걱정은 안 해도 돼. 마리아 언니랑 같이 있으면 마력 면에서나 안전 면에서나 걱정할 게 아무것도 없었으니까. 누구랑은 다르게, 마리아 언니는 강하고 믿음직한 사람이라서 말야.”

리퍼는 내 얼굴을 보며 싱글싱글 웃었다. 그 말 뒤에 숨어 있는 뜻을 느끼고, 나는 얼마 전에 연인에게 던졌던 말을 다시 써먹었다.

“……리퍼. 나도 충분히 강하고 믿음직한데. 마리아에게 지지 않을 만큼.”

“그건 아닌 것 같은데. 마리아 언니에 비하면 어림없다니까!!”

해맑은 미소와 함께 그렇게 대답했다. 라스티아라와 마찬가지로 조금의 주저도 없는 대답이었다. 다른 동료들에게 여론조사를 해 보기가 무서워질 만큼 단호했다.

"너, 너무 충격인데. 조금 정도는 생각해 봐도 되잖아."

"그치만, 굳이 생각해 볼 필요도 없을 정도인걸. 히힛. 그나저나, 오빠도 변함없이 잘 지내는 것 같아서 나도 안심했어!"

자신에 대한 뜻밖의 저평가에 슬퍼하면서, 리퍼와 담소를 나누었다.

그리고 이렇게 농담을 수고받을 수 있는 동료가 돌아온 것을 남몰래 기뻐했다. 1년 전에 남겨두고 떠났던 동료들 전원과의 재회를 마치고, 그들이 모두 무사하다는 사실도 확인한 것이다. 마음속 한구석에 달라붙어 있던 불안감이 말끔하게 사라졌다.

——이제 히타키만 눈을 뜨면, 모든 게 완벽.

나의 『모험』은 그것으로 끝난다.

나는 그 문제를 해결할 열쇠인, 지상의 세계수에 있다는 디프라클라에 대해 생각했다.

그를 만나면 많은 것들을 알게 될 것이다. 어쩌면 히타키의 눈을 뜨게 할 방법을 바로 알아낼 수 있을지도 모른다. 상대는 그만한 기대를 가지기에 충분한 존재다.

『세계수 오염 사건』에 대한 정보를 머릿속으로 펼쳐 보며, 나는 동료들과 재회의 담소를 나누었다.

◆◆◆◆◆

나는 드디어, 1년 전에 헤어졌던 동료들이 모두 무사하다는 것을 확인하는 데 성공했다.

본의는 아니었지만, 앞으로 활동 거점으로 삼게 될 저택도 확보했다.

이렇게 활활 타는 지하도시를 걸어서 이 저택까지 올 수 있는 적은 얼마 없을 것이다.

한숨 돌리기에 안성맞춤인 환경과 시간이었다.

그 결과, 다들 긴장이 풀릴 대로 풀어져 있었다. ——특히 라스티아라는.

마리아와 재회한 뒤, 라스티아라는 어디선가 트럼프카드를 가져와서 방 안 테이블에 놓고 놀기 시작했다. 마리아뿐만이 아니라, 디아, 스노우, 리퍼도 끼어서 여럿이서 왁자지껄하게 놀고 있었다. 참고로, 지금가지 계속 디아의 손에 이끌리고 있었던 히타키는 방으로 옮겨서 침대에 뉘어 두었다.

1년간의 공백을 조금이라도 메우고 싶은 것이리라.

그 심정은 충분히 이해하지만, 좀 나중에 해 주었으면 싶었다.

그렇게 느슨해진 분위기 속에서도, 나와 라이너만은 다음 준비를 착착 진행해 나갔다.

노스휘를 엄중히 감시하면서, 카드게임을 즐기는 마리아와 리퍼를 통해『세계수 오염 사건』에 대한 정보를 수집했다. 우리보다 오래『대성도』에 머물고 있던 두 사람은, 내가 미처 예상치 못했던 정보를 갖고 있었다.

"——어? 마리아는 벌써『피의 이치를 훔치는 자』를 만났다는 거야?"

그 정보는 바로,『세계수를 오염시킨 범인은 70층의 가디언인 파프너 헤르빌샤인이라는 것』『그 가디언 파프너를 불러낸 건, 이 자리에 있는 노스휘라는 것』『가디언 파프너는 노스휘와 적대적이고, 마리아와 협력관계라는 것』. 이 세 가지였다.

마리아는 라스티아라 등과 놀면서 내 질문에 대답해 주었다.

"네. 후즈야즈 성을 공격했을 때, 그 사람과 잠깐 전투를 벌였어요. 말이 잘 통하는 사람이라서 금방 화해했지만요."

"서, 성을 공격했다고?"

나로서는 따지고 싶은 게 한둘이 아니었지만, 마리아는 개의치 않고 얘기를 이어갔다.

"지금 파프너 씨는 특수한 상황에 놓여 있으니까, 주의하시는 게 좋을 거예요. 간단하게 말하자면, 몸만 노스휘의 지배하에 놓여 있는 상태죠. 누군가가 세계수에 다가가려고 하면, 몸이 저절로 움직여서 싸우게 된다는 모양이에요. 대신 몸 이외에는 다 자유로워서, 저와 싸우는 동안에도 자기 약점을 계속 가르쳐주셨어요. ……그러다 보니까, 참 이상한 싸움이 됐죠."

마리아는 전투의 기억을 떠올리며, 새로운 가디언인『피

의 이치를 훔치는 자』를 친근하게 "파프너 씨"라고 불렀다.
"파프너 씨는, 마법을 통한 여러 가지 규칙에 얽매여 있어요. 제가 확인한 규칙은 『세계수 곁을 떠나지 말 것』 『세계수를 계속 봉인할 것』 『아무도 세계수에 접근하지 못하게 할 것』 『사망자는 절대 내지 말 것』 『노스휘를 공격하지 말 것』 이렇게 다섯 개였죠."
새로운 『이치를 훔치는 자』가 처해 있는 상황은, 더없이 기묘하고 까다로운 것이었다.
그리고 그를 그런 상황에 빠뜨린 범인이, 즐거워 죽겠다는 듯 웃음을 터뜨렸다.
"후후훗. 카나미 님, 궁금하신가요? 제가 파프너에게 건 마법이 어떤 건지, 궁금해 미치겠죠? 카나미 님이 정 궁금하시다면, 저도 숨길 수는 없죠. 당장 가르쳐드려야죠! 후훗, 그건 바로, 트라우마를 심는 빛의 마법이랍니다."
라스티아라가 카드 게임이 끼워 준 덕분에, 노스휘의 입을 틀어막고 있던 『부적』은 이미 떨어져 있었다. 나는 그녀가 미궁에서 티티를 부추겼던 걸 떠올리고, 매섭게 쏘아보았다.
"시끄러워. 거짓말인지 사실인지 확인하기 귀찮으니까, 더 이상 말하지 마."
노스휘가 하는 모든 말을 공격으로 여기고 있는 나는, 대화 그 자체를 차단하려 했다.
그러나 그녀는 힘차게 고개를 끄덕이고, 얘기를 이어나갔다.
"네! 물론, 같은 『이치를 훔치는 자』를 세뇌하는 건 어마어마하게 어려운 일이었답니다! 빛속성과 피속성은 상성이 좋은 편이긴 하지만, 그래도 상당히 공을 들여야 하죠. 그래서 저는 파프너의 마음에 난 빈틈을 찌르기 위해, 그의 소중한 것 하나를 인질로 잡았답니다. 그게 있는 한, 파프너는 강박관념에 휩싸여서 죽을 때까지 세계수를 지키게 되겠죠……. 아, 참고로 그건 일단 한 번 걸리면 저도 해제하지 못하는 부류의 마법이랍니다. 트라우마를 강제적으로 심는 거니까요. 후후훗."

묻어보지도 않았건만, 노스휘는 자기가 저지른 사악한 짓을 술술 털어놓았다.

다만, 덕분에 파프너가 노스휘를 적대하고 있는 이유를 알 수 있었다. 소중한 것을 인질로 잡고, 게다가 트라우마까지 심어 놓은 것이다. 둘의 관계가 파탄 난 상태라는 건 틀림없어 보였다.

"참고로 그 파프너의 소중한 것이라는 건 뭐지?"

"카나미 님, 궁금하세요? 궁금하시겠죠? 후훗, 말하자면 파프너를 마음대로 조종할 수 있는 레어아이템 같은 거니까요. 당연히 알고 싶을 만도 하죠!"

"……아니, 그냥 됐어."

"그치만, 안, 가, 르, 쳐, 줄, 거예요! 후후, 후후훗!!"

평소와 다름없이 구는 노스휘를 무시하고, 나는 홀로 생각에 잠겼다.

≪디스턴스 뮤트≫를 사용하면 간단히 해결할 수 있겠지

만, 지금 그녀의 몸에는 차원마법을 무효화하는 문신이 새겨져 있다. 이 도시에는 차원마법을 방해하는 결계도 쳐져 있으니, 성공시키기는 힘들 것이다.

평범하게 심문해서 알아내는 방법도 있지만, 그건 라스티아라를 비롯한 동료들이 있는 곳에서는 할 수 없다. 애초에 나에게는 그런 심문을 할 수 있는 기술도 정신력도 없었다.

하는 수 없이, 나는 지금 가진 정보들만 정리하기로 했다.

『피의 이치를 훔치는 자』 파프너는 현재, 세계수를 지키는 파수꾼 같은 존재가 되어 있다. 하지만 완전히 조종당하고 있는 건 아니다. 한 번 대치한 경험이 있는 마리아의 말에 의하면, 그는 "자신이 따르는 주인은 『아이카와 카나미』뿐이다"라고 호언했다고 한다.

나와 적대하기는커녕, 협력할 의사를 갖고 있다는 얘기가 된다.

"『피의 이치를 훔치는 자』 파프너 헤르빌샤인이라. 잘만 풀리면 로웬이나 티티 때처럼 쉽게 동료가 될 수도 있겠는데."

그게 솔직한 감상이었다. 방심할 생각은 없었지만, 노스휘에 비하면 쉽게 아군으로 끌어들일 수 있는 『이치를 훔치는 자』라고 판단했다.

"좋아. 어쨌거나 일단 만나 보는 게 급선무야. 지금 당장이라도 후즈야즈 성에 있는 세계수로 가 봐야겠어."

생각 정리를 마친 나는 자리에서 일어서서, 카드게임을 즐기는 멤버들 쪽으로 시선을 돌렸다.

하지만 먼저 라스티아라가 손을 들고는, 고개를 가로저으며 썩 내키지 않는다고 주장했다.

"미안, 나는 패스할래. 성은 귀찮을 것 같으니까……. 그리고 내가 가면 난리법석이 벌어질 게 뻔하잖아."

후즈야즈와 인연이 깊은 라스티아라는 여기 남기를 원했다. 더불어, 성에 가면 국가 측에 붙잡힐 가능성이 있는 디아와 스노우 역시 같은 반응을 보였다. 세 사람 모두 후즈야즈에서의 임무를 내팽개치고 마음대로 행동하는 중이니, 그럴 만도 했다.

이어서 마리아와 리퍼도 비슷한 반응을 보였다.

"저도 성에 가면 말썽이 벌어질 거예요. 노스휘를 납치할 때 성을 꽤 많이 불태웠거든요. 아마 이미 지명수배된 상태일 거예요."

"나도 얼굴이 다 알려졌을 거야. 거기는 결계가 장난 아니라서, 숨기가 힘들단 말이지."

나는 나머지 기사들 쪽을 쳐다보았다. 우선 라이너는 노스휘에게 시선을 고정한 채, 눈길도 돌리지 않고 고개를 가로저었다.

"미안하지만, 나도 갈 생각 없어. 이 여자는 내가 계속 달라붙어서 감시해야 해. 이 녀석을 내버려뒀다가는『최악』의 사태가 벌어질 것 같다는 느낌이 들어. ……예감이지만."

직접 노스휘와 싸워 본 경험이 있는 라이너는, 이미 포박한 상태임에도 경계를 늦추지 않은 모양이었다. 더욱이 여성 멤버들이 다들 방심하고 있는 상황이니, 자신이 꼭 있어야 한다고 생각하는 것 같았다.

그런 라이너에게, 노스휘가 한숨 섞인 목소리로 말했다.

"하아……. 라이너는 정말 재수 없는 사람이네요. 저리 좀 꺼지세요, 저리 좀."

노스휘가 도발하건 말건, 라이너는 눈썹 하나 까딱 않고 감시를 계속했다.

쓸데없는 대화 따위 하지 않고 감시에 전념할 작정인 모양이었다.

솔직히 라이너가 감시를 맡아 주는 건 반가운 일이었다. 나도 라이너 못지않게 노스휘를 불신하고 있었다.

정발 반가운 일이긴 한데, 그렇게 되면――.

"그럼 성에 갈 수 있는 나랑 라그네 둘밖에 없는 거야?"

성의 세계수로 갈 사람은 두 명. 이 저택에 남을 사람은 여섯 명이 된다.

잠들어서 움직일 수 없는 히타키에 대한 호위를 고려하더라도, 2대6 편제는 아무래도 한쪽으로 지나치게 치우친 감이 있었다. 그럼에도 라이너는 의견을 바꿀 생각이 없어 보였다.

"지크. 정식으로 후즈야즈 성을 방문하자면, 오히려 머릿수가 적은 편이 나아. 줄줄이 몰려가는 건 좋은 계책이 못 되고, 괜히 이 녀석들이 동석했다가는 얘기가 꼬이게 돼 있어. ……이것도 감이지만."

마리아 역시, 그런 라이너의 감에 동의했다.

"카나미 씨와 라그네 씨 두 분이서만 가면, 당당하게 세계수에 접근할 수 있으니 오히려 더 좋을 거예요. 일단 두 분이 충분히 시간을 들여서 찬찬히 조사하시는 게 좋을 것 같아요. 만에 하나 성에서 무슨 일이 벌어지더라도, 분명 파프너 씨가 어떻게든 손을 써 줄 거예요."

마리아의 말투에서, 미지의 인물인 『피의 이치를 훔치는 자』에 대한 신뢰가 엿보였다.

그녀는 현 상황을 2대0이 아닌, 3대6으로 인식하고 있는 것 같았다.

"카나미 씨가 가면, 파프너 씨는 틀림없이 모든 걸 얘기해 주실 거예요. 세계수의 목소리를 듣는 방법도, 『피의 이치를 훔치는 자』의 능력이 가진 약점도, 모두 자기 입으로 얘기해 줄 거예요."

"『피의 이치를 훔치는 자』의 약점까지? 진짜?"

"틀림없어요. 왜냐하면, 그분은, 저기……, 카나미 씨의 엄청난 팬이니까요. 저도 기가 질릴 정도로 열광적인 팬이었어요. 그래서 저도 이렇게 안심하고 보내 드릴 수 있는 거예요."

조금 놀랐다. 이 정도로 마리아의 신뢰를 얻어낸 가디언은, 아르티 이후로 처음이었다.

파프너와 마리아 사이에서 어떤 대화가 오갔던 걸까. 그 자세한 얘기가 궁금해졌을 때쯤, 라이너와 라그네가 대화를 매듭지었다.

"그럼 라그네 씨. 지크를 잘 부탁드려요."

"알겠슴다~! 다만, 저는 한 발짝 물러서서 연락만 맡을 검다. 무슨 일이 생기면 부리나케 여기로 꽁무니를 뺄 생각임다."

"잘 생각했어요. 저는 라그네 씨의 그런 면을 신뢰하고 있어요. ……제, 그 점만은요."

라이너는 라그너의 신중한 성격을 높이 사고 있는 모양이었다.

이렇게 해서, 나와 라그네만 성으로 가기로 결정되었다.

마지막으로 노스휘가 배웅 인사를 건넸다.

"다녀오세요, 카나미 님. 저는 여기서, 카나미 님이 제 지배하에 놓여 있는『피의 이치를 훔치는 자』파프너를 상태로 건투하시길 빌고 있을게요."

"건투는 안 해. 서두를 필요는 없으니까, 일단 얘기만 하고 올 거야."

보나마나 내 실패를 기원하고 있을 노스휘의 말에, 매정하게 대꾸했다.

"훗, 후후훗! 아아, 정말 기대돼요! 파프너와 서로를 이해할 수 있을 거라 믿고 갔던 카나미 님이 처참한 몰골로 돌아오는 모습이 눈에 선하게 떠올라요! 아핫──, 너무 즐거워서 견딜 수가 없네요! 아핫, 아하하하하하──으으윽! 에엑?!"

질리지도 않고 또 도발하려 드는 노스휘를, 뒤에 있던 라스티아라가 제지했다.

정확히 말하자면, 느닷없이 뒤에서 노스휘의 몸을 안아 들어다가 자기들이 있는 테이블로 끌고 간 것이었다.

"자, 자, 노스휘 자리는 이쪽이야~. 우리랑 같이 놀아야지!. 저기 말이야, 노스휘는 이런 놀이 해 본 적 있어?"

그대로 동료들 사이에 끌어들이려 했다. 갑작스런 권유에, 노스휘는 당황했다.

"하, 하아……. 아뇨, 해 본 적 없는데요."

"그럼 같이 해 보자. 아, 그런데 그냥 평범하게 하는 건 재미가 없으니까, 내기를 하자. 으~음, 진 사람은 1위 한 사람의 질문에 뭐든지 다 대답해 주는 걸로 하자!"

"뭐든지 다 대답을……? 그건 안 돼요. 지금 저는 중요한 책략을 펴는 중이니까요."

"좋아, 결정~. 그럼 시작하자~!"

"규, 규칙! 규칙부터 먼저 알려주셔야죠! 불공정한 게임은 좋지 않아요!"

"뭘 모르네, 노스휘! 하면서 익히는 게 여기의 규칙이야!"

라스티아라는 그렇게 신나게 떠들면서, 이쪽에는 눈길도 주지 않은 채 손을 흔들어 나와 라그네를 배웅했다. 자기가 이대로 노스휘를 제압하고 있을 테니까, 이 틈에 다녀오라는 뜻이리라.

나는 나머지 동료들에게도 손을 흔들어 작별을 고하고, 곤혹스러워하면서도 게임에 참가하는 노스휘의 모습을 지켜본 후, 방을 나섰다.

우리는 저택의 복도를 걸었다. 그러는 동안, 아까 헤어질 때 보았던 노스휘의 표정이 뇌리에서 떠나지 않았다. 노스휘도 라스티아라를 비롯한 다른 동료들에게는, 악의도 작위도 느껴지지 않는 자연스러운 미소를 보이고 있었다. 돌이켜 보면, 처음 그 방에 들어갔을 때도 그랬다.

마리아와 둘이서 담소를 나누던 때는, 그저 평범한 여자아이 같았는데…….

"노스휘 녀석……. 왜 나를 대할 때만 그러는 건지……."

나를 상대할 때와는 전혀 다른 그 태도에, 절로 볼멘소리가 흘러나왔다. 걸어가면서 투덜거리는 내 말을 들었는지, 옆에서 걷던 라그네가 그 의문에 대답했다.

"노스휘 씨는 카나미 씨를 정말 좋아하나 봄다."

좋아하니까 태도가 다른 거라고, 조금의 망설임도 없이 대답했다.

그런 제삼자의 평가에, 나는 불만을 드러냈다.

"라그네가 보기에는, 그게 정말 나를 좋아하는 사람의 태도 같아 보여?"

"반대로 카나미 씨는 그게 정말 싫어하는 거라고 생각하심까?"

"……."

되묻는 말에, 나는 좀처럼 대답할 수 없었다.

입을 다문 채, 저택 현관을 지나, 불길에 휩싸인 지하도시로 나섰다. 아까 만들어 두었던 화염 터널로 들어갔을 때쯤, 라그네가 다시 말을 이었다.

"얼굴만 맞대면 밉살맞은 소리를 하는 것. 상대가 귀도 안 기울이는데 화를 돋울 소리만 하는 것. 정말 싫어한다면 그런 반응은 안 함다. 정말 싫어한다면, 훨씬 더……."

"알아. 단순하게 나를 싫어하는 건 아냐. 나도 그 정도는 알아. 하지만 그런 생각이 드는 것도 어쩔 수 없잖아. 그 녀석은 하는 행동 하나하나가 너무 도를 넘으니까……."

라그네가 다 말하기 전에, 내가 말을 차단했다.

라그네가 하는 말을 부정할 생각은 없었다. 처음 만났을 때부터, 노스휘는 입버릇처럼 나를 좋아한다고 얘기해 왔었으니까. 그러나 그 애정표현의 방식이 너무나도 뒤틀려 있었다.

노스휘는 나를 좋아하기에 내 미음을 사고 싶어 하는 것처럼 느껴졌다.

——좋아하는 사람에게 아무 관심도 못 받느니, 차라리 미움을 받고 싶다. 분노의 대상이 되고 싶다. 증오의 대상이 되고 싶다.

얼토당토않은 감정이라고 생각하지는 않았다. 지금까지 내가 만났던 가디언들은 다양한 형태로 성격이 뒤틀려 있었다. 그들을 기준으로 따지자면, 노스휘의 어린애 같은 관심끌기는 그나마 이해 가능한 범위에 속했다.

이해는 할 수 있었다. 하지만 노스휘는 지나칠 정도로 수

단 방법을 가리지 않았다. 얼마 전에 티티를 속여서 나를 미궁에 가두려 했던 일은, 그리 쉽게 잊고 넘어갈 수 있는 게 아니었다.

"알면서 그러시는 검까. ……그럼, 카나미 씨는 여자를 좀 더 아셔야겠습다. 안 그러면 노스휘 씨가 진짜로 불쌍해지니까 말임다. 미궁에서 했다는 데이트 얘기, 아가씨한테 들었습다. 그게 대체 뭐 하시는 짓임까?"

내가 심각한 표정으로 노스휘에 대해 생각하고 있을 때, 예상치 못했던 질책이 날아들었다.

화염 터널을 지나 지상으로 향하는 계단을 오르며, 나는 변명을 시도했다.

"어, 아니……. 그야, 라스티아라가 꼭 미궁으로 데이트를 가고 싶다고 해서……. 나도 마음 같아서는 다른 곳으로 가고 싶었어. 레스토랑이나, 좀 더 그럴싸한 곳으로."

"그렇게 생각했으면 막무가내로라도 끌고 갔어야죠. 아가씨는 인생 경험이 부족해서 정상적인 발상을 할 수 없는 것뿐임다. 일단 한 번 끌어냈으면 분명 즐겁게 데이트를 즐겼을 거란 말임다. 카나미 씨는 그런 박력이 부족하다 이검다."

"하지만 데이트는 나도 처음이라……."

"흐~으음. 그럼 저랑 데이트 연습이라도 해 보시겠슴까? 어차피 가는 길이니, 이것저것 가르쳐드리겠습다. 세상일에서 제일 중요한 건 연습과 경험이니까 말임다."

우리는 어둠침침한 계단을 올라, 빛으로 가득한 지상으로 나왔다.

마침 데이트에 안성맞춤인 대도시가 펼쳐져 있었다. 북적이는 인파 속에는, 커플로 보이는 남녀도 여러 쌍이 보였다. 그리고 거리에는 레스토랑과 극장, 옷가게며 장식품 가게 등등, 없는 게 없었다. 연애 문제에 대해 자신이 있어 보이는 라그네에게 배우는 것도 나쁘지는 않을 것이다. 그도 그럴 것이, 그녀는 나와 만나기 전부터 라스티아라와 친한 사이였다. 이른바 소꿉친구인 것이다. 내가 모르는 라스티아라의 취향 같은 것도 물어볼 수 있을 것이다.

하지만 나는 그 제안을 거절하기로 했다. 이 문제에 대해서는 주저하지 않았다.

“아니, 아무리 흉내라고 해도 데이트는 안 돼. 어쩐지 라스티아라 몰래 나쁜 짓을 하는 것 같아서, 나는 못 하겠어.”

“……역시 안 되는군요. 카나미 씨랑 단둘이 있을 수 있는 기회는 얼마 없으니까, 용기를 내서 꼬드겨 본 건데 말입다~. 노스휘 씨도 이런 식으로 차인 모양이군요. 가엾게도.”

라그네는 내 대답을 예상하고 있었는지, 대도시의 큰길을 앞장서서 걸어갔다.

그 뒷모습을 따라 걸으며, 나는 아까부터 느꼈던 위화감에 대해 물었다.

“라그네. 아까부터 은근히 노스휘 편을 드는 것 같네.”

“맞습다. 노스휘 씨와 만난 건 오늘이 처음이지만, 그 사람에 대해 조금은 알 것 같습다. 저랑 비슷해서 좀 친근감이 들더란 말임다."

예상치 못한 이유였다. 저택에서 계속 조용히 있던 라그네가, 뒤에서 우리를 보면서 그런 생각을 했을 줄은 생각도 못 했었다. 내 예측을 벗어난 그녀의 얘기는 더 이어졌다.

"아마 그 사람의 세계도 새까맣겠구나~하는 생각이 들더란 말임다. 저와 마찬가지로, 원하는 걸 손에 넣지 못하고, 사는 보람도 없고, 그래서 필사적으로 가짜 자신을 만들고……. 두려움과 울분을 애써 얼버무리고 있는 느낌이 든달까……."

"응? 잠깐. 라그네의 그 말투, 설정이었어?"

그냥 넘겨들을 수 없는 진지한 얘기가 밑도 끝도 없이 시작되는 바람에, 나는 허둥대며 확인했다.

무의식적으로『설정』이라는 단어를 썼지만, 나에게 걸려 있는 번역마법은 오해 없이 의미를 전달해 준 듯, 라그네는 고개를 갸웃거리지 않고 바로 대답했다.

"네, 설정임다. 이런 말투를 쓰면 여러모로 편해서 말임다. 속내를 숨기기 쉬워서, 아주 오래 전부터, 누구를 대할 때나 이런 식으로 얘기하고 있습다."

놀라운 사실이 잇달아 터져 나오는 바람에, 나는 잠시 말문이 막혔다.

크건 작건 자신을 꾸며 가며 사는 사람은 얼마든지 있다. 그러나 내가 그녀의 연기를 알아채지 못했다는 사실은 꽤나 큰 충격으로 다가왔다. 그리고 그냥 흘려들을 수 없는 진지한 얘기는 그것으로 끝이 아니었다.

"하지만, **카나미 씨도** 그렇지 않슴까? 여동생을 세상에서 제일 소중히 여긴다는 그 성격, 편하니까 그렇게 꾸미고 있는 거 아님까? 노스휘 씨랑 카나미 씨랑 저, 이 셋은 동족이라는 검다. 하하하."

앞서 걷던 라그네가 건조한 웃음을 지으며 이쪽을 돌아보았다.

아무런 특징도 없는 연갈색 눈동자가 내 모습을 응시했다.

그 눈에서 『삼응』이나 『혜안』처럼 모든 것을 꿰뚫어보는 힘 같은 건 느껴지지 않았다. 『관찰안』 같은 특정한 장점이 있는 것도 아니었다. 라그네는 그저, 단순한 **공감**을 통해 나를 이해하려 하고 있었다. 그녀는 노스휘뿐만이 아니라 나에 대해서도 친근감을 품고 있는 것이다.

하지만 나는 천천히 고개를 가로저어 그 말을 부정했다.

"……아냐. 꾸며내다니, 그건 절대 아냐."

나는 더 이상 스스로를 오인하지 않는다. 스스로에게 거짓말을 하지 않는다. 아이드나 티티처럼 허세를 부리지도 않는다. "나는 나"라는 확고한 확신을 갖고 있다. 덕분에, 『아이카와 카나미』는 이제 『아이카와 히타키』를 구한다는 목표를 눈앞에 두고 있다.

"어, 정말임까? 동족인 줄 알고 솔직하게 다 털어놓은 건데……. 제 생각이 틀렸다면 좀 거시기하네요."

라그네는 얼굴을 붉히며 뒤통수를 긁적였다.

동료인 줄 알고 속내를 털어놓았는데 그게 일방적인 착각이었던 것을 민망해하는 모양이었다. 하지만 아직 단념하지 않은 듯, 거듭 확인하며 물고 늘어졌다.

"진짜로, 진짜로, 그게 진짜 카나미 씨 맞슴까? 누군가의 이상형 같은 **그게**? 폼 잡는 게 아니라? 이렇게 말씀드리면 좀 그렇지만, 그게 정말이라면 오히려 너무 완벽해서 더 수상하지 않슴까? 말이 안 될 정도로 성실하다고나 할까……."

"인간으로서 가능한 한 성실하게 살려고 노력하고 있긴 해. 올바른 인간이 되고 싶다고 생각하기도 하고. 하지만 스스로를 꾸밀 생각은 조금도 한 적 없어."

살벌한 이세계에서는 보기 드문 사례인지도 모르지만, 평화로운 현대 일본에서는 흔히 있는 감성이다.

그런 내 주장을 듣고도, 라그네는 여전히 수긍하지 못한 모양이었다.

"흐음. 그럼 우리는 서로 반대인 셈이네요."

"반대?"

"아니, 제 착각이었던 모양임다. 이상한 소리 해서 죄송함다."

갑자기 자신의 잘못을 인정하고, 거기서 말을 끊었다. 더 자세히 얘기를 나눠 보고 싶었지만, 묵묵히 걸어가는 라그네 뒤에 대고 말을 걸기는 쉽지 않았다.

우리 둘은 조용히 대성도의 인파를 헤치며 중심부 쪽으로 향했다.

이상한 얘기를 하는 바람에 분위기가 좀 어색해진 느낌이었다. 라그네도 그런 분위기를 느꼈는지, 조심스럽게 대화 재개를 시도했다.

"저기, 카나미 씨. 기왕 이렇게 진지한 얘기를 한 김에, 진지한 얘기 하나 더 해도 되겠습까? 이대로 넘어가면 제가 진짜 이상한 녀석이 될 것 같으니까……."

"물론 괜찮지. 뭐든 물어봐도 돼."

"카나미 씨한테 인생 상담 좀 해도 되겠습까? 제 목표에 대해서 말임다."

수상한 이미지를 떨쳐내기 위해, 나에게 자기 자신을 알려주려는 생각인 모양이었다. 하긴, 한 사람의 꿈을 알면, 그 사람의 됨됨이도 알 수 있다. 가디언들의 『미련』과 비슷한 것이다.

"제 인생의 목표는 단순한 건데……, 카나미 씨처럼, 저도 온 세상에 이름을 떨치는 유명인사가 되고 싶습다! 시골 마을을 떠난 뒤로, 목표는 항상 세계 제일! 이라는 심정으로 노력해 왔단 말임다! 하여튼 어두운 곳을 떠나서, 무지하게 밝은 곳으로 가고 싶습다!"

"호오, 라그네는 유명인사가 되는 게 꿈이구나. 좀 뜻밖인데."

"유명인사가 돼서 사람들의 인정을 받고 싶습다. 촌놈인 제가 도시에서 눈에 띄는 존재가 되고, 칭송받고, 세계의 정점에서 으스대는 것. 세계 『제일』이 되는 게 제 야망임다!"

『여동생을 구한다』라는 목표를 가진 나와 마찬가지로, 라그네도 『세계 제일이 된다』라는 인생의 목표를 갖고 있는 모양이었다.

그렇게 선언하는 그녀의 미소는 아주 산뜻했다. 가디언들처럼 자신의 진심을 오인하고 있는 것 같지는 않아 보였다. 그녀는 분명 순수한 상승 욕구에 따라 그렇게 염원하고 있는 것이리라. 그것은 많은 기사들이 품고 있는 야망이자…… 좀 냉정하게 말하자면, 흔해빠진 꿈이라 할 수도 있었다.

『무투대회』 때 싸웠던 로웬 아레이스의 『미련』과 약간 닮은 구석이 있었다. 예전에 『아레이스 가문의 보검 로웬』에 홀린 적이 있었던 건, 이렇게 닮은 면이 있기 때문이었을까. 두 사람의 차이를 비교하고 있으려니, 라그네가 저자세로 부탁했다.

"그런데 이 목표라는 게, 실력만 가지고는 어떻게 해 볼 수가 없는 거라 말임다……. 아니, 로웬 씨나 카나미 씨 수준쯤 되면 가능하겠지만, 저 같은 일반인은 많은 사람의 협력 없이는 이룰 수가 없는 거라서……."

"알아. 나도 라그네의 목표에 최대한 협조할게. 지금까지 여러모로 도움을 받았으니까, 뭐든 말만 해."

요즘 들어 나를 백으로 삼고 싶어 하는 면을 보였던 건, 이 꿈 때문이었던 모양이다.

라그네 입장에서는, 『셀레스티얼 나이츠』라는 현재 지위조차도 통과지점에 불과한 것이리라. 그녀의 목표는 훨씬 더 높은 곳에 있다.

"뭐, 뭐든지 말임까?"

"내가 할 수 있는 일이라면."

"그럼, 지금 당장——."

라그네는 기쁨과 흥분에 가득 차서 요구사항을 얘기하려다가——.

"아, 아뇨. 그럼 다시는『무투대회』에 출전하지 말아 달라는 부탁을 하고 싶네요. 얼마 후에 올해 대회가 열리는데, 카나미 씨 일행이 출전하면 우승을 노릴 수가 없으니까 말임다."

하나의 부탁을 되삼키고, 지극히 현실적이고 견실한 제안을 했다.

"그래……. 하긴 작년 토너먼트의 대진표는 끔찍했지."

"네! 무지 끔찍했슴다! 솔직히 카나미 씨 일행만 출전 안 하면, 저도 우승을 노릴 수 있단 말임다! 게다가 이번에는 단체전이 아니라 개인전! 결투 형식에 특화된 저라면 충분히 가능성이 있슴다! 그러니까 제발제발제발, 부탁 좀 드리겠슴다!"

"알았어. 다음『무투대회』때는 관중석에서 라그네를 응원하도록 할게. 다른 동료들한테도 얘기해 둘게."

"고맙슴다! 그리고 올해는 제 전투 방식이 완성됐으니까, 기대 많이 해 주십쇼! 이번에야말로 제 모든 걸 다 쏟아낼 생각임다!"

그렇게 말한 라그네는 허리에 찬 장식 많은 검의 칼자루에 손을 얹고, 아담한 몸을 의기양양하게 젖혔다. 보아하니 『마력물질화』를 이용한 특유의 기습 전술을 한층 더 진화시킨 모양이었다. 스테이터스의 『표시』에 새로운 스킬은 보이지 않았지만, 표정에는 자신감이 가득했다.

"지난번 이후로 좀 달라진 거야? 그 검이 늘어나는 기술 말이야."

"달라졌다기보다는 성장해서 완성됐다고 하는 게 맞을 검다. 기대하셔도 좋습다. 이건 카나미 씨한테 꼭 보여주고 싶은 기술이니까 말임다."

"응, 기대할게."

그 기술에 대해 자세히 묻지는 않았다. 아마 최고의 자리에서 선보이기 위해 지금까지 감춰 두고 있었던 것이리라. 이 자리에서 그걸 물어봤다가는, 훗날의 재미가 경감될 것이다.

그리고 라그네는 춤이라도 출 것처럼 신이 나서 길을 걸었다.

"아~, 빨리 『무투대회』가 열렸으면 좋겠습다~! 더 빨리 출세하고, 부자가 되고, 세상에 모르는 사람이 없는 굉장한 사람이 되고 싶습다! 마지막에는 세계에서 『제일』 유명한 사람이 되는 검다! 그 정도가 되면, 저기 있는 꼬치구이도 마음껏 먹을 수 있을 텐데!"

어느덧 우리는 대성도의 중심가로 보이는 곳까지 와 있었다.

아무런 기념일도 아닌 평일이건만, 그 거리에는 커다란 시장이 열려 있었다. 좌우 어느 쪽을 봐도 가게들이 즐비하게 늘어서 있고, 위쪽을 보면 도시의 3차원 구조를 형성하는 다리가 있고, 아래를 보면 아름다운 포석과 『라인』이 빛나고 있었다.

라그네는 그 시장 안에 있는 꼬치구이 노점을 발견했다.

연합국의 축제 때 먹어 본 적이 있는 음식을 보니 추억이 새록새록 떠올라서, 저절로 발길이 그리로 향했다.

"좀 먹고 갈까? 이런 선 먹는 데 시간도 별로 안 걸리니까."

"역시 카나미 씨! 잘 먹겠습다!"

마침 출출할 시간이었기에, 노점에 들러서 주문했다.

길 가는 사람들을 끌어들이기 위해 진열해 놓은 꼬치구이를 사서, 우리는 바로 다시 발걸음을 내딛었다.

"아~, 맛있습다~!"

참고로 내가 산 건 딱 하나. 반면에 라그네는 열 개 정도를 손에 들고 있었다. 남의 돈으로 얻어먹으면서도 눈치 보지 않는 그녀를 훈훈한 시선으로 바라보며, 둘이서 나란히 걸었다.

"진짜 많이 먹네."

"그런 말 자주 듣습다. 사람들이 촌놈이라고 놀리더라도, 이것만은 고칠 생각 없습다."

먹음직스럽게 꼬치구이를 먹는 라그네를 보며, 나는 쓴웃음을 지었다. 그 나이대 소녀다운 천진난만한 모습 때문인지, 어색하던 분위기는 완전히 사라졌다. 적어도 표면상으로는.

"자, 이러쿵저러쿵 하는 사이에 벌써 도착했네요. 연합국의 영웅님을 모셔온 기사로서, 열심히 어필해 보겠습다. 저의 출세가도는 지금부터 시작되는 검다!"

주위를 둘러보니, 인기척이 확 줄어 있었다.

꼬치구이를 먹는 사이에, 어느새 중심가의 비탈길 꼭대기까지 올라와 있었던 것이다.

대성도 중앙 언덕 위에 위치한 후즈야즈 성이 눈앞에 서 있었다.

나는 고개를 들어 그 건물의 전모를 올려다보았다.

"여기가 후즈야즈 성이구나. 우와아, 이건……."

나도 모르게 감탄 어린 목소리가 흘러나왔다.

멀리서 봤을 때는 몰랐는데, 이 후즈야즈 성은 일반적인 구조와는 전혀 달랐다.

무엇보다도, 탑이 터무니없이 많았다.

거대한 건축물 하나가 묵직하게 들어앉아 있는 것이 일반적인 성의 구조일 것이다. 탑이 있다고 해도, 그 중심 건축물을 둘러싸고 있는 정도가 고작이다. 그러나 이 후즈야즈 성은 달랐다.

어디를 봐도 탑, 탑, 탑이었다. 그리고 그 탑들 사이에는 헤아릴 수도 없을 만큼 많은 아치형 다리들이 걸려 있어서, 공중의 빈틈을 채우고 있었다. 멀리서 봤을 때 거대한 성으로 오인했던 원인이 바로 이것이었을 것이다.

무수히 많은 탑들이 모여 하나의 거대한 건물을 이루고, 높은 철책과 강이 그 주위를 둘러싸고 있었다. 연합국의 대성당과 마찬가지로, 강에 걸려 있는 도개교 너머에는 커다란 문이 도사리고 있었다.

"거기 둘! 멈춰라!"

그 도개교를 건너려 하자, 경비병들이 곧바로 우리를 둘러싸고 험상궂은 말투로 제지했다. 연합국의 대성당과는 달리, 이 성은 일반인들에게는 개방되어 있지 않은 모양이었다. 도개교를 건너려고 하기만 했는데도 이렇게 병사들의 매서운 시선이 쏟아지는 걸 보면, 원래 일반인들은 여기까지 들어올 수 없는 것이리라.

"아, 근무하시느라 수고가 많으십다~. 저는 연합국 후즈야즈의 기사, 『셀레스티얼 나이츠』 총장 라그네 카이크오라고――."

라그네가 일의 매끄러운 진행을 위해 앞으로 나섰고, 나는 그녀에게 모든 것을 맡겼다.

굳이 얘기를 훔쳐 들을 생각은 없었지만, 그러다 보니 자연스럽게 대화가 귀에 들어왔다.

"――하아, 그러셨군요. 그런데 라스티아라 님과 스노우 님은 어디 계십니까? 그리고 사도님도 돌아오신다는 얘기를 들었습니다만."

"저와 카나미 님뿐임다. 그게 말이죠, 그 세 분이 어디 계신지, 저는 도저히 짐작도 못 하겠단 말임다——."

역시 라스티아라 등이 돌아오기를 기다리고 있었던 모양이다. 만약 그들이 여기까지 따라왔다면, 대충 구실을 붙여서 결박하려 들었을 가능성이 높았다. 대화 내용 여기저기서 "파티" "알현" "의식" 등등의 단어가 들려오는 걸로 미루어보아, 라스티아라가 얘기했던 "귀찮을 것 같다"는 예상이 적중했다는 걸 알 수 있었다.

그렇게 라그네와 병사들이 긴 대화를 나누고 있을 때, 그 기사들과는 전혀 다른 차림을 한 기사들이 성문에서 나타났다. 그중에서 대표자로 보이는 기사가 우리 곁으로 다가와서, 무릎을 꿇고 경례했다.

"카나미 님, 안으로 들어오시지요. 원로원 측으로부터, 정중히 환대하라는 지시를 하달받았습니다. 저희들은 아이카와카나미 지크프리트 비지터 발트후즈야즈 폰 워커님의 요구에 전적으로 부응할 준비를 갖추고 있습니다."

기사들은 인사를 마치자마자 다시 일어섰다.

내가 이름 좀 짧게 불러 달라고 부탁해야 할지 고민하는 사이에, 그는 우리의 목적지를 언급했다.

"목적지는 성의 세계수죠?"

"아, 네……. 맞아요."

"그럼, 이쪽으로 오십시오. 안내해 드리겠습니다."

대표자 기사가 발걸음을 돌리는 동시에, 주위의 기사들은 나와 라그네를 보호하듯 둘러쌌다. 보아하니 도망가지 못하도록 포위한 게 아니라, 호위하기 위한 배치인 것 같았다. 아까 대표가 얘기한 "환대"라는 말은 사실이었던 모양이다.

이렇게 해서 나와 라그네는 늠름한 기사들과 함께 도개교와 문을 지나, 후즈야즈 성 부지 안으로 들어갔다.

"카나미 씨, 어째 진행 속도가 빠르네요."

"그러게 말야. 우리가 세계수로 간다는 걸 처음부터 알고 있었던 것 같아. 길드 사람들한테 들은 건가?"

속닥속닥 라그네와 얘기를 나누면서, 대초원으로 착각할 만큼 드넓은 성 안뜰을 걸었다.

정신이 아득할 정도로 드넓은 부지 안에는, 정원사의 실력을 엿볼 수 있는 멋진 나무들이 늘어서 있었다. 중간에 귀족이며 기사들로 보이는 사람들과 마주치곤 했는데, 그들은 하나같이 우리 얼굴을 뚫어지게 쳐다보곤 했다.

그렇게 드넓은 정원을 가로지른 끝에, 우리는 겨우 도착했다.

수없이 많은 탑이 모여 있는 후즈야즈 성—— 그중에서도 핵심부라 할 수 있는, 가장 굵은 탑의 문 앞에 도착한 것이다. 눈길을 좌우 양쪽으로 돌려 봐도, 탑의 모퉁이를 볼 수는 없었다. "굵은 탑"이 아니라, "어마어마한 크기의 건축물이 장난 아닌 높이로 우뚝 서 있다"고 표현하는 게 옳을지도 모른다.

장엄함을 한층 더 돋보이게 하는 조각이 새겨진 문을 호위 기사들이 열고, 우리는 그들에게 이끌려 성 안으로 들어

갔다.

"이게 성 안인가……. 무지하게 높네……."

후즈야즈 성의 환상적인 인테리어에, 다시 나도 모르게 목소리가 흘러나왔다.

가장 먼저 눈에 들어온 것은, 성의 정상에서 지상까지 이어져 있는, 직경 1킬로미터는 됨직한 뻥 뚫린 공간. 장식되어 있는 호화로운 인테리어 소품들이나 『라인』 등은 어느 정도 예상하고 있었지만, 그 특이한 구조에는 놀라지 않을 수가 없었다.

걸을 수 있는 바닥은 벽 쪽의 수백 미터 정도밖에 안 되니, 불균형하기 짝이 없었다. 중앙 부분은 휑하게 뚫려 있고, 각 층을 나누는 바닥은 완전히 제거되어 있었다. 그 뻥 뚫린 공간이 공기의 통로 구실을 하는 건지, 음산한 바람 소리가 쉴 새 없이 메아리 쳤다.

거대한 성에 어울리게, 내부는 넓고 크고 장엄했다.

하지만 성의 일반적 구조를 완전히 무시하고 있었다.

"아이카와카나미 님, 세계수는 최하층에 있습니다."

촌놈처럼 멍하니 성 안을 쳐다보고 있으려니, 기사가 주의를 환기시켰다.

기사는 우리를 뻥 뚫린 계단의 벽 쪽에 있는 계단으로 데려갔다. 그 계단에는 난간이 달려 있긴 했지만, 자칫 잘못하면 나락의 밑바닥으로 곤두박질치게 되어 있었다. 이 성을 디자인한 자의 정신머리를 의심하면서, 기사 뒤를 따라

내려갔다.

자연광이 점점 사라져 가고, 석조 계단에 설치된 마법도구의 불빛만이 남았다. 성의 생활음이 멀어져 가고, 계단을 내려가는 자들의 구두 소리만 울려 퍼졌다.

계단 곳곳에는 측면으로 빠지는 회랑이며 문이 있기는 했다. 하지만 앞장서서 걷는 기사들은 조금의 망설임도 없이 최하층을 향해 내려갈 뿐이었다. 주위는 그렇게 심하게 어둡지는 않았다. 하지만 난간 너머에 있는 공동 때문에, 어둠 속에 빨려들 것 같은 불안감이 엄습했다.

아래로, 아래로, 끝도 없이 계단을 내려갔다.

그리고 조금씩 눈에 들어오기 시작했다.

그것은 마치, 뻥 뚫린 공간에 쏙 박혀 있기라도 한 것처럼 서 있었다.

——새빨갛게 물든 거대한 나무.

시커먼 공동 쪽으로 눈길을 돌리니, 수없이 많은 붉은 잎사귀가 시야 가득 펼쳐져 있었다. 일본의 가을에 흔히 보이는 단풍과는 전혀 달리, 탁하고 음침한 붉은색이었다. 그리고 코를 찌르는 쇠 냄새.

미리 알고 오지 않았더라면, 작은 비명 정도는 질렀을지도 모른다.

하지만 나는 이미 알고 있었다.

여기에는 『피의 이치를 훔치는 자』가 있다.

그러니 잎사귀를 붉게 물들인 그것의 정체는 당연히 피일 것이다.

피에 물든 잎사귀들이 흔들리는 모습을 바라보며 계단을 내려가다 보니, 드디어 성의 최하층이 보이기 시작했다. 그것은 붉은 나무의 뿌리가 보이기 시작했다는 뜻이었으며, 동시에 거기서 기다리고 있는 사람의 얼굴이 보인다는 뜻이기도 했다.

그 남자는 완전무장한 기사들에게 포위되어 있었다. 하지만 그런 상황에는 조금도 개의치 않는 듯, 나무에 기대어 앉아서, 고풍스러운 책을 우아하게 읽고 있었다.

마구 헝클어진 검은 곱슬머리가 귀를 덮을 정도로 자라서, 그 새빨간 눈동자를 레이스 커튼처럼 가리고 있었다. 피부는 창백하고 생기가 없었지만, 얼굴에 나 있는 묵은 흉터들로 보아, 그가 전사임을 확신할 수 있었다.

다만, 사내는 기사의 검은 고사하고 쇳조각 하나도 갖고 있지 않았다. 상하 모두 무늬 없는 흰색 옷을 입은 채, 휴식 중에 독서를 즐기는 한 병사 같은 풍모였다.

천 년 전에 활동하던 기사라고 들었는데, 상상했던 것만큼 우락부락해 보이지는 않았다.

『이치를 훔치는 자』이나 외모만 보고 연령을 짐작할 수 없겠지만, 외모만 보자면 내 또래 정도로 보였다.

물론 그가 생긴 것처럼 무해한 일개 병사일 리는 없었다. 몸에서 뿜어져 나오는 마력은 살벌하고 강대했다. 일반인들은 가까이만 가도 구역질에 시달릴 것이다.

그리고 나무에 기대어 앉아 바닥에 내뻗고 있는 두 다리가, 이상할 정도로——**흐렸다**.

남자는 신발을 신지 않고 있었다. 신발 따위는 애초에 필요도 없다는 듯 자연스럽게 드러낸 맨발이, 영화에 나오는 유치한 망령처럼 애매모호해져 있었다.

그의 특징을 전부 파악하고 나서, 나는 성 최하층으로 내려갔다.

말끔하게 정비된 포석은 사라지고, 여기부터는 흙바닥이었다.

붉은 나무는 이 최하층에 뿌리를 박고, 지상까지 우뚝 서 있는 모양이었다.

벽과도 같은 나무껍질에 등을 기댄 남자가 우리의 방문을 알아챈 것 같았다.

손에 들고 있던 책을 바닥에 내려놓고 자리에서 일어섰다. 그 흐릿한 발이 몸을 제대로 지탱할 수 있을지 불안했지만, 그는 멀쩡하게 바닥을 딛고 설 수 있었다.

남자의 눈길이 나를 향했다. 함께 내려온 라그네나 기사들은 무시한 채, 천천히 이쪽으로 걸어오며 내 이름을 언급했다.

"……카나미냐?"

"응. 그쪽은 『피의 이치를 훔치는 자』 맞아?"

어떻게 대답할지 고민하다가, 존댓말 없이 친근하게 대꾸하기로 했다.

천 년 전에 우리 둘 사이에 친분이 있었다는 건 의심의 여지가 없었다. 조금이라도 더 우호적인 관계를 구축할 수 있도록 신중하게 표현을 골랐다. 남자는 잠시 당황했지만, 이내 이해한다는 듯 말했다.

"……아아, 레거시 때문에 우리 사이의 기억을 잊어버렸다고 그랬던가? 그렇다면 다시 자기소개를 해야겠군. 이거 좀 귀찮은데."

아무렇게나 머리를 벅벅 긁으며, 그러면서도 진심으로 기쁜 듯 뺨을 붉힌 채, 남자는 천 년 전에도 했을 자기소개를 한 번 더 되풀이했다.

"내 이름은 파프너. 『피의 이치를 훔치는 자』의 **대행자** 파프너 헤르빌샤인이다. 예전에 기사로서 너를 섬기던 자이기도 하지. ……다시 친하게 설치고 다녀 보자고, 카나미."

남자의 이름은 파프너 헤르빌샤인. 『주시』를 통해 살펴봐도, 그가 『피의 이치를 훔치는 자』임이 분명하게 표시되어 있었다.

『세븐티 가디언(칠십수호자)』 피의 이치를 훔치는 자

나는 『땅의 이치를 훔치는 자』 로웬이나 『바람의 이치를 훔치는 자』 티티와 같은 관계가 되기를 기대하면서, 친근함을 담아 『피의 이치를 훔치는 자』의 이름을 불렀다.

"잘 지내보자, 파프너. 기억은 잃었지만, 우리는 다시 친

하게 지낼 수 있을 거야."

"그래, 우리는 다시 친하게 지낼 수 있어. 틀림없어. 아아——!"

우호적인 내 답변을 들은 파프너는, 부르르 전율하며 기뻐했다.

나와 마찬가지로, 그 얼굴에는 웃음이 깃들어 있었다. 하지만 눈썹은 팔(八)자 모양으로 쳐져 있었다. 그리고 무너져가는 자신의 미소를 감추려는 듯, 고개를 숙였다. 전율은 그칠 기미가 없었고, 오열을 애써 참으려는 듯 연신 어깨를 들썩이는가 싶더니, 기어이 숙이고 있던 얼굴에서 물방울이 떨어졌다.

"어……? 혹시 우는 거야……?"

예상을 뛰어넘는 과도한 반응에, 반사적으로 물었다.

"미, 미안. 좀 감동해서. 하지만 신경 안 써도 돼. 흔히 있는 일이니까. 그보다, 나한테 물어보고 싶은 게 있는 거 아니냐? 기억이 날아가 버렸잖아. 눈치 보지 말고 뭐든지 다 물어보기만 해. 쿠하하!"

파프너는 이내 고개를 들고, 그 빨간 눈동자에서 흐르는 눈물을 훔쳤다.

가까스로 웃음을 지으며 얘기를 진행하려 했다.

나는 전혀 몰랐지만, 방금 그건 대성통곡할 정도로 감격스러운 재회였는지도 모른다.

하지만 지금의 나는 도무지 그 마음에 공감할 수 없었다.

그래도 안타까운 마음은 일단 접어 두고, 파프너의 제안을 받아들이기로 했다.

"응, 알았어. 그럼 우선 대행자라는 게 무슨 뜻인지 가르쳐주면 안 될까? 나는 파프너 헤르빌샤인이 『피의 이치를 훔치는 자』라는 얘기를 듣고 온 건데……."

"아아, 그 얘기부터 해야 하는 건가. 아아, 귀찮아. 진짜 귀찮지만……, 괜찮아. 이게 훨씬 더 좋아."

파프너는 눈물이 그렁그렁한 채, 어린아이처럼 천진난만하게 웃었다. 나를 만나서 성말 기쁜 모양이었다. 그 환희에 공감하지 못하는 게 아쉽게 느껴질 정도였다.

"아까는 내 입으로 대행자라고 말했지만, 이 파프너 헤르빌샤인이 『피의 이치를 훔치는 자』 본인이라고 생각해도 문제 될 건 없어. 노스휘가 소환했을 때 내 몸까지 통째로 소환된 걸 보면 그런 거겠지. 다른 녀석들도 마찬가지일 거야."

파프너는 많은 걸 얘기하려 하지 않았다. 하지만 그렇다고 사실을 숨기는 건 아니고, 기억을 잃은 내가 혼란에 빠지지 않도록 얘기를 단순명료하게 얘기해 주고 있는 것 같았다.

그 말투에서는 그런 자상함이 느껴졌다.

나는 대행자라는 단어는 일단 잊기로 하고, 또 하나의 정보에 대해 이야기를 전개하기로 했다. 현재 나와 대치 중인 적이 미궁 탐색에서 나보다 앞서 있는 것에 대한 얘기였다.

"노스휘가 소환을……. 역시 그 녀석이 파프너를 미궁에서 불러온 모양이지?"

"그래. 그 녀석, 그런 쪽으로 재주가 엄청 좋으니까. 자기도 보스인 주제에, 70층을 조작해서 우격다짐으로 나를 불러냈어. 우리 패거리들 중에서는 『나무의 이치를 훔치는 자』나 『무의 이치를 훔치는 자』도 그런 능력을 갖고 있었을걸? 그리고 그 사람……『무의 이치를 훔치는 자』 셀드라는 지금쯤 한창 혼자서 미궁에 도전 중일 거야."

노스휘가 미궁의 구조를 조작할 수 있다는 건, 티티와 싸웠을 때부터 알고 있던 사실이었다. 내가 놀란 건, 아무렇지도 않게 튀어나온 다른 이름 때문이었다.

"『무의 이치를 훔치는 자』 셀드라가 미궁에……? 셀드라라는 사람은 천 년 전의 『로드』 휘하에서 총대장을 맡았던 사람으로 알고 있는데……."

"그래, 그 녀석이 맞아. 셀드라도 나와 마찬가지로 노스휘에 의해 불려 나왔으니까 조심하는 게 좋을 거야. 다만 그 녀석은 나와는 달리 노스휘한테 지지 않아서, 자기 멋대로 움직이고 있어. 그 성미 급한 녀석은, 미궁에 남아있는 마지막 한 명, **노이**를 깨우러 가겠다면서 사라졌어. ……그러니까 이제 곧 남은 가디언들이 전부 다 모이게 될 거야. 0층의 카나미, 60층의 노스휘, 70층의 나, 80층의 셀드라, 90층의 노이, 100층의 히타키. 총집합이 되는 거지."

낯선 명칭이 하나 더 튀어나왔다.

아무리 기억 속을 뒤져 봐도 "노이"라는 이름은 찾을 수 없었다. 라스티아라나 디아에게서 들은 전승도 되새겨 봤지만, 머릿속 검색에 걸리는 정보는 전혀 없었다.

당황한 내 표정을 보고, 파프너는 상황을 짐작한 모양이었다.

"……노이가 기억 안 나나 보지? 알았어. 설명해 주지."

파프너는 정보를 아낌없이 제공해 주었다. 다른『이치를 훔치는 자』들에 비하면 지나치게 입이 가벼운 것 아닌가 하는 생각도 들었지만, 지금은 그 가벼운 입에 감사할 때였다.

"노이 엘 리베룰은『차원의 이치를 훔치는 자』야. 아, 카나미가 아니라 **그 전대 쪽이지**. 더 알기 쉽게 설명하자면 말이지, 사도들이『주인님』이라고 부르는 녀석이야. 원래는『최심부』에 있다는 모양이지만, 90층에서도 불러낼 수 있다고 하더군. 아니, 왜 그런 건지는 모르지만 천 년 전의 네가 그렇게 만들었어. 아마 히타키를 만나기 전에 노이와 먼저 만나야 했던 모종의 이유가 있었던 거 아닐까?"

전혀 예상도 못 한 상황에서, 사도들이 주인으로 섬기는 자의 이름을 알게 되었다. 그리고 그 주인은 나와 똑같은『차원의 이치를 훔치는 자』라는 모양이다. 단순히 즐겨 쓰는 마법이 겹친 것뿐이라고 믿고 싶지만, 그럴 리는 없을 것이다.

방금 파프너가 말했다시피, 나와 노이 사이에는 특별한 관계가 있는 게 틀림없다.

"조금만 더 있으면 셀드라가 노이를 깨워서 데려올 거야. 아마, 막무가내로 끌고 오겠지. ……노이도 셀드라한테는 절대 못 이겨. 왜냐면, 『무의 이치를 훔치는 자』는 『최강』이니까."

파프너는 사도들의 주인인 노이보다 셀드라가 더 강하다고 생각하는 것 같았다. 나는 당연히 『최심부』에서 기다리는 존재가 『최강』일 거라고 생각했었는데, 꼭 그렇지만도 않은 모양이었다. 애초에 천 년 전의 내가 사도들의 주인을 『최심부』에서 90층으로 옮긴 것부터가, 역학관계 면에서 뭔가 좀 이상했다.

하여튼, 대화를 서둘러야 할 때라는 것만은 확실했다.

안 그래도 노스휘 때문에 이 대성도의 내부 사정이 복잡하게 엉킨 마당에, 셀드라와 노이까지 나타났다가는 상황이 걷잡을 수 없이 혼란스러워질 것이다.

사도 시스가 언급했던 "세계를 구한다"라는 얘기까지 얽혀들 가능성이 높았다. 하지만 내 입장에서는 세계에 만연한 『마의 독』을 없앨 방법보다, 여동생을 깨우는 게 더 중요했다.

"이, 있잖아……, 카나미. 하나 좀 물어봐도 될까?"

내가 방금 얻은 정보를 곱씹고 있으려니, 파프너가 조심스럽게 물었다.

지금까지 나만 계속 질문하고 있었는데, 파프너 쪽에서도 물어보고 싶은 게 있었던 모양이다.

당연한 일일 것이다. 지금 이곳은 천 년 후의 세계. 상황이 엄청나게 바뀌었다. 지금까지 물어보기만 한 게 미안해서, 나는 "물론이지"라고 고개를 끄덕여서 파프너의 질문을 재촉했다.

그러자 파프너는 정말 미안한 표정으로――조금 전까지의 편한 친구 같은 태도가 **전부 거짓말이었던 것처럼**――눈치를 살살 보며 물었다.

"저기, 그게 말이지……. 이번에도 내가 주인이라고 부르는 건 싫으냐? 처음 만났던 시절처럼 『마그나 메사이아(위대한 창세주)』라고 부르는 것도 나쁘지 않을 것 같은데……."

"뭐, 뭐라고? 내가 주인? 그리고 메사이아는 또 무슨……."

태도가 급변한 것도 마음에 걸렸지만, 그보다 지나치게 거창한 경칭에 더 놀랐다.

기겁했다고 해도 좋을 정도였다. 방금 전에 머릿속으로 "세계를 구한다"라는 얘기에 대해 질색을 했었는데, 그러기가 무섭게 『메사이아』라고 불릴 지경이 된 것이다. 당연히 그 제안에는 도무지 고개를 끄덕일 수가 없었다.

"저기, 미안……. 나는 그냥 친구 같은 관계가 더 좋아. 예전에는 주종관계였던 적도 있다고 들었지만, 이번에는 그냥 친근하게 지내고 싶어."

"그, 그래……. 그랬지. 우리는 『친구』였지. 파프너 헤르빌샤인은 카나미의 『친구』야. 그러니까, 이제 셀드라와 노이도……."

파프너는 눈에 띄게 기운이 빠지고, 다리에 힘이라도 풀리는 게 아닐까 싶을 정도로 낙담했다.

그 노골적인 감정 표현 때문에 속내가 훤히 엿보여서, 오히려 의문이 더더욱 깊어졌다.

뭐든 물어보면, 눈앞의 파프너는 뭐든 다 대답해 줄 것이다. 하지만 함부로 물어봐서는 안 될 것 같다는 느낌이 들었다. 파프너가 어떤 질문이든 다 대답해 준다고 해서, 뭐든지 다 물어봐도 되는 건 아닐 거라는 생각이…….

"하, 하하하! 그럼 쓸데없는 잡담은 접어 두고, 본론으로 들어가지! 좀 아쉽긴 하지만, 그 『경전』에도 나와 있으니까! ——12장 2절 『유한한 시간을 잘 지킬지어다. 그대의 나태가 모든 이에게 해를 입히나니』! 시간은 소중하다는 거지!"

뜨뜻미지근한 분위기가 싫었는지, 파프너는 다시 억지로 웃음을 지으며 밝게 말했다. 나는 그 기분을 존중해서, 빨리 자신의 목적을 달성하기 위해 말을 이었다.

"……그럼, 세계수에 온 목적을 바로 얘기할게. 나는 히타키를 구하기 위해, 사도 디프라클라를 만나고 싶어. 어떻게든 그의 지식을 빌리고 싶어."

"그렇겠지. 그런데 노스휘에게 조종당하는 내가 앞을 막아선 거고. ……자, 그럼 카나미는 이제 어쩔 거지?"

"우선 너를 노스휘의 마법에서 해방해 줄 생각이야. 노스휘 녀석의 꿍꿍이에 끌려가기는 싫으니까."

"호오. 하지만 그렇게 쉽게 풀리지는 않을 텐데? 마리아 덕분에 그 마법의 규칙을 알아내긴 했는데, 그것들도 하나같이 성가시기 짝이 없어. 특히 『아무도 세계수에 접근하지 못하게 할 것』이 말이야."

"그 정도 각오는 하고 있어. 지금까지 만난『이치를 훔치는 자』들 중에 만만한 녀석은 한 명도 없었으니까."

"아아, 그랬겠지. 지금까지 카나미는 그 녀석들을……. 그리고 드디어 내 차례가 왔다는 거군."

당연한 얘기지만,『피의 이치를 훔치는 자』파프너에게도『미련』이 있다.

틀림없이 있다. 여동생을 깨우는 것도 중요하지만, 그의『미련』도 그에 버금가게 중요할 것이다. 지금까지 싸웠던『이치를 훔치는 자』들의『미련』을 되새겨 보고 있으려니, 파프너도 지금까지 내가 해 왔던 고생을 짐작한 모양이었다.

감회에 젖은 듯, 미소 띤 얼굴로 천천히 고개를 끄덕였다.

파프너는 지금, 천 년의 세월이 흘러 자신의 염원을 이룰 때가 왔음을 기뻐하고 있겠지――라고 생각했는데, 그건 내 오산이었던 모양이다.

"크, 크큭! 크흐, 크하하하하! **고생 참 많네, 카나미!**"

이 타이밍에, 자신이 아닌 내 이름을 불렀다. 파프너가 자신의『미련』보다『아이카와 카나미』라는 존재를 더 중시하고 있다는 걸 알 수 있었다.

"크하하! 지금도 열심히 고난을 겪고 있네! 하지만 고난이란 참 좋은 거야! 사람을 성장시켜 주니까! 그 고난을 극복하고 나면, 나도 카나미도 한층 더 강해지겠지! 한 발짝 더 다가가는 거야!『진짜』를 향해서! 그래, 그건 정말 근사한 일이지!"

"파프너……?"

갑자기 파프너의 성량이 껑충 뛰어올랐다.

나는 그 갑작스러운 흥분에 당황했다. 하지만 사실 아까부터 전조는 보였었다. 파프너는 입으로는 귀찮다고 말하면서도, 실은 이 상황을 반기는 것 같아 보이는 면이 있었다. 마치 신이 내린『시련』에 감사하는 신자처럼, 모든 말썽거리에 진심으로 감사하고 있었다.

"카나미! 노스휘의 마법을 푸는 방법을 지금 당장 가르쳐주지! 내가 노스휘 때문에 까다로운 규칙에 사로잡혀 있는 건 맞아! 마법을 해제하려고 들면, 내 의사와 상관없이 반격할 거야! 노스휘가 그런 트라우마를 심었으니까! 하지만 걱정할 것 없어! 카나미가 즐겨 쓰는 마법 《디스턴스 뮤트》를 한 방 찔러 넣으면 다 끝나! 그렇게만 하면 나는 풀려나고, 저 세계수에 봉인돼 있는 디프라클라도 풀려날 수 있어! 말하자면 이건 모의전 같은 거야! 마음 편하게 해 보자고!"

흥분과 함께, 파프너의 온몸에서 전의가 뿜어져 나왔다.

마리아가 얘기한 대로, 순순히 약점을 가르쳐주었다. 하지만 솔직히, 그가 이렇게까지 적극적으로 나올 줄은 몰랐었다. 다행히,『세계수 곁을 떠나지 말 것』이라는 규칙 때문인지, 이쪽으로 다가오지는 않았다.

그러나 당장이라도 전투를 개시할 기세로 준비운동을 시작했다. 파프너는 가볍게 팔을 돌리며, 내 뒤에 있는 라그네와 기사들을 향해 말했다.

"주위에 있는 사람들은 좀 멀리 떨어져 있는 게 좋을걸……? 하핫, 주위에 관객이 있어서 그런지, 의욕이 샘솟는데! 자, 카나미! 빨리 보여주자고! 우리의 힘을!"

"자, 잠깐만, 파프너! 지금 당장, 여기서 싸우자는 거야……?"

"카나미, 걱정할 건 아무것도 없어. 안심해도 좋아. 나는 세상 그 누구보다 카나미의 몸을 소중히 여기는 사람이니까, 너한테 부상을 입힐 일은 절대 없어. 그러니까, 방어일변도인 나를 마음껏 공격해도 좋다는 얘기야! 그래도 충분히 애먹을 테지만! 하하핫!"

얘기하는 동안, 파프너에게서 뿜어져 나온 전의가 마력으로 변환되어 갔다.

선명한 빨강과 검정이 뒤섞인 마력이 지하 공간을 채워나가서, 커피에 우유를 떨어뜨린 것처럼 소용돌이를 일으키기 시작했다. 『피의 이치를 훔치는 자』라는 그릇으로부터, 끝도 없는 마력이 방출되었다. 그와 함께, 파프너의 몸 색깔이――**흐려졌다**. 검은 머리칼이, 빨간 눈동자가, 하얀 피부가, 전부 **반투명해**지고, 점점 투명도가 올라갔다. 발뿐만이 아니라 온몸이 유령처럼 반투명해져서, 몸 건너편이 다 보일 지경이었다.

망령으로 변한 파프너는, 신이 나서 자신의 힘에 대해 얘기했다.

"나는 70층의 가디언. 그러니까 힘의 제약은 거의 없어.

노스휘처럼 보조에 특화된 게 아닌, 전투에 특화된 『이치를 훔치는 자』의 전성기인 셈이야. 무엇보다, 이 천 년 동안 대륙에서 흐른 피가 나를 더욱더 강화해 줬지. 적절한 모의전 수준이라고 해도, 어느 정도 주의는 하는 게 좋을 거야.”

파프너는 쿵 하고, 힘차게 발로 바닥을 굴렀다.

그러자 그 발밑의 땅에서 새빨간 액체가 뿜어져 나왔다. 분수처럼 힘차게 솟구쳐 오르는 액체를 보고, 파프너가 “대지에서 피를 퍼 올리고 있다”는 걸 직감적으로 알 수 있었다.

투명한 그의 몸이 그 혈액을 흡수해 갔다. 색을 잃었던 파프너가 순간적으로 새빨갛게 물들고, 새로 색칠한 것처럼 다른 사람으로 변모해 갔다. 검은색이었던 머리칼이 탁한 갈색으로. 붉었던 눈이 파란색으로. 하얗던 피부가 갈색으로. 인종 자체가 완전히 달라지고, 기분 탓인지 인상까지 달라진 것 같은 느낌이 들었다.

“——≪발트프런트 시크세컨드(214년 남서해방전선)≫. 자, 카나미. 나와 함께 이 고난을 이겨내 보자고……!!”

지나칠 정도로 독특한 마법명을 읊조리는 동시에, 파프너의 두 손에는 어느새 무기가 들려 있었다. 오른손에는 칼자루가 짧은 한손검. 왼손에는, 손등에 장착하는 형태의 작은 방패. 둘 다 새빨간 혈액으로 구성되어 있었다.

더불어, 꿈틀대는 붉은 마력이 경갑옷 같은 형태를 형성해 나갔다. 뺨에 난 묵은 흉터까지 더해져서, 비로소 역전의 기사 같은 풍모가 느껴졌다.

완전무장한 파프너는 모든 준비가 다 끝났다는 듯, 약간 멀찍한 거리에서 “자, 어서, 어서”하고 손짓했다. 당연한 얘기지만, 나는 그런 그에게 다가갈 생각이 없었다.

“미안, 파프너. 오늘은 정찰만 하러 온 거라서……. 다음에 하면 안 될까?”

길거리 공연을 실컷 봐 놓고 돈을 안 낼 때 같은 죄책감이 느껴졌다. 엄청난 수준의 연출을 보여준 파프너에게는 미안했지만, 나는 정중히 거절했다.

“어, 응? 오늘은 정찰만……, 어?”

파프너는 어리둥절해서 눈을 휘둥그렇게 떴다.

그리고 내 말의 의미를 이해하고 언성을 높였다.

“뭐야, 잠깐! 아까는 디프라클라를 만나러 왔다고 그랬잖아?!”

“목적은 그거였지만……. 딱히 서두를 필요도 없고……. 내가 세계수에 접근하지 않는 한, 그쪽에서는 아무것도 못하잖아? 그럼 신중하게 정보 수집부터 하는 게 낫지 않을까 싶어서.”

성미 급한 파프너에게, 나의 차후 방침을 얘기해 주었다.

내가 그런 식으로 생각할 줄은 예상도 못 했었는지, 그는 당황해 어쩔 줄을 모르며 제지하려 했다. 하지만 『세계수 곁을 떠나지 말 것』이라는 규칙 때문에 한 발짝도 움직이지 못했다.

“아니, 아니아니아니! 오늘은 그냥 돌아가겠다는 거야?!

기다려 봐! 잠깐이면 돼! 절대 안 다치게 할게! 나, 지금까지 엄청 기다렸다고! 카나미가 나를 구하러 와 줄 날을! 기다리고 또 기다렸는데! 이날만을!!!"

"꼭 싸워야 된다면, 다 같이 포위하고 싸우는 게 좋을 것 같기도 하고……."

"다 같이 포위하다니, 마리아나 다른 녀석들까지 데려오려는 거냐? 그건 안 돼! 그렇게 되면『세계수를 계속 봉인하라』라는 규칙 때문에, 그에 상응하는 수단을 쓰게 될 거야! 지금은 카나미랑 내가 1대1로 붙는 게 제일 나아! 나와 카나미 둘이서만 해결하면 돼!!"

파프너는 절박한 목소리로, 지금 이 자리에서 싸우는 게 제일이라고 호소했다.

거짓말을 하는 것 같지는 않았다. 사람의 본질을 꿰뚫어 보는 스킬을 가진 마리아도, 파프너는 솔직하게 얘기해 줄 거라고 했었다. 다른 누구도 개입하지 않는 1대1 대결이 정답이라는 건, 아마 사실일 것이다.

"이, 이봐, 카나미. 이렇게 좋은『시련』은 얼마 없을걸? 히타키를 구하고 싶은 거 아니었어? 오빠인 네가 구해주겠다고 마음먹었잖아? 그런데 그게 여동생을 구하겠다는 녀석의 태도냐?! 조금 위험이 있다고 해서 바로 먼 길로 돌아가려고 들다니! 앞으로는 이것보다 더 험난한 고난이 기다리고 있단 말이다! 용기를 내서 도전하지 않으면 아무것도 손에 넣을 수 없어! 고작 이런 곳에서 꽁무니를 빼면 어쩌자는 거냐?! 지금 이 자리에서 나를 돌파하면, 그 유식한 사도와 재회할 수 있어! 그렇다면 여기서 당장 결판을 내야 하는 거 아냐?!"

그 도발은, 노스휘에 비하면 미미한 수준이었다.

나는 당초 계획했던 대로, 파프너의 요구는 완곡히 거절하고, 지하 저택에서 기다리고 있는 동료들에게 오늘 얻은 정보들을 전달해 주기로 마음먹었다.

하지만 그 결심을 행동으로 옮기기도 전에, 나는 보고 말았다.

"……어?!"

"이봐, 카나미이……. 빨리, 제발 부탁 좀 하자……! 안 그러면 나는! 나는은……!!"

파프너의 눈매에 다시 눈물이 고여 있었다.

같이 놀자고 했다가 거절당한 어린아이처럼, 지금 당장이라도 울음을 터뜨릴 것 같았다. 어떤 도발에도 동요하지 않던 마음이, 거세게 뒤흔들렸다.

"나는 오랫동안 기다려 왔어! **우리 둘**은 이런 곳에서 기다리고, 기다리고, 또 기다렸어! 하지만 소용없었어! 이제 여기에는 나 혼자와 그 녀석들만 남았고……! 그래서 나는……!!"

파프너의 입에서 나오는 말들이 점점 혼란스러워졌다.

자세히 보니, 눈물이 고여 있는 눈의 초점이 풀려 있었다. 주절주절 뇌까리면서, 뭔가를 쫓아다니는 것처럼 시선을 이리저리 움직이고 있었다.

정상이 아니었다. 정신적 충격 때문에 혼란에 빠져 있음을 알 수 있었다. 하지만 아무리 그래도, 내가 돌아가려는 기미만 보인 것 가지고 이 정도로 추태를 보이는 건 너무나도 이상했다.

나도 모르는 사이에 파프너의 역린을 건드린 걸까. 그렇다 해도, 이건 너무 갑작스러웠다. 상식을 벗어난 그 정신적 불안정성에, 나는 숨이 턱 멎고 말문이 막혔다.

"카나미 씨! 발밑!"

그 때, 뒤에서 라그네의 목소리가 날아들었다.

파프너의 얼굴을 빤히 쳐다보고 있던 나는, 그 말에 시선을 아래로 내렸다.

황토색이었던 땅이, 어렴풋이 붉은색으로 물들어 있는 것을 알 수 있었다.

한 발짝 뒷걸음질 치니, 물웅덩이를 밟은 것 같은 소리가 났다.

지면에서 피가 배어 나오고 있었다. 그리고 그 피의 수위가 미세하게 올라가고 있었다. 끓기라도 하는 것처럼 보글보글 거품을 일으키며, 얕은 피의 연못이 바닥 전체로 번져 나갔다.

나는 그 즉시 최악의 사태에 대비해서, 『소지품』 속에서 『아레이스 가문의 보검 로웬』을 뽑으며 뒤쪽을 향해 말했다.

"라그네. 혹시 나한테 무슨 일이 생기면, 전속력으로 달려가서 동료들한테 알려 줘."

"어? 혹시 싸움에 응할 생각임까? 아니, 그럴 필요 없는 것 같은데요? 아까 카나미 씨가 한 말대로, 조바심 낼 필요는 없는 거 아님까?"

내가 응전할 뜻을 드러내자, 라그네는 계획과 다르다며 반대했다. 아니, 정신없이 하늘과 땅을 오가는 파프너의 정신 상태에 겁을 집어먹고, 이 자리를 떠나고 싶다는 충동에 휩싸여 있는 것 같았다.

"아니, 조바심 낼 이유는 없지만, 사실 서두를 필요는 있어. ……될 수 있으면, 다른 『이치를 훔치는 자』들이 없을 때 파프너 문제를 해결해 두고 싶거든."

가장 성가신 상대인 노스퀴는 지금 마리아에게 제압되어 있다.

셀드라와 노이도 아직 미궁 안에 있다.

다른 누구의 방해도 받지 않고 파프너와 단둘이 얘기할 수 있는 기회는 이번이 마지막일 것 같다는 예감이 들었다. 아까 파프너가 도발할 때 한 말처럼, 조금 위험하다고 해서 먼 길로 돌아갔다가 도리어 위험한 꼴을 당하는 사태는 피해야 했다. 그런 건 이제 넌덜머리가 난다.

이유는 그것뿐만이 아니었다. 솔직히, 이게 내 가장 진솔한 본심일 것이다.

"그리고, 만난 지 얼마 안 된 사이지만, 나를 『친구』라고 불러 주는 파프너를 외면할 수는 없어. ──**지금의 파프너는 남이 아냐**. 그러니까 어떻게든 파프너를 진정시켜 주고 싫어……!"

파프너가 겪고 있는 고통은, 마리아가 얘기했던 것보다 훨씬 더 심해 보였다. 무엇보다, 그의 현재 모습은 예전에 『무투대회』 준결승 때의, 조종당하던 시절의 나를 연상케 했다.

"우, 우와아……. 또 나왔네. 저는 카나미 씨의 그런 면이 영 못 미덥단 말입다."

그러나 라그네는 내가 제시한 이유에 수긍하지 못하는 모양이었다.

어이가 없다는 표정으로, 인정을 우선시하는 나를 비난했다.

"하여튼, 조금이면 돼. 파프너도 모의전이라고 그랬잖아?"

"이런 전개에 아주 이골이 나신 모양이네요. 그럼 하고 싶은 대로 하십쇼. 하지만 저는 일반인이라 엄청 멀리 떨어져서 보고 있을 테니, 도움 같은 건 기대하지 마십쇼."

라그네는 그렇게 단단히 못을 박고는, 멀찌감치 후퇴해서, 아까 우리가 내려왔던 계단 위에 한쪽 발을 올렸다.

어쨌거나, 이제 대충 상황이 정리된 셈이었다.

"알았어, 파프너! 모의전을 받아들일게! 가볍게 붙어 보자!"

다만, 라그네와 얘기를 나누는 동안에도 발밑에 고인 피의 수위는 점점 올라가고 있었다. 몇 센티미터 정도까지 차오른 피의 연못을 가로지르며, 나는 최대한 목소리에 힘을 주어 말했다.

아무것도 없는 허공을 바라보며 혼잣말을 중얼거리던 파프너는, 내가 지상으로 올라가는 대신 자기 쪽으로 다가가는 것을 발견했다. 그 눈에 이성의 빛이 조금씩 돌아왔다.

"카, 카나미?"

도전에 응하겠다는 내 생각을 알아챈 파프너는, 다시 친구 같은 친근함을 되찾았다.

"……그, 그래야지! 역시 카나미야! 이해해 줄 줄 알았어! 이 고난을 받아들여 주겠단 말이지?! 하핫!"

조금 전까지의 태도가 거짓말이었던 것처럼, 내 질문에 술술 대답해 주는『친구』로 돌아왔다. 하지만 자아를 상실했을 때와 멀쩡한 때의 차이가 너무 심하다 보니, 여전히 조금도 안심할 수 없었다.

"그럼 지금 당장 시작하자! 둘이 힘을 모아서『피의 이치를 훔치는 자』를 공격하는 거다! 당연히 나도 최대한 저항할 거야! 우리 둘을 잇는 인연의 끈은 노스휘의 마법 따위에 지지 않는다는 걸 증명해 주자! ――선혈마법 ≪블러드 필드≫!"

파프너는 마법을 전개해서, 이 최하층에 쳐져 있던 차원속성마법 방해 결계를 덮어 썼다. 아마 피속성 마법사에게 유리한 필드로 바꾼 것이리라. 하지만, 동시에 내 차원마법에 대한 방해도 사라졌다. 내가 ≪디스턴스 뮤트≫를 쓰도록 하는 것이 파프너의 목적이라는 걸 깨달은 나는, 바로 차원속성 마력을 사용해서 전투에 나섰다.

"그래, 바로 끝내 줄게. ――마법 ≪디스턴스 뮤트≫."

"어서 덤벼라, 카나미! 천 년 전에 그랬던 것처럼!!"

파프너는 두 팔을 벌려서 몸통을 무방비하게 드러냈다.

이에 맞서, 나는 왼손에 ≪디스턴스 뮤트≫를 유지한 채, 오른손에 『아레이스 가문의 보검 로웬』을 움켜쥐고 피 연못 위를 질주했다.

――노림수는 단 하나.

파프너를 믿고, ≪디스턴스 뮤트≫를 적중시키는 것뿐.

나는 최단거리로 내달려서, 왼손을 그의 심장에 찔러 넣었다.

그러나 그 직전, 파프너가 붉은 검을 날카롭게 휘둘렀다.

몸을 틀어서 칼날을 피하며, 그의 표정을 자세히 관찰했다.

방금 파프너는 내 일격을 맞으려 했다. 반격할 생각은 추호도 없었다. 그 점은 의심의 여지가 없었다. 하지만 본인의 의사와는 무관하게, 몸이 저절로 움직인 것 같았다.

마치 『여기서 패하면 세상에서 제일 소중한 것을 잃게 된다』는 생각이라도 가진 것 같은 움직임이었다. 그 강박관념은 나에게도 익숙한 것이었다. 『어둠의 이치를 훔치는 자』의 힘을 얻은 팰린크론에게 세뇌 당했을 때, 나도 비슷한 상태에 빠져 있었기 때문이다.

그때 내가 소중히 여기던 것은, 팔찌였다.

지금 파프너가 소중히 여기는 건, 등 뒤에 있는 세계수이리라.

나는 붉은 검을 회피하면서, 살짝 파프너의 다리를 걸었다. 파프너는 펄쩍 뛰어서 그 『아류체술』을 여유롭게 피하며, 작은 방패 표면으로 내 뒤통수를 후려치려 들었다.

회피에서 공격으로 이어지는 동작이 물 흐르듯 매끄러웠다. 파프너의 전투 센스와 오랜 수련의 성과를 엿볼 수 있었다.

적의 공격을 무시한 채 대형 마법인 ≪디스턴스 뮤트≫를 꽂아 넣기는 힘들었다. 그렇게 판단한 나는, 목표를 적의 팔 쪽으로 전환했다.

"——마법 ≪디멘션 · 글래디에이트≫."

이제 사용할 수 있게 된 ≪디멘션≫을 순간적으로 강하게 발동시켰다. 그리고 파프너가 검과 작은 방패로 날리는 연속공격 사이의 빈틈을 노려서, 오른팔의 힘줄을 겨냥해 검을 휘둘렀다.

칼날은 정확히 날아갔다. 한 치의 오차도 없이 목표 지점에 적중했다. 그러나, 칼날은 박혀 들어가지 않았다.

파프너의 갈색 피부를 벤 순간에 팔에 전해진 것은, 쇠를 후려친 것 같은 감촉. 검을 휘두른 오른손이 아릿하게 저리고, 목소리가 떨렸다.

"이거, 인간의 피부가 아니잖아…?!"

그 피부의 강도에 놀라서, 펄쩍 뛰어 물러났다. 파프너는 후퇴한 나를 추격하지 않았다. 추격하기는커녕, 자신의 능력에 대해 설명까지 해 주었다.

"그래, 맞아. 설명해 주지. 이건 내 선혈마법이 가진 힘들 중 하나. 한 번의 전쟁에서 발생한 사망자들을 이 몸에 담아서, 만 명만큼의 밀도를 얻을 수 있어. 게다가, 원래는 검술 같은 걸 쓸 줄도 몰랐던 내가, 죽은 검사의 『검술』을 빌려 쓸 수도 있지. ——크하하. 제법 상대하기 까다로운 능력이지? 하지만 약점도 많아. 이 기술은 기본적으로 수박 겉핥기식이야. 기껏해야 남의 것을 빌려 쓰는 거라서, 죽은 자의 스킬을 완전하게 구사하지는 못해. 모방자는 결코 진짜를 따라잡을 수 없다는 거지."

게다가 그 능력의 약점까지 술술 늘어놓았다.

"참고로 이건 땅에 접촉하지 않은 상태에서는 쓸 수 없는 마법이야. 나는 대륙에 물들어 있는『원통하게 죽은 혼의 목소리』를 듣고 이 마법을 발동시키는 거야. 그러니까, 어떻게든 내 발을 땅에서 떼어놓을 수만 있다면, 이 강화마법의 효과는 격감할 수밖에 없지. ……아니면, 발과 땅 사이에 마력적인 무언가를 끼워 넣는 방법도 있고."

내가 다가가지 않는 한, 파프너에게 공격당할 일은 없다.

나는 여유를 갖고, 파프너가 늘어놓는 약점 폭로에 귀를 기울였다.

"그리고 피속성 마법사는 기본적으로 빛과 어둠의 마법에 약해. 마의 원천인 피를 몸 밖으로 내놓는다는 건, 자신의 혼을 내놓는다는 거나 매한가지야. 그러다 보니 정신간섭에 쉽게 당할 수밖에 없지. 그러니까 나는『어둠의 이치를 훔치는 자』와『빛의 이치를 훔치는 자』노스휘에게는 절대 이길 수 없어. 상성이 나쁜 거지. 반대로『불의 이치를 훔치는 자』 아르티 같은 타입을 상대하는 건 나름 자신이 있어. 속성은 피지만, 피도 물기가 많으니까 말이지."

파프너는 고여 있는 피 연못을 차올리면서, 물을 조종하는 것도 자신의 특기 분야라고 말했다.

자신이 잘하는 것, 못하는 것을 얘기하고, 약점 찌르는 법을 얘기하고, 나아가 공략법까지 얘기했다.

마리아가 했던 말마따나, 그야말로 전부.

지금 파프너는 『피의 이치를 훔치는 자』에 대한 모든 것을 얘기했다.

그건 아마, 천 년 전의 『아이카와 카나미』에 대한 신뢰 때문――.

"가장 일반적인 정공법은, 정신간섭으로 약화해 놓고 유일한 급소인 심장을 노리는 거겠지. 하지만 『피의 이치를 훔치는 자』를 공략하는 방법은 그것 말고도 한 가지가 더 있어. 지금의 나는 가디언. 당연히 『미련』을 해소하면 처치할 수 있다는 규칙에 얽매여 있지. 참고로 내 『미련』은 『아이카와 카나미의 성장을 끝까지 지켜보는 것』―― 아니, 정확히 말하자면 『아이카와 카나미의 성장을 돕는 것』이라고 해야 하나? 하여튼, 네 인생을 가까이서 지켜보고 싶은 게 내 염원이야. 그 조건을 충족시키기만 하면, 나는 점점 더 약해질걸? 크하하."

마지막에는 자신의 『미련』까지 토로했다.

『피의 이치를 훔치는 자』는 내 성장을 보여주기만 해도 약화된다는 얘기에, 나는 그 말의 진위를 따져 보았다.

그러고 보면 파프너는 아까부터 "고난"이니 "성장"이니 하는 것에 집착하고 있었다. 나에게 그것을 강요하다시피 하는 건, 그 『미련』 때문인 것 같았다. 물론, 그게 진짜 『미련』이라고 믿기에는 아직 무리가 있지만…….

"내 성장을 지켜보는 게 『미련』……."

파프너는 천 년 전과 달라진 내 모습을 보고 싶어 하는 건지도 모른다. 어쩌면 이 모의전의 진짜 목적은, 노스휘의 마법에서 벗어나는 게 아니라, 내 성장을 확인하는 것일지도 모른다.

나는 기억 속에 있는 천 년 전 시조 카나미의 모습을 떠올렸다.

가면으로 얼굴을 감추고, 넝마 한 장만 걸친 차원마법사.

그런 시조와 나의 가장 큰 차이점은――.

"그렇다면――!"

전개하고 있던 차원마법을 모조리 해제했다.

그리고 나는 마법사가 아닌 검사로서 다시 질주했다.

팔에 두르고 있던 ≪디스턴스 뮤트≫마저 없는 상태였다. 파프너는 나답지 않은 그 움직임에 놀라면서도, 세계수에 접근하려 하는 적을 요격하려 했다.

나는 아레이스류 『검술』이 이끄는 대로 자세를 낮추어 접근했다.

붉은 검을 휘두르는 적의 공격을 보검의 중앙부로 쳐내

고, 파프너에게 밀착했다.

검을 휘두를 수 없을 만큼 가까운 거리에서, 그의 목덜미에 지그시 칼날을 갖다 댔다.

적의 몸이 단단하다는 건 알고 있었다. 그러나 아레이스류『검술』에는, 당연히『쇠처럼 단단한 적을 베는 기술』도 있었다. 본래 아레이스류는 파프너처럼 특이한 적을 상대하기 위해 만들어진 검술이었던 것이다.

빈손인 왼손으로 보검의 날을 밀었다.

내 손바닥의 피부가 살짝 찢어졌지만, 검을 힘차게 당기지 않으면 잘릴 일은 없었다. 양손의 힘을 이용해 검을 밀어서, 우격다짐으로 파프너의 자세를 무너뜨려 나갔다.

물론 파프너도 검을 회피하기 위해 움직였다.

그러나『검술』의 기량 차이가 그의 모든 움직임을 예측하고, 미리 틀어막았다.

그 결과 파프너의 몸은 아무런 힘도 쓰지 못하고 고꾸라졌고, 보검은 마치 단두대처럼 바닥까지 내리 찍혔다.

파프너는 보검에 목이 짓눌리고, 동시에 뒤통수를 바닥에 찧었다.

"끄, 으아악! 이건──!"

신음소리와 함께, 가벼운 뇌진탕을 일으켜 눈을 까뒤집었다.

나는 그 틈을 놓치지 않고 ≪디스턴스 뮤트≫를 발동시켜서 파프너를 찌르려 했다.

"──브, ≪블러드≫!"

파프너는 발동 속도가 빠른 기초마법으로 바닥의 피를 조종, 자신의 몸을 옆으로 옮겨서 나의 일격을 피해냈다.

≪디스턴스 뮤트≫ 공격에 실패한 나는, 재정비를 위해 세계수에서 멀찍이 물러섰다.

"아깝네. 후우……."

약간 떨어진 곳에서 한숨을 돌리고, 새로운 작전을 궁리하기 시작했다.

가디언과 싸우면서도 이렇게 휴식을 취할 수 있다는 건, 더할 나위 없이 반가운 일이었다.

숨을 고르는 나를 보며, 파프너는 천천히 일어섰다.

그리고 천 년 전에는 찾아볼 수 없었던 내 움직임의 출처를 예측했다.

"방금 그 흘려보내기와 공격은……. 혹시 로웬 아레이스냐? 나도 그 녀석한테 몇 번 당한 적이 있어서 알아. 그건 분명히, 그 녀석이 나를 상대할 때를 대비해서 만든 전용 기술이었어. 그런데 왜 아레이스의 기술을 카나미가……?"

"얼마 전에 로웬한테 배웠어. 검을 걸고 대결을 벌여서, 내가 이겼거든."

숨기지 않고, 내가 그 세계 최고의 『검술』을 보유하고 있다는 걸 알렸다.

그 대답을 듣고 의문이 풀린 듯, 파프너는 싸우던 것도 잊고 기뻐하기 시작했다.

"역시 아레이스였어?! 아아, 아레이스! 아레이스아레이

스아레이스! 로웬 아레이스! 역시 네 검술이었구나!!"

파프너는 로웬의 성을 연신 연호하는가 싶더니, 기어이 붉은 검을 땅에 꽂고는, 양손을 위로 뻗어 하늘에 기도하기 시작했다.

물론, 위를 올려다봐도 새까만 공동이 펼쳐져 있을 뿐.

새빨간 세계수를 등지고 어둠을 향해 기도하는 모습은, 보는 사람 입장에서는 약간 소름 끼치는 광경이었다.

"난 알고 있었어……. 그래, 나는 네 심정을 이해하고 있었어. 나는 너를 믿고 있었어. 믿고 있었기에 항상 고난을 주고 있었던 거야. ……하핫, 지금 이 순간, 그 신뢰가 증명된 거군. 이 천 년 전의 세계에서, 네가 죽은 후에, 드디어! 드디어 말이야! 크하핫!!"

기도를 올리다가, 이제는 죽고 없는 로웬을 향해 말을 걸었다.

그 모습으로 보아, 두 사람 사이에 교우가 있었다는 걸 알 수 있었다. 그리고 파프너가 나뿐만이 아니라 로웬에게도 고난을 안겨주었다는 것도 알 수 있었다.

"아아……. 카나미, 미안해. 전투 중에 갑자기 감동의 눈물이 나와서……."

얘기하다가 감격에 겨웠는지, 두 눈에서 눈물이 흘렀다.

그런데 그건 단순히 눈물을 조금 흘린 수준이 아니었다. 대성통곡이라고 해도 과언이 아닌 수준의 눈물이, 폭포수를 방불케 하는 기세로 흘러내렸다.

파프너는 그 눈물을 닦지도 않은 채, 해맑은 미소를 지으며 이쪽을 쳐다보았다.

다시 눈의 초점이 살짝 어긋나 있었다. 공허한 눈에서 눈물을 흘리는, 그러면서도 환희를 감추지 못하는 파프너를 보며, 나는 완전한 확신을 얻었다.

아직 만난 지 몇 분밖에 지나지 않았지만, 단정할 수 있었다. 『피의 이치를 훔치는 자』 파프너 헤르빌샤인은, 어딘가 미쳐 있다. 노스휘의 마력 운운하는 것 때문이 아니라, 원래부터 파프너 자신이 범상치 않은 광기를 갖고 있는 것이다.

"아아, **말 안 해도** 알아. 검사 아레이스의 생애에 경의를. 그리고 기도를 드려야지. 그 경전에도 나와 있으니까. ——5장 11절 『모든 혼을 구하지 못하면, 자신의 혼도 안식을 얻을 수 없도다』라고."

파프너는 양손에 무기를 든 채, 뭔가 책을 넘기는 것 같은 동작을 취했다.

실제로 책을 들고 있는 것처럼 자연스럽고 능숙한 움직임이었다.

생각해 보면, 아까 시선이 허공을 헤맬 때도 시선으로 무언가를 쫓는 것처럼 자연스러웠었다. 나에게는 보이지 않는 무언가가 보이기라도 하는 것처럼……. 혹은 나에게는 들리지 않는 무언가가 들리는 것처럼……. 그렇게 보이는 동작이, 아까부터 여러 번 있었다.

내가 의문 어린 눈길로 『주시』하고 있으려니, 파프너가 기도를 멈추고 결의에 찬 표정으로 뇌까렸다.
“하핫, 지금은 『미련』을 해소하고 사라지고 싶다는 소리나 하고 있을 때가 아니군……. 아레이스가 자기 검술을 남에게 물려줬다는 거잖아? 그럼 나도 아레이스의 검술에 걸맞은 걸 보여줘야겠지.”
그리고 양손에 있던 붉은 무기를 없앴다.
무장을 해제하고, 몸의 색이 다시 옅어진 것처럼 보였다.
하지만 전의가 사라진 건 아니었다. 오히려 전의는 아까보다 더 부풀어 오르고, 마력이 맹렬하게 용솟음쳤다.
“파프너? 지금 무슨 소리를…….”
“미안, 카나미. 나는 아직 각오가 부족했었어. 솔직히 말하자면, 아까 얘기했던 약점은 내 가장 큰 약점이 아냐. 카나미가 기억을 잃었다는 걸 이용해서, 약점을 다 털어놓지 않았던 거야. 마음속에 안이한 구석이 있었어. 아직 멀었어……. 나란 녀석은, 정말 아직 갈 길이 멀었어.”
자신의 가장 중대한 약점을 감추는 건 당연한 일이다.
하지만 그건, 파프너 입장에선는 더할 나위 없이 부끄러운 일이었던 모양이다.
“아레이스의 혼에 걸맞은 걸 보여주지. 우리의 진정한 약점을, 지금 이 자리에서――!”
파프너는 내가 오른손에 들고 있는 『아레이스 가문의 보검 로웬』을 응시하면서, 오른손을 자기 가슴에 꽂아 넣었다. 마치 나의 ≪디스턴스 뮤트≫처럼 몸속에 손을 집어넣어, 그 안에 있던 것을 끄집어냈다.

——마석은 아니었다.

그 손에 들려있는 건, 거칠게 뜯어낸 심장이었다.

피를 조종하고 있는 건지, 섬뜩한 선혈이 분출되거나 하는 사태는 일어나지 않았다. 하지만 살아있는 심장이 몸속에서 끌려나온 건 분명했다. 새빨간 심장이 파프너의 손 안에서 맥동하고 있었다.

심장이 빠져나온 순간, 파프너의 몸에서 색이 완전히 사라졌다.

몸도 옷도 마력도, 모든 것이 투명해져, 완전히 망령으로 변해 버렸다. 존재감이 너무나도 미약해서, 아무리 시선을 집중해도 파프너의 존재를 확신할 수 없었다. 가디언이라고는 믿기 힘들 만큼 쇠약한 모습이었다. 하지만 나는, 이 모습이야말로 그의 진정한 모습일 거라는 걸 직감적으로 알 수 있었다.

이 색깔 없는 망령이 바로 파프너 헤르빌샤인의 본질이며, 처음 만났을 때 보았던 검은 머리칼과 빨간 눈은 **다른 누군가**였다는 걸——

"——『이 심장은 내 주인에게 바쳤다』『그녀의 심장을 내 묘비로 삼았다』——."

파프너와는 전혀 다른 존재가 느껴진 순간, 영창이 들려왔다.

동시에, 지하 공간에 감돌던 새빨간 마력이 그의 투명한 몸으로 모아들었다.

"——선혈마법 ≪헤르미나 네이샤≫."

파프너가 마법명을 읊었다.

그 마법명은, 방금 내가 느꼈던 **다른 누군가**의 이름처럼 들렸다.

예전에 라스티아라가 선혈마법에 대해 "다른 누군가로 변하는 마법"이라는 식으로 얘기했던 게 뇌리에 떠오르고, 그 말의 진정한 의미를 깨달았다.

피의 안개라도 같은 마력이 모여들자, 투명해진 파프너의 등 뒤에 어렴풋이 어떤 사람의 모습이 보이기 시작했다. 검고 긴 곱슬머리에, 피의 호수처럼 빨간 눈동자. 피부는 창백하고, 몸집은 야위었다. 키가 나보다도 한참 작은 걸 보면, 나보다 어린 걸까. 처음 만났을 때의 파프너와 비슷한 특징을 가진 소녀가, 눈을 지그시 감은 채 온화하게 미소 짓고 있었다.

파프너와 같은 하얀 옷을 입은 그 소녀가, 파프너와 하나가 되어 갔다.

그리고 나는 알 수 있었다. 전해졌다. 마음이 나에게로 몰아쳤다.

그녀의 이름은『헤르미나 네이샤』.

지금 파프너의 오른손에 들려 있는 심장의 주인이자, 진짜『피의 이치를 훔치는 자』라는 걸, 내 뜻과 상관없이 강제적으로 알게 되었다.

“——『하늘에 손톱을 꽂고, 나는 당신(세계)을 할퀴었다』——.”

내가 소녀의 모습에 눈길을 빼앗겨 있는 동안, 다시 영창이 이어졌다.

차원마법사인 나는, 그 영창에 동반된『대가』의 크기를 알아챘다.

더불어, 지금 파프너가 구축하고 있는 마법의 정체도 짐작할 수 있었다.

이, 이건, 설마……!

“——『고개 들어 눈을 크게 뜨라. 이제 살점이 찢어진 하늘에서, 피의 비가 쏟아진다』——.”

지금 파프너는, 아마 인생을 읊조리고 있는 것이리라.

그러니 이것은 가디언의 **진정한『마법』**의 영창.

바닥의 피 연못이 물결치기 시작했다.

지하공간에 피의 구름이 일어나기 시작했다.

지금 발동되려 하고 있는 마법에 세계가 전율하고 있었다.

마력이 지나치게 부풀어 올라, 비명 같은 소리가 울려 퍼졌다.

아주 작정하고 쓰는 마법이다. 모의전 수준을 훌쩍 넘어선 수준이었다.

“갑자기 진짜『마법』을……?! 자, 잠깐 기다——.”

“——**마법 ≪헬 베르밀리언 헬**(세상의 살아있는 모든 빨강)**≫.**”

내가 말리기도 전에, 그『마법』이 완성되었다.

파프너의 발밑에 펼쳐져 있던 피의 연못이 꿈틀대더니, 지렁이처럼 가늘고 긴 혈액 가닥들이 수도 없이 솟구쳐 올랐다. 그것들이 모조리 그의 손에 있는 심장에 달라붙더니, 둘둘 휘감아서 코팅해 나갔다. 몇 초 후, 심장은 커다란 십자가로 변해 있었다.

피의 연못 위에, 조각이 새겨진 빨간 십자가 하나가 서 있었다.

"걱정할 것 없어, 카나미. 『마법』이라는 건 언제나 사람들의 행복을 위해 존재했었어. 그러니까 우리 둘이 카나미의 목숨을 위협할 일은 없어. 이 싸움에서 목숨을 거는 건 나뿐이야. ——간단하게 말하자면, 이게 바로 고스트 몬스터인 내 코어(핵)라는 거지. 이걸 깨부수면, 다 끝이란 얘기야. ……그래. 나는 언제든지 끝날 수 있어."

묘비를 연상케 하는 그 십자가 앞에서, 파프너는 자신의 진짜 약점을 가르쳐주었다.

나는 십자가를 응시했다. 빨간색인 점은 특이하지만, 교회 등에서 흔히 볼 수 있는 장식이 새겨진 십자가였다. 다만 십자가의 세로 부분이 길고 날카로워서, 어떻게 보면 외날검처럼 보이기도 했다. ≪디멘션≫으로 확인해 본 결과, 십자가의 높이는 1미터 49센티미터 2밀리미터. 아까 보였던 소녀와 같은 키였다.

그리고 심장 형태이었을 때와 마찬가지로 맥동하고 있었다.

마법으로 형태를 바꾸었어도, 심장이라는 점은 변함이 없다는 걸 알 수 있었다. 동시에 그것이 『피의 이치를 훔치는 자』라는 몬스터의 코어라는 것도, 그 맥동하는 모습을 통해 짐작할 수 있었다. 무엇보다, 현재 『주시』했을 때 가디언으로 『표시』되는 것은 파프너가 아닌 십자가 쪽이었다.

눈에 보이는 모든 정보가, 파프너의 얘기가 사실이라는 것을 뒷받침하고 있었다.

"그래, 그런 거야. 십자 모양을 한 이 심장이 진짜 『피의 이치를 훔치는 자』고, 나는 미궁이나 사도와는 아무 관련도 없는 일반인이야. 나는 재능이 없어서……아니, 재능이 있어서라고 해야 하나? 하여튼, 나는 『이치를 훔치는 자』의 대행자밖에 될 수 없었지. 주위 사람들은 『헤르빌샤인(지옥의 빛)』이라고 부르기도 하고, 『파프너(종말의 마룡)』라는 칭호를 물려받기도 했지만……. 뭐, 그래 봤자 결국은 마룡이었을 뿐이지."

가디언이면서 평범한 인간이기도 한 것이 바로, 『피의 이치를 훔치는 자』의 대행자 파프너 헤르빌샤인. 조금은 복잡한 그 사정에 대한 설명은 계속 이어졌다.

"진짜 『피의 이치를 훔치는 자』의 몸은 넝마쪼가리가 돼서 말이지……. 무사히 남은 건 심장밖에 없었어. 그래서 **이렇게 됐지**. 그래도 이건 그나마 나은 편일걸? 아르티는 머리만 남았다는 것 같으니까. 소중한 마음이 남은 것만 해도 감지덕지지. 마음까지 잃어버린 녀석들에 비하면 훨씬 나으니까, 이걸로 충분해. ……정말 충분해."

심장만 남은 헤르미아라는 소녀에 대해, 나는 연민의 정을 느꼈다. 그러나 파프너는 내 생각을 읽고, 그럴 필요 없다면서 고개를 가로저었다.

그리고 경계태세를 취한 내 눈앞에서, 근처에 떨어져 있던 책을 주워들었다.

처음에 나무에 기대어 앉아 읽고 있었던 책이다. 지금은 ≪디멘션≫이 있으니, 그 책에 대한 자세한 정보도 얻을 수 있었다. 대륙에 널리 퍼져 있는 레반교의 『경전』을 왼손에 든 채로, 파프너는 전투 재개를 선언했다.

"자, 전투를 계속하자. 이 상태일 때의 나는 기사가 아닌, 마법사 같은 방식으로 싸워. 카나미 식으로 표현하자면 공격력 상승, 방어력 감소. 양날의 검이라고 할 수 있지."

그 말은 거짓이 아니었다. ≪디멘션≫ 덕분에 파프너의 현재 상태를 간파할 수 있었다.

코어가 파프너의 몸이라는 껍질 밖으로 나왔다는 건, 『피의 이치를 훔치는 자』의 마법이 껍질에 가로막혀서 약화되던 종전과는 사정이 달라졌다는 뜻이기도 했다.

물론 껍질이라는 보호막이 없어졌으니, 방어력은 대폭 감소했을 것이다.

종합적으로는 마이너스에 가까운 상태일 게 분명했다. 아무리 공격력이 상승한 상태라 해도, 『사망자는 절대 내지 말 것』이라는 규칙을 짊어지고 있는 파프너는 그 장점을 제대로 살릴 수 없다. 진심으로 죽음을 원하고 소멸을 각오한,

그의 마음이 느껴졌다.
“카나미, 네가 과연 이 십자가를 빼앗을 수 있을까?”
파프너는 한 발짝 앞으로 나섰다. 자신이 드러낸 약점을 보호하듯, 십자가 앞을 막아서서, 오른손을 옆으로 살짝 휘두르며 중얼거렸다.
“대지의 망령들이여. 내 목소리를 들어, 헤르미나의 마법을 받아들여라.”
파프너의 희박한 몸 뒤에서 십자가가 붉게 빛났다.
마력의 움직임으로 미루어보아, 마법을 사용한 게 파프너가 아닌 십자가임을 알 수 있었다.
십자가가 뿜어낸 빨간 빛이 지하공간을 채워서, 시야가 새빨갛게 물들었다.
이어서 피 연못의 맥동이 격렬해지고, 보글보글 거품의 수가 늘어났다.
섬뜩한 비말이 끓어오른 후, 피 연못에서 인간의 모습을 한『무언가』가 태어났다.
붉은 사지에, 기사들 같은 붉은 갑옷을 입고, 붉은 검을 차고 있었다.
나는 잠정적으로 그것들을『피의 기사』라 부르기로 마음먹었다. 그것들은 순식간에 열 마리나 나타나서 내 주위를 포위하더니, 지체 없이 피의 검을 치켜들고 덤벼들었다. 나는 ≪디멘션≫으로『피의 기사』전원을 파악하고,『아레이스 가문의 보검 로웬』을 힘껏 움켜쥐었다.

우선 후퇴해서, 정면으로부터 날아드는 검을 회피했다. 사각에서 날아드는 공격은 피하면서 동시에 검을 휘둘렀다. 『피의 기사』 한 마리의 몸통이 일도양단되고, 녹아 버리듯 형태가 무너졌다. 하지만 녹은 자리에서 똑같은 모양을 한 『피의 기사』가 다시 생성되어, 다시 검을 치켜들었다.

"크윽……, 네크로맨서 같은 짓을!"

골치 아픈 능력이다. 무엇보다, 그 『피의 기사』들은 단순한 꼭두각시 인형이 아니라, 각 개체마다 나름의 개성을 갖고 있다는 점이 골칫거리였다. 마치 전장에서 숙련된 기사 열 명 정도를 데려다가 투입한 것 같은 느낌이었다.

……아니, "마치"가 아니라 실제로 **그럴** 것이다.

파프너의 발언으로 미루어보아, 『피의 기사』는 소환마법의 일종이라는 걸 짐작할 수 있었다.

"헛, 내가 네크로맨서라고? 그건 좀 억울한데. 이 마법은 내 본질이 아냐. 만약 나한테도 클래스라는 게 있다면……, 『방패병』이라고 해야겠지! 혹시 지금 내 스테이터스를 볼 수 있다면, 분명 그렇게 나와 있을 거야!"

"바, 『방패병』……? 어디가?!"

"이 몸이! 이 살점과 피가! 카나미를 지키는 방패였으니까! 최후의 순간까지 주인을 지키는 게 내 역할이었어! 그 날 이후로, 항상!!"

『방패병』.

기사의 일종이라는 뜻이 아니라, 자신의 몸을 방패로 삼아서 싸우는 자라는 뜻일까.

터무니없어도 너무 터무니없는 클래스였다. 그도 그럴 것이, 지금 파프너는 스스로의 주장과 전혀 상관없는 방식으로 공격을 퍼붓고 있는 것이다. 『피의 기사』들에 의한 물량 공세가 쉴 틈 없이 사방에서 덮쳐들고 있다. 파프너는 먼 후방에서 잇따라 마법을 보태 나갔다.

"——선혈마법 ≪블러드 크로스필드≫≪블러드 힐≫≪블러드 애로우≫."

제자리에 서서 날리는 연속마법. 피 연못이 점점 더 붉어져서, 선혈속성 마법 효과를 증폭시켰다. 마법이『피의 기사』들을 강화시켜서, 그 속도와 활력이 더해져 갔다. 내가『피의 기사』들에게 집중하고 있으면, 빈틈을 찌르듯 피 화살이 날아들었다. 누가 봐도 정통 마법사의 전투 방식에 가까운 그 전술에 울분을 느끼며, 나는 상대의 숙련된 맹공을 막아냈다.

이것이『피의 이치를 훔치는 자』의 전투 방식.

숨 돌릴 겨를도 없었다.『피의 전사』들이 벽처럼 막아서고 있는 바람에, 후위에 있는 파프너와 핵을 공격할 수가 없었다. 점점 이마에서 땀이 흐르고, 숨이 거칠어졌다. 검을 휘두를 때마다 체력이 깎여나가는 것을 느끼며, 나는 생각했다.

——**이 정도면, 해 볼 만 하다**.

파프너의 말마따나, 네크로맨서를 연상케 하는 이 전투 방식은 그의 본래 전법이 아닐 것이다.『피의 이치를 훔치는 자』의 힘을 최대한 활용하고 있긴 하지만, 전체적으로 어딘지 어설픈 구석이 있었다. 이런 임기응변식 마법 정도는 언제든 돌파할 수 있다.

예를 들면, 『미래예지』 마법. 차원마법을 쓸 수 있는 상태니까, 십자가가 파괴되는 미래를 적절하게 끌어당겨 오기만 하면 그만이다. 그 사기적인 마법을 선보이면, 그의 『미련』을 해소하는 데에도 보탬이 될 것이다.

——그러나, "해 볼 만 하다"라는 생각이 드는 동시에, "너무 쉽다"라는 생각도 들었다.

이렇게 쉬운 가디언전은 전례가 없었다.

그래서인지, 정말 이렇게 끝내도 되는 걸까 하는 생각이 마음속 한구석에서 떠나지 않았다.

지금 파프너는 소멸을 받아들인 상태다. 그가 진정한 약점을 꺼내 놓고, 진짜 『마법』을 쓰고 있는 건, 지금 죽어도 좋다는 각오가 되어 있기 때문일 것이다.

눈치 볼 필요 따위는 없는 게 틀림없다.

——동시에, 지금의 파프너는 **전력을 다한 게 아니라는 것**도 틀림없다.

몸이 움직이는 대로, **흐름**에 따라 싸우고 있는 것뿐.

나도 마찬가지다. 이건 진짜로 싸우는 게 아니다.

서로의 본심은 아직 주고받지 못했다.

짜고 치는 모의전. 우리 둘은 어중간하기 짝이 없는 싸움을 벌이고 있는 것뿐.

파프너의 인생이 고작 이런 싸움으로 끝나도 괜찮은 걸까……?

나는 지금, 뭔가 중요한 것을 잊은 채로『친구』한 명을 잃으려 하고 있는 게 아닐까……?

오늘은 일단 노스휘의 마법을 해제하는 것에만 전념하고, 파프너와의 진짜 싸움은 나중으로 미뤄야 하는 것 아닐까……?

그런 망설임이 뇌리를 스치고―― 내 우유부단함을 나무라는 진지한 목소리가 울려 퍼졌다.

"당연히 끝내도 괜찮습니다."

나의 것도 파프너의 것도 아닌 목소리.

멀리 떨어진 계단에서 지켜보고 있던 라그네의 목소리였다.

그 목소리가 파프너 뒤에 있는 빨간 십자가―― 아니, 그보다 더 뒤에서 들려오고 있었다.

눈앞의 싸움에만 집중하고 있던 나와 파프너는, 당연히 동시에 경악했다.

"라그네?!"

"어――?!"

파프너는 뒤를 돌아보았다.

나는 눈앞에서 펼쳐진 광경에 눈을 부릅떴다.

어느새 라그네가 피 연못에 박혀 있던 십자가를 손에 쥐고 있었다.

맥동하는 십자가를 검처럼 움켜쥔 라그네는, 자신의 승리에 대한 확신에 차 웃으며, 그대로 도망치려 했다.

"좋아, 훔쳤습다! 이제——."

"어이, **이 자식**——."

파프너는 놓치지 않겠다는 듯 도둑을 향해 손을 뻗었다.

당연한 일이었다. 파프너에게는, 패하지 않기 위해 최선을 다해야 한다는 규칙이 있는 것이다.

그러나 나와 싸울 때와는 음색이 전혀 달랐다. 표정도 달랐다. 오늘 처음 보는 싸늘하고 무표정한 얼굴로, 오른손에『무언가』를 쥐고 휘두르려 하고 있었다.

파프너의 손에 든 그『무언가』를 본 순간, 나는 두려움에 휩싸였다.

공포에 질려 움츠러든 거라 해도 과언이 아니었다.

몸이 경직되고, 혀파가 돌처럼 딱딱해지고, 숨이 멎고, 옴짝달싹할 수가 없었다.

그러나 그『무언가』의 정체가 무엇인지는 머릿속에 들어오지 않았다.

당황이 당황을 부르는 느낌이었다.

그『무언가』는 빨갰다.

빨갛다.

한없이 빨갛다.

이보다 빨간 건 본 적이 없었다.

그것은 아마 세계가 끝날 때까지 빨강의 정점에 군림할 것이다.

피, 다홍, 주홍, 분홍, 철쭉, 석류, 산호, 자주, 내가 아는 그 어떤 빨강보다도 더 빨갰다. 끔찍하게도, 그 강렬한 색에 대한 정보만이 눈에 들어오고, 두뇌를 가득 채워서, 『무언가』의 실체를 도무지 파악할 수 없었다. 가까스로 그 『무언가』의 윤곽선을 눈으로 좇아서, 그것이 검처럼 길쭉한 물건이라는 걸 알아내는 게 고작이었다.

색의 농도만으로도 사람의 인식에 혼란을 일으키는 빨간 『무언가』.

단순한 살의가 아니었다. 세계 자체를 죽이려 하는 원념까지 느껴졌다.

그야말로 『하늘에 손톱을 꽂고, 세계를 할퀼』 정도의 원념이.

그저 보기만 했는데도 죽음이 뇌리를 스쳐 지나갔다.

이 세상 것이 아닌 듯한 색이, 거부와 혐오의 신호로 두뇌를 가득 채웠다.

내가 표적이 된 게 아닌데도 불구하고, 주마등이 보이고—— 찰나의 순간이 끝도 없이 길게 늘어지는 느낌이었다.

『무언가』가 라그네를 덮치는 모습을, 나는 슬로모션으로 지켜보았다.

이대로 가면 그녀는 죽을 것이다. 단두대로 처형되는 것처럼 말끔하게 목이 잘려 나가는 미래가 보였다. 차원마법사라서 보이는 게 아니라, 인간의 본능이 선명하게 보여준 광경이었다.

파프너의 움직임이 너무나도 빨랐다.

지금까지 했던 싸움이 짜고 치는 장난이었음을 증명하는

속도였다.

막을 수 있는 타이밍이 아니었다.

피할 수 있는 타이밍도 아니었다.

라그네도 그 점을 알고 있는 것이리라. 빨간 『무언가』를 보고는, 죽음의 공포 때문에 파랗게 질려 있었다. 나와 마찬가지로 주마등을 보고 있는 모양이다. 어마어마하게 느리게 흘러가는 체감시간 속에서, 살아남을 수 있는 방법을 최대한 모색하고 있다는 걸, 그 표정을 보면 알 수 있었다

그런 고민 끝에 라그네가 선택한 것은——.

"으, 으윽!!"

펄쩍 뛰면서 상체를 뒤로 힘껏 젖히는 것.

물론 그것만 가지고는 모자랐다. 완전히 피할 수 없었다. 그 부족한 회피력을, 라그네는 자신이 아닌 다른 것을 이용해 보완했다. 피하면서, 손에 들고 있던 십자가를 파프너에게 던진 것이다.

파프너는 상대가 손에서 놓은 코어를 눈으로 좇고 있었다.

그 순간을 기점으로, 『무언가』의 움직임에서 예리함이 사라졌다. 아주 미세하게나마, 틀림없이 감쇠했다.

공격을 피할 수 없다면, 상대가 알아서 공격력을 낮추게 만드는 것.

그것이 라그네의 선택이었다.

그리고 한없이 길게 늘어졌던 찰나가—— 끝났다.

휙 하고 칼부림이 끝나고, 피 안개가 흩날렸다.

이어서, 너무 격하게 몸을 젖히느라 자세가 무너졌던 라그네가 피 연못 위에 양발을 디뎠다. 재빨리 뒤로 펄쩍 뛰어 물러서서, 볼멘소리를 늘어놓았다.

"크, 큰일 날 뻔 했네~~~~!! 그리고 이건 얘기가 다르잖습까!! 파프너 씨는 사람을 죽일 수 없는 거 아니었습까?!"

만약 실패하더라도 죽지는 않을 거라 생각하고 강행했던 것이리라.

그러나 실제로는 달랐다. 조금만 늦었으면 목이 날아갈 뻔 했다.

파프너의 칼부림에, 라그네의 왼쪽 뺨이 쫙 찢어져 있었다.

보아하니 깊은 상처 같았다. 입 속까지 뚫고 들어간 듯한 상처에서, 내버려 두기 힘든 양의 혈액이 흐르고 있었다. 라그네는 상처를 손으로 누르고, 신성마법으로 회복시켜 나갔다.

십자가를 손에 든 파프너는, 그런 그녀의 모습을 놀란 얼굴로 바라보고 있었다.

스스로의 행동을 믿지도, 이해하지도 못하는 것 같아 보이기도 했다.

방금 전에 보였던 무표정이나 살의는 온데간데없이, 원래의 파프너로 돌아가 있었다.

충분히 혼란을 곱씹은 후, 파프너는 천천히 입을 열었다.

"이, 이봐, 꼬맹이……. 방금 어떻게 나한테 접근한 거지?"

파프너가 가장 먼저 물어본 것은, 라그네의 기습 공격에 대한 것이었다.

솔직히, 나도 그 점이 궁금했다.

전투 중, 나는 줄곧 ≪디멘션≫을 발생시키고 있었다.

아마 파프너 역시 피를 통해서 공간 전체를 파악하고 있었을 것이다.

그런 우리 두 사람의 눈을 피해서 그렇게 가까이까지 접근하는 건 불가능한 일일 터였다.

"어떻게 접근하긴……. 그런 걸 알려줄 리 없잖습까. 저는 수상쩍은 두 분과는 달리 성실하게 사는 사람이라, 그렇게 순순히 자기 기술을 설명해 줄 수가 없습다."

라그네는 뺨을 부여잡은 채 미간을 찌푸렸다.

싸우는 사람으로서는 당연한 반응이었다. 자신의 약점이나 공략법을 얘기하는 게 오히려 이상한 짓이라는 건, 파프너도 이해하고 있는 모양이었다. 이내 사과하면서, 화제를 다른 쪽으로 옮겼다.

"……하긴 그렇겠지. 평화에 취한 녀석 같은 질문을 했네. 미안. 그보다 이번엔 내가 더 문제였어. 방금 나는 진짜로【피의 이치】까지 검에 실어서 공격했으니까. 대체 내가 왜 그랬지?"

파프너는 방금 자신이 한 행동에 곤혹스러워하고 있었다.

그 말로 미루어보아, 진짜 작정하고 날린 일격이었던 모양이다.

모든 것을 분해해 버리는 티티의【바람의 이치】에 의한 일격에 버금가는 흉악함이 느껴지는 일격이었다.

주절주절 혼잣말을 뇌까리면서, 파프너는 자신의 상태를 재점검했다.

"방금 그 감각은, 『스스로가 죽을 상황이 되면, 상대를 죽여도 된다』는 규칙이 있는 건가? 아니, 좀 다른 것 같아. 『세계수보다 헤르미나 네이샤를 우선시하라』라는 느낌에 가까웠어. 그렇다면 노스휘 녀석은 대체 왜 내 『미련』 해소를 돕는 듯한 짓을……."

원인이 노스휘에게 있다고 생각하는 것 같았다.

그녀가 부여한 여섯 번째 규칙에 대해 궁리하면서, 그 꿍꿍이에 대해서도 추측해 나갔다.

하지만 결국 별다른 해답을 찾지 못해서, 끝내 머리를 쥐어뜯으며 악담을 퍼부었다.

"아아, 망할! 그 멍청한 주인, 소심한 성격은 예전 그대로잖아! 직접 얘기를 안 해 주면, 무슨 생각인지 내가 어떻게 아냐고……!!"

나는 검을 다시 『소지품』 속에 집어넣으며 그 모습을 지켜보았다.

더 이상 싸울 분위기가 아니었다.

나를 둘러싸고 있던 『피의 기사』들은 형체를 잃고, 모두 혈액 상태로 돌아갔다. 주위를 가득 채우고 있던 마력도 흩어지고, 피의 수위 역시 점점 내려가고 있었다. 일단 한 시름 덜고 숨을 고르고 있으려니, 라그네가 내 곁으로 다가와서 당황한 목소리로 말했다.

"카나미 씨! 회복마법을 걸었는데도 피가 안 멈춘다! 이, 이건……!"

뺨을 부여잡고 있는 손가락 틈으로 쉴 새 없이 혈액이 떨어지고 있었다. 아직 안심하기는 이르다는 것을 깨달은 나는, 즉시 상처에 ≪디멘션≫을 집중시켰다.

회복마법은 성공했다. ≪셀레스티얼 나이츠≫ 총장이라는 지위에 걸맞은 완벽한 신성마법이었다. 그러나 상처가 아무는 기색은 찾아볼 수 없이, 출혈이 계속되고 있었다. 아무리 봐도 비정상적인 현상이었다.

"어이! 꼬맹이, 당장 이리로 와! 【피의 이치】에 베이면 통상적인 회복마법은 안 통해! 내가 치료해 줄게!!"

비정상적인 현상의 해답은 파프너가 알고 있는 모양이었다.

그 자리에서 움직일 수 없기에, 라그네를 소리쳐 불렀다.

그러나 라그네는 겁을 집어먹은 듯, 내 뒤에서 한 발짝도 움직이지 않았다.

방금 그 공격 때문에, 파프너 가까이 다가가는 것조차 두려워진 건지도 모른다. 멀리서 보고 있던 나마저도 본능적인 공포에 휩싸여 움쭉달싹 못 할 정도였던 것이다. 그 공격에 직면했던 라그네의 공포는 헤아릴 수도 없으리라.

"안 건드리고 치료할 테니까 걱정 마! 그리고 이리 안 오면 결국은 죽는다고!"

파프너는 치료를 서둘렀다

그 목소리에 담긴 것이 선의뿐이라고 판단한 나는, 등 뒤에 숨은 라그네를 재촉했다.

"라그네, 치료 가능성이 있는 건 파프너뿐인 것 같아. 나는 파프너를 신뢰해. 적어도 거짓말을 할 성격이 아닌 건 분명해."

가끔 정신 나간 언동을 보이긴 하지만, 파프너는 시종일관 성실한 태도를 취해 왔다.

기사라는 이름에 부끄럽지 않은 헌신적인 행동들이었다. 라그네 역시 그 점을 느꼈던 것이리라. 피를 멈추기 위해, 하는 수 없이 내 등 뒤에서 나와 파프너 쪽으로 다가갔다.

어느 정도 다가가자, 파프너는 라그네를 제지하고 그 자리에서 선혈마법을 구축해 나갔다.

"좋아, 거기까지. 움직이지 말고 상처를 보여줘. ——선혈마법 ≪에르메스미아 링커≫."

파프너는 두 손을 땅에 대고, 똑바로 서 있는 라그네의 양옆에 피 인형 두 개를 새로 만들어냈다. 『피의 기사』와는 달리 무장을 하고 있지 않으니, 이쪽은 그냥 『피 인형』이라고 부르기로 했다. 『피 인형』들은 태어나자마자 라그네 쪽으로 다가가서 상처를 살펴보기 시작했다.

"히, 히이익……!"

당연히 라그네는 겁에 질려서 바들바들 떨었다.

"쫄지 마. 이 녀석들은 실력 있는 군의관들이야. 회복계 마법 전문가들이지."

『피 인형』들은 그저 상처를 진찰하고 있는 것뿐이라는 말로 라그네를 진정시켰다. 그리고 그 의사들이 마법을 영창하기 시작했을 때쯤, 파프너가 우리에게 설명을 시작했다.

"이미 알고 있겠지만, 그 상처는 보통 상처가 아냐. 『피의 이치를 훔치는 자』 헤르미나가 훔친 이치는【돌아가지 않는 피】야. 즉, 일단 한 번 상처를 입으면【두 번 다시 원래 상태로 돌아갈 수 없어】. ……미안하게 됐어. 『사망자는 절대 내지 말 것』이라는 규칙이 있는 한, 무슨 일이 있어도【피의 이치】만큼은 쓰지 않을 거라고 방심했었어."

아까 그『무언가』에 의한 일격이 회복 불가능한 공격이라는 얘기에, 나와 라그네의 얼굴이 창백하게 질렸다. 방금 그 설명이 사실이라면, 라그네의 출혈은 앞으로 영원토록 멎지 않는다는 얘기가 된다.

그때, 일단 한숨을 돌린 파프너가 양손을 바닥에서 떼고 일어섰다. 동시에 라그네를 둘러싸고 있던『피 인형』들은 형체를 잃고 피 연못으로 돌아갔다.

"후우……. 일단 내 피로 메워서 상처를 수선해 뒀어."

"수, 수선이라니……. 이거, 나은 검까?"

라그네의 뺨에 난 상처를, 검붉은 딱지 같은 것이 덮고 있었다.

엄청나게 겁을 준 것 치고는 손쉽게 출혈이 멎어 있었다.

"나은 건 아냐. 그래도 이제 과다출혈로 죽는 일은 없을 거야. 그냥 그 정도라고 보면 돼."

일단 죽음은 면했다는 소식에, 라그네는 파프너와 마찬가지로 한숨을 돌렸다. 하지만 이내 자신의 뺨을 어루만지며, 그늘진 얼굴로 걱정에 잠겼다.

그 모습을 본 파프너는, 라그네보다 더 그늘진 얼굴로 깊숙이 고개를 숙였다.

"정말 미안하다, 꼬맹이. 아마 그 상처는 죽을 때까지 남을 거야."

내 화상 흉터와 마찬가지로, 그 상처도 평생토록 지워지지 않는다는 것이었다.

무리한 주문인 걸 알면서도, 나는 다시 물었다.

"파프너, 어떻게든 없앨 방법은 없어? 여자 얼굴이잖아."

"그래, 나도 알아. 하지만 내가 다룰 줄 아는 건 어디까지나 피뿐이고, 살점까지 건드리는 재주는 없어. 그런 건 아이드가 제일 잘할 텐데……, 이제 없는 것 같으니까 말이지."

상처를 고칠 수 있는 사람은 아이드라는 모양이었다.

그러나 그 아이드는 얼마 전에 사라졌다. 이제 다시는 되살아날 수 없다. 가능성이 있는 방법이 있다면, 아이드와 티티의 마석과 접촉해서 그 지식과 마법을 얻는 것 정도이리라.

"화장으로 감추는 수밖에 없어. ……맞다. 카나미가 요령을 가르쳐주면 안 될까?"

"엥? 나는 화장 같은 건 하나도 모르는데……."

"어? 지금은 그런 거야? 옛날에는 엄청 잘 했는데. 그럼 다른 방법은……."

나와 파프너는 라그네의 흉터를 없앨 방법에 대해 진지하게 대화를 나누었다.

그런데 중간에 라그네가 약간 황당해하며 끼어들었다.

“저, 저기요……. 두 분, 저는 죽지만 않으면 흉터 같은 건 아무런 문제도 안 됩다. 오히려 어엿한 기사로서 관록이 생긴 것 같다는 생각이 들 정도임다. 페르시오나 선배 같은 느낌도 나서, 기분이 썩 나쁘진 않슴다.”

라그네는 흉터를 어루만지며 명랑하게 웃고 있었다.

억지로 씩씩한 척을 하는 것 같지는 않았다. 비스듬하게 생긴 뺨의 흉터를, 정말 멋지다고 생각하는 듯한 여유가 표정에서 엿보였다.

파프너는 자신의 묵은 흉터를 어루만지며, 그런 라그네의 반응에 감사했다.

“하하하……. 빈말이라도 그렇게 얘기해 주니 고맙다.”

쓴웃음을 짓고 나서, 파프너는 눈앞에 있는 소녀를 응시했다.

이제 나를 따라온 일행이 아닌, 하나의 인물로서 라그네를 바라보고 있었다.

“이봐, 꼬맹이. 이름이 어떻게 되지?”

“으~음, 라그네 카이크오라임다.”

“라그네, 고맙다. 그리고 등골이 서늘한 네 기습 덕분에 머릿속도 맑아졌어. 솔직히, 카나미를 만나는 바람에 지나치게 흥분했던 것 같아.”

"아~, 하긴 그랬죠. 제3자가 보기에는, 완전히 맛이 간 사람처럼 보였었습다. 이제 진정된 것 같아서 정말 다행입다."

"크하핫. 확실히 말해 두지. 그렇게 살짝 이상한 면이 바로 내 매력 포인트라고."

"그게 매력으로 보일 거라고 생각하는 걸 보니 확실히 맛이 가셨네요. 아하하."

흉금을 터놓은 친구처럼, 두 사람은 농담을 주고받았다.

괜한 응어리 같은 걸 남기지 않고 화해해서 다행이라는 생각이 드는 반면, 친해지는 속도가 너무 빠른 것 아닌가 하는 생각도 들었다. 두 사람 사이에 뭔가 공감하는 부분이 있었던 건지도 모른다.

그리고 둘이서 야유 섞인 대화를 충분히 주고받은 뒤, 파프너가 자신의 손에 든 빨간 십자가를 바라보며 나를 향해 말했다.

"오늘은 이 정도만 하기로 하지. 정체불명의 여섯 번째 규칙이 있다는 게 밝혀진 이상, 나를 평화롭게 소멸시킬 수 있는 방법은 없어. ……여러모로 정말 미안하게 됐어, 카나미. 설마 노스휘가, 카나미보다 나를 우선시하는 규칙을 심어 뒀을 줄은 생각도 못 했어. 생전에 수도 없이 명령을 위반하고 괴롭혀 댔으니까, 나를 죽도록 미워할 줄 알았는데……. 어쩌면 내가 잘못 생각했던 건지도 모르겠군."

죽도록 미워할 정도면, 대체 얼마나 지독하게 괴롭힌 걸까.

어쩌면 노스휘에 의해 마음을 조종당하게 된 건 자업자득

일지도 모른다는 의심이 들었을 때쯤, 파프너는 빨간 십자가를 다시 심장으로 되돌려서, 원래 위치인 가슴속에 집어넣었다. 이번에도 ≪디스턴스 뮤트≫를 쓸 때처럼 막힘없이.

"일단 심장부터 되돌리고……. 선혈마법도 중단하고 평소 상태로 돌아가야겠어. 진짜 피곤한 하루였어."

이어서 주위에 감돌던 마력도 몸으로 되돌렸다. 바닥에 남아있던 피 웅덩이도, 스펀지에 물이 흡수되듯 파프너의 발을 통해 빨려 들어갔다.

희미해졌던 파프너의 몸에 색이 돌아오고, 존재감이 팽창해 나갔다. 유령 같던 상태에서, 서서히 살아있는 인간으로 돌아왔고── 그런 끝에, 오늘 한 번도 본 적이 없는 모습으로 변했다. 그걸 본 라그네가 감탄 어린 목소리를 토해냈다.

"와, 와아, 금발에 파란 눈……. 갑자기 귀족스러워지셨네요."

파프너의 곱슬머리는 금빛으로 반짝이고, 눈동자는 바다처럼 짙은 바랑으로 변했다.

분위기가 180도 변한 느낌이었다. 얼굴에서 고귀함이 엿보이고, 헤르빌샤인 가문의 하인 씨나 프랑류르와 어쩐지 닮아 보이기도 했다.

놀라는 라그네에게, 파프너가 의기양양하게 큰소리쳤다.

"멋있지? 이게 내 진짜 모습이라고. 반했냐?"

"아니, 그럴 리가요. 카나미 씨 쪽이 그나마 제 취향에 가깝습다."

"호오……. 들었지? 좋겠네, 카나미."

보란 듯이 내 팔에 매달리는 라그네를 보고, 카나미는 자기가 칭찬받은 것처럼 기뻐했다.

반면에 나는 갑작스러운 라그네의 스킨십에 동요했지만, 애써 평정을 유지하며 대답했다.

"고마워, 라그네. 하지만 이것저것 다 알고 이러는 거지?"

"맞습다. 그렇게 순진하게 수줍음을 타니까 놀림감이 되는 겁다. 여자 대하는 법을 좀 더 연마하셔야겠습다."

이것도 여심을 공부하기 위한 훈련의 일환이라는 걸까. 하지만 이런 스킨십을 받고도 전혀 동요하지 않으면, 오히려 그게 여성에 대한 실례가 될 것 같은데…….

"크하핫. 카나미는 이렇게 모든 걸 진지하게 받아들이니까 말이지. 하지만 그런 게 카나미의 장점이라고, 라그네."

"에엥? 아니, 저는 그게 카나미 씨의 음흉한 점이라고 생각하는데요. 이런 점이 있는 한, 제가 카나미 씨한테 진심으로 반하는 일은 없을 겁다."

"호오. 라그네는 카나미가 음흉하다고 생각해? 별일이네."

"아뇨아뇨, 이건 별일이 아닙다. 아마 여자 열 명이 있으면, 그 중에 최소한 몇 명은 카나미 씨를 음흉하다고 생각할 겁다."

"그래……? 그럼 카나미, 앞으로 더 정진해야겠네. 라그네에게 음흉하다는 소리를 듣지 않도록, 여자 대하는 실력을 더더욱 키우는 거야! 옛날처럼, 알았지?"

파프너는 라그네의 말에 동조하고는, 악평이 자자하던 천 년 전 나의 여성편력에 대한 얘기를 끄집어냈다. 놀리듯 웃는 파프너의 말에 진지하게 대답하면 지는 거라고 판단한 나는, "마음 내키면 그럴게, 마음 내키면"이라고 대꾸했다.

파프너는 그런 내 반응에 가볍게 사죄하고는, 농담이 아닌 진지한 화제로 옮겨갔다.

"미안, 미안, 농담이었어. 그런 시시껄렁한 소리는 이제 그만 하고, 사실은 카나미에게 부탁하고 싶은 게 있어. 다음에 여기 오기 전까지, 노스휘에게서 비백교의『경전』을 되찾아다 줘. 그것만 있으면, 여러모로 얘기가 달라질 테니까."

"비백교의『경전』? 혹시 그게 파프너의 목숨보다 소중한 거야?"

여기로 오기 전에, 노스휘는 파프너가 목숨보다 소중히 여기는 것을 자신이 인질로 잡고 있다고 했었다. 그 얘기를 하는 거라 추측하고 던진 질문이었다.

"그래, 맞아. 지금 유행하는 레반교가 아니라 비백교의『경전』이니까 헷갈리면 안 돼. 나는 그걸 인질로 잡히는 바람에 이런 꼴을 당하고 있는 거야. 단순하게 말하자면, 나는 그『경전』을 가진 녀석에게는 거스를 수 없어. 떼거지로 몰려와서 나를 두드려 팰 때 아주 유익한 아이템이 될 거야."

노스휘에게서는 듣지 못했던 정보였다. 물건의 종류를 알면 찾기도 상당히 쉬워질 것이다. 그런데 그 얘기를 듣고 기대감을 보이는 나와는 대조적으로, 라그네는 정보의 진위를 약간 의심하는 것 같았다.

"『경전』이라봤자……, 결국은 그냥 책이잖슴까? 그거 진짜 맞슴까? 그게 진짜라면 파프너 씨는 약점투성이라는 얘기 아님까?"

"진짜 아주 대놓고 말하네……. 거 미안하게 됐어. 고스트라는 특수한 몬스터가 섞여 있어서 그런지, 난 원래 약점투성이야."

옆에서 라그네가 참견하고 들었다.

그러나 파프너는 곁길로 새지 않고, 거듭 나에게 부탁했다.

"부탁 좀 하자, 카나미. 그건 이제 딱 하나 남았어. 어디에나 흔히 있는 『경전』이지만, 그게 진짜 마지막이야."

"파프너가 특별하게 여기는 물건이라는 건 알겠어. 참고로 그건 어떻게 생긴 물건이지?"

"표지는 평범하게 가죽 장정이고, 평범하게 비백교라는 제목이 적혀 있어. 무지하게 오래된 책이니까, 척 보면 알아볼 수 있을 거야."

"알았어. 최선을 다해 찾아볼게."

이 정도 정보가 모인 이상, 노스휘도 시치미를 뗄 수는 없을 것이다.

어쨌거나 싸운 보람은 있는 셈이었다. 처음에는 파프너의 괴이함에 정신을 못 차렸지만, 끝나고 보니 결과적으로 많은 정보를 얻을 수 있었다. 그리고 슬슬 해산하는 분위기로 흘러갈 때쯤, 파프너가 양손을 모으고 신관처럼 기도를 올리기 시작했다.

"그럼, 이만……. 아이카와 카나미와 라그네 카이크오라, 두 사람의 인생에 앞으로도 많은 고난이 있기를……."

"어, 응? 왜 고난을 비는 검까?!"

파프너가 지껄이는 살벌한 소리에, 라그네가 기다렸다는 듯 비난했다.

"역시 정신 나간 사람임다! 성격 참 더러운 사람임다!"

파프너처럼 강한 존재의 기도에는 뭔가 가호 같은 거라도 담겨 있을 것 같아서 정말로 무서웠다. 그런 내 감정을 대변해 주는 라그네의 말에, 파프너는 "하하하"라며 웃고, 마지막으로 진지하게 작별 인사를 건넸다.

"둘 다, 진짜 열심히 해 봐. 후즈야즈에서 나는 무슨 짓을 해도 단역일 뿐이니까. 여기서 고분고분 노스휘의 말 노릇이나 하면서 너희들을 기다리는 게, 내 역할의 전부야. 내 차례가 돌아오기 전에, 내가 안 보는 곳에서 죽으면 안 돼. 고난이라는 건, 극복해 낼 때야 비로소 성장의 밑거름이 되는 거야. 그 점은 절대로 잊지 말아 줘."

"……물론 순순히 죽지 않을 자신 정도는 있으니까, 그 점은 걱정하지 마. 라그네도 곁에 있고 말이야."

우리가 죽는 게 정말 싫다면 고난을 기도하는 짓 따위는 왜 하는 걸까, 하는 생각도 들었지만……그 나름의 신념과 배려가 있는 것이리라. 그 격려를 받아들인 다음, 우리는 손을 흔들어 인사를 주고받았다.

"믿어. 나는 언제나, 세상 그 누구보다 카나미의 힘을 믿어."
"그럼 가 볼게. 다음에 또 보자, 파프너."
"저는 될 수 있으면 두 번 다시 만나기 싫습다. 바이바이임다~."
파프너는 우뚝 선 세계수 줄기에 등을 기대고 주저앉았다. 그 모습을 흘깃거리며, 나와 라그네는 계단을 향해 걸어갔다.
멀찍이서 지켜보고 있던 기사들과 합류해서, 후즈야즈의 어두운 땅속을 떠나, 부귀영화의 극에 달한 성 1층으로 돌아왔다.
이렇게 해서, 나와 파프너의 첫 번째 해후는 무사히 마무리될 수 있었다.

◆◆◆◆◆

파프너와 세계수를 해방하는 데 실패한 우리는, 계단을 올라 후즈야즈 성 1층으로 돌아왔다. 중앙의 뻥 뚫린 공동을 들여다보고 있던 기사 한 명이 이쪽을 돌아보고, 나에게 말을 걸었다.
"정말 고생 많으셨습니다. 저희들은 멀리서 보기만 했는데도 의식이 날아가 버릴 지경이었지 뭡니까……."
파프너와의 전투를 치하하는 말이었다.
나에 대한 공포와 경의가 뒤섞여 있는 것 같은 느낌도 들었다. 주위를 둘러보니, 어마어마한 강적인 파프너와 정면 대결을 펼친 나를 기사로서 선망하는 자도 있는가 하면, 두려워하는 자도 있었다.

"하지만 파프너를 세계수 곁에서 떼어내는 데는 실패했어요. 죄송합니다."

결과만 따지면, 나는 임무 완수에 실패했다.

애초에 작정하고 임무에 임한 건 아니었지만, 형식적으로 사과해 두었다. 그러나 기사도 그 점은 처음부터 예상하고 있었던 듯, 고개를 끄덕여 대답했다.

"아뇨, 괜찮습니다. 원로원 분들도 첫 번째는 분명 실패할 거라고 말씀하셨으니까요."

"첫 번째는, 분명?"

처음부터 기대도 하지 않았다는 얘기에, 적잖이 충격을 받았다. 그리고 그렇게 단정하고 있었다는 원로원이라는 존재에 대한 궁금증이 생겼다. 감이나 추측을 통해서 실패를 예측한 거라면 상관없다. 하지만 그게 정보를 바탕으로 한 단정이었다면 얘기가 전혀 달라진다.

"최하층의 전투가 끝나는 즉시 두 분을 모셔오라는 지시를 받았습니다. 원로원 분들이 계신 최상층으로 모시겠습니다."

이번에는 성의 지하가 아닌, 정상으로 가는 계단을 오르라는 것이었다.

나는 그 권유에 발걸음을 멈추었다.

라스티아라 등이 없는 이상, 내가 그 대체재 역할을 하게 되리라는 건 예상했었다.

다만, 1년 전 『에픽 시커』 길드마스터 시절에 겪었던 경험 때문에, 나는 상류계급의 사교계에 얽히는 것에 대한 거부감을 갖고 있었다. 어떻게든 핑계를 대서 벗어나려고 머리를 굴리기 시작했을 때, 옆에서 훼방을 거는 목소리가 날아들었다.

"카, 카나미 씨, 진짜 무시하실 겁까? 이걸 거절하는 건 영 안 좋을 것 같은데요?"

자유의 몸인 나와는 달리, 나라를 섬기는 기사 신분인 라그네는, 원로원이라는 존재 앞에서 위축되어 있었다. 그래도 나는 고개를 가로저으려 했는데——.

"카나미 님, 원로원 분들께서는 『성녀 유괴 사건』에 대해 의논하고 싶다는 말씀도 하셨습니다. 원하신다면, 그 사건은 이미 해결한 걸로 치고 의뢰를 취소해도 된다고 하셨습니다."

간과할 수 없는 발언이었다.

그리고 그 얘기의 의미를 이해한 순간, 내 안에서 원로원에 대한 경계도가 상승했다.

"그거……, 제가 내키지 않아 하면 그렇게 얘기하라는 지시를 받으신 건가요?"

"네."

순순히 고개를 끄덕이는 기사를 보며, 나는 전투 때처럼 진지하게 고민했다.

지금 우리는 『성녀 유괴 사건』 의뢰를 맡은 모험가 파티 신분으로 후즈야즈에 머물고 있다. 그런데 그 사건의 주범은 동료인 마리아와 리퍼였다. 당연한 얘기지만, 그녀들을 국가에 바쳐서 사건을 해결하는 짓은 할 수 없다. 그러니 앞으로도 계속 범죄자가 되어 후즈야즈에서 지내는 수밖에 없겠다고 생각하던 마당에, 이런 얘기를 건넨 것이다.

결국, 모종의 방법으로 우리 움직임을 파악하고 있다는 얘기가 된다.

"알았어요. 가겠습니다."

나는 거절하지 않고 권유에 응하기로 마음먹었다.

상황만 따지자면, 원로원은 아주 우호적인 제안을 한 셈이다. 적어도 표면상으로는 양호한 관계를 맺을 생각이 있는 것이다. 원로원의 기대를 받아 가면서, 그 꿍꿍이를 살피는 건 나쁘지 않은 방법이다.

"감사합니다. 그럼, 위로 가시죠."

내가 승낙하자, 기사는 중앙의 공동에 있는 계단이 아닌, 벽 쪽에 있는 계단 쪽으로 향했다. 그 뒤에서는 라그네가 땅이 꺼질 듯 깊은 한숨을 짓고 있었다. 예의 바른 기사와는 대조적으로, 지극히 타산적인 속내를 대놓고 얘기했다.

"후우~. 아, 한시름 덜었습니다. 카나미 씨와 원로원 양쪽 모두에게서 좋은 평가를 유지할 수 있게 됐습다."

명목상, 라그네는 연합국의 기사 대표로서 영웅인 나를

안내하는 것으로 되어 있다. 신분 상승을 꿈꾸는 그녀 입장에서, 그 임무를 무사히 달성하고 상층부의 좋은 평가를 받는 건 아주 중요한 일일 것이다.

식은땀을 훔치는 라그네와 함께, 나는 다시 기사들의 뒤를 따라 걷기 시작했다. 계단을 오르면서, 지하로 내려가는 계단과의 차이를 실감했다. 한 칸 한 칸에 비단 카펫이 갈려 있고, 난간은 번쩍번쩍하게 빛나고 있었다. 그 난간을 떠받치는 기둥이나 계단 발판에는 세밀한 장식이 빠짐없이 새겨져 있어서, 같은 나선계단인데도 질이 전혀 달라 보였다.

그 노골적인 우대를 실감하며, 우리는 계속 계단을 올라갔다.

기나긴 계단이었다.

오른 계단의 수가 100단을 넘어섰을 때쯤, 이렇게 높은 건축물을 만든 이유에 대해 잠깐 생각해 보았다.

평소부터 몸을 단련하고 있는 기사들은 괜찮을지도 모르지만, 일반적인 고관이나 신관들에게는 상당히 고된 길이일 것이다. 뭔가 목적이 있는 거라 해도, 사소한 일을 전달할 때까지 매번 이 고생을 하는 건 지나치게 비합리적이다.

마음속으로 성의 구조에 대해 투덜거리고 있으려니, 주위의 분위기가 점점 달라졌다.

30층 정도까지 오르니, 경비병으로 보이는 기사들의 수가 늘어나기 시작했다. 더불어 고급스러운 카펫 밑에 깔려 있는『라인』을 통해 느껴지는 마법 결계의 강도도 상승한 것 같았다.

겉길로 새서 다른 층을 살펴볼 생각은 없었지만, 아마 이 30층 부근부터 경비병들의 랭크도 달라진 것 같았다. 망루에 서 있는 기사들의 표정은 굳어 있고, 착용하고 있는 장비의 수준도 달라졌다.

"있잖아, 라그네, 어째 좀 살벌하지 않아?"

이유가 대충 짐작은 갔지만, 일단 후즈야즈의 사정에 대해 잘 아는 기사의 의견을 물어보기로 했다.

"그야 당연하죠. 여기부터는 왕족들의 거주 구획이기도 하니까 말임다."

"아아, 역시 그랬구나. 위로 가면 갈수록 더 높은 사람이 사는 거야?"

"맞슴다. 후즈야즈는 왕족의 종류와 수가 워낙 많고 복잡하게 얽혀 있어서, 자리를 많이 차지한단 말임다. 그래서 성이 이렇게 커진 거 아닐까요? 그나저나 저도 여기까지 들어오는 건 오랜만이라 좀 긴장됨다."

입으로는 긴장된다고 했지만, 태도는 태연자약했다.

파프너 손에 죽을 뻔한 지 얼마 되지도 않았건만, 가벼운 발걸음으로 계단을 오르고 있었다. 라그네의 뺨에 앉은 새빨간 딱지를 지나치게 응시하지 않도록, 그녀와 잡담을 나누었다.

"여기가 왕족들의 구역……. 그런데 원로원 사람들은 왕족보다 더 높이 있나 보네."

"그게 바로 원로원이『제일』이라는 증명임다. 후즈야즈에서는 왕족보다 교회가 더 높고, 교회보다 원로원이 더 높슴다. 후즈야즈는 대륙의 정점이니까, 당연히 원로원은 세계에서『제일』높은 존재라는 뜻이 됨다."

"그렇게 높은 사람들이구나……. 그러니까 함부로 대하면 안 된다고 그런 거였구나."

"맞슴다! 저는 권력에 약하니까 말임다! 원로원의 평가가 무지 신경 쓰임다!"

원로원이『제일』이라는 얘기를 할 때, 라그네의 집념 같은 게 살짝 엿보였다. 아마 그녀는 원로원의 자리까지 올라갈 야망을 갖고 있는 것이리라.

언젠가 거기까지 다다르고 말겠다는 긍정적인 에너지가 느껴졌다.

그리고 라그네의 미소가 밝아져 감에 따라 주변의 명도도 점점 올라갔다. 계단을 올라가면 올라갈수록, 근처 창문을 통해 비쳐드는 햇빛의 각도가 달라지고 있는 것이다. 처음에는 대각선 상단에서 비쳐들던 빛이, 옆에서 후려치듯이 성 안을 비추고 있었다.

나는 벽 쪽에 붙어서, 바깥 상황을 볼 수 있게 활짝 열려 있는 창밖을 내다보았다.

손에 닿을 듯한 위치에 구름이 있고, 태양이 찬란하게 빛나고 있었다.

"후에에~, 무지 높네요~! 도시가 까마득하게 밑에 있슴다!"

"위험하니까 몸 너무 내밀지 마."

태양을 바라보는 나와는 반대로, 라그네는 아래를 먼저 내려다보았다.

뛰어내리기라도 할 것 같은 기세로 창문으로 달려가는 라그네를 나무라자, 그녀는 짤막하게 "알았습다"라고 대답하고 물러났다. 그리고 다시 계단을 오르며, 감회에 젖은 목소리로 말했다.

"그나저나, 좀 거시기하네요. 파프너 씨가 성 제일 밑바닥에 있고 꼭대기에 원로원 사람들이 있다는 게, 좀 아이러니한 느낌임다. 파프너 씨는 천 년 전의 높은 사람이고, 당해낼 사람이 없을 만큼 강한 분인데……."

아까 파프너와 친분을 쌓아서 그런지, 지금 그가 밑바닥에 있는 게 말이 안 된다고 비판했다. 물론 싸움을 잘 하는 게 전부는 아니라는 건 그녀도 알고 있을 것이다. 그러니까 나를 백으로 삼아서 권력에 대항하려 하는 것일 테고 말이다.

우리가 마지막으로 본 파프너의 모습은, 맨발로 세계수에 기대어 앉아 책을 읽는 모습이었다. 그 주위에는 아무것도 없고, 암흑과 싸늘한 땅이 펼쳐져 있을 뿐. 다음에 찾아갈 때는 뭔가 따뜻한 빛이 될 만한 걸 가져가야겠다고 생각했을 때쯤, 계단이 끝났다.

드디어 최상층까지 올라온 모양이었다. 지금까지 올라온 계단과는 달리, 최상층은 비좁고 간소했다. 외길로 된 회랑이 뻗어 있을 뿐, 불필요한 장식이나 곁길은 없었다. 우리는 그 마지막 회랑을 천천히 지나서, 최상층에 단 하나 있는 방 앞에 도달했다.

커다랗지만 소박한 목제 문 앞에서, 대표 기사가 말했다.

"도착했습니다, 카나미 님. 라그네 님도 같이 안으로 드시지요."

더 이상은 황송해서 갈 수 없다는 듯, 안내를 맡았던 기사들은 일제히 문에서 멀찍이 떨어져서 경례했다. 보아하니 이 방에 들어갈 수 있는 건 나와 라그네뿐인 모양이었다.

『셀레스티얼 나이츠』 총장인 그녀는 다른 기사들과 격이 다른 존재라는 걸 짐작할 수 있는 장면이었다.

나는 주저 없이 라그네와 함께 방의 문에 손을 대고, 문을 밀었다.

낡고 튼튼한 문일 줄 알았는데, 상당히 가벼웠다. 목제 문 특유의 삐걱거림도 없어서, 더없이 매끄럽게 열렸다.

그리고 문 너머로.

나는 방으로 들어가자마자 주위를 관찰했다. 우선 예상보다 훨씬 좁은 넓이에 조금 놀랐다. 성의 최상층에 단 하나뿐인 방이니까 운동장처럼 넓을지도 모른다고 생각했는데, 실제로는 일반 가정의 거실 정도.

인테리어 소품도 최소한밖에 없어서, 벽 쪽에 작은 책장과 램프 몇 개가 놓여있는 게 전부.

지극히 평범한 그 방 중앙에 원탁이 하나. 호화로운 물건은 절대 아니었다. 흔해 빠진 목제 탁자였다. 그 주위에는 의자가 7개 놓여있었다.

우리가 들어온 문의 정면에 있는 의자 두 개가 비어 있고, 나머지 다섯 개의 의자에는 다섯 명의 남녀가 앉아있었다. 모두 하나같이 넉넉한 비단옷을 입고 있는 걸 보면, 그게 정장 같은 것인 모양이었다. 아마 이 다섯 명이 원로라는 직책에 있는 사람들이리라.

그 남녀들의 평균연령은 상당히 높은 듯, 방에 들어온 나를 주름투성이 얼굴로 쳐다보고 있었다. 물론 그 안광은 독특했고, 나이답지 않은 예리함이 느껴졌다. 원로원이라는 이름이 아깝지 않은 관록이었다.

그리고 그 다섯 명 중에서 가장 젊은 30세 전후의 여인은 낯이 익은 얼굴이었다.

그녀와 시선이 마주친 순간, 미소와 함께 재회의 인사가 날아들었다.

"오랜만이구나, 카나미 공."

"당신은……, 연합국 대성당에서 본 것 같은데……."

1년 전에 라스티아라를 구출하려고 연합국 대성당을 습격했을 때, 『재탄생』 의식을 집전하던 여인이었다. 워낙 많은 사람들이 있던 상황이라 인상이 깊이 남지는 않았지만, 이름은 레키라고 했던 것 같다. 내 등장으로 인해 혼란에 빠진 신전 안에서, 원로원 대리라는 직함을 가진 그녀만은 시종일관 침착을 유지하고 있던 것이 기억에 남아있었다.

"그때는 신세 많이 졌어. 금년도에 정식으로 원로가 된 레키 어반스라고 한다. 1년 전에는 대리였지만, 지금은 다르다는 얘기지."

레키 씨는 자리에서 일어서서, 깊숙이 고개를 숙이며 인사했다. 연령보다 나이 들어 보이는 그 말투는 기억 속 모습 그대로였다. 나는 한때 적대하던 사이였던 건 잠시 잊고, 그 정중한 인사에 화답하기로 했다. 그러나 더더욱 정중한 인사가 그런 내 화답을 가로막았다.

원로로 보이는 다섯 남녀 전원이 자리에서 일어나서, 레키 씨가 그랬던 것처럼 고개를 깊이 숙였다.

"어?"

나는 그 예상치 못한 대응에 당황했다. 방금 전에 분명히, 원로원이 왕족보다 더 높은 존재라는 얘기를 들었던 것이다. 이 나라의 정식 예의범절을 모르니, 계속 한쪽 무릎을 꿇고 얘기할 각오까지 하고 있었다. 그런데 현실은, 오히려 원로원 사람들이 당장이라도 한쪽 무릎을 꿇을 기세였다.

그 이유를 알려준 것은, 이 중에서 가장 나이가 많아 보이는 초로의 남성이었다.

"그렇게 놀라지 말게, 영웅. 이건 후즈야즈의 조상에 대한 경례일세. 우리는 정통 역사를 배웠으니, 그대가 천 년 전의 시조라는 것도 알고 있네. 원래는 우리가 말석에 앉아서 얘기를 들어야겠지만……."

"……아뇨. 시조 취급을 받는 건 좀 그런데요."

지금 나는 그 시절의 기억이 애매모호해서 이 고생을 하고 있는 것이다.

무엇보다, 기억도 없는 일 때문에 존대를 받는 것보다 불편한 것도 없으리라.

"그렇게 말할 줄 알았네. 그러니까 격을 낮춰서 영웅 카나미라고 부르기로 하지. 괜찮겠나?"

"네……. 아이카와 카나미입니다. 반갑습니다. 레키 씨는 오랜만입니다."

격을 낮춘 게 영웅 대우인 모양이다. 어떻게든 일반 모험가 대우를 받고 싶었지만, 그렇게 하면 이번에는 너무 낮은 지위가 문제가 될 것이다. 영웅 대우를 받아들이기로 하고 감사를 표하자, 레키 씨가 내 뒤에 있는 기사의 노고를 치하했다.

"좋아. ……우선 카이크오라 총장. 카나미 공을 모셔오느라 고생이 많았다. 그대가 없었더라면, 『개척지』의 영웅님이 여기까지 와 주지도 않았을 게야. 참 잘했어."

그 말을 들은 라그네는——.

"……아! 하, 하하! 성은이 망극합다!"

어째선지, 나도 원로들도 아닌 전혀 다른 곳을 보고 있었다.

방 안쪽에, 위로 올라가는 계단이 있었다. 아마 성의 옥상으로 가는 계단이리라. 그것을 보고 있던 라그네는, 간신히 정신을 차리고 허둥지둥 허리를 숙였다.

"흐음, 그대는 참 변함이 없구나. 이제 됐다. 뒤에서 대기하고 있거라. 영웅님에 대한 호위에 전념하도록."

"알겠습다!"

척 하고 경례를 붙이고, 라그네는 저 멀리까지 물러섰다.

보아하니 레키 씨와 라그네는 안면이 있는 사이인 것 같다. 지금보다 훨씬 낮은 지위였던 때부터 교류가 있었던 건지도 모른다. 두 사람이 눈짓을 주고받는 모습을 지켜보고 있으려니, 원로원 대표로 보이는 고령의 남자가 다시 말을 걸었다.

"용사님. 먼저 오해부터 풀어 두고 싶네. 자네들은 우리를 피해서 행동하고 있는 모양이네만, 그럴 필요 없어. 조금도."

"피한 게……, 맞긴 하죠, 역시."

변명은 통하지 않을 것이다. 저택에서 기다리고 있는 동료들의 얼굴을 떠올리며, 고개를 끄덕여 대답했다.

"총사령관 대리 스노우 워커의 경우, 우리 후즈야즈는 그녀의 사직을 승인하기로 했네. 부관이 분투하고 있는 덕분에, 원래 총사령관이 돌아올 때까지는 충분히 버틸 수 있으니까. 그리고 라스티아라 후즈야즈 역시 마찬가지야. 대성당에 대한 권한은 페데르트 녀석에게 되돌리도록 하겠네. 사도 시스에 관해서도, 억지로 우리 쪽으로 포섭하려 들 생각은 없어. 그러니 굳이 성에 인사하러 올 필요도 없다고 그녀들에게 전해주게. 관계자들에게는, 우리가 그럴싸한 이유를 붙여서 설명해 둘 테니."

엄청나게 관대한 처우다. 그렇게 표현해도 좋을 것이다.

일반인인 내가 보기에도, 그녀들의 사직 및 전직 과정은 말이 안 됐다. 그것들을 전부 불문에 부치고, 성이나 사교계에서의 사과까지 대신해 주겠다는 얘기다.

"감사합니다. 분명 다들 안심할 겁니다."

"그 정도는 별일도 아냐. 지금 우리 원로원이 가장 염려하고 있는 건, 자네들과 맺어야 할 우호적인 관계가 오해 때문에 틀어지는 거니까. 그런 최악의 전개를 피할 수만 있다면, 이떤 노력도 아끼지 않을 생각이네."

깊숙이 고개를 숙여 감사를 표했지만, 눈앞의 노인은 담담하게 말을 이었다.

"스노우 워커의 변덕은 처음부터 계산에 넣어 두고 있었네. 라스티아라 후즈야즈가 사리사욕을 위해 대성당을 움직이고 있던 것도 파악하고 있었지. 사도 시스의 경우는, 적국의 모략이 우리보다 뛰어났던 것뿐, 그녀 본인을 탓할 이유는 없네. 하여튼, 우리는 언제든 귀환을 환영할 거라고 그 셋에게 전해 줬으면 하네."

"네, 그렇게 전하겠습니다."

하지만 지나치게 관대하다는 생각도 들었다. 아무리 재능 있는 인간은 특별한 존재라 해도, 이건 도가 지나쳤다. 그 뒤에 있는 꿍꿍이를 읽어내 보려 했을 때, 레키 씨가 대화에 나섰다.

"뭐, 딱딱한 얘기만 하면 영웅님도 갑갑하겠지. 그럼……. 영웅님, 이 대성도를 본 소감이 어떤가? 그대의 솔직한 감상을 듣고 싶구나."

"근사한 도시인 것 같습니다. 지금까지 본 도시 중에 가장 활기가 넘치더군요."

갑작스러운 잡담에, 나는 레키 씨 쪽을 쳐다보고 대답했다.

"그래, 그렇단 말이지. 이래 봬도 자랑스러운 도시라서 말이야. 영웅님의 마음에 들었다면 기쁠 따름이야. 특히 도시의 결계는 참 대단하지 않으냐? 카나미 공에게는 특히 더."

"네. 너무 대단해서 제 차원마법을 거의 쓸 수 없을 정도네요."

"하하하. 그건 노스휘 녀석이 워낙 신신당부해서 그렇게 한 거야. 도시를 활성화하는 마법을 새겨 주는 대신, 그 결계를 치는 데 협조하기로 한 게지."

"역시 그건 노스휘가 한 짓이었군요."

"그래. 한숨도 안 자고 완성시키더구나. 참으로 갸륵한 녀석이지 뭐냐. 하하하."

대화의 반응 하나하나를 통해 나라는 인물을 꿰뚫어 보려 하고 있었다. 레키 씨뿐만이 아니었다. 다른 원로원 멤버들도 무시할 수 없었다. 지금 현재, 이 방에서 마법은 전혀 쓰이지 않고 있었다.

『표시』를 통해 원로원 멤버 다섯 명을 살펴보니, 레벨은 높아 봤자 10 정도. 세계 최고 수준의 마법사로서, 이들의 마법에 허를 찔릴 일은 없다고 장담할 수 있었다.

다만, 그들은 마법이 아닌 풍부한 스킬을 통해 내 일거수

일투족을 관찰하고 있었다.

원로들이 가진 『관찰안』 『교섭』 『진안(眞眼)』 등의 각종 스킬이 발동하고 있는 것을 피부로 느낄 수 있었다. 내가 가볍게 손을 움켜쥐거나, 무게중심을 뒤로 빼는 등, 사소한 거동을 빠짐없이 눈으로 추적하고 있었다. 그들이 내 그릇을 파악하기 전에 본론으로 들어가는 게 좋을 것 같았다.

"죄송해요, 레키 씨. 이번에는 『성녀 유괴 사건』에 대해 의논할 수 있다는 애기를 듣고 온 건데……."

"음? 하하하, 장난이 좀 지나쳤나 보구나. 물론 의논 준비는 다 돼 있다. 영웅님이 불안해하는 건, 지금 도시를 뒤흔들고 있는 『마녀』와 『사신』 때문 아니더냐?"

레키 씨는, 자신이 일부러 본론에 들어가지 않고 잡담으로 시간을 끌었다는 걸 인정했다.

그리고 진지한 애기가 시작되자, 다시 원로원 대표가 대화의 전면에 나섰다.

"시중에 알려진 『성녀 유괴 사건』 의뢰는 이미 해결된 것으로 하고 취하하도록 하지. 관계자인 『마녀』와 『사신』도 당연히 무죄 방면이고 말이야."

이제 본격적인 교섭이 시작될 줄 알았는데, 허무하게 내 목표가 달성되고 말았다.

당연히 나는, 그 노골적인 미끼를 물기 전에 이것저것 캐묻지 않을 수 없었다.

"정말 그래도 되나요? 그러면 노스휘는 여러분 곁으로 돌아오지 않을 텐데요? 노스휘는 후즈야즈에 있어 귀중한 존재라고 들었는데요?"

"걱정할 것 없네. 우리는 이 일련의 소동이 모두 그대들의 사랑싸움일 뿐이라고 판단했어. 노골적으로 말하자면, 우리는 성녀 노스휘와 영웅 카나미 모두에게 잘 보이고 싶으니, 둘 다 우대하고, 둘 다 편들 수밖에 없네. 그러니 지금 그녀의 반환을 강요할 생각은 없다는 게지."

자신들은 관여할 생각이 없다고 딱 잘라 말했다. 다만 그와 동시에, 그건 이해타산을 따진 결과이기도 하다는 걸, 모순된 표현과 함께 자백했다.

"굳이 원하는 게 있다면, 두 사람의 빠른 화해 정도일세. 두 사람 모두 무사히 살아남아서, 우리나라를 위해 힘써주는 게 가장 이상적인 결말이겠지."

참으로 훈훈하고 달콤한 얘기였다. 달콤해도 너무 달콤한 얘기라, 나로서는 의심을 품고 경계할 수밖에 없었다. 원로원 대표는 그런 나에게 한층 더 달콤한 얘기를 덧붙였다.

"그래, 그럼 일단, 그 지하도시의 화염지구는 영웅님께 통째로 바치도록 하지."

"지구……? 그 땅을 전부 다 주시겠다는 건가요?"

"그 밖에 우리가 해줄 수 있는 건 자금 지원 정도겠군. 후즈야즈의 신성금화라면, 지금 당장이라도 만 닢 정도는 준비할 수 있네."

"자, 잠깐만요……!"

신성금화 한 닢이면 집 한 채를 짓고도 남는다. 대충 따져도 내 세계의 가치로 따지면 천억 엔 정도의 화폐를 주겠다는 얘기에, 나는 황급히 고개를 가로저었다.

"영웅님에게는 그 이상의 가치가 있네. 노스휘가 우리 원로원의 직속 부하가 된 것처럼, 영웅님도 우리 원로원의 직속 기사로 맞아들이고 싶네."

노스휘가 국가 예선에 맞먹는 돈에 고용된 상태라는 것을 알고, 나는 확인했다.

"노스휘는 돈을 받고 여러분의 부하가 된 건가요?"

"엄밀히 말하자면, 부하라기보다는 협력자라고 해야겠지. 『빛의 이치를 훔치는 자』 노스휘와 우리는, 현재 거래 관계일세."

짐작하고 있었던 일이지만, 원로원과 노스휘의 관련성이 밝혀졌다.

동시에 원로원에 대한 나의 신뢰도가 하락해서, 지금 이 대화도 노스휘의 책략이 아닐까 하는 생각이 들었다. 그런 내 의심을 느낀 것이리라. 원로원 대표는 쓴웃음을 지으며, 다시 대폭의 양보를 미끼로 내걸었다.

"하지만 상대가 영웅님이라면, 노스휘와의 거래 내용을 밝히는 것도 불사할 생각이네. 우리의 진짜 목적을 얘기해 주지 않으면, 우리의 호의를 순순히 받아들여 주지 않을 것 같으니까. 우리와 마찬가지로, 영웅님은 상대에게 뭔가 꿍꿍이가 없으면 안심하지 못하는 성격인 모양이군."

“그렇게 순순히 가르쳐줘도 되는 건가요?”

“말하면 안 된다는 얘기는 없었으니까. 그 점도 염두에 두고 듣도록 하게.”

요컨대, 노스휘는 이 정보가 나에게 전해져도 무방하다고 판단했다는 얘기다. 내가 얘기를 듣는 순간 발동하는 함정인지도 모르지만, 내가 망설이는 사이에 원로원 대표가 입을 열었다.

“노스휘 후즈야즈는『후즈야즈국의 협조』를 원했고, 우리는『불로불사』의 힘을 원했네. 더 단순하게 말하자면——.”

지금 그가 말하려는 것은, 후즈야즈의 정점에 군림하는 다섯 사람의 목적. 세계에서『제일』높은 사람들이 품고 있는 황당무계한 꿈을, 부끄러워하는 기색도 없이 단호하게 말했다.

“우리의 목적은 단 하나. ——**영원한 생명**.”

영원한 생명이라는 다섯 글자에, 나는 말문이 막혔다. 눈앞의 노인은 그런 내 모습을 보고 웃었다. 비로소 웃었다. 진심에서 우러나온 웃음을, 보란 듯이 지어 보였다.

“크크크, 영웅님의 눈에는 유치해 보이나? 속되고 흔해빠졌다고 비웃을 건가? 우리가 생각해도 그러니까 눈치 볼 필요 없네. 상식적으로 보면 일소에 부칠 만큼 유치한 목적이지. 하지만 난감하게도, 역사에 전례가 남아있지 뭔가. 그 유치한 목적이, 현실적으로 손이 닿는 거리에 있는 걸세. 그 존재가 미궁에서 나와서 활개 치고 다니고 있기까지 하지.

세상 모든 멍청이들의 꿈이, 바로 눈앞에 있는 게야. ――이게 문제야. 지독한 탐욕 때문에 이 지경으로 타락한 우리가, 굳이 그것에 손을 뻗지 않을 이유가 없지 않겠는가."

큭큭거리며 웃는 노인은 정말 즐거워 보였다. 여든 살은 되어 보이는 남자가 소년처럼 초롱초롱하게 빛나는 눈으로 꿈을 얘기하고 있다. 그 모습을 보고, 나는 "심하게 독에 물들었다"고 느꼈다.

"영웅님은 전설 속의 『로드』라는 존재를 알고 있나? 그자가 이룬 위업을."

『로드』. 즉 티티를 얘기하는 것 같았다. 『바람의 이치를 훔치는 자』 로드 티티의 인생에 대해 나보다 잘 아는 사람은 없을 것이다. 그렇게 고개를 끄덕이는 내 앞에서, 얘기는 이어졌다.

"그 왕이 이룩한 위업은, 『불로불사』라는 신앙을 바탕에 두고 있어. 『로드』는 그 누구보다 강했네. 『로드』는 무슨 일이 있어도 죽지 않았네. 『로드』는 영원토록 군림했네. 덕분에 백성들에게 절대적인 안도감을 줄 수 있었어. 제아무리 고된 역경 속에서도, 백성들은 흔들리지 않는 위안을 얻을 수 있었지."

옛 북부 사람들이 티티를 신처럼 숭상했다는 점은 부정할 수 없었다.

그 숭배가, 나이를 먹지 않는 『이치를 훔치는 자』이기에 성립됐다는 점도 사실이었다.

"우리가 원하는 건, 그 『불로불사』라는 녀석일세. 『로드』 같은 불편한 『불로』가 아닌, 성인 티아라의 환생처럼 불안정한 『불사』도 아닌, 완벽한 『불로불사』를 얻고 싶네. 이 정상에 영원토록 군림하면서, 후즈야즈를 영원토록 번영케 하고 싶네. ……영웅님은 이 야망을 비웃을 텐가?"

"아뇨, 비웃을 생각은 없습니다. ……비웃지는 않겠지만, 『이치를 훔치는 자』보다 완벽한 불사신이라니, 그렇게 편리한 게 이 세상에 정말 존재할까요?"

그게 가장 큰 문제였다. 『이치를 훔치는 자』의 『불로』만 해도 기적적인 것인데, 그보다 더 완벽한 게 있다는 얘기는 들어 본 적도 없었다. 그 경지에 가장 가까운 존재였던 『어둠의 이치를 훔치는 자』 티다와 팰린크론도 결국은 소멸했다.

그러나 눈앞의 노인은 계속 호언장담했다.

"있네. 후즈야즈에는 그 증거가 될 자료가 남아있어. 덧붙이자면, 이건 이미 세계수의 사도 디프라클라를 통해서도 확인한 내용일세. 이 시대의 현자 스스로가 '달갑지 않은 일이지만, 있다'라고 단언했지."

뜻밖에도 사도 디프라클라의 이름이 등장했다.

그들은 세계수와 접촉할 기회가 충분했던 만큼, 나보다 더 자세한 정보를 갖고 있는 것이리라. 그리고 그 정보를 아낌없이 내게 설명해 주었다. 자신들의 목적이 얼마나 순수하고 속물적인지를 얘기하면서, 자신들의 행동에 담긴 꿍꿍이가 아주 단순한 것임을 강조했다.

“『불로불사』의 열쇠는 당연히 『이치를 훔치는 자』일세. 그중에서도 가장 중요한 건 『빛의 이치를 훔치는 자』 노스휘지. 디프라클라가 말하길, 천 년 전의 시작이 된 『주얼 크루스』 노스훨드 후즈야즈가 바로 영원한 생명에 가장 가까이 접근한 자라더군. 『빛의 이치』가 가진 특성상, 기나긴 세계의 역사 속에서, 오직 노스휘만이 완벽한 『불로불사』를 완성할 수 있을 거라고――.”

진위는 알 수 없었다. 노스휘가 『불로불사』의 마법을 쓰는 모습을 보여준 적은 한 번도 없었다. 그녀는 항상 죽음을 두려워해서, 패배의 가능성이 조금이라도 보이면 도망치려 들었다. 그런데 이 자리에 있는 사람들은 그런 노스휘의 힘을 믿고 있는 것이다.

『불로불사』에 가장 근접한 마법사가 바로 그녀라고 말이다.

“저기, 그 말은……, 노스휘는 저와의 대결에 판가름을 짓고 나서, 여러분의 『불로불사』 연구에 협조하겠다고 계약했다는 거죠? 그 대신 여러분의 각종 협조를 받고 있다는 거고. 이를테면 성녀라는 지위를 얻거나, 국가의 결계에 손댈 수 있는 권리를 얻거나 하는 식으로.”

“그런 셈이지. 다만, 우리는 노스휘의 승리를 확신하지는 않아. 그래서 이렇게 영웅님에게도 빚을 지우려 애쓰고 있는 거지. 만약 노스휘가 죽으면, 그다음으로 가능성이 높은 건 『이방인』이라는 모양이니까.”

“『이방인』……. 그거, 저를 두고 하시는 말씀이죠?”

"그래, 영웅님을 말하는 걸세. 현자는 그렇게 얘기하더군."

노스휘가 안 되면, 내 협조를 얻어서 『불로불사』를 얻어낼 생각이라는 모양이다.

승패에 관계없이 이득을 취하려는 그 태도에서, 원로원의 유연함과 매정함이 엿보였다. 만약 『이치를 훔치는 자』나 『이방인』 개인의 힘이 별 볼 일 없었다면, 예전에 팰린크론이 나를 포획했을 때처럼 우리를 세뇌해서 실험 재료로 썼으리라.

그런데 실제로는 우리 개인의 힘이 너무 강하다 보니, 굳이 싸움을 걸지 않고 외곽부터 차근차근 공략하려 들고 있는 것이다. 위험부담을 철저히 배제하면서, 착실하게 이익만 얻으려 하고 있다. 미궁의 몬스터들이나 가디언들보다도 까다로운 상대라고 생각하면서 눈앞의 다섯 명을 쏘아보고 있으려니, 잠자코 있던 레키 씨가 경직된 분위기를 풀려는 듯 끼어들었다.

"훗, 카나미 공. 이 세계의 흑막들이 의외로 싸구려스러워서 실망했나?"

"네? 아니, 그런 게 아니고……."

"하지만 이 가장 순수한 욕망이야말로 세계의 정상이야. 이미 알고 있겠지만, 대륙의 전쟁은 우리의 지휘에 좌우되게 돼 있어. 대륙에 사는 모든 사람들의 생사가 우리 손에 달려있다고 해도 과언은 아니지."

웃는 얼굴로 힘을 과시하며 말했다.

내가 원로원의 추악함을 간파했다는 사실을 자신도 알아챘다는 듯 말을 이었다.

"우리 다섯 명은 한없이 지저분하고, 한없이 속물적이고, 한없이 탐욕스러웠기에, 이 지경까지 오게 된 게야. ――원로원은 그런 곳이라고, **처음부터 정해져 있었어**. 지금도 우리는 나머지 네 명을 걷어차고 혼자 『불로불사』의 몸이 돼서 세계를 독차지하고 싶다는 욕심으로 가득해. 그야말로 구제불능 바보천치 집단이지."

레키 씨는 웃으면서 이 자리의 모든 사람들을 비하했다. 하지만 부정하는 사람은 아무도 없었다. 나머지 네 원로의 얼굴을 둘러보니, 하나같이 레키 씨의 말에 수긍하고 있었다. 자조 섞인 찌푸린 얼굴로, 서로가 서로를 적대하는 사이라는 걸 인정하고 있었다. 그런 가운데, 레키 씨가 한층 더 크게 웃었다.

"하핫, 어떠냐? 우리와 협력할 생각이 안 들지? 그래도 반드시 우리와 협조하게 되어 있어! 그대들 둘의 사랑싸움이 이 후즈야즈에서 어떤 결말을 맞든지 말이야! 둘 중에 하나는 분명히 『불로불사』에 도전하게 될 게다! 하하하하하!"

그 방약무인한 발언에, 나는 말문이 막혔다.

"……으으."

이것이 후즈야즈의 원로원. 천억 엔이나 되는 돈을 선뜻 내놓고, 대륙의 전쟁을 배후에서 조종해서 수만 명의 목숨을 좌지우지하고, 세계의 모든 것을 지배하는 존재.

소박하기 그지없는 최상층 방에, 욕망을 숨기지 않는 웃음소리가 연신 울려 퍼졌다.

……어째선지, 세계 굴지의 힘을 가진 그 사람들 앞에서도 내 마음은 고요했다.

이것도 원로원 멤버들의 노림수에 놀아나는 걸까. 상대가 무서운 자들이라는 걸 이성적으로는 알고 있지만, 본능이 조금도 흔들리지 않았다. 지난번에 싸웠던 난적 팰린크론 레거시와 비교해 보아도, 서로 협조할 수 있다는 가능성이 있다는 점만으로도 마음이 한결 편했다.

안심. 원로원 멤버들을 처음 만난 내 솔직한 감상은 그것이었다.

5. 대가

원로원 멤버들과의 접견을 마친 나는, 라그네와 함께 성을 나섰다. 그리고 왁자지껄한 성 주변의 거리를 걸으며, 원로원이 제안한 거래를 재검토했다.

우선, 나는 원로원 중 누군가가『불로불사』가 돼도 무방하다고 생각하고 있다.

이미 나는 산 자와 죽은 자를 모두 모독하는 마법을 수도 없이 써 왔다.

새삼스레『불로불사』정도로 호들갑을 떨 생각은 없었다.

기회만 된다면, 원로원의『불로불사』마법 개발에 협조하는 것도 나쁘지 않을 것이다.

그들에게서는 인간의 어두움이 느껴졌지만, 동시에 확고한 애국심도 느껴졌다. 탐욕스럽다고 해서 뼛속까지 악한 자라고 단정 지을 생각은 없었다. 그 시커먼 욕심 역시, 사람이 살아가는 데 필요한 하나의 힘이 될 것이다. 그러니까『불로불사』정도는 양보해도 될 거라는 식으로 가볍게 생각하는 건,『이치를 훔치는 자』들의 인생을 보아 왔기 때문이리라.

나는『불로불사』라는 것이 썩 매력적으로 느껴지지 않았다.

아무리 거창한 말로 표현해도, 결국은『상태이상』의 일종에 불과할 것이다.『불로』의 몸이 되어도 불로의 고민이 생기고, 『불사』의 몸이 되어도 불사의 고민이 생긴다는 걸, 나는 이미 알고 있었다.

무엇보다, 『불로불사』와 절대적인 힘만 있으면 나라가 반석에 오를 수 있으리라는 건 터무니없는 환상이다. 그랬다면 천 년 전에 훨씬 나은 결말을 맞이했을 것이다.

그런 이유 때문에, 나는 원로원이 좋은 거래 상대가 될 수 있을 거라 판단했다. 이해관계가 일치하지 않으니 불구대천의 원수가 될 일도 없고, 목숨 건 싸움을 벌일 일도 없다.

그래서 나는 그들의 호의를 받아들였다. 『성녀 유괴 사건』은 취하되고, 불타는 지하도시를 일시적으로 빌리기로 했다. 자금 원조까지는 거절했지만, 이제 마리아와 리퍼의 죄는 사라진 것이다. 더불어 노스휘와의 승부가 판가름 날 때까지는 잠자코 방치해 주겠다는 약속도 받았다.

하지만 그건 어디까지나 구두 약속에 불과했다. 그러니 언제 상대가 배신해도 대처할 수 있도록 각오 정도는 해 둬야 할 것이다. 이득이 손해보다 크다고 판단되면 주저 없이 양심을 내다 버릴 사람들이다.

그 노인들의 활기차던 웃음을 떠올리며, 나는 새삼 마음을 다잡았다.

그리고 이제부터 돌아갈 지하도시의 저택에서 기다리고 있을 멤버들의 얼굴을 뇌리에 떠올리고, 임전 태세에 들어갔다.

성에서 파프너와 싸우고, 원로원과 긴 대화를 나누느라

꽤 오랜 시간이 경과했다. 이동시간도 상당히 길어서, 이미 해가 저물어 가고 있었다.

하지만 밤이 다 되어 가는데도 대성도의 활기는 줄어들지 않았다. 원로원이 자랑하던 도시의 번영을 확인하면서, 우리는 지하도시로 가는 입구로 들어가, 타오르는 화염 속을 지나, 우리의 현재 거점인 저택으로 돌아갔다.

우선 동료들의 안전을 확인하려고 식당에 들어갔다가—— 거기서 오가는 무시무시한 대화를 듣고는 발걸음을 멈추었다. 결박당한 상태에서도 당당한 태도를 잃지 않는 노스휘가, 라스티아라의 무릎 위에 앉아있는 마리아에게 묻고 있었다.

"——마리아 씨. 아까도 말씀드렸지만, 괜찮으시겠어요? 이 상황과 관계성 속에서, 정말로? 이렇게 불평등하고 불행한데, 세계가 밉지도 않으세요?"

"거듭 말씀드렸지만, 저는 행복합니다. 카나미 씨와 라스티아라 씨가 맺어졌다는 소식에, 이렇게 가슴이 훈훈해지는걸요……. 지금 제 기분을 정할 수 있는 건 저뿐이에요, 노스휘."

마리아는 자기 가슴에 손을 얹고, 미소 띤 얼굴로 등 뒤의 라스티아라를 쳐다보며 대답했다.

……무, 무서워.

이런 대화가 펼쳐지게 된 경위는 모르겠지만, 인생의 심층부까지 파고드는 대화가 오가고 있었다. 한두 마디를 들은 것뿐이지만, 언제 누구의 마음속 지뢰를 밟아서 대폭발을 일으켜도 이상할 게 없는 대화였다.

양쪽 모두 너무 진지했다. 내가 가디언 파프너를 상대로 신중하게 마음의 거리를 재 가면서 쇼 같은 싸움을 벌이는 동안에…… 설마, 마리아와 라스티아라가 가디언 노스휘를 상대로 마음과 마음을 탁 터놓는 대화를 나누고 있을 줄은 생각도 못 했었다.

"하, 하지만! 대다수의 사람들은, 지금의 당신을 보면 불쌍하다고 할 거예요. 욕심이 없어도 너무 없어요. 제가 보기에도 당신은 가엾어서 견딜 수가 없을 정도인걸요……! 이건 누가 봐도 비련이에요……!"

"거듭 말씀드리지만, 그래도 저는 행복해요. 지금 이 순간이 인생에서 가장 행복한 순간이라고 생각할 정도에요. 아무리 노스휘라도, 그 점에 대해서는 부정하시면 안 돼요. 제 인생은 저의 것. 그리고 지금 저는 저 자신을 마음껏 칭찬해 줄 수 있어요. ……그게 가장 중요한 거라고 생각해요."

"그렇군요……. 마리아 씨는 강하시네요. 정말로……."

그 대화에서는 마리아가 우위를 차지하고 있는 것 같았다.

어쩌다가 행복이니 불행이니 하는 얘기가 나왔는지는 알 수 없다. 하지만 그 화제에서 마리아가 무너질 일은 절대 없을 것이다. 지금 이 공간에서 마음이 흔들리고 있는 건, 오직 노스휘뿐. 아니, 라이너도 마찬가지인 것 같았다. 방 한쪽 구석에서, 라이너도 노스휘 못지않게 식은땀을 흘리며, 괴로운 표정으로 검을 움켜쥐고 있었다.

마음 같아서는 당장이라도 자리를 박차고 떠나고 싶은 심정이리라. 하지만 "감시하겠다"라고 나한테 말한 마당이라 도망칠 수도 없었던 모양이다. 그 지친 얼굴로 보아, 언제 무엇이 폭발해도 대처할 수 있도록 줄곧 같은 자세로 있었다는 걸 알 수 있었다.

그리고 시종일관 마리아에게 밀리고 있던 노스휘는, 창끝을 다른 쪽으로 돌리려 시도했다.

"라스티아라 씨는요……? 마리아 씨 얘기를 들으니 어떤 생각이 드세요?"

"나는 마리아가 한 얘기를 전적으로 믿어. 그러니까 안심할 수 있어. 세상 모든 사람들이 나를 깔봐도, 이제 절대로 스스로를 굽히지 않을 거야. 이제부터는 티아라 님과 같은 꿈을 향해 노력할 뿐이야."

"티아라와 같은 꿈……? 라스티아라 씨는 그 뒤를 따를 생각이라는 거군요."

"응. 나도 모두가 함께하는 행복을 추구할 거야. 노스휘는 그게 불가능한 일이라고 하겠지만, 완전무결한 모두의 해피엔딩을 위해 노력할 거야. 그러니까, 나는 사실 노스휘도 같이——."

노스휘와 달리, 라스티아라의 목소리는 시원시원했다.

나아가서, 지금 언쟁하고 있는 적까지 동료로 끌어들이려 했다.

"죄송해요. 그럴 수는 없어요. 그건 틀렸어요."

"어, 으응? 틀렸다고……? 저기, 마리아. 지금 내가 한 얘기가 잘못된 거였어? 나, 지금 무지하게 정석적인 시나리오로 진행하고 있는 거 같지 않아?"

"라스티아라 씨, 시나리오라니……. 또 연극 속 세계 같은 사고방식으로 생각하시네요."

라스티아라는 품속에서 황당해하는 마리아와 얘기를 주고받았다. 얼굴과 얼굴이 맞닿는 거리에서 "어, 내가 연극처럼 생각했어?" "그랬어요" "진짜?" "완전 버릇이 다 됐어요" "진짜로 내가 그랬어?" "질병 수준이에요." "고, 고치려고 노력해 볼게……"라고 대화를 주고받는 두 사람을 보고, 노스휘는 조그맣게 웃었다. 나는 지금껏 한 번도 보지 못한 구김살 없는 미소였다.

"후훗. 틀리기는 했지만……. 두 분은 사이가 좋네요. 정말 정다우세요."

온화하고, 평온하고, 단아한 노스휘의 미소.

작은 행복 앞에서, 자기도 모르게 웃음이 흘러나온 듯한 표정이었다.

"여러분 얼굴을 보고 있으면 옛 기억이 떠올라요. 어딘가 그때의 모습이 느껴져요. 티아라, 시스, 아르티, 셀드라……."

나는 몰래 숨어서 그녀의 표정을 찬찬히 살펴보았다.

지금 오가는 얘기 속에, 노스휘가 가진 『미련』의 단서가 들어있는 것 같다는 생각이 들었다.

"천 년 전, 저는 여러분처럼 잘못된 길로 가지 못하고, 혼자 착한 척을 했었답니다……. 한 발짝 밖으로 내디딜 용기가 없었던 거죠…….”

후회하는 것처럼 들렸다. 하지만 미소는 그대로여서, 단순히 과거의 자신을 회상하는 것처럼 보이기도 했다. 그런 노스휘에게, 라스티아라가 거듭 권했다.

“그랬구나. 그치만 아직 늦지 않은 거 아냐? 나는 권유할 거야. 몇 번이라도.”

“고마워요, 다정하신 라스티아라 씨. 하지만 우리는 이제 친구가 될 수 없어요. 왜냐하면, 시대가……. 세계가 너무나도 많이 달라졌으니까요.”

노스휘는 사죄하면서도 딱 잘라 거절했다. 그 점만은 절대 양보할 수 없다는 식의 단호함으로 보아, 거기에 진정한 『미련』이 있는 것 같다는 느낌이 들었다.

“친구가 될 수는 없지만……, 그래도 힘이 되어 드릴 수는 있어요. 초보적인 빛마법이나 신성마법 교육에는 조금 자신이 있으니, 언젠가 맞이하게 될 싸움을 위해 가르쳐드릴게요. 특히 라스티아라 씨는 조금 더 강해져 두실 필요가 있어요.”

“오오, 『빛의 이치를 훔치는 자』에게서 직접 배울 수 있는 거야? 그거 괜찮은데!”

그리고 두 사람은 탁자를 사이에 두고 오순도순 마법 연습을 시작했다.

둘 사이에 있는 마리아도 호기심을 느낀 듯, 제지하지 않았다.

나로서는, 노스휘가 연습을 구실로 뭔가 꿍꿍이를 쓰는 게 아닐까 싶어서 불안해 견딜 수 없었지만, 대면하고 있는 두 사람은 그런 불안 따위 전혀 느끼지 않는 것 같았다. 동료가 되어 함께하자는 제안은 거절당했는데도, 이미 완전히 친구처럼 대하고 있었다.

하는 수 없이, 나는 마리아와 라스티아라가 아닌, 나와 같은 감정을 품고 있을 라이너에게 다가가서 등 뒤에서 말을 걸기로 했다.

"……라이너. 저 셋, 은근히 사이가 좋네."

"……어?! 아아, 지크잖아. 이제 돌아왔나 보군. 확실히, 은근히 사이가 좋아서 보고 있자니 구역질이 나올 지경이야. 하지만 적어도 여기서 감시하면서 느끼기에는, 일상적인 얘기를 하고 있을 뿐, 마법 발동 같은 건 느낄 수 없었어. 너무 정상적이어서……, 이대로 모든 게 다 끝나는 것 아닐까 하는 생각이 들 정도더군."

라이너는 내 귀환에 안심하고 임전태세를 풀었다. 양손에 들고 있던 쌍검을 칼집에 넣고, 안도의 한숨을 내쉬며 방의 의자에 걸터앉았다.

그제야 다른 모두도 내가 귀환한 걸 알아챘다. 당연히 가장 먼저 입을 연 건 노스휘였다. 갑자기 얼굴이 환해져서는, 조금 전까지의 부드러운 표정은 온데간데없이, 괴이할 정도로 언성을 높였다.

"아, 아아……! 어서 오세요, 카나미 니임! 후후훗, 파프너와의 대담은 어떠셨어요? 아니, 대결이라고 해야 하나요?!"

입매는 헤벌쭉하게 늘어지고, 말투에서는 업신여김이 가득 묻어났다.

……나와 얘기할 때만 이러는 것이다.

나는 입매에 최대한 힘을 꽉 주고, 방 안에 있는 동료들에게 얘기하듯 대답했다.

"파프너의 약점과 공략법은 알아냈어. 그 녀석의 진짜 마법도 봤어. 무엇보다, 노스휘가 빼앗아갔다는 파프너의 소중한 것이 책이었다는 것도 알아냈고——."

"네! 그래서요, 그래서요?"

내 말이 끝나기도 전에, 노스휘는 맞장구를 쳤다.

나는 씁쓸한 표정을 지으면서도 보고를 이어갔다.

"그러니까……. 다음에는 지고 싶어도 질 수가 없는 수준이야."

"다음요? 다음이라면, 이번에는요……?"

"……가벼운 모의전만 치르고 돌아왔어."

"가벼운 모의전만 치르고 돌아오셨다고요?! 후, 후훗, 후후훗! 네, 아주 자~알 알겠어요! 가벼운 모의전을 치르고, 가볍게 압도당해서, 터덜터덜 돌아오셨다는 거죠?! 카나미 님! 얼굴만 봐도 알 수 있어요! 저는 카나미 님에 대한 거라면 모르는 게 없다고 자부하는걸요! 괴로워하며 미쳐 버린 파프너를 보고, 카나미 님은 분명 그냥 외면할 수 없다고 생각하셨겠죠?! 아아, 다정하기도 하셔라! 다정해도 너무 다정하셔서── 후훗, 우스울 정도예요! 자기가 무슨 대단한 사람이라도 되는 것처럼 구해주겠다고 거들먹거리다가, 결국은 상황을 더 악화시키기만 하는 카나미 님의 모습이 눈에 선해요! 후훗, 우스워서 눈물이 다 나네요! 후후훗!!"

노스휘는 너무 웃어서 눈가에 눈물이 그렁그렁할 지경이었다.

결과적으로 그녀가 얘기한 대로 되었으니 한심한 일인 건 사실이었다. 하지만 파프너와 차선에 가까운 교섭을 성사시켰다는 점은 자신하고 있었기에, 그 도발을 차분하게 흘려보낼 수 있었다.

"카나미 님은 참 다정하기도 하셔라! 얘기만 하고 오겠다고 의기양양하게 떠나 놓고서는 모의전 같은 걸 벌인 데다, 패배하기까지 하다니! 이해해요! 꼭 싸워 주고 싶으셨던 거겠죠?! 파프너가 절규하고, 파프너가 원하고, 파프너가 검을 뽑았겠죠! 네, 저는 전부 다 알고 있어요!"

"그래, 네 말이 맞아. 이번에는 네 꿍꿍이대로 됐어. ……그보다 지금 중요한 건 책이야. 노스휘, 파프너한테서 빼앗은『경전』은 어디 있지?"

대흥분하는 노스휘에게, 나는 미지근한 대응으로 맞섰다.

그러자 상대도 흥분이 가라앉은 듯, "……후우" 하고 크게 숨을 한 번 내쉬고, 마구잡이 도발을 중단했다.

"그 바보 기사의『경전』말이군요. ……맞아요. 그건 제가 빼앗아서 보관해 두었어요. 그 사람을 조종할 수 있게 해 주는 귀중한 퍼즐 조각이랍니다."

나는 진지한 시선을 유지한 채, 그 책의 위치를 캐물었다.

하지만 노스휘가 순순히 대답할 리가 없다는 건 알고 있으니, 뭔가 수를 써서 알아내야 한다. 그렇게 생각했을 때였다.

"지금 『경전』은 글렌 워커에게 관리를 맡겨 둔 상태에요. 하지만 그 사람이 어디서 뭘 하고 있는지는 저도 몰라요."

뜻밖에도 노스휘는 순순히 대답했다. 게다가 예상조차 하지 못했던, 전직 『최강』의 탐색가이자 스노우의 오빠이기도 한 글렌 워커의 이름까지 등장했다.

지나치게 솔직한 그녀의 대답에, 나는 두 가지 의미에서 놀랐다. 머릿속 한구석에서는 "거짓말일 게 뻔해"라는 충고가 메아리치고 있었다. 그러나 내가 가진 스킬들은 하나같이 그 말이 진실이라고 판단하고 있었다. 이런 상황일 때면 항상 울리곤 하던 『감응』의 경고음도 전혀 울리지 않았다.

내가 곤혹스러워하고 있으려니, 바로 옆에 있던 마리아가 말을 덧붙였다.

"그 글렌 씨도 파프너 씨와 같은 상황인 것 같아요. 마법을 통해 이상한 규칙을 심어 두었는지, 얼마 전부터 노스휘에게 협조하고 있어요. ……실은, 그분은 제가 처음에 이 대성도에 올 때 같이 왔었어요. 더불어, 시아 레거시도 함께."

그랬다. 예전에 북부의 제2미궁도시 대릴에서 『과거시』 마법을 썼을 때, 마리아 일행이 단체로 행동하고 있는 걸 보았었다. 마리아, 리퍼, 글렌 씨, 시아, 이렇게 네 명이었다. 즉 그 4인 파티는 이 대성도에 올 때도 같이 왔고, 노스휘와 만났고, 전투를 벌였다. 그 과정에서 글렌 씨는 빛의 마법에 걸려서 배신하게 된 모양이다. 그 사실이 밝혀지자, 글렌의 옛 지인인 라스티아라가 웃었다.

"하하, 글렌도 참, 정신마법에 당한 거야? 참 변함이 없는 사람이라니까."

감회에 젖은 라스티아라 옆에서, 나는 한층 더 진지한 목소리로 캐물었다.

"그 글렌 씨는 지금 어디 있지?"

"글쎄요, 어디 있을까요? 대성도 안에 있다는 건 확실해요. 하지만 정확한 위치까지는 저도 몰라요."

이건 거짓말이 분명하다. 그 익살맞은 몸짓은 마치 "지금 저는 거짓말을 하고 있어요"라고 주장하는 것처럼 보일 정도였다. 하지만 그 거짓말에 대해 캐물어 봤자, 노스휘는 입을 열지 않을 것이다. 심지어, 그녀라면 아마 내가 심문해 주기를 바라고 있을지도 모른다는 생각까지 들었다.

글렌 씨와『경전』의 위치를 알아내려면 뭔가 수를 써야 한다는 사실을 확실히 깨달은 나는, 일단 쉽게 시작할 수 있는 화제로 옮겨가기로 했다.

방금 전 대화에 등장한, 마리아의 네 번째 파티 멤버에 대한 얘기였다.

"마리아, 시아는 어디에 있는지 알아?"

"네? 시아 말인가요? 시아는 대성도에 있는 레거시 가문의 별장에 있어요. 냉정하게 말해 전력에 아무 보탬이 안 돼서 피난시켜 뒀죠."

세계 각지에 있다는 레거시 가문의 별장이 이 대성도에도 있는 모양이다.

그녀의 위치가 밝혀진 이상, 글렌 씨보다 그쪽을 우선시해도 될 것이다.

"그럼 우선은 시아 쪽으로 가자. 『어둠의 이치를 훔치는 자』의 마석을 회수하고 싶으니까."

사정거리 안에 있는 것부터 손에 넣어야 한다. 『과거시』 마법으로 본 정보에 따르면, 미궁에서 주운 마석을 팰린크론의 조카인 시아가 갖고 있을 터였다.

"……어?! 카나미 씨, 용케 알고 계시네요. 그 말씀대로, 『어둠의 이치를 훔치는 자』의 마석은 지금 시아가 갖고 있어요. 그건 비장의 카드로 쓰려고 아껴 뒀던 건데요."

"그, 그녀가요……?!"

내 마법을 보지 못한 마리아는 신기해했고, 노스휘도 놀라서 소리쳤다.

노스휘도 찾고 있었지만, 아직 위치를 밝혀내지 못하고 있었던 모양이다.

"시아를 만나서 마석을 회수. 그다음에는 글렌 씨를 찾아서 『경전』을 회수. 후방의 위험요소를 모두 차단하고 나서 다 같이 파프너 헤르빌샤인과 싸우는 거야. 포위해서, 마구

잡이로."

파프너에게 선언했던 대로, 나는 다 같이 최선을 다해 준비를 갖출 생각이었다.

그래서 파프너와 싸우기 전에, 먼저 글렌 씨를 동료로 끌어들이려는 것이다. 가디언과 싸울 수 있는 수준의 지인들을 모으는 건 나쁘지 않은 방안이다. 그 밖에, 이 대성도에 있을 세라 씨와도 빨리 합류해 두고 싶다.

그런 내 꼼꼼한 태도에, 마리아는 흡족한 듯 고개를 끄덕였다.

"훌륭한 계획이에요. 그렇게 해요. 파프너 씨도 그걸 원하고 있으니까요."

"인정사정 봐 줄 필요 없다고, 나한테도 자기 입으로 얘기했어. 파프너는 여럿이 같이 가서 처치하자."

마리아와 눈빛을 교환하며 서로의 생각을 주고받았다.

차후의 방침은 정해졌다. 평소에는 까다롭게 굴던 마리아의 찬성도 얻었다.

"단, 오늘은 너무 늦었으니까……. 시아를 만나러 가는 건 내일로 하자. 나는 이제 그만 쉬어야겠어."

나는 발걸음을 돌려서 방을 떠나려 했다.

"카, 카나미 님. 벌써 가시려는 건가요……?"

그런 나를 노스휘가 제지했다. 나는 멈추지 않고 밖으로 나가려 했지만, 라스티아라가 약간 강압적인 말투로 거듭 제지했다.

"카나미, 벌써 가려고? 노스휘랑 좀 더 얘기하고 가지 그래?"

"얘기는 이미 할 만큼 했어. 더 이상 얘기해 봤자 별 의미가 없을 것 같아. 지금은 내일에 대비해서 쉬는 게 더 중요해."

그도 그럴 것이, 내가 있으면 노스휘는 지금 같은 태도밖에 취하지 않을 것이다. 마리아나 라스티아라 등과 평범하게 수다를 떨 수도 없고, 표정도 일그러질 것이다. 나를 위해서나 노스휘를 위해서나, 지금 자리를 뜨는 게 낫다.

그리고 파프너와의 싸우면서 입은 소모도 무시할 수 없었다.

항상 최선의 컨디션을 유지하기로 마음먹은 이상, 일찌감치 쉬는 게 낫다는 건 의심의 여지가 없었다.

"그럼, 내일 보자."

나는 두 사람의 제지를 뿌리치고 식당을 떠났다.

그리고 쉴 곳을 찾아서 저택 안을 거닐었다. 그 직전에, 방금 전까지 있었던 방의 불빛이 발밑까지 닿아 있는 것을 보았다.

고개를 들어 보니, 저택의 새까만 복도가 이어져 있었다.

등 뒤에서 비치는 밝은 빛 때문인지, 복도가 유난히 더 어둡게 느껴졌다.

지금 내 마음속에 있는 양심의 가책을 나타내듯, 어두운 길이었다.

그 후, 나는 빈방으로 들어가서 혼자 저녁 식사를 했다.

동료들이 식당에서 같이 먹자고 권했지만, 파프너와의 전투 때문에 피곤하다는 핑계로 거절했다.

물론, 진짜 이유는 따로 있었다.

그 이유로부터 도망치듯, 나는 혼자 있으려 애썼다.

저택 2층에는, 건물 본체로부터 툭 튀어나온 넓은 발코니가 있었다.

고풍스러운 목제 의자와 테이블이 놓여있어서, 기분 전환하면서 한숨 돌리기에는 안성맞춤인 곳이었다. 그 발코니 난간에 두 손을 짚고, 나는 지하의 광경을 바라보았다.

원로원의 무죄 방면 결정을 마리아에게 얘기했더니, 지하 가득히 활활 타오르고 있던 불길은 꺼지고, 풍경은 몰라보게 변모했다. 열원이 사라지고 나니, 지상 못지않은 지하도시의 위용이 눈에 들어왔다. 공기가 확 식었다는 것을, 바람을 통해 느낄 수 있었다. 보아하니 이 지하도시에서는 마법도구에 의한 환기가 상시 이루어지고 있는 것 같았다. 지하인데도, 마치 지상의 자연풍처럼 상쾌했다.

아까 동료들에게는 이제 그만 쉬겠다고 했지만, 나는 아직 잠들지 못하고 있었다.

동료들과의 정보 공유를 마친 뒤, 줄곧 이 발코니에서 멍하니 밖을 내다보고 있었다.

기본적으로 노스휘에 대한 감시는 마리아와 라이너가, 몽유병 상태인 히타키에 대한 경호는 디아와 스노우가 맡고 있었다(디아는 스킬 『과보호』를 갖고 있기 때문이지만, 스노우가 그 임무를 맡겠다고 나선 이유는 아마 편해 보였기 때문일 것이다).

동료들이 모두 모인 덕분에, 원래 내가 해야 했을 일들이 다 해결됐다. 덕분에 이렇게 턱을 괴고 느긋하게 대성도 지하도시를 구경할 수도 있는 것이다.

불길이 사라져서 전모가 드러난 지하 공간은, RPG나 옛이야기 속 도시처럼 환상적이었다.

지상과 마찬가지로 3차원적인 시가지가 펼쳐져 있고, 그 위에는 별들이 가득 떠 있었다. 시선을 집중해 보니, 천장에 마석과 보석들을 박아서 유사 하늘을 만들었다는 걸 알 수 있었다. 내가 그 특수한 광경을 보며 감회에 젖어 있을 때── 나보다 더 도취된 목소리가 발코니에 울려 퍼졌다.

"후훗, 어둠의 바람이 웃고 있구나. 이것이 사람에 굶주림 도시의 탄식인가──."

내 기준으로 채점하자면 80점 정도에 해당하는 시에 이끌려, 나는 주위를 둘러보았다.

밖으로 튀어나온 창문의 창턱에 등을 기대고 서서 폼을 잡는 라스티아라의 모습이 보였다.

"번역하자면, 밤바람을 쐬러 왔다는 거야?"

"응, 용케 이해했네. 역시 카나미라니까."

잠옷인 듯한 얇은 옷을 걸친 라스티아라가 발코니 안을

걸었다. 목 아래부터 쇄골까지 벌어져 있는 옷이라, 시선을 둘 곳이 한정적이었다.

“집필하다가 좀 막혀서 말이야. 기분전환 좀 하러 온 거야.”

“집필……? 아, 전에 얘기했던 자서전 말이야?”

1년 전, 『리빙 레전드호』의 선실에서 라스티아라가 남몰래 글을 쓰는 걸 본 적이 있었다. 밤의 일과처럼 쓰던 그 집필 작업은 지금도 계속되고 있는 모양이다.

“응, 그거. ──이제 제법 많이 쌓였어. 대성당에서 카나미 덕분에 자아를 되찾았던 게 1장이고, 『본토』 중앙에서 팰린크론과 싸웠던 게 2장. 카나미가 사라진 뒤로 혼자서 방황하던 1년간이 3장이고, 지난번 『고백』이 4장. 이제 5장에 들어섰는데……, 이제 슬슬 마무리될 때가 된 것 같지?”

그렇게 말한 라스티아라는, 집필 중인 수기를 품속에서 꺼내서 팔랑팔랑 넘기며 내용물을 보여주었다. 상당한 분량이었다. 시간 참 빠르다는 생각이 드는 동시에, 자신이 겪어 온 싸움을 되새기며 조금 쓸쓸함에 잠기기도 했다.

“하긴, 이번 싸움이 우리의 최종장이 될지도 모르지……. 파프너를 물리치고, 사도 디프라클라에게 지식을 빌려서 히타키를 깨우면, 나는 더 이상 할 게 없어. 원래 세계로 돌아갈 방법을 찾는 건 에필로그나 외전쯤 되려나? 예전처럼 미치도록 돌아가고 싶은 건 아니니까.”

“상황이 워낙 많이 달라졌으니까 말이지. 그래도! 미친 듯이 돌아가고 싶지 않더라도, 미궁 탐색은 끝까지 해 줘야

해! 주로 내 재미를 위해서!"

"나도 알아. 그건 내가 처리해야 하는 거니까."

미궁을 만든 건 천 년 전의 나였다.

그러니 그걸 없애는 것도 내가 맡아서 해야 한다고 생각한다.

그리고 그 미궁의『최심부』에 도착하면, 이 이세계에서의 이야기도 끝나는 것이다. 책으로 비유하자면, 완전히 덮여서 뒤표지만 보이는 상태라 할 수 있다.

지금 라스티아라가 갖고 있는 수기도 마지막 페이지를 맞이하게 될 것이다.

그런 희망찬 미래를 뇌리에 떠올리며, 살짝 화제를 전환했다.

"……그러고 보니, 요즘 다들 친하게 지내는 것 같더라."

아까 나 없이 저녁 식사를 할 때도 식당에서 다 같이 왁자지껄하게 웃고 떠들며 먹었었다.

라스티아라의 목소리는 친척 집에 놀러온 어린아이처럼 커서, 유독 눈에 띄었다.

"하긴 그래. 어쩐지 카나미를 좀 방치한 것 같아서 살짝 미안하긴 해. 카나미의 걸프렌드로서 말야!"

라스티아라와 나 사이에 존재하는 미세한 의식의 **간극**이 느껴졌다.

나는 여동생을 가장 우선시하는 데 반해, 라스티아라는 모두를 가장 우선시하는 것에서 비롯된 간극이었다.

나쁜 간극은 아니다.

미궁 탐색 때 그랬던 것처럼, 중간지점을 찾으면 딱 절절한 행동을 취할 수 있다.

그렇게 긍정적으로 받아들이고 웃는 나와는 달리, 라스티아라의 표정은 진지하기 그지없었다. 집필 중인 수기를 꽉 움켜쥐고, 그 책의 결말에 대해 얘기했다.

"카나미에게는 미안하지만……. 모든 동료들과의 결말을 미리 정해 두지 않으면, 내 최종장에 등장하는 최종 보스와 싸울 때 불안하니까. 까다로운 최종 보스를 물리칠 때 필요한 건 언제나, 동료들과의 끈끈한 유대! 그렇게 생각하지 않아? 이야기의 정석이잖아."

최종 보스……. 참 재미있는 이세계어 번역이다. 아니, 게임용어 같은 게 많은 건 자연스러운 일이겠지. 원래 세계였다면 게임에 뇌가 찌들었다는 비웃음을 들어도 이상할 게 없는 라스티아라의 발언이었지만, 그 표현은 내 두뇌에 착 달라붙었다.

"최종 보스를 상대로, 동료와의 끈끈한 유대라……. 하긴, 정석적인 얘기이긴 해. 나도 그런 게 싫지는 않고, 틀린 것도 아니라고 생각해. 인간적인 유대라는 건 정말 중요한 거니까."

"그치?"

그리고 만약 상대가 잔꾀 많은 최종 보스라면, 주인공과 동료들의 유대를 붕괴시키려고 드는 게 정석적인 전개다.

현재 적대하고 있는 노스휘가 바로 그 잔꾀 많은 보스의 대표자라 할 수 있을 것이다. 그녀의 뛰어난 도발 능력을 떠올리며, 나는 한숨과 함께 앓는 소리를 늘어놓았다.

"하긴, 그 준비도 중요하긴 해. 노스휘 녀석은 진짜 까다로운 녀석이니까."

"……아니, 카나미. 그건 아냐. 노스휘는 적이 아냐. 그 점만은 틀림없다고 확신해."

라스디아라는 고개를 가로저었다. 지금까지의 전개만 봐서는 전혀 예상하지 못한 대답이었다.

"노스휘가 적이 아니라고? 그럼 최종 보스라는 건 파프너를 두고 얘기한 거야?"

"그것도 틀렸어. 내 이야기의 마지막 장면에서 기다리는 적은……, **카나미**. 『이방인』 아이카와 카나미가 될 거라는 게 내 생각이야. 아주 오래 전부터 그렇게 생각해 왔어."

"으, 으응? 내가?"

순간적으로 라스티아라가 농담을 하는 건가 싶었지만, 표정으로 보아 농담은 아닌 것 같았다.

진지했다. 태양처럼 반짝이는 황금색 눈동자로 나를 똑바로 응시하고 있었다. 진주처럼 하얀 그 살결도 전혀 움직임이 없었다. 미동조차 하지 않은 채 나를 응시하는 가운데, 은백색 실 같은 머리카락만이 밤바람에 흔들렸다.

진지하게 얘기하는 그녀에게는 미안하지만, 그 모습과 목소리를 보니 "아름답다"라는 감상밖에 떠오르지 않았다.

"세상에서 가장 까다로운 적은 바로 카나미라고, 난 확신해. 그 누구보다 성가시고, 그 누구보다 뒤틀리고, 그 누구보다 병적이고……. 하지만 그게 바로 내가 좋아하는 사람! 그런 카나미와 싸우게 될 때에 대비해서, 지금 이렇게 모두를 내 편으로 끌어들이려고 애쓰고 있는 거란 말씀! 무지 열심히 노력하고 있다니까!"

익살스럽게 말하면서, 라스티아라는 요즘 자신이 했던 행동의 이유를 밝혔다.

거짓도 꾸밈도 없는 본심일 것이다.

아까 노스휘와 얘기하던 때처럼 속내를 숨김없이 털어놓고 있다는 걸 피부로 느낄 수 있었다. 나는 어째선지 거울을 보는 것 같은 착각을 느꼈다. 가디언을 상대할 때의 나와 같은 그 표정 앞에서, 나는 계속 말문이 막힐 수밖에 없었다.

가까스로 목구멍에서 목소리를 쥐어짜는 게 고작이었다.

"나와 네가 싸운다고……? 언제, 왜……?"

"그야……, 우리는 서로에게 마음을 전하기는 했지만, 아직 서로의 사고방식을 수긍한 건 아니기 때문이라고나 할까? 카나미는『단 하나뿐인 운명의 사람과 함께하는 행복』을 원하지만, 나는『모두 다 함께하는 행복』을 원해. 그건 아주 큰 차이야."

라스티아라는 차근차근 설명해 주었다.

편안한 자기 집에서 흉금을 털어놓은 상대와 얘기하듯이,

속마음을 솔직하게 털어놓았다.

덕분에, 그녀가 진심으로 우리 둘 사이에 근본적인 사고방식의 차이가 있다고 생각한다는 걸 알 수 있었다. 그러니 나도 거짓이나 꾸미는 것 없이 속마음을 곧이곧대로 털어놓아야 한다고 생각했다.

"솔직히, 내가 말하는 『모두 다 함께』라는 게, 내 생각에는 망상처럼 느껴져. 지금은 괜찮을지 모르지만, 언젠가는 모두의 생각이 다 흩어지게 되어 있어. 한 사람이 계속 사랑할 수 있는 건 단 한 사람뿐이야. 시간이 흐르면 각자의 마음이 점점 어긋나게 마련이고, 마지막에는 **한 쌍만 남게 돼**. 나는 그렇게 생각해."

인간은 그렇게 재주 좋은 동물이 아니다. 특히 남녀관계에서 마음이 어긋나는 건 큰 문제가 된다. 그런 내 현실적인 호소를 듣고도, 라스티아라는 여전히 고개를 가로저었다.

"그렇지 않아. 카나미도 우리를 좀 더 믿어 주면 좋을 텐데……. 아까 얘기했잖아. 동료들과의 인간적인 유대를 믿어야 한다고! 책은 이제 종반에 들어섰으니까, 카나미!"

아직 미완성인 자서전을 내게 들이대며 설득하려 했다.

"믿어. 나는 모두를 믿어. 그러니까 지금 이렇게 같이 여행할 수도 있고, 동료로서 같은 적을 맞아서 싸울 수도 있는 거야. ……하지만 라스티아라가 얘기하고 싶은 건, 모든 싸움이 끝난 뒤에도 계속 『모두 함께』이고 싶다는 거잖아? 그건 정말 어려운 일일 거야."

"하나도 안 어려워. 카나미는 이야기의 정석적인 전개를 알고 있잖아? 이 카나미와 라스티아라의 영웅담에는 귀여운 여자아이들이 한가득! 그러니까 당연히 마지막에는 하렘 엔딩으로 끝나야지! 나는 오래 전부터 그런 결말을 좋아해서, 항상 꿈꿔 왔어!"

내가 아무리 부정해 보아도 고집을 꺾지 않는 라스티아라.

얘기 중간에, 예전에 리퍼가 농담처럼 제안했던 하렘(일부다처)이라는 단어가 섞여 있었다. 이 이세계에서는 드물지 않은 형태라고 해도, 일본에서 나고 자란 나로서는 받아들이기 힘들어서 거부했던 가치관이었다.

그때 나는 뭐라고 대답했었지……?

사람은『단 하나뿐인 운명의 사람』과 맺어져야 한다…….

그렇게 대답했던가?

지금도 그렇게 생각하고……, 그건 나에게 있어서 **절대적이다**.

그러니 하렘 같은 건 생각도 해 본 적이 없었는데, 어째선지 라스티아라는 진심으로 그것을 추구하고 있는 것 같았다.

나는 그 황당한 상황에 "하하하"하고 웃었고, 라스티아라는 뾰로통해져서 말했다.

"카나미, 이건 농담으로 하는 소리가 아냐. 진짜 진지하게, 사랑하는 모두의 행복을 위해『모두 다 함께』라고 한 거야."

"응. 라스티아라는 언제나 진심이지. 나도 그 진심을 응원해. 말릴 생각은 없어. 단지, 나는 못 하겠다는 거야. 이건 아무리 라스티아라의 말이라도 도저히 못 하겠어. 미안…….”

깊이 생각할 틈도 없이, 못 하겠다는 말을 되풀이했다. 라스티아라의 웃음만 보고 싶지만, 그녀의 얼굴이 그늘지게 되리라는 걸 알면서도 계속 부정했다. 스스로 생각해도 신기할 정도였다.

“하아……. 정말 불안해. 역시 그건 절대 양보 안 하는구나.”

내 대답에, 라스티아라는 “으으음” 하고 신음하고, 체념한 듯 커다란 한숨을 내쉬었다.

그리고 뜬금없이, 예상조차 하지 못했던 얘기를 꺼냈다.

“그럼, 예를 들어서 말이야, 혹시 마리아나 다른 애들과 모든 걸 처음부터 다시 시작할 수 있는 마법이 있다면, 카나미는 결국 쓸 거 아냐?”

“……응?”

나와 라스티아라의 가치관이 서로 다르다는 건 알고 있었지만, 이렇게 뜬금없는 얘기만 오가는 건 오랜만이었다. 처음 만났던 시절이 떠오를 만큼 정신없이 휘둘리고 있다.

요즘 들어서 서로 마음이 통하기 시작했다고 기뻐하던 참이었기에, 당황이 한층 더 심했다.

“마리아가 나고 자란 마을이 사라지지 않고, 한 번도 노예로 전락하지 않고, 죽을 때까지 고향에서 행복하게 살아갈 수 있게 되고……. 디아는 사도가 아니게 되고, 진짜 가족들과 함께 살 수 있게 되고……. 스노우는 한 번도 드래고뉴트 마을을 떠나지 않게 되고……. 그런『**마법**』"

"아니, 라스티아라……. 그런 황당무계한 마법이 세상에 어디 있겠어?"

"그 정도까지는 힘들지도 모르지만, 카나미라면 과거를 지워 버리는 마법 정도는 머지않아 만들어낼 수도 있을 거야. 내가 보기에, 지금 카나미의 마법은 분명히 그런 방향으로 가고 있어. ……카나미는 모르겠어?"

이쯤 되니, 라스티아라의 생각을 어느 정도 짐작할 수 있었다.

그리고 그 생각을 덮어놓고 부정할 수도 없었다. 그도 그럴 것이, 바로 조금 전에『불로불사』라는, 사람의 운명을 우롱하는 짓을 허용한 참인 것이다.『차원의 이치를 훔치는 자』인 내가, 언젠가 사람들의 과거를 조작하는 마법까지 만들어낼 거라고 생각하는 건, 어쩌면 당연한 일이었다.

그뿐만 아니라, 예감도 있었다.

『나무의 이치를 훔치는 자』 아이드를 압도했을 때쯤부터 느꼈던 예감이다.

──조금만 더 가면, 내 힘이 완성된다.

그것은 곧, 다른 가디언들이 그랬던 것처럼 인생이 곧 영창이 되고, 보편적인『대가』가 된다는 것.『차원의 이치를 훔치는 자』의 **진정한『마법』**이 코앞에 왔다는 것.

방금, 이야기의 종막이 가까워지고 있다는 얘기를 나눴었다. 어쩌면, 이세계 모험담의 최종장에는 그런 사기적인 마법이 등장해도 이상할 게 없는지도 모른다.

다만, 내가 그 마법을 쓰는 일은 절대 없을 것이다.

"만약 정말로 그런 마법이 있다고 해도, 나는 절대 안 써. 과거를 지운다는 건 잘못된 일이야. 모두의 기억을 지우다니, 쓰레기 같은 짓이야. 보고 싶지 않은 걸 안 본 걸로 치부하는 짓이나 거짓 행복을 얻는 짓은, 이제 두 번 다시 안 할 거야."

과거를 기억해 내지 못하는 건 끔찍하게 괴로운 일이다. 스스로 경험한 적이 있는 내가, 어떻게 그 고통을 다른 사람에게 강요할 수 있겠는가. 그런 짓을 했다가는 스스로를 용서할 수 없을 것이다.

"정말? 정말로 과거를 지우는 건 잘못된 일이라고 생각해……? 그럼, 지금 노스휘에 대한 대우는 좀 이상한 거 아냐?"

"……."

이 타이밍에 노스휘의 이름이 등장했다. 어쩌면 그녀는 지금까지 그녀 얘기를 꺼낼 타이밍을 재고 있었던 건지도 모른다.

"계속 노스휘를 피하고, 될 수 있으면 대화를 피하려고 하고 있잖아. 카나미는 노스휘를 완전히 우리한테만 맡겨 두고 있는 것 맞지? 혹시, 노스휘한테는 자기가 관여하지 않는 게 좋다고 생각하는 거야?"

정곡을 찔렸다. 지금 내가 느끼는 양심의 가책을, 라스티아라는 정확히 간파하고 있었다.

오늘 라그네의 충고를 받았을 때도 실감했던 건데, 나보다 나 자신을 아는 사람이 너무 많았다. 라스티아라의 말이 사실이라는 걸 솔직히 인정하고, 이유를 고백했다.

"노스휘는 내가 없어야 행복해질 수 있어. 내가 없을 때의 노스휘는 그렇게 평범하게 잘 웃잖아. 억지로 나를 칭찬하면서 웃는 것도 아니고, 누군가를 도발하면서 웃는 것도 아니고, 울 것처럼 웃는 것도 아냐. 평범한 여자애들처럼 웃을 수 있다는 걸, 이제 알았어……. 그 정도면, 그 녀석을 피할 이유로는 충분하고도 남아……."

오늘 도망치듯 혼자 있으려고 애썼던 건, 나만 없으면 노스휘의 문제가 잘 풀릴 거라고 생각했기 때문이었다.

까놓고 말해서, 나는 노스휘를 썩 좋아하지는 않는다. 하지만 그렇다고 불행해지기를 바라는 것도 아니다. 그래서 신뢰할 수 있는 동료들에게 노스휘를 맡기기로 한 것이다.

그런 내 판단을 듣고, 라스티아라는 당황한 표정을 보이면서도 마지못해 고개를 끄덕였다.

"……알았어. 카나미 생각이 그렇다면, 노스휘는 우리가 최선을 다해 맡아 볼게. 하다못해 카나미의 동생 문제가 끝날 때까지는 우리가 다 같이 지켜볼게."

"고마워. 하지만 애써서 그 녀석의 『미련』을 알아내려고 노력할 필요는 없어……. 그냥 같이 웃어 주기만 하면 돼. 내 생각에는, 그 정도면 충분할 것 같아……."

문제를 뒤로 미루는 나약한 태도에, 라스티아라는 어깨를 으쓱했다. 어쩌면 그녀는, 내가 히타키와 노스휘의 문제를 동시에 해결해 주겠다는 식의 기개를 보여주기를 원했던 건지도 모르겠다.

"노스휘에 대한 얘기는 조금 납득이 가지만, 아까 했던 얘기도 잊지 마. 아까 얘기했던 그런 마법은 절대로 쓰면 안 돼. 그 마법으로 상처받는 게 카나미뿐이라고 해도, 세상 모든 사람들이 행복해진다고 해도……. 우리는 죽어도 싫으니까."

대화의 마지막에, 아까 얘기했던 황당무계한 마법에 대해 다시 한번 못을 박았다.

서로의 얼굴이 맞닿을 정도로 가까운 거리에서 한 부탁이었다.

"아까 얘기했던 마법……? 당연히 그런 건 안 쓸 거야. 절대로."

이마가 부딪치지 않도록, 약간 얼굴을 빼면서 고개를 끄덕였다.

자연스럽게 서로의 눈빛이 마주하는 구도가 되었다.

그 상황이 되니, 문득 라스티아라와 처음 만났던 날의 기억이 떠올랐다.

그 때도 이렇게 가까이서 서로를 바라보았었다. 그 시절에는 라스티아라의 황금색 두 눈을 보기만 해도 공포에 질렸었지만, 이제는 다르다. 보기만 해도 마음이 깎여 나가는 듯한 감각은 사라졌다. 지나칠 정도로 아름답다는 감상은 그대로지만, 그렇다고 비현실적으로 느껴지지는 않았다. 광기도 찾아볼 수 없고, 그저 어여쁜 여자아이의 아름다운 눈동자로만 보였다.

——그런 라스티아라의 눈동자가, 미세하게 떨리는 것 같다는 느낌이 들었다.

의연하게 내 시선을 맞받아치는 라스티아라에게서, 감정의 동요가 엿보였다.

나는 지금 내 생각만 하기에도 벅찬 상태인데, 라스티아라는 어떤 심정으로 내 검은 두 눈을 쳐다보고 있는 걸까……?

이 세계에서는 보기 드문 검은 눈을, 조금이나마 아름답다고 생각하고 있을까. 아니면 레벨1이었던 시절의 내가 라스티아라를 두려워했던 것처럼, 지금 그녀도 나를 보며 두려움을 느끼고 있는 걸까……?

돌이켜보면, 그날 이후로 많은 싸움을 거치면서 역학관계가 역전되어 버렸다.

만일 내 힘 때문에 조금이라도 공포를 느끼고 있는 거라면, 당장이라도 다독여주고 싶다.

"걱정하지 마, 라스티아라. 그렇게 편리한 마법이 세상에 어디 있겠어? 혹시 있다고 해도, 나는 절대로 안 써. 약속할게. 과거를 지우고 행복한 세계를 만들다니……. 꼭 팰린크론 녀석 같은 짓이잖아."

숙적이었던 자의 이름을 꺼내며, 그 녀석 같은 짓은 절대 하지 않겠다고 맹세했다.

그 말을 들은 라스티아라는 미간을 찌푸리며 쓴웃음을 지었다.

아직 안심할 수는 없지만, 이렇게 약속해 준 것 자체는 기뻐하는 표정이었다.

"응, 약속해. 진짜 안 돼. 나는 아직 카나미에게 제대로 보답해 주지 못했으니까."

라스티아라는 손가락을 걸고 약속이라도 하는 것처럼, 내 오른손을 양손으로 꽉 움켜쥐었다.

예상치 못한 접촉에 심장이 요동쳤다. 그리고 이어서 그녀가 한 말의 의미를 생각했다.

보답이라는 건, 후즈야즈의 대성당에서 끌어내 준 것에 대한 보답을 말하는 걸까. 하지만 그 보답은, 라우라비아에서 열린 『무투대회』 때 충분히 받았었다.

그것 말고 딱히 뭔가를 해 준 기억은 없었다. 하지만 라스티아라는 절박하게 내 손을 꼭 붙들고 있었다.

마지막으로 다정한 미소를 지어 보이고는, 황금색 눈동자의 시선을 발코니 너머에 펼쳐진 『인조』 밤하늘 쪽으로 옮겨서, 감회에 젖은 목소리로 독백했다.

"좀 불경하게 들릴지도 모르지만……. 나는 지금 생활이 즐거워……. 마리아랑 함께 지내고, 디아랑 같이 놀고, 스노우랑 농담을 주고받고……. 카나미랑 노스휘가 재미있는 말씀들을 잔뜩 가져다주기도 하고. 대성당에서 꿈꿨던 『모험』이 바로 여기에 있어. 그게 어찌나 즐거운지……. 마음 같아서는 최종장을 맞이하기도 싫을 만큼 즐거워서…….
그러니까 앞으로도 계속 이렇게 다 함께 지내고 싶어."

그것은 오늘 들은 것 중 가장 깊고 무거운, 심금을 울리는 감상이었다.

저 먼 곳을 바라보며 『모험』을 얘기하는 라스티아라의 모습을 보니, 내 입에서도 저절로 목소리가 흘러나왔다.

그녀와 마찬가지로, 시선을 『인조』 밤하늘 쪽으로 옮기면서——.

"나도……. 할 수만 있다면, 다 함께……."

하지만 어째선지, 뒤를 잇는 말이 입에서 나오지 않았다.

마치 자물쇠가 걸려 있기라도 한 것처럼, 더 이상 나가지 못하고 턱 막혀 버렸다.

끝까지 말할 수 있었던 건, 라스티아라뿐이었다.

——그리고 재확인했다.

이게 바로, 내가 라스티아라를 좋아하게 된 가장 큰 이유이리라.

처음 만난 그 순간부터 항상 그랬다. 미궁 안에서 그녀는, 내 힘으로는 갈 수 없는 곳까지 나를 데려가 주었다. 나 혼자 힘으로는 할 수 없던 일도, 그녀와 함께라면 할 수 있었다. 그 모습이 어찌나 눈부셨던지. 단단히 잠겨 있는 영역까지, 내 손을 잡아끌고 가 주었다.

——라스티아라라면, 내가 싫어하는 나를 언젠가는 깨부수어 줄 것이다.

──그래서 나는 라스티아라를 좋아한다.

그런 자신의 마음을 새삼 응시하며, 나도 하늘을 올려다보았다.

시야 저편에 인조 별들이 반짝이고 있었다. 마석이며 보석들을 가공해서 그럴싸하게 빛나도록 만든『인조』다. 그러나 그 별들은『진짜』와 다름없는 의미를 갖고 있다.

지하도시에서 살아가는 사람들은, 이 천장의 빛에 깊이 감사하고 있을 것이다.

지상의 별들과 마찬가지로, 세계를 밝히는 중요한 역할을 담당하고 있으니까.

인조적으로 만들어진 그 밤하늘을, 나는 라스티아라와 함께 바라보았다.

더 이상 말은 나누지 않았지만, 손만은 맞잡고 있었다.

연인답게 나란히 서서, 같은 시간을 보냈다.

어떻게든 혼자가 되려고 했지만, 결국은 라스티아라와 단둘이.

대성도에서 보내는 첫날이 저물어 갔다.

◆◆◆◆◆

그리고 대성도에 도착한 지 이틀째 되는 날.

나는 지하도시 안 저택의 한 방에서 눈을 떴다. 배를 타고 여행하던 시절에는 예상도 못 했던 곳에서 기상한 나는, 곧장 동료들과 합류하기 위해 식당으로 향했다.

오늘은 예정대로 레거시 가문의 별장으로 가서 시아 레거시를 만날 것이다.

멤버 구성을 어떻게 할지 다 함께 의논한 끝에, 우선 라그네가 "대성도 안내는 제 역할이니까, 카나미 씨랑 같이 가겠습다"라고 손을 들었다. 그리고 『부적』에 둘둘 말린 노스휘를 무릎 위에 앉힌 라스티아라가 "노스휘랑 같이 있을래!"라면서 저택에 남겠다고 말했다. 이어서 디아, 마리아, 스노우, 리퍼도 저택에 남기를 희망했다. 듣자 하니, 오늘은 저택에서 노스휘 감시회 겸 환영회를 열기로 어제 결정했다는 모양이었다. 다 같이 주방에 서서, 떠들고 놀면서 음식을 만들겠다는 그 얘기에, 나는 노스휘와 사이가 나빠 보이는 동료를 초청해 보았다.

"라이너는 어쩔 거야? 시아와 친한 사이 아니었어?"

1년 전, 두 사람은 같은 파티 소속으로 여행을 한 적도 있는 등, 아주 친해 보였다.

그 경험을 고려해서 동행을 권한 것이다.

식당 한쪽 구석에서 벽에 등을 기대고 서 있던 라이너는, 그 제안에 망설였다.

"하긴 내가 가면 시아와 협상하기가 편해지긴 하겠지……. 하지만 고민되는데. 여기가 중요할지, 그쪽이 중요할지……."

미간을 찌푸리며, 나와 노스휘를 번갈아 쳐다보았다.

그 모습으로 보아, 위험도를 진지하게 계산하고 있다는

걸 알 수 있었다.

라스티아라나 다른 멤버들처럼 막연하게 선택지를 고를 생각은 없는 것이리라. 충분히 고민한 끝에, 라이너는 벽에서 등을 떼고 움직였다.

"오늘은 지크를 따라가지. 보아하니 노스휘 녀석은 이제 걱정할 필요가 없는 것 같으니까. 위험한 얘기는 어제 다 끝난 것 같고 말이지. ……아마도."

라스티아라에게 붙들려 수줍어하고 있는 노스휘를 보고, 탈주할 염려는 없다고 판단한 모양이다. 이어서 잠들어있는 히타키 쪽으로도 잠시 눈길을 돌렸지만, 디아가 경호원처럼 항상 붙어있는 걸 보고 안심한 듯 고개를 끄덕였다.

잔류조와 외출조의 전력비와 어제와는 좀 달라졌다.

라스티아라에게 머리카락을 맡기고 있는 노스휘가, 그 변경을 누구보다 기뻐했다.

"후후훗, 다녀오세요. 오늘은 재수 없는 헤르빌샤인이 없으니까 아주 즐거운 하루가 될 것 같네요."

"……칫, 나도 음흉한 여자와 떨어져서 아주 즐거운 하루가 될 것 같다고."

두 사람은 비꼬는 말로 작별 인사를 마쳤다. 얼핏 보면 험악한 사이처럼 보이지만, 죽이 잘 맞는 것처럼 느껴지는 건 기분 탓일까? 혹시, 지금 이 자리에 있는 사람 중에 노스휘와 제대로 마주하지 못하는 사람은 나뿐인 건가……?

그렇게 생각하니 왠지 침울해져서, 나는 바로 이동을 개시했다.

“그럼 가자. 『어둠의 이치를 훔치는 자』의 마석을 회수하고 나면 곧장 돌아올 생각이니까, 너희들은 저택에서 얌전히 기다리고 있어.”

주방으로 향하는 잔류조와 작별 인사를 나누고, 외출조와 함께 저택을 나섰다.

어제와는 딴판으로 고요한 시가지가 펼쳐져 있었다. 시원한 지하도시를 지나, 지상의 대성도로 나와서, 활기 가득한 시가지로 섞여들었다.

——이틀째의 대성도였다.

오늘은 두 명이었지만, 오늘은 세 명.

아침이라고는 믿기 힘들 만큼 인파로 북적이는 길을 걸으며 두 사람과 무슨 얘기를 할지 생각하고 있으려니, 라그네가 옆에서 내 안색을 살피며 말을 걸었다.

“저기, 카나미 씨. 혹시 어젯밤에 아가씨랑 무슨 일 있었습니까?”

현재 위치는, 지하도시 입구에서 충분히 떨어진 인파 속.

저택에 있는 사람들의 귀에 절대 들어가지 않을 거리에서 건넨 질문이었다.

그 신중함과 예리한 관찰력에 감탄하면서, 나는 고개를 끄덕였다.

“……용케 알았네.”

“흐~음. 역시 그랬었군요.”

어쩌면 어젯밤 일을 대충 알아챈 건지도 모른다.

내가 약간 당황하는 걸 보고, 라그네는 손가락을 펼쳤다. 검지와 중지로 V사인을 만들더니, 뜬금없이 어제 하던 얘기를 계속했다.

"그럼, 여심 강좌 레슨2를 시작해야겠군요. 라이너도 같이 말입니다."

다시 시내 한복판에서 라그네의 특강이 시작되었다. 오늘의 수강생에는 라이너까지 추가된 모양이었다. 당연하게도, 라이너는 그 갑작스러운 레슨에 항의했다.

"네? 왜 그런 걸……."

"지금 노스휘가 아가씨를 어떻게 생각하고 있는지 아시겠습까? 반대 패턴도 대답해 보십쇼."

그렇게 묻는 라그네의 표정과 말투는 진지했다. 시시껄렁한 농담 같은 서두로 시작된 레슨이었지만, 전부 다 말장난은 아니라는 걸 라이너도 이해한 모양이었다.

경우에 따라서는 앞으로의 싸움을 좌우하는 내용일 수도 있다고 생각했는지, 라이너도 라그네 못지않게 진지한 표정으로 대답했다.

"이건 예측이지만, 어제와 오늘의 분위기로 보아, 더 이상 목숨 걸고 싸울 적으로는 여기지 않는 것 같더군요. 하지만 연적 정도로는 인식하고 있지 않을까요? 전여친과 현여친 사이니까요."

"잠깐, 라이너……!"

진지한 얼굴로 최악의 표현을 하는 라이너의 태도에, 나는 살기 섞인 마력을 내뿜으며 비난했다. 라이너는 태연한 얼굴로 흘려 넘겼고, 라그네도 내 태클 따위 없었던 일인 양 레슨을 이어갔다.

"땡땡! 너무 무난한 대답이네요. 그건 틀렸슴다. 왜냐면, 노스휘 씨나 아가씨나, 카나미 씨와 정상적인 연애를 하는 건 이미 단념한 상태니까 말임다. 그러니까 연적 같은 정상적인 관계 자체가 성립하지 않슴다."

"아아, 그렇군."

라이너는 "듣고 보니 그렇네"라는 표정으로 수긍했다.

"잠깐, 라이너. 방금 그게 그렇게 쉽게 수긍이 가는 얘기야……?"

그 수긍을 수긍할 수 없었던 나는, 한층 더 험악한 시선으로 라이너를 쏘아보았다. 나의 기사를 자처하는 이 소년은, 대체 나를 어떻게 생각하고 있는 것인가. 한 번쯤 찬찬히 대화해 볼 필요가 있을 것 같다.

나 혼자서만 심란한 표정을 짓는 가운데, 라그네는 정답 맞추기를 시작했다.

"정답은, 노스휘 씨는 아가씨를 『여동생』처럼 여기고 있다는 검다. 반대로 아가씨는 노스휘 씨를 『언니』처럼 여기고 있슴다. 그래서 그렇게 정답게 지낼 수가 있는 검다."

나와 라이너로서는 도저히 받아들일 수 없는 그 대답에, 내 곤혹스러움은 더해져만 갔다.

“여, 『여동생』과 『언니』? 아니, 잘 보면 닮은 구석도 있긴 하지만…….”

둘은 같은 『주얼 크루스』이긴 하다.

두 사람 모두 이상적 여성상을 인공적으로 구현한 존재다.

하지만 경력이 같다고 해서 본질까지 같은 건 아니다. 외모적인 특징도 다르고, 성격적 경향도 다르다. 마력 속성도 다르고, 전투 스타일도 다르다. 얼핏 보면 공통점이 있어 보이지만, 곰곰이 생각하면 생각할수록 서로 다른 점이 확연하게 드러나는 두 사람이다.

다만, 두 사람이 자매 같은 관계가 되기를 원하고 있다는 식의 얘기라면 덮어놓고 부정할 수는 없었다. 어젯밤에 본 라스티아라의 태도에서도 그런 분위기가 느껴졌던 것이다.

놀라면서도 부정하지는 못하는 나와 라이너를 보고, 라그네는 다시 강의를 이어나갔다.

두 사람의 마음을 정확하게 파악하고, 그걸 바탕으로 신중하게 행동하라는 얘기였다.

“두 분은 어지간한 진짜 자매들보다 더 자매답게 지내고 있습다. 카나미 씨는 그 점을 염두에 두고 자신의 행동 방침을 고민하셔야 함다. 라이너도 그렇고 말임다. ……쓸데없는 오지랖일지도 모르지만, 저는 아가씨의 행복을 바라니까 말임다. 일단은 노스휘 씨의 행복도.”

노스휘를 눈엣가시처럼 여기는 나와 라이너에게, 완곡하게 자숙을 요구하는 말이었다.

그게 라스티아라의 행복을 위한 일이라면 뭐라 대꾸할 말이 없다. 하지만 내가 할 수 있는 일이라고는, 두 사람을 남몰래 지켜보는 일 정도밖에 없을 것이다. 노스휘는 내 앞에서는 그 언니다운 면을 잃고, 그저 음흉한 적으로서의 성격만 드러내니까.

지금까지 그랬던 것처럼 거리를 두는 수밖에 없다…….
다른 방법은 없을 것이다…….

시내를 걸으면서, 노스휘에 대해 고민했다. 하지만 새로운 해답을 찾기도 전에, 우리 일행은 목적지에 도착했다.

"아, 도착했네요. 이 얘기는 나중에 다시 해야겠습다."

그 별장은, 우리 거점에서부터 도보로 수십 분쯤 되는 거리에 있었다.

별장의 크기는 우리의 거점에 비하면 아담했다. 정원은 있으나 마나 한 넓이였다. 노골적으로 얘기하자면, 그렇게 큰돈은 들이지 않은 것 같았다. 비밀 별장 같은 형태로 소유하고 있는 것이리라. 레거시 가문은 발트 출신이라, 후즈야즈와는 별다른 인연이 없다는 얘기를 들은 적이 있었다.

정문이나 정원을 둘러봐도, 고용인의 모습은 보이지 않았다.

그냥 현관문을 두드려서 방문을 알리는 수밖에 없을 것 같았다. 대화를 매끄럽게 이끌어가기 위해, 라이너를 선두로 해서 정원의 대문을 지나 부지 안으로 들어갔다.

그리고 별장 현관문에 라이너의 손이 닿는 순간, 삐걱거리는 소리가 울려 퍼졌다.

문이 저절로 열렸다. 아니, 정확히 말하자면 별장 안에서 누군가가 문을 열었다.

레거시 가문의 별장에서 세 남녀가 나타났다.

가장 눈에 띄는 것은 한가운데에 서 있는 훤칠한 남자. 윤기 도는 금발을 어깨까지 기르고, 옆머리의 머리카락은 예술품처럼 복잡하게 땋고 있었다. 한 번 보면 잊을 수 없을 정도의 미남이라 할 수 있으리라. 그의 기품에 이끌리듯, 나는 그의 이름을 중얼거렸다.

"에, 엘미라드 싯다르크? 그리고 그쪽은……."

스노우의 약혼자이자, 라우라비아의 길드 『슈프림』의 마스터이기도 한 사내가 어째선지 이 별장에 있었다. 이어서 나는, 그의 양옆에 있는 두 여인 쪽으로 눈길을 돌렸다.

한 명은 밤색 포니테일의 훤칠한 미녀, 『셀레스티얼 나이츠』 전 총장 페르시오나 퀘이거 씨였다. 그녀의 대명사라 할 수 있는 새까만 풀플레이트메일(전신갑옷)이 아닌 편한 사복 차림이었지만, 못 알아볼 리가 없었다.

마지막 한 명은, 흑발에 검은 눈의 소녀── 아니, 조금 달랐다. 염색을 깜박했는지, 검은 머리의 뿌리 부분에서 새하얀 머리카락이 엿보였다. 머리 위에 눈덩이를 얹고 있는 것 같은 깜찍한 소녀의 이름 역시, 바로 기억해 낼 수 있었다. 아이드가 구해준 『주얼 크루스』 중 한 명, 느와르였다.

"페르시오네 씨에, 느와르까지?"

예상치 못했던 면면들의 등장에, 우리는 놀랄 수밖에 없었다.

상대방 역시 마찬가지인 듯, 세 사람 모두 눈이 휘둥그레져 있었다.

그런 가운데, 가장 먼저 정신을 차린 것은 엘미라드였다.

환한 얼굴로 재회를 반기며, 주먹을 내 쪽으로 내밀었다.

"이거 놀랐는데, 설마 이런 곳에서 만나게 될 줄이야……. 카나미, 오랜만이야."

1년 전의『무투대회』이후 처음 만나는 것이었다. 4회전에서 치고받고, 결승전에서는 여러모로 도움을 받았었다. 그날 일을 떠올리고, 나는 그리운 친구에게 인사를 건넸다. 엘미라드가 내민 주먹에, 내 주먹을 맞대어 화답했다.

"저기……, 오랜만이야, 엘."

일부러 친근하게 불렀다. 온 힘을 다해 싸웠던『무투대회』이후로, 우리 사이에 존댓말은 사라졌다. 이제 그를 "싯다르크 씨"라고 부를 이유가 없다는 걸, 나는 잘 알고 있었다. 아니, 라우라비아에서 보낸 시간을 찬찬히 돌이켜보면, 사실 처음부터 알고 있었다. 이 엘미라드 싯다르크라는 남자는, 항상 대등한 친구를 찾고 있었다. 귀족이라는 지위를 넘어, 함께 이야기 속 영웅을 뒤따를 수 있는 바보 같은 남자를 원했던 것뿐.

내가 저자세로 나오자, 패기가 없다면서 낙담하던 모습이 기억에 남아있다.

지금이야말로 그의 기대에 부응해야 할 때다.

"오오. ……훗, 그때와는 좀 달라진 모양이군."

그런 내 대응에, 엘미라드는 입을 벌려서 감탄 어린 목소리를 토해냈다가, 이내 기품 있는 헛기침으로 얼버무렸다.

"그동안 이런저런 우여곡절을 겪었으니까. 그리고, 지난번에 작별하면서 언젠가 보답하겠다고 했잖아?"

『무투대회』 결승전 때, 엘미라드는 지금 내 옆에 있는 라그네에게서 『아레이스 가문의 보검 로웬』을 되찾아주고, 게다가 추격자들의 발을 묶어 주기까지 했다. 그 은혜는 갚으려 해도 다 갚기 힘들 것이다.

"고맙군. 하긴, 내 입장에서 지금의 너만큼 좋은 보답은 없지. ……이제 거리낌 없이 다시 너에게 도전할 수 있게 됐으니까."

귀족다운 우아한 미소와 함께, 엘미라드는 나에 대한 전의를 드러냈다.

그 목소리에는 복수에 대한 의지가 노골적으로 깃들어 있었다.

"도전이라니, 또 나랑 시합하고 싶다는 거야?"

"물론이지. 기회가 있으면 꼭 다시 붙어 보고 싶어. 약혼자 탈환을 위해, 우리 일족의 긍지를 위해, 우리 라우라비아의 영웅에게 도전할 의무가 있어. 그래, 이건 내 의무야."

"뭐, 기회가 있다면 안 될 건 없지……."

"시간이 날 때 상대해 주면 돼. 좋은 기회가 있거든, 부탁하지.”

지금 당장 막무가내로 요구할 생각은 없는 모양이었다.

일단 한시름 던 나는, 엘미라드에게 물었다.

“그건 그렇고, 엘미라드가 왜 여기에 있지?”

“이유는 네가 가장 잘 알 텐데? 요즘 나는 장군 신분으로 전투에 참전했었는데……, 갑자기 휴전이 이루어지는 바람에, 한참 동안 쉬게 됐어. 그래서 대성도에서 대기하게 된 거지.”

지금『본토』에서는 북부와 남부 간의 전쟁이 벌어지고 있다. 다만, 내가 남부의 총사령관 대리인 스노우를 데려오고, 북부에서는 수장이었던 아이드가 사라져 버리는 바람에, 제대로 전쟁을 벌일 수 있는 상황이 아니었다.

일련의 소동이 나 때문에 벌어진 일이라는 걸, 엘미라드는 알고 있는 모양이었다.

“옛날부터 레거시 가문과 싯다르크 가문은 인연이 깊어서 말이지. 이 여가시간을 이용해서 인사차 별장에 와 있었어. ……옆에 있는 퀘이거 군도 같은 이유지.”

엘미라느는 오른손을 힘차게 펼치며, 옆에 서 있는 기사를 소개했다.

자신의 이름이 나오자, 페르시오네 씨는 가볍게 손을 들며 인사를 건넸다.

“오랜만이군, 카나미 군. 그리고 라이너와 라그네도. 같이 전선에 차출된 동료 장군 사이이니만큼, 싯다르크 경과 행동을 함께할 때가 많아. 오늘도 그래서 여기 온 거지.”

간략하게 엘미라드의 이야기를 보충해 주었다.

다만, 나는 그 설명에……, **납득할 수 없었다.**

아까부터 위화감이 느껴졌다.

이를테면, 이 레거시 가문의 별장에 그들이 찾아온 이유에 대한 제대로 된 설명이 없었다.

이 만남이 우연이 아닐 거라는 생각을 지울 수 없었다. 하지만 엘미라드 일행이 친근하게 얘기하는 마당에, 그걸 함부로 지적할 수는 없었다.

"네, 그래서 여기 있는 거였군요……. 그런데 거기 있는 느와르는요?"

"있으면 안 되나요?"

가장 어색한 존재인 느와르에게 물어보았지만, 퉁명스러운 대답이 돌아왔다.

돌이켜보면, 나는 그녀의 배를 찌르고, 나아가 오른팔 인대를 베어 버리기까지 했었다. 당장이라도 보복하겠다고 덤벼들어도 이상할 게 없다는 걸 깨닫고, 가능한 한 부드러운 목소리로 말했다.

"아니, 그런 얘기가 아냐. 난 그냥, 루즈가 만나고 싶어 하더라는 얘기를 전해주려고……. 아이드가 사라지는 바람에, 지금 비아이시아는 일손이 부족한 상태야. 한 번 만나러 가 주면 좋겠는데……."

"뻐, 뻔뻔하게 무슨 소리에요! 뻔뻔하게……!! 아이드 선생님을 없앤 건 바로 당신이잖아요?! 그래 놓고는 감히 무슨 소리를!!"

맞는 말이었다. 나는 그녀의 은인을 죽인 거나 다름없다.

변명의 여지가 없는 일이었기에, 애써 포장하는 걸 단념했다.

"응, 내가 아이드를 진짜 고향으로 보내 줬어. 하지만 네 은인인 아이드를 위해서는 그게 최선의 결말이었어. 거짓말로라도 너에게 사과할 수는 없어."

"감히……!!"

여기서 사과하는 건, 그 성에서 벌인 싸움에 대한 모욕이나 마찬가지다.

아이드와 티티 남매와는 최고의 전투 끝에, 최고의 작별을 마쳤다.

나는 그 점을 전하고 싶었지만, 느와르의 분노를 부채질할 뿐이었다.

당장이라도 덤벼들 기세인 그녀를, 엘미라드가 어깨를 붙들어 제지했다.

"흐음. 보아하니 두 사람은 사이가 별로 안 좋은 것 같군. ……하지만 지금 느와르는 내 부하 격이라서 말이지. 아무리 카나미라도 손대게 둘 순 없어."

엘미라드는 느와르를 감싸며 한 발 앞으로 나서서, 진지한 표정으로 전의를 불태웠다.

이에 나는 한 발짝 물러섰다. 겁을 먹은 건 아니었다. 다만, 엘미라드의 적의가 가짜가 아니라는 걸 알아챈 것이다.

지금 내가 모종의 행동을 보이면, 엘미라드는 주저 없이 이 자리에서 결투를 시작할 것이다. 그런 확신이 들 만큼 짙은 전의였다.

"하하하. 카나미, 그렇게 걱정할 것 없어. 이 대성도에서 용건이 끝나면 느와르 군은 비아이시아로 복귀시킬 생각이니까. 카나미 일행에게 폐를 끼칠 일은 없어. 그러니까 이번 일이 끝날 때까지는 관대하게 봐 줬으면 좋겠군."

전의를 풀지 않은 채, 엘미라드는 웃었다. 위화감은 점점 더 부풀어만 갔다.

……거짓말을 하는 것처럼 보였다. 아니, 원래부터 엘미라드는 속내를 쉽게 드러내는 사람이 아니다. 십중팔구 뭔가를 숨기고 있기는 할 것이다. 다만, 지금의 엘미라드는 어쩐지 내가 그렇게 의심하도록 의도적으로 행동하고 있는 것 같다는 느낌이 들었다.

정확히 말하자면, 『지금 나는 거짓말을 하고 있으니까, 카나미가 언급해 줬으면 좋겠다』고 유도하고 있는 것 같은 느낌이었다.

"……자, 그럼 우리는 슬슬 실례하도록 하지. 실은 아직 인사해야 할 곳이 많이 남아서 말이야. 귀족 가문의 적자도 참 고된 일이라니까. 카나미와의 결투는 다음 기회로 미뤄야겠어."

내가 신중하게 표현을 골라 가며 대답하자, 엘미라드는 돌아갈 채비를 시작했다.

보내야 하는 건지 고민했다. 지금 그를 제지하면, 아마 그는 신이 나서——.

"싯다르크 경. 정말 그런 식으로 넘어갈 수 있을 거라고 믿으시는 겁니까?"

떠나려 하는 세 사람을, 내가 아닌 라이너가 제지했다.

이어서, 라그네도 허리에 찬 칼의 칼자루로 손을 가져가며, 단호한 말투로 말을 꺼냈다.

"못 가심다. 이 타이밍에 여기에 있다는 것 자체가 너무 수상함다. 애초에, 지금 레거시 가문 사람이 이 허름한 별장에 와 있다는 걸 어떻게 알고 계신 검까?"

두 사람 모두 엘미라드 일행을 의심하며, 놓치지 않겠다는 의사를 표명했다.

그리고 라이너는 나에게만 들리도록 조그맣게 소곤거렸다.

"지크……. 저 집 안……, 움직이는 사람이 한 명도 없어. 모두 잠들어있어."

라이너에게서 미세한 마법이 발동하고 있는 게 느껴졌다.

아마 바람을 조종해서 별장 내부 사람들의 호흡음을 조사한 모양이었다.

"후우……. 이거 난감하군. 아아, 정말 난감하게 됐어."

임전태세를 취하는 두 사람의 모습에, 엘미라드는 가볍게 한숨을 지었다. 그리고 그 안구가 미세하게 흔들렸고……
라그네가 그 점을 예리하게 지적했다.

"앗, 방금! 시선이 오른쪽 가슴 주머니로 향했슴다! ……싯다르크 경, 죄송하지만 잠깐 몸수색 좀 해도 되겠습까? 저희는 지금 어떤 물건을 찾으러 여기로 온 거라 말임다."

라그네는 일종의 확신을 가지고 확인을 요구했다.

그 요구를 듣고, 엘미라드는 별안간 웃음을 터뜨렸다.

"훗, 후후훗, 크크크, 하-하하핫!"

어깨를 들썩이고, 하늘을 우러러보면서 터뜨린 폭소였다.

그답지 않게 무례한 그 행동에, 우리 세 사람은 당황했다.

엘미라드라면 아무리 다그쳐도 냉정하고 우아하게 적절한 변명을 할 줄 알았었다. 그런데 지금 엘미라드는 우아함 따위는 손톱만큼도 찾아볼 수 없이, 바들부들 떨면서 웃고, 체념했다.

"하핫, 이제 한계인 것 같군……. 그래, 너희들이 의심한 그대로야! 하지만 솔직히 나도 이제 한계였던 참이니까 마침 잘 됐어! 이제 좋은 기회를 얻을 수 있게 됐어……!!"

그 말을 끝으로, 엘미라드의 온몸에서 마력이 부풀어 올랐다.

이어서 그는 가슴 주머니 쪽으로 손을 뻗는 대신, 허리춤의 검을 뽑아 들었다.

엘미라드는 웃으면서 옆에 있는 두 사람에게 지시를 내렸다.

"일동, 애석하지만 작전 변경이다! 카나미에게서 전력으로 도망친다! ——≪와인드≫!!"

엘미라드는 검을 옆으로 휘두르며, 부풀어 오른 마력을

모조리 바람으로 변환했다.

정면에서 돌풍이 몰아닥쳤다.

나는 눈을 찌푸리고 양손으로 얼굴을 보호하면서, 그를 제지했다.

"자, 잠깐! 엘!!"

당황은 점점 심해져만 갔다. 이건 마치 켕기는 구석이 있다고 자백하는 거나 다름없는 짓이다. 아직 빠져나갈 여지가 충분히 있는데도 굳이 검과 마법을 선택한 것은, 너무나도 엘미라드답지 못한 짓이었다.

그렇게 생각하며, 나는 양손으로 마법 ≪와인드≫를 쳐내고 시야를 되찾았다.

세 사람은 이미 우리의 눈앞에서 사라진 상태였다. 시선을 좌우로 돌려 보니, 저택의 좁다란 정원을 가로질러서 돌담을 넘으려 하는 뒷모습이 눈에 들어왔다.

나는 달려서 그 세 사람을 쫓아가려 했다.

스테이터스의『속도』면에서 나를 넘어설 수 있는 존재는 없다. 정원을 벗어나기 전에 따라잡을 자신이 있었다. 그러나 엘미라드 일행과 나 사이의 거리가 좁혀지기도 전에, 그들은 돌담을 넘어가 버렸다.

"어?!"

따라잡지 못한 것에 대해 놀란 게 아니었다.

거리가 좁혀지지 않은 원인을 목격하고, 나도 모르게 목소리가 새어나온 것이다.

내가 뒤쫓던 세 사람의 뒷모습이, 어느새 인간의 것에서 한참 동떨어진 형태로 바뀌어 있었다. 우선 느와르는 박쥐 같은 검은 날개를 등에 달고 활공하고 있었다. 페르시오나 씨의 하반신은 말처럼 변해서, 네 발로 내달리고 있었다.

그 능력의 정체는 알고 있었다. 지난번에 보았던『마인화』였다.

느와르가 변신하는 건 알고 있었지만, 설마 페르시오나 씨까지 그런 줄은 몰랐었다. 수인도 아닌데, 신화 속에 등장하는 켄타우로스처럼 변한 것이다.

그리고 말로 변한 페르시오나 씨의 등에 엘미라드가 타고 있었다. 멀리서 보니, 그도 머리와 왼팔이 변형되어 있었다. 윤기 있는 장발이 몇 배 더 길게 자라 있고, 옷소매 밖으로 보이는 팔이 기이하게 부풀어 올라 있었다. 특정 몬스터의 특징을 띠게 된 것 같았다.

요컨대 세 사람 모두『마인 전환』한 상태라는 뜻이었다. 그들이 그 영향으로 인간의 수준을 초월한『속도』를 얻었다는 것을 깨닫고, 옆에서 달리던 라이너가 당황한 목소리로 외쳤다.

"지크! 분명 저 셋이 시아를 습격해서 마석을 빼앗았을 거야! 놓치면 안 돼!"

"나도 알아! 이대로 가도 쪽으로 갈 꿍꿍이일 거야!"

별장 밖으로 나간 마인 3인조는, 곧장 대도시의 큰길로 향했다.

거기에는 어제와 마찬가지로 수없이 많은 인파가 오가고 있었다.

변신한 세 사람은 그 사람들 사이를 비집고 도망쳤다. 엄청난 속도로 옆을 달려가는 괴이한 자들의 모습에, 시가지의 사람들은 잇따라 비명을 내질렀다. 그 비명이라는 길잡이가 있는 한은 그리 쉽게 상대를 놓칠 일은 없어 보였지만, 그렇다고 거리를 좁히기도 힘들어 보였다.

이럴 때 차원마법 ≪디폴트≫가 있었더라면 쉽게 해결할 수 있었겠지만, 지금은 대성도의 결계 때문에 차원마법을 쓸 수 없다. 아니, 막무가내로 시도하면 쓸 수는 있다. 하지만 그러면 도시의 『라인』이 손상돼서, 인프라가 붕괴될 가능성이 높다. 다른 방법으로 따라잡을 수 없을지 고민하던 나는, 엘미라드 일행의 도주 루트에 확실한 목적지가 있다는 걸 알아챘다.

"라이너! 아마 성일 거야! 엘은 성으로 가고 있어!!"

지금 우리는 어제 후즈야즈 성으로 가던 때와 같은 길을 달리고 있다.

그 말을 들은 라이너는 바람마법을 이용해서 도약했다.

"알았어! 목적지를 알아낸 이상, 방법은 얼마든지 있어! 앞질러 가서 기다릴 테니까, 지크는 이대로 계속 추격해 줘! ――≪와인드 · 스카이러너≫!!"

길 양편에 늘어서 있는 가옥 지붕 위로 올라가서, 그 기세 그대로 내달렸다.

장애물을 무시하고 직선 이동으로 성까지 가려는 모양이었다.

느와르는 비행할 수 있지만, 말의 형태를 한 페르시오나 씨와 그 등에 탄 엘미라드는 길을 따라가는 수밖에 없다. 앞질러가는 건 충분히 가능하다.

나는 기사의 독단행동을 지켜본 다음, 또 한 명의 동료를 찾아 고개를 돌렸다.

아득히 먼 뒤쪽에 있는 라그네를 향해 목청을 높여 지시를 내렸다.

"라그네! 이대로 곧장 성까지 달려! 우리는 먼저 가 있을 테니까!"

객관적인 레벨과 스테이터스에서 뒤떨어지는 라그네는, 우리보다 한참 뒤처져 있었다. 애석하게도 이번 추적에서는 전력에 보탬이 되지 못할 거라 판단한 나는, 그녀를 두고 갈 생각으로 있는 힘껏 가도를 질주했다.

중간에 수많은 시민과 마주쳤고, 그때마다 수많은 비명이 울려 퍼졌다.

대성도의 복잡한 도로에서 추격전을 벌이는 과정에서, 우리는 유독 북적이는 구역으로 접어들었다.

수많은 간이 텐트가 쳐져 있고, 돌로 포장된 길에는 다양한 융단이 깔려 있고, 상인들이 공예품이며 식품을 진열하고 파는 구역이었다. 대성도 밖에서 구입된 것으로 보이는 신선한 채소며 어패류들로 보아, 이곳이 대성도의 아침 시장이라는 걸 알 수 있었다.

한층 더 두터워진 인파가, 한층 더 요란한 비명과 함께 갈라졌다. 혹시라도 식품 좌판이 뒤집히지 않을까 하는 마음에 조마조마했지만, 경악에 찬 비명 이외의 소리는 딱히 없었다.

노성이 터져 나오지 않는 건, 도주 중인 세 사람이 신중하게 수단을 고르고 있는 덕분일 것이다. 정말 도주만 생각한다면, 도망치면서 시장을 난장판으로 만들어 버리는 게 훨씬 유리하다. 상품을 길바닥에 난잡하게 흩어 놓아서 사람들의 혼란을 부추겼다면, 뒤에서 쫓아가는 내 발이 묶일 수밖에 없었을 것이다.

시민들에 대한 배려를 잊지 않은 것으로 보아, 엘미라드 일행은 아직 이성을 유지하고 있는 게 분명했다. 다만, 정말 이성적으로 행동하고 있는 거라면, 생각 없이 도주를 선택한 이유를 이해할 수 없었다.

이 일련의 흐름이 함정일 가능성이 있다.

이를테면, 이 북적거리는 시장에 복병이 있을 가능성. 나는 그밖에 또 어떤 함정이 있을지를 머릿속으로 정리해 보려 했는데, 바로 그때── 전방에서 도망치던 세 사람의 움직임이 멎었다.

시선을 집중해 보니, 길 저편에서 쌍검을 움켜쥔 라이너가 막아서고 있는 걸 알 수 있었다.

벌써 앞지르기에 성공한 모양이었다. 나는 멈춰선 세 사람을 따라잡아서, 라이너와 앞뒤에서 협공하는 형세를 형성했다. 앞뒤를 모두 제압당해서 오도 가도 못하게 된 엘미라드는 신음했다.

"크윽……, 라이너 군이 앞질러 가 있었던 모양이군……!"

우리 다섯 명이 발걸음을 멈춘 곳은, 시장 중앙.

주위에는 수많은 상점이 늘어서 있고, 상인이며 시민들이 몰려들어서 우리를 지켜보고 있었다. 갑자기 나타난 마인과 기사들의 모습에 놀라 비명을 지르면서도, 결국은 호기심을 이기지 못해 그대로 지켜보는 사람이 많은 것 같았다.

여기서 전투를 벌였다가는, 일반인 중에 부상자가 나올 것이다.

미궁 심부보다 훨씬 까다로운 전장이었다. 내가 그렇게 주위를 의식하고 있으려니, 페르시오나 씨가 자기 등 위의 엘미라드에게 고함쳤다.

"싯다르크 경, 난 당연히 따라잡힐 줄 알았어! 이 둘을 따돌릴 수 있을 리가 없잖아! 아니, 지금 그게 중요한 게 아니지! 아까, 일부러 의심받을 소리를 했던 것 같은데?!"

"하하하, 그럴 리가요. 퀘이거 군, 제가 그런 짓을 할 리가 없잖습니까? 저는 직무에 충실하기로 유명한 사람이니까요."

"뻔뻔하긴! 역시 내가 대장을 맡겠다고 나설 걸 그랬어! 아아, 일거리가 더 늘어났잖아!!"

그 말의 행간으로 미루어보아, 페르시오나 씨는 본인의

의사와 무관하게 엘미라드의 지시를 따르고 있다는 걸 알 수 있었다. 지휘계통은 엘미라드 쪽이 상위. 그리고 동시에, 그가 조금 전의 질의응답 과정에서 건성으로 임한 게 아닐까 하는 추측이 확신으로 바뀌었다.

페르시오나 씨와 엘미라드의 실랑이를 바라보는 라이너의 시선은 냉담했다.

두 사람의 사정 따위는 알 바 아니라는 듯, 검을 겨눈 채 고압적으로 말을 걸었다.

"농담은 그쯤 해 두시지. ……그나저나, 내가 어지간히도 만만하게 보였나 보군. 헤르빌샤인 가문의 기사를 상대로 바람 마법을 써서 도망칠 궁리를 하다니."

엘미라드는 호의적인 미소를 지으며 라이너의 적의를 받아들이고는, 페르시오나 씨의 등에서 내렸다. 속도에 의지해서 도주하는 건 단념한 모양이다.

"훗, 하인 헤르빌샤인의 동생인가. ……눈이 마음에 들어. 아무래도 라이너 군과 카나미를 물리치지 않으면 여길 돌파할 수 없을 것 같군. 애석하지만 싸우는 수밖에 없겠어! 아아, 진짜 애석하게도, 싸울 수밖에 없는 상황이 됐군!!"

애석하다는 말을 되풀이하면서, 라이너와 마찬가지로 임전태세에 들어갔다. 페르시오나 씨는 그 옆에서 짜증 섞인 표정으로 혀를 찼고, 약간 대화에서 동떨어져 있던 느와르는 오른손을 꽉 움켜쥐며 이 싸움을 환영하고 있었다.

——큰일이다.

이대로 가다가는, 여기서 전투가 벌어질 것이다.

그리고 전투가 벌어지게 된 경위가 좀 이상했다.

우선 엘미라드의 행동이 너무 이상했다. 그는 원래 훨씬 차분한 인물이었다. 항상 냉정하면서 침착하고, 일에 대한 책임감이 대단히 강한 이미지였다.

1년이라는 세월 동안 성격이 바뀐 거라 생각하고 넘길 수도 있지만, 일단은 확인이라도 해 두고 싶었다. 나는 누군가가 움직이기 전에 황급히 외쳤다.

"멈춰, 라이너! 엘! 이상한 점이 한둘이 아니잖아! 스스로 생각하기에도 이상하지 않아?! 말하자면, 그 분위기! 평소의 너와 달라도 너무 다르잖아!"

"그래, 그렇겠지! 물론 당연히 지금 나는 제정신이 아냐! 평소 같으면 이런 짓은 절대 안 했을 거다! 정말 이상한 게 한둘이 아닌 상황이지!"

"뭐?! 무, 무슨 소리를……?!"

아무런 망설임도 없이 수긍하는 엘미라드의 말에, 도리어 내 말문이 막혔다.

전투를 앞둔 적을 상대하는 태도치고는 지나치게 솔직했다. 어안이 벙벙해 있는 내 눈앞에서, 엘미라드는 과장된 연기를 펼치는 배우처럼 온몸을 사용해서 자신의 결백을 호소했다.

"하지만, 카나미! 지금 우리 셋은 노스휘의 마법에 걸려 있는 상태니까 어쩔 수 없어! 우리에게 걸려 있는 마법은 빛

마법의 기본 중 하나인 ≪라이트 마인드≫! 세계에서 가장 유명한 정신간섭마법이지만, 노스휘가 사용하니 이렇게 어마어마한 위력이 나오지 뭐냐!!"

그리고 상황을 이렇게 만든 원흉이, 지금 저택에 있는『빛의 이치를 훔치는 자』노스휘임을 밝혔다.

그뿐만이 아니라 문제가 된 마법의 이름까지 털어놓는 엘미라드를 보고, 나는 어제 싸웠던 파프너를 떠올렸다. 엘미라드도 노스휘의 마법에 의한 피해자인 모양이지만, 걸려 있는 마법의 종류는 다른 모양이었다.

바로 머릿속 사전을 뒤져서, 방금 엘미라드가 언급한 빛속성 기초마법 ≪라이트 마인드≫에 대한 기억을 찾아냈다.

얼마 전에 모든 종류의 마석을 삼킨 덕분에, 자세한 정보까지 알 수 있었다.

마음만 먹으면 나도 쓸 수 있는 마법으로, 단순히 빛을 내는 ≪라이트≫의 다음쯤에 위치하는 빛마법이었다. 별로 쓸모가 없다는 식으로 평가받았던 것 같다. 효과는『마음이 깨끗해지게 만든다』라는 애매모호한 것. 남들을 다정하게 대하게 되고, 거짓말을 하기 힘들어지고, 솔직하게 자신을 드러내기 쉬워진다는, 확실성이라고는 찾아볼 수 없는 효과였다.

따라서 세간에서의 사용 사례는 지극히 한정적이었다.

미궁에서 사용될 일은 절대 없었다. 교회에 기도하러 온 신도에게, 신관이 상징적으로 읊어 주는 정도. 그리고 신성한 특정 행사 때 의례적으로 처음에 영창하는 것 정도가 고작이지만……, 보통 시내 한복판에서 사용하는 경우가 많다 보니, 지명도 하나는 높은 마법이었다.

지금 엘미라드 일행은, 그 ≪라이트 마인드≫에 걸려 있다는 것이다.

나는『표시』를 통해 그의 스테이터스를 확인했다.

【스테이터스】
이름 : 엘미라드 싯다르크 HP252/252 MP421/421
클래스 : 기사
레벨28
근력6.54 체력4.56 기량6.66 속도11.79 지능8.92
마력34.23 소질1.67
선천 스킬 : 속성마법2.52
후천 스킬 : 마법전투2.50 검술1.34 선도1.21 고무1.89
상태 : 정화4.88

『마인 전환』의 영향 때문인지, 레벨과 스테이터스의 수치가 껑충 뛰어올라 있었다.

그리고 상태이상명은『정화』. 단어만 보면 디버프 같아 보이지는 않았지만, 4.88이라는, 지나치게 높은 수치가 문제가 될 것 같았다. 그리고 지금까지의 경험으로 미루어보아, 여기에 상태이상 회복 마법을 걸어 봤자, 정상 상태라 해석해서 해제하지 못할 가능성이 높아 보였다.

마음이『정화』되어 있는 엘미라드는, 신이 나서 말을 이어 나갔다.

"카나미! 지금 우리는 마음이 더없이『순수』해져 있는 상태인 모양이야! 초인적인 수준에 달한 그녀의 강력한 마력 때문인지, 거의 폭주라 해도 과언이 아닌『순수』함이야! 이건 너무 하얘서 오히려 검은 마법이라고 해도 과언이 아닐 정도야! 아아아, 유감이군! 마음을 조종당해서 남의 손바닥 위에서 놀아나다니, 대귀족의 장남인 내가! 어떻게 이렇게 유감스러울 수가!!"

울분에 찬 목소리로, 노스휘가 건 마력의 위력을 늘어놓았다. 그러나 그 표정만 보자면——.

"그나저나, 역시 종신 명예성검 로웬 공과 같은『이치를 훔치는 자』의 반열에 오른 소녀! 요 1년 동안 카나미를 무찌르려고 단련해 온 나조차도, 그 마법에는 도무지 저항할 길이 없는 모양이야! 상시 발동하는『매료』도 그렇고, 피에 대한 마력 침식도 그렇고, 빛마법의 숙련도도 그렇고, 정말 사기적인 능력이더군! 그래! 나는 그 사기적인 능력 때문에 본의 아니게 너와 적대하게 된 거야! 아아, 정말 본의 아니게 너와 싸우는 거라고! 아하, 아하하하하하!!"

어째, 일부러 마법에 몸을 맡기고 있는 것 같다는 느낌이 든다…….

그렇게 생각하는 것도 무리가 아닐 만큼, 1년 동안 단련

했다는 엘미라드의 힘은 무시무시했다. 왼팔과 머리카락의 변화로 미루어보아, 사자와 닮은 몬스터의 힘을 얻은 것 같았다. 상대가『이치를 훔치는 자』라 해도, 그리 쉽게 의식을 빼앗기지 않을 만큼의 존재감을 풍기고 있었다.

노스휘를 구실로 삼아서, 기다렸다는 듯 자유로운 시간을 만끽하는 것 같은…….

그렇게 의심하는 나를 보고, 엘미라드는 호들갑스럽게 얼굴을 찌푸렸다.

"의심하지 마! 다 본의 아니게 이러는 거란 말이다! 정말 본의 아니게, 내 영원한 라이벌인 영웅 카나미에게 도전할 수밖에 없게 된 거다! 오해는 말아 줬으면 좋겠군! 마침 휴가 중이었을 뿐, 좋은 기회라고 기뻐한 적 따위는 없어! 하핫, 정말로, 이건 본의가 아냐――! 본의가 아니란 말이다!!"

대흥분한 그 모습을 보고, 본의 아니게 하는 거라고 믿을 사람이 얼마나 있을까. 이 정도면 의심의 여지가 없다. 엘미라드는 일부러 노스휘의 마법을 받아들이고, 일부러 우리와 해후하고, 일부러 의심을 살 행동을 했다. 아마 방금 스스로 언급한 "좋은 기회"를 얻기 위해서.

소리 높여 웃는 엘미라드를 두고 주위를 둘러보았다. 그가 특수한 상태이상에 빠져 있다는 걸 안 이상, 대처법은 얼마든지 있다. 그렇게 생각했을 때, 느와르가 한 발짝 앞으로 나서서, 엘미라드 못지않게 흥분한 목소리로 외쳤다.

"엘미라드!! 이 남자는 제가 상대할 겁니다! 제가 먼저입니다! 제가 먼저 예약했으니까, 차례를 지키셔야죠!!"

"큭, 느와르 군인가……! 하긴, 그런 얘기를 했었지……. 물론 엘미라드 싯다르크는 순서를 지킬 줄 아는 남자다! 느와르 군, 마음껏 1대1로 결투를 벌이도록! 어차피 금방 질 테니까 나는 뒤에서 구경이나 하도록 하지! 나는 다음에 싸우마!"

"뭐, 뭐가 어째요?! 이 재수 없는 인간이! 내가 질 걸 전제로 깔고……! 아, 아니, 진정하자, 진정해, 느와르. 이번에는 저 시커멓고 재수 없는 인간을 죽이는 데 집중해야 할 때야. 이 복수의 기회를 반드시 살려야 해……!"

두 사람은 어째선지 수적 우세라는 이점을 포기하기 시작했다.

라그네가 합류할 때까지는 시간이 걸릴 테니, 지금 싸우면 3대2의 난전으로 이끌 수 있다. 그런데 엘미라드와 느와르는 그럴 생각 따위는 추호도 없어 보였다.

"어, 느와르가 나랑 붙는 거야? 그것도 1대1로? 그건……, 저기, 아무래도 승산이 없을 것 같은데……?"

엘미라드와는 달리, 그녀와는 최근에 1대1로 붙은 적이 있었다.

그때의 압승을 생각하면, 불과 며칠 만에 내용이 달라졌을 리는 없어 보였다. 『표시』를 통해 살펴보니, 레벨과 스테이터스에도 별다른 변화가 없었다.

그런 내 의견을 들은 느와르는, 얼굴이 새빨개져서 날카로운 목소리로 고함쳤다.

"카나미이이이이——! 마, 망할 자식! 영웅이라고 사람을 얕잡아보지 마세요! 영웅이 그렇게 대단한 겁니까아아아?! 저는 성인이에요! 시스 님께 선택받은 성인이란 말이에요오오오!!"

지난번의 흥분도 상당했지만, 오늘은 그보다 훨씬 더 심했다. 그리고 그런 그녀의 혼이 담긴 포효에, 뜬금없이 엘미라드가 나 대신 나서서 대답했다.

"그건 굳이 생각해 볼 필요도 없지! 성인보다 영웅이 훨씬 높으니까! 느와르 군 따위는 카나미의 발끝에도 미치지 못하겠지! 하핫, 하하하하핫!"

"바, 발끝에도……? 말도 안 돼……, 말도 안 돼! 저는 성인인데요? 이제야 겨우 시스 님의 인정을 받아서 성인이 됐는데! 드디어 레반교의 전설에 가까워졌다고 생각했는데! 느와르는 아직도 부족하다는 건가요?!"

"그럼, 부족하고말고! 우리 힘으로는 부족해! 압도적으로 부족해! 턱없이 부족해!!"

"아아, 아아아아아……!!"

적인 나를 내버려 두고, 두 사람은 자기들끼리만 열심히 흥분하고 있었다. 말릴 틈도 없이 둘이서 전의의 불꽃을 부채질하고, 폭발시켜 갔다. 나는 말문이 막힐 따름이었다.

"느와르 군! 도전하는 거다! 도전하는 수밖에 없다! 지금 눈앞에 있는 카나미를 이기면, 이제 두 번 다시 자네를 보고 부족하다는 소리는 안 할 거다! 자네의 혼은 충분하고도 남을 만큼의 가치를 얻을 수 있을 거다! 그도 그럴 것이, 상대는 카나미니까! 무적의 카나미니까! 하지만 겁낼 필요는 없어! 사람은 도전하기 위해 태어나고, 싸우고, 죽는 거니까!!"
"엘미라드……! 맞아요. 지금은 절망이 아닌 희망을 품어야 할 때! 이기면 되는 거예요, 이기기만 하면! ……흐, 흥! 감사 인사 같은 건 기대하지 마세요. 거기 쪼그리고 앉아서, 제 승리를 구경이나 하고 계세요. 당신 차례는 절대 찾아오지 않을 테니까……!"
"응원은 해 주지! 일시적으로나마 동료가 되었으니, 자네를 진심으로 응원하겠네!"
폭풍과도 같은 촌극이 고속으로 흘러갔다.
그 촌극 뒤에 남은 것은, 후련하기 그지없는 표정의 느와르였다.
당장이라도 인생 전부를 건 일대 결전에 나서려 하는 표정이었다.
나는 곤혹스러운 얼굴로, 나머지 한 명의 적에게로 눈길을 돌렸다.
"저기……, 페르시오나 씨……."
성실한 기사로 소문난 페르시오나 씨라면, 두 사람을 다독여 줄 거라는 기대를 품고 있었다.
그러나 실제로 돌아온 것은 지독한 반응이었다.
"카나미 군! 네가 얽히면 항상 이렇게 돼! 언제나 항상 말썽거리들을 잔뜩 끌고 오지! 그 바람에 내 일거리가 더 늘어났어! 또 일거리가……, 아핫, 우후후훗! 정말 일거리가 잔뜩 널려 있잖아! 이러면 더 열심히 일해야 하잖아!!"

페르시오나 씨는 웃음 가득한 얼굴로 그 자리에서 발을 동동 굴렀다.

켄타우로스로 변한 몸 때문에, 거리의 돌 포장에 금이 갔다.

이게 이 사람의 『솔직』한 상태인가…….

엘미라드가 히어로 신드롬(영웅증후군)이고 느와르가 콤플렉스(과도한 열등감)에 걸린 상태라 한다면, 페르시오나 씨는 워커홀릭(일중독)이라고나 할까…….

『빛의 이치를 훔치는 자』 노스휘의 마력에 의해, 각자가 안고 있던 나쁜 버릇이 겉으로 드러나게 되었다는 걸 알 수 있었다. 마법이 풀린 뒤에 민망함에 앓아눕는 것 아닐까 하는 걱정이 들 만큼 어마어마한 흥분이었다.

라이너도 똑같은 감상을 느낀 것이리라. 분명히 앞을 막아서 심리적인 우위에 서 있는 상태이련만, 그 얼굴은 딱딱하게 굳어 있었다. 곤혹스러운 표정으로, 멀리서 내 지시를 요청했다.

"지크! 이거 어쩔 거야? 일이 이상하게 돌아가는 것 같은데."

"내가 한 명씩 물리쳐도 될까? 아마 지지는 않을 거야."

"그 점은 의심 안 하지만……. 뭐, 그렇게 해도 상관없겠지."

우리가 1대1 결투를 받아들이겠다고 얘기한 순간, 엘미라드의 얼굴이 그 누구보다 환해졌다. 오랜 꿈을 이룬 사람처럼, 특유의 낭랑한 목소리로 시장 전체에 울려 퍼지도록 말했다.

"여러분, 걱정하지 마십시오!! 이것은 기사들의 야외훈련 같은 것입니다! 가능하면 조금 멀리 떨어지시고, 관심 있으신 분은 관전하셔도 좋습니다! 여기 있는 싯다르크와 퀘이거의 이름으로 여러분의 안전을 보증하겠습니다!"

서둘러 결투 준비를 진행했다. 우리 마음이 바뀌기 전에 냉큼 싸우겠다는 속내가 훤히 들여다보였다.

지난『무투대회』때의 명연설과 비하면 너무나도 조잡하고 성의가 없었다. 당연히 관중들의 분위기도 시원치 않았다. 난데없이 시내 한복판에서 결투가 벌어지는 바람에, 멀리서 보고 있던 시민들은 겁을 집어먹고 한 발짝 뒷걸음질 쳤다.

주위에서 수군거리는 시민들의 대화중에는 "그렇게 고지식하던 저 둘이 요즘 변했다던 소문이 돌던데, 사실이었구나……"라는, 엘미라드와 페르시오나 씨의 이상을 증명하는 목소리도 섞여 있었다. 두 사람 모두 미남미녀인 만큼, 팬으로 보이는 흥분된 목소리도 섞여 있었지만, 대부분의 목소리는 불안에 차 있었다.

그리고 신이 나서 떠들어대는 엘미라드 옆에 있던 느와르가, 한껏 긴장된 얼굴로 앞으로 나왔다. 주절주절 혼잣말을 중얼거리면서, 나와의 결투에 나섰다.

"영웅도 이 대성도에서는 차원마법을 쓸 수 없어……. 완전히 나한테 유리한 무대……! 혹시 이 싸움에서 진다면, 또 울분에 잠을 이룰 수 없게 될 거야!!"

마, 마음 편하게 싸울 수가 없잖아…….

이 싸움에서 내가 압승을 거두면 내일 당장 목이라도 매다는 게 아닐까 싶을 만큼 심각한 느낌이었다. 내 표정이 느와르와는 다른 이유로 굳어졌을 때, 엘미라드가 오른팔을 드높이 치켜들었다.

"자, 우리에게는 시간이 없다! 바로 시작하지! 규칙이 필요하다면, 싸우면서 둘이 같이 대충 정하도록! 지금부터, 견습 성인 느와르와 대영웅 아이카와카나미 지크프리트 비지터 발트후즈야즈 폰 워커의 결투를 개시한다!!"

"버, 벌써?! 너무 빠른 거 아냐?!"

내가 검을 뽑아 들고 자세를 취하기도 전에, 엘미라드는 오른손을 힘차게 휘둘러 내려서 아무렇게나 결투를 시작했다.

"——마법 ≪그래비티 필드≫으으으!!"

엘미라드의 선언과 동시에, 만반의 준비를 갖추고 있던 느와르가 마법을 발동시키고 내달렸다. 정확히 표현하자면, 박쥐 날개 같은 날개를 펼쳐서 지면을 스치듯 활공한 것이었다.

그녀가 발동한 마법에 의해, 폭포 밑에 서 있는 것 같은 중압이 온몸을 짓눌렀다.

예전에도 썼던, 중력을 다루는 마법이었다. 나를 중심으로 결계를 치듯 그 마법을 전개한 모양이었다.

이미 비슷한 마법을 썼다가 나에게 패배한 적이 있는데도, 그녀는 별다른 작전도 없이 고함을 내지르며 똑바로 돌진해 왔다.

"받아라, 영웅!! 내 모든 마력이 담긴 일격으으을!!"

그 직선적인 공격에, 나는 당황했다.

"……윽!"

고, 공격이 너무 『솔직』하잖아…….

지난번과 똑같이 손톱으로 공격하다니, 그런 걸 내가 순순히 맞을 리가 없다.

중력마법에 조금 당황하긴 했지만, 그게 전부였다.

상태이상 『정화』가 디버프라는 확신을 얻은 나는, 느와르가 최대한 가까이 다가올 때까지 기다렸다가, 몸을 옆으로 틀었다.

느와르의 손톱은 허무하게 허공을 갈랐고, 나는 배후를 차지했다.

그리고 온 힘을 다한 적의 공격을 최소한의 움직임으로 회피한 상황이니만큼, 얼마든지 반격할 수 있는 상황이 되었다. 곧바로 양손을 뻗어서 느와르의 양 겨드랑이 밑에 넣고 꽉 조였다. 느와르는 혼신을 다한 일격이 이렇게 허무하게 무위로 돌아갈 줄은 생각도 못 했는지, 놀란 목소리로 소리쳤다.

"어, 어어?!"

"놀라긴 뭘 놀라? 움직이지 마. 다 끝났어."

그녀의 양 옆구리에 손을 넣어 머리를 고정하고, 승리 선언과 함께 항복을 요구했다.

하지만 아직 방심할 수는 없었다. 그녀의 끈질긴 성격은, 지난번 전투 때 겪어서 잘 알고 있었다.

"끄, 으으으윽! 아직——."

"승자가 하는 말은 순순히 들어야지."

아니나 다를까, 마력을 더 자아내서 움직이려 했기에, 뒤에서 결박한 채로 그녀의 다리를 걸고는—— 인정사정없이 양손으로 머리를 짓눌러서 땅바닥에 내리쳤다. 뇌진탕으로 그녀의 몸에서 힘이 빠져나가는 걸 확인하고, 이번에는 팔로 목을 짓눌러서 기절시키려 시도했다.

상당히 난폭한 방법이지만, 느와르가 포기하게 하려면 이 정도는 해야만 했다.

경동맥을 짓눌린 느와르가 의식을 잃었다. 썩 반가운 일은 아니지만, 상대를 의식을 앗아가는 요령을 조금씩 알 것 같았다.

나는 즉시 느와르의 몸을 조심스럽게 바닥에 눕히고, 남은 두 명 쪽으로 눈길을 돌렸다. 엘미라드와 페르시오나 씨는 냉정하게 내 전투를 분석하고 있었다.

대놓고 버리는 패 취급하는 그 모습에, 느와르가 가엾어질 지경이었다.

"느와르 군이 단 1합에 끝나다니. 역시 영웅은 강하군."

"싯다르크 경, 정말 싸울 건가? 느와르가 엄청난 속도로 날린 일격을 저렇게 쉽게 간파하고 제압했을 정도면, 솔직히 답이 없어. 저래 봬도 느와르는 세계 최고의 중력마법사이자, 속도 특화『마인 전환』까지 한 상태야. 그런데도 저런 결과가 나왔잖아?"

"물론, 싸워야지. 나는 언제나 이길 각오로 싸우는 사람이니까."

그래도 느와르가 이렇게 허망하게 패배한 건 경악스러운 일이었던 모양이다.

그러고 보면 그녀의 레벨은 30에 육박한다.『이치를 훔치는 자』들을 제외하면, 세계 최상위의 전력을 가진 강자라 할 수 있을 것이다. 항상 상성이 나쁜 나와 맞붙다 보니 그 위력을 알기가 좀 힘들지만…….

"카나미, 이번엔 내 차례다. 싯다르크 가문의 이름을 걸고……가 아니라, 엘미라드라는 한 남자로서 승부에 임하고자 한다."

엘미라드는 앞서 한 말을 취소하지 않고, 나와의 결투를 요구하며 앞으로 나섰다.

정면으로 마주하고 나니, 그의 몸에 생긴 변화를 자세히 볼 수 있었다. 머리는 허리까지 자라고, 눈의 모양이 고양잇과 동물의 것처럼 변해 있고, 입술 밖으로는 뾰족하고 날카로운 이빨이 튀어나와 있었다. 왼팔이 사자의 앞발처럼 비대해져 있고, 매끄러운 털로 덮여 있었다.

마력량도 예전과 비하면 천지 차이였다. 가디언에게도 한 방 먹일 수 있을 만큼의 저력이 느껴졌다. 그 한 방의 위력에 따라서는, 그가 선호하는 영웅적인 역전을 이룰 수도 있을 것이다.

관찰하는 내 눈앞에서, 엘미라드는 자신들의 전투에 대해 조건을 덧붙였다.

"그리고 나는 이 결투에 『어둠의 이치를 훔치는 자』의 마석을 걸겠다……!!"

아까 라그네가 지적했던 가슴 주머니에서 마석 펜던트를 꺼내 들어 보였다. 놀랍게도 진품이었다. 그 섬뜩한 마력과 『표시』로 미루어보아, 가짜가 아니라는 걸 알 수 있었다.

"어? 우리 입장에서는 더없이 반가운 제안이긴 한데……. 정말 그래도 괜찮겠어?"

마석 보유 사실을 숨김없이 인정한 것도 모자라, 반환 절차까지 다 준비해 둔 셈이었다. 아무리 엘미라드가 상태이상에 빠져 있다고는 해도, 이건 나에게 유리해도 너무 유리한 전개였다. 그는 자기 입으로 그 이유를 천천히 설명했다.

"솔직히, 이걸 걸겠다고 선언하는 건 한 사람의 인간으로서 부끄러운 일이야. 너희들이 의심한 대로, 이건 훔친 물건이야. 비겁하게도, 레거시 가문의 저택에 있던 사람들을 전부 다 잠재우고, 시아 아가씨에게서 빼앗은 거지. ──다만, 그러니까 더더욱 지금 이 결투에 대가로 걸고 싶어. 꼭 걸어야겠어."

"그랬구나……. 고마워, 엘. 그쪽이 티다의 마석을 걸겠다면, 나는 로웬의 마석을 걸어야 하나?"

"잠깐! 그럴 필요는 없어! 그건 네 거다! 내 손에 넘어오는 일은 절대 있어선 안 돼!!"

나도 같이 마석을 걸지 않으면 불공평할 거라고 생각했는데, 엘미라드는 『무투대회』 출전자라서 그런지, 『아레이스 가문의 보검 로웬』을 자신이 차지하는 건 주제넘은 짓이라고 생각하는 모양이었다.

그리고 그 반응은, 이 결투에서 자신이 승리할 수 있다는 확신의 증거이기도 했다.

나는 마음을 굳게 다잡고, 천천히 『소지품』 속에서 『아레이스 가문의 보검 로웬』을 뽑아 들었다. 그런 내 모습을 본 엘미라드는, 자신이 원하는 승리 보상을 얘기했다.

"내가 이기면, 여기서 도주할 시간을 보장해 줘. 그거면 충분해."

"알았어, 그렇게 하지."

엘미라드는 엘미라드답게, 자신의 긍지를 걸고 정정당당하게 싸우려 하고 있었다. 만약 내가 패배하면 그를 일시적으로 놓아 줘야겠다고 마음속으로 다짐하고, 고개를 끄덕였다.

나중에 라그네가 들으면 "안이해"라고 한마디 할 것이다. 지금도 멀리서 날아와 꽂히는 라이너의 시선이 따가워서 견딜 수가 없었다. 그러나 나와 엘미라드 사이에 있는 우정이 그 결투를 성립시켰다.

엘미라드도 허리춤의 검을 뽑아 들고, 1년 전과는 다른 독특한 자세를 취했다.

비대화한 왼손을 들어서 천연 방패로 삼고, 그 뒤에서 날카로운 두 눈으로 이쪽을 살폈다.

"자, 결투를 시작하지. 지난번 결투의 복수전이다."

"오늘은 『무투대회』 때와는 달리 내 컨디션도 완벽한 상태. 미안하지만 이번에도 나의 승리야."

"맘에 드는 대답이군. 나는 그 우세를 뒤집는 게 재미있으니까."

가시 돋친 말들을 주고받으며, 우리는 조금씩 서로에게 다가갔다.

걸으면서도 주위에 대한 경계는 게을리 하지 않았다. 지난번 전장이었던 투기장선보다도 협소한 전장이다. 지금 시장에는 반경 10미터 정도의 공간이 나 있을 뿐이었다. 그 가장자리를 둘러싸고 있는 것은 석벽이 아닌 인간의 벽. 검으로 싸우기는 편하고, 마법으로 싸우기는 까다롭다. 결계를 고려하면, 차원마법이 아닌 『검술』과 『감응』을 중심으로 싸우게 될 것이다.

반면에 엘미라드는 모든 속성의 마법을 자유자재로 구사—— 할 수 있을 터였다.

살짝 자신이 없는 건, 1년 전과 달라도 너무 다른 외양 때문이었다.

상대의 패가 확실하지 않은 이상, 처음에는 상황을 지켜보기로 하고 작전을 짰다.

그리고 조금씩 거리가 좁혀져 가고, 검의 사정거리보다 살짝 먼 지점까지 도달했을 때, 엘미라드는 고속으로 상위 마법을 발동시켰다.

"——마법 ≪워터 와이어≫!"

공중의 수분을 모아서, 채 1초도 되지 않는 시간 안에 물로 이루어진 긴 뱀을 만들어냈다. 그 물뱀은 나선을 그리듯 허공을 헤엄쳐서 내게 달려들었다.

"이미 아는 마법이야. 다 보여——어?!"

『무투대회』 때 이미 봤던 마법이니 느긋하게 펄쩍 뛰어 피하려 했다. 완전히 회피하는 데 성공해서, 옷에 물 한 방울 튀지 않았다—— 그런 줄 알았는데, 그 물뱀 뒤에서 다수의 얼음 화살이 날아들었다. 그 화살이 내 외투 자락을 스쳐서, 천이 찢어졌다.

나를 비껴간 얼음 화살은 관객들에게 명중하기 전에 흩어져 사라졌다.

"엘! 이렇게 교묘한 짓을, 교묘한 방법으로 하다니!"

읊은 마법명과는 별개의 마법을 날리고, 완벽하게 제어해냈다.

말로 표현하자면 단순한 일이지만……, 아마 나는 흉내 내기 힘든 마법 운용일 것이다. 나와 마찬가지로 말에 마법을 싣는 것을 중시하는 타입인 라스티아라도 불가능할 것이다. 이건 타고난 감성이 아니라, 반복 훈련을 통해서만 습득

할 수 있는 기술이기 때문이다. 『표시』상으로는 똑같은 『마법전투』로 나오지만, 라스티아라와는 전혀 다른 『마법전투』인 셈이다. 『검술』에는 다양한 유파가 있지만 모두 『검술』 하나로 뭉뚱그려지는 것과 같은 원리이리라. 늘 그랬듯이, 오늘도 스테이터스만 보고 싸우면 함정에 빠지게 빠지가 되리라는 걸 재인식했을 때, 또 하나의 마법이 발동되었다.

"——마법 ≪시어 와인드≫!!"

엘미라드가 내쏜 것은 돌풍 마법——이 아닌, 땅을 뒤흔드는 마법이었다.

나는 바람을 경계해서 양손을 들고 있었는데, 상대가 노리고 있던 것은 무방비 상태인 다리.

"큭! 그거 좀 비겁한 거 아냐?!"

"훗, 별 것 아닌 잔꾀지만 때로는 유용하지. 『무투대회』 때의 나는 다수 대 다수 간의 전투에 대한 훈련만 한 상태였어! 하지만 그 이후로 시야를 넓혀서 1대1 훈련도 수행했지! 탐색가들을 통해서 정공법 이외의 전법도 익혔어! 그 성과를 보여주마!!"

지진 때문에 자세가 무너진 나를 향해 엘미라드가 내달렸다. 『마인화』의 힘으로 땅을 박차서 벌어져 있던 거리를 순식간에 좁히고, 또 다른 마법을 자아내며 검을 휘둘렀다.

"——≪그로우스≫! ≪와인드≫! ≪임펄스≫!"

이번에는 3속성 마법 동시 발동이었다.

신체능력을 상승시키고, 기류를 자기편으로 끌어들이고,

검에 마법을 실었다.

움직임이 빨랐다. 전에는 약점이었던 접근전을 『마인화』가 완전히 보완해 주고 있었다. 하지만 검을 통한 공격이라면, 천지가 뒤집혀도 내가 밀릴 일은 없다. 자세가 무너진 와중에도, 고속으로 접근해 오는 엘미라드의 검을 쳐내고, 연속 동작으로 팔을 베어 버리려 시도했다.

"——엇!!"

엘미라드는 내가 자신의 일격을 쳐내는 것을 보는 즉시, 고양잇과 동물처럼 뒤로 펄쩍 뛰어서 내 반격을 회피했다.

내 자세는 아직 무너져 있었지만, 엘미라드는 신중하게 추가 공격을 자제했다. 보아하니 엘미라드의 『마인화』는 4족 보행 동물 계열. 내 세계의 사자와 유사한 몬스터의 피가 섞여 있는 것이리라. 전보다 몇 배는 더 강한 『근력』과 『속도』를 얻었으니, 지금 그는 아주 강한 자신감에 차 있을 것이다. 그럼에도 그 힘에 휘둘리지 않고, 중거리 마법에 의한 치고 빠지기 전술에 철저하게 전념하고 있었다.

"——≪우드 피셔≫! ≪라이트≫! ≪다크 암즈≫!!"

또 다시 3연속 마법. 이번에는 포장석 틈에서 나뭇가지가 그물망처럼 뻗어 나오고, 강렬한 빛이 시야를 현혹하고, 암흑이 생겨나 팔의 형태를 이루어 내 다리를 붙잡으려 들었다.

엘미라드의 주특기인 마법전이었다. 불, 물, 바람, 땅, 빛, 어둠, 신성 등, 숨 돌릴 겨를도 없이 온갖 속성의 마법을 퍼부어댔다. 내 쪽에서 접근해서 상대방이 숨 돌릴 겨를도 없도록 공격을 퍼부어대는 게 가장 적절한 공략법이지만, 그것도 쉽지는 않았다.

예전의 그는 고정포대였지만, 이번에는 이동식 포대로 진화해 있었다. 게다가 반응속도는 짐승 수준이었다. 예전처럼 폭풍처럼 쏟아지는 마법을 뚫고 직진해 봤자, 우격다짐 육박전으로 몰고 갈 수는 없을 것이다.

나는 즉시 단기전을 포기하고 장기전을 선택했다.

물론, 조금 얻어맞는 걸 감수하면 검의 사정거리 안까지 파고들 수는 있다. 하지만 엘미라드는 비장의 패를 숨겨 놓고 있을 게 틀림없다. 그의 성격상, 준비해 두지 않았을 리가 없다……. 아니, 애초에 내달릴 때 그의 표정을 보면 훤히 알 수 있었다.

"——하핫! 어떠냐, 카나미! 예전과는 좀 다르지 않나?! 예전처럼 접근을 허용할 일은 없어! 두 번 다시! 하하하하핫!!"

근사한 미소였다.

정말 즐거워 보였다.

그리고 간절하게 **나의 접근을 기다리고 있었다.**

지난번『무투대회』때 그랬던 것처럼 내가 육박전으로 나오기를 기대하고 있다는 게 훤히 들여다보였다.

내가 지금 우격다짐으로 돌진했다가 엘미라드의 접근전용 비장의 카드를 얻어맞으면, 그야말로 영웅적인 역전을 허용할지도 모른다.

그래서 나는 상대의 MP고갈을 노리기로 했다.

접근전이 상대방의 강점이라면, 굳이 거기 뛰어들어 줄 필요는 없다. 이 거리에서 날아온 마법은 맞더라도 별다른 대미지를 입지 않을 것이다. 그 비장의 카드만 없으면 패배할 가능성은 0이라는 확신이 있었다.

거리를 유지하면서, 치고 빠지기 작전에 전념하는 그를 소모하는 것에만 집중했다.

그리고 솔직히 말해서, 이렇게 신이 난 엘미라드의 모습을 조금 더 보고 싶다는 심정도 있었다. 사람을 『솔직』하게 만드는 노스휘의 마법 때문인지, 예전처럼 절박한 기색은 찾아볼 수 없었다. 천진난만한 어린아이처럼 즐기면서, 난생처음 보는 신기한 마법들을 잔뜩 선보여 주었다. 게다가 선보이는 방식이 결코 단조롭지 않았다. 온갖 기술을 동반한 연속 발동이었다. 결투가 끝날 때까지 지루할 일은 없을 것이다.

나는 엘미라드가 내쏘는 마법들을 꼼꼼히 보고 회피하면서, 『표시』에도 정신을 할애했다.

상대의 MP는 눈에 띄게 줄어들고, 내 스킬란에 있는 『마법전투』 수치는 쑥쑥 상승했다.

아마 30분 이내에 승부가 날 것이다.

그렇게 생각하며, 우리 둘은 대성도 한가운데서 검과 마법에 의한 전투를 펼쳤다.

지난번에 그랬던 것처럼, 관객들이 지켜보는 가운데――.

◆◆◆◆◆

——결투가 시작된 지 20분이 경과했다.

체내시계를 통한 측정 결과, 정확히 1200초.

그동안 엘미라드가 내쏜 마법은 112발이었고, 총 소비 MP는 정확히 400.

『표시』가 정확하다면, 이제 남은 MP는 21. 모든 숫자가 내 예측 그대로였다.

쉴 새 없이 마법을 쏘아 대는 엘미라드는 대량의 땀을 흘리며 거칠게 숨을 몰아쉬고 있었다.

"허억, 허억……! 크윽——!"

그리고 결투 개시 이후 1220초가 된 순간, 그의 잔여 MP가 21에서 15로 줄어드는 것을 『표시』로 확인했다. 이제 엘미라드는 마법명을 말하지 않고 있다. 하지만 소비 MP가 6이고, 이런 동작을 취한다는 건——.

"그건 아까도 봤어!!"

열기로 공기를 일그러뜨려서 잘 보이지 않게 만든 ≪플레임 애로우≫를 알아채고, 몸을 옆으로 날려 회피했다. 이어서 장기전에 지쳐 움직임이 둔해진 엘미라드를 향해 달려가서 근접전을 강요했다.

"허억, 허억, 허억!! 정말 빠른 반응속도야! 보통은 알고도 반응 못 하는 게 정상인데! 이 공격은!!"

이제 엘미라드에게서는 20분 전의 날렵함을 찾아볼 수 없었다.

움직임도 절도를 잃어서, 나를 제대로 뿌리치지 못했다.

결과, 내 검이 엘미라드에게 닿았다.

그는 무기 없는 오른팔로 내 검을 막아내려 했다. 아니, 애초에 이제 그에게는 오른팔밖에 남지 않은 것이다. 20분 동안 싸우는 과정에서 검은 부러지고, 사자의 왼팔도 부상을 입었다.

"——≪와인드≫! 아직 안 끝났어! 난 더 싸울 수 있단 말이다, 카나미!!"

엘미라드는 내 검을 향해 오른팔을 내밀고, 남은 마력을 모조리 담아 폭발시켜 튕겨냈다.

라이너가 즐겨 쓰던, 마력을 폭발시켜서 손상을 감수하고 위력을 내는 기술이었다.

기어이 양팔 모두 못 쓸 지경이 되고 말았다.

"나도 알아! 엘, 더 싸우자!"

더 싸울 수 있다. 하지만 끝이 머지않았다.

엘미라드 싯다르크는 강했다.

백수(百獸)의 왕을 닮은 외모에 부끄럽지 않은 신체능력을 선보인 데다, 다채로운 마법까지. 속성을 가리지 않고 하나같이 섬세하고 엄밀했다. 백수의 왕이 아닌 백마(百魔)의 왕이라고 불러도 과언이 아니라고 느껴질 만큼 대마법사의 풍모를 과시했다.

문제는, 그런 그가 숨기고 있는 최후의 카드가 오른팔의 팔찌라는 걸 내가 간파했다는 점이었다.

20분 동안 분석한 결과였다. 몇 번 근접전에 들어가려는 시늉을 해서 확인해 냈다.

나는 결투를 끝내기 위한 마법을 발동시켰다.

밖으로는 티끌만큼도 새어 나가지 않도록 몸속에서만 차원마법을 구사해서, 대성도 결계의 영향에서 벗어났다. 일시적으로 마력의 속성을 화염으로 변경해서, 아까 엘미라드가 선보인 것과 같은 식으로 구축했다. 내달리면서, 육안으로 파악하기 힘든 ≪플레임 애로우≫를 남몰래 내쏘았다.

이어서 힘차게 바닥을 딛고, 단숨에 거리를 좁혔다.

드디어 내가 앞으로 나온 걸 보고, 엘미라드는 약간 미소를 지었다. 마력과 체력이 바닥난 척 하다가 카운터를 꽂아 넣을 꿍꿍이이리라.

그리고 내 검의 사정거리 안까지 접근한 순간, 엘미라드는 오른팔을 들어서 비장의 카드인 팔찌를 쓰려고 했으나——그 전에 터져 나갔다. 팔찌가 마법도구로서 발동하기 전에, 내가 쏜 투명한 ≪플레임 애로우≫가 적중한 것이다.

"어?! 이건 내가 쓰던——?!"

비장의 카드가 부서졌으니, 엘미라드의 승산은 0.

나는 검으로 추가 공격을 날리는 대신, 그 자리에 멈춰 서서 항복을 권했다.

"방금 부서진 게 엘이 가진 비장의 카드였지? 이제 끝난 거 아냐?"

"후훗, 다 알고 있었잖아……. 이 반지, 제법 값나가는 물건이었는데, 써먹지도 못했군. 아직 어림도 없었던 건가……."

엘미라드도 발걸음을 멈추고, 그 자리에서 대답했다.

마법전을 더 벌일 생각은 없어 보였다. 하지만 그렇다고 패배를 받아들인 것도 아니었다.

"놀리는 것처럼 들릴지도 모르지만, 엘은 강했어. 정말 놀랐어."

"놀란 것 정도로는 안 돼. 카나미, 네가 원하는 건 네 경악이 아니라, 네 패배야."

칭찬이 아닌 승리를 원하는 거라고, 더없이 『솔직』하게 말했다.

하지만 나 역시, 『이치를 훔치는 자』의 마석을 건 진지한 승부에서 질 수는 없었다. 그렇기에 나는 그에게 단 1퍼센트의 승산도 주지 않았다.

1초도 걸리지 않았던 느와르 때와는 달리, 엘미라드는 20분이나 되는 시간을 들여서야 승리에 대한 100퍼센트의 확신을 얻을 수 있었던 것이다. 그러니까 충분히 강한 거라고 말해 주고 싶었지만, 거만하게 들릴 수 있는 말은 자제하기로 했다.

어차피 승자가 패자에게 해줄 수 있는 말은 없다는 생각에, 묵묵히 그의 말에 귀를 기울였다.

"노스휘가 하는 말을 조금 의심했었어……. 『차원의 이치를 훔치는 자』 카나미를 이길 수 있는 사람은 이제 아무도 없다는 말을, 도무지 믿을 수가 없었어. 그래도 이 엘미라드 싯다르크에게는 1퍼센트 정도의 승산은 남아있을 거라고……, 아직 대등한 싸움을 할 수 있을 거라고……, 그렇게 믿고 싶었어. 하지만 카나미는 차원마법을 못 쓰더라도, 검술만으로 따져도 엄청난 역전의 용사였어. 전투 중의 차분함이라는 면에서 차이가 어마어마하더군. 애석하지만, 지금의 내 힘으로는 단 1퍼센트의 승산도 없었던 모양이야."

울분에 가득 차서, 이번 결투를 복기해 나갔다.

비장의 카드가 망가졌으니 패배를 인정한다는 것 같은 말투였지만, 나는 검을 거둘 수 없었다. 엘미라드의 전의는 아직 사그라지지 않았다. 이길 수 없다고 인정하기는 했다. 하지만 내가 아무리 멀리 가더라도 기필코 쫓아가고 말겠다는 결연한 의지가 느껴졌다.

반성을 마친 엘미라드는, 웃으면서 오른쪽 가슴 주머니에서 『어둠의 이치를 훔치는 자』의 펜던트를 꺼냈다. 아직 결투는 끝나지 않았다는 듯, 한 발짝 앞으로 나서려 했다.

"뭐, 됐어. 일단은 어쩔 수 없지. 복수전은 다음 기회로 미뤄야겠군. 그리고, 지금부터는 좀 성가신 결투를 시작해야겠어. 나다운 결투가 아닌, 『리베르레오』의 마인답게…….
미안하지만 내기로 내걸었던 이 마석을 좀 써서――."

"――≪라이트 브류나크≫!!"

하지만 그런 그의 움직임은, 하늘에서 떨어진 빛의 창에 의해 차단되었다. 엄청난 위력의 마법이 나와 엘미라드 사이의 포장석에 꽂히고, 지진이라도 난 듯 시장이 뒤흔들렸다.

근처에 있던 가장 높은 지붕 위에서 고함소리가 울려 퍼졌다.

"엘미라아아아드!! 지금 그게 뭐 하는 짓이죠?! 어젯밤에 한 연락을 기억은 하고 있는 건가요?! 저는 유인하는 역할을 맡긴 거지, 마석을 걸고 싸우라는 얘기를 한 게 아니에요!!"

그 지붕에는, 방금 빛의 창을 던진 소녀가 태양을 등지고 서 있었다.

『빛의 이치를 훔치는 자』 노스휘가 머리칼을 나부끼며, 거대한 늑대의 등에 올라탄 채 나타난 것이다.

"어?! 노스휘……?!"

마리아의 『부적』 조각이 몸 여기저기에 달라붙어 있는 걸 보면, 그 결박으로부터 탈출했다는 걸 알 수 있었다. 다만, 그게 사실이라면 고작 수십 분 만에 저택에 있는 라스티아라, 디아, 마리아, 스노우, 리퍼, 이 다섯 명을 모두 상대해서 노스휘가 승리했다는 뜻이 된다.

그 경악스러운 사실에 동요하는 내 눈앞에서, 엘미라드는 진심으로 넌더리가 난 표정으로 한 쪽 무릎을 꿇고, 머리 위의 노스휘에게 고개를 숙였다.

"큭, 빠르군. 설마 이 정도로 빨리 올 줄이야……."

엘미라드에 이어서, 패배한 느와르를 회수해서 등에 싣고 있던 페르시오나 씨도 무릎을 꿇었다. 『마인화』에 의해 늘어난 네 개의 다리 중에 앞다리 두 개만 굽히고, 우렁찬 목소리로 외쳤다.

"아아, 노스휘 님!! 드디어 오셨군요!!"

반응으로 미루어보아, 두 사람 모두 완전히 노스휘의 지배하에 있다는 걸 알 수 있었다.

덧붙이자면, 지금 노스휘가 타고 있는 늑대 역시 같은 상태일 것이다. 『표시』를 통해 살펴보니, 이름은 세라 레이디언트고, 상태에 『정화』가 있다는 걸 알 수 있었다.

세라 씨는 우리보다 먼저 대성도로 출발했다고 들었는데, 상당히 오래 전부터 노스휘에게 장악되어 있었던 모양이다. 여기 있는 기사들의 임시 주인이 된 노스휘는, 옥상에서 엘미라드를 향해 천둥과도 같은 노성을 퍼부었다.

"엘미라드, 그 반응은……! 계속 이 타이밍을 노리고 있었던 거군요! 랜스, 아레이스, 헤르빌샤인이 하던 것 같은 짓을 하다니……! 이래서 남자 기사들은 믿을 수가 없다니까요! 긍지만 대단하고, 아무 도움도 안 되잖아요! 로망만 떠들어대고, 작전 하나도 안 지키잖아요!! 아아, 못 살아!!"

내 지인들을 수중에 넣었으면서도, 노스휘는 불같이 화가 나 있는 기색이었다.

하지만 그 질책을 들은 엘미라드는 태연하게 웃으면서 대답했다.

"하하핫, 노스휘 님. 무슨 섭섭한 말씀을. 이 엘미라드 싯다르크는 언제나 직무에 충실할 뿐. 이번 일은 계획을 벗어난 일이라 어쩔 수 없이 이렇게 된 겁니다. 마지못해 결투를 벌이게 된 점, 부디 이해해 주십시오."

"이, 이 남자가……! 그렇게 신나게 싸워 놓고, 뭐가 마지못해 싸웠다는 거예요! 보나 마나 계획 따위 싹 무시하고 당신이 싸우겠다고 나선 거겠죠! 한 번만 더 이런 일이 생기면, 근위기사는 다 여성으로만 채울 줄 알아요! 신뢰할 수 있는 건 여성기사들밖에 없어요! 착실하게 임무를 수행해 주니까……!!"

엘미라드와 노스휘. 두 사람은 얼굴을 마주치기가 무섭게 으르렁대기 시작했다.

그 모습을 본 주위 시민들의 얼굴에는, 어쩐지 화색이 도는 것 같은 느낌이었다.

그도 그럴 것이, 요즘 화제의 인물인 성녀님이 납신 것이다.

술렁임이 환희로 변해 가는 것을 느낄 수 있었다.

사태가 급변했다. 그런 상황 속에서, 나는 냉정하게 한 지점만 응시하고 있었다. 그것은 노스휘의 목에 걸려 있는 펜던트. 지금 엘미라드가 손에 들고 있는 것과는 종류가 다르지만, 같은 부류에 해당하는 아이템이었다.

【목걸이 『백취(白翠)의 이치』】

가디언 아이드, 티티의 마력 결정으로 장식한 목걸이

스노우에게 맡겨 두었던 두 사람의 마석을 빼앗긴 것을 보고 상황의 심각성을 확인하면서, 그녀에게 말을 걸었다.

"노스휘, 어떻게 여기 온 거지……?"

이제 엘미라드와의 결투보다 노스휘가 더 중대한 문제였다.

쏘아보면서 신중하게 묻는 나와는 달리, 그녀는 유쾌한 표정으로 가볍게 대답했다.

"후, 후훗, 어떻게 왔냐구요? 정말 몰라서 물어보시는 건가요?"

"알았다면 이런 표정 안 지어. 라스티아라와 동료들은 어떻게 된 거지?"

"그런 표정 짓지 마세요. 그 얼굴을 보고 있으면, 당장 설명하고 싶어지니까요. 아무것도 모르는 카나미 님께 차근차근 설명해 드리고 싶어진단 말이에요!"

노스휘는 잔뜩 신이 난 얼굴로 몸을 베베 꼬면서, 조바심 난 내 표정을 내려다보았다.

당장이라도 언성을 높이고 싶은 심정이었다. 하지만 동료들의 상황을 조금이라도 확인하기 위해, 끈기 있게 그녀의 말에 귀를 기울였다.

"모두 다 카나미 님 덕이에요. 우선 원로원이 살짝 부채질하기가 무섭게 지하도시의 불길을 없애 주신 것. 어젯밤에 제 앞에서 티다의 마석이 있는 곳을 떠벌려 주신 것. 결정타는, 오늘 라이너를 저택 밖으로 데리고 나가 주신 것. 후후후, 카나미 님은 참 다정하신 분이라니까요……!"

자랑이라도 하는 것처럼, 나를 놀리기라도 하는 것처럼, 내가 저질렀다는 실책들을 늘어놓았다. 내가 별 생각 없이

했던 세 개의 행동, 그것들이 노스휘에게 있어서는 뜻밖에 찾아온 행운이었던 모양이다.

"덕분에, 그 저택 지하에서 대기하고 있던 글렌이 마음껏 활동할 수 있었답니다. 고마워요, 카나미 님."

마지막으로, 지금 이 상황을 만든 것으로 보이는 인물의 이름이 등장했다.

그건 바로, 내가 다음으로 찾으려 했던, 파프너의『경전』을 갖고 있는 인물의 이름이었다.

"저택 지하에 글렌 씨가……?"

"네, 있었어요. 실은, 계속."

노스휘는 고개를 끄덕였다.

충분히 가능성 있는 얘기다.

처음 그 저택에 갔을 때, 이 건물 안은 철옹성처럼 안전하다고만 생각했었다. 그도 그럴 것이, 주위에서는 마리아의 불길이 타오르고 있어서, 벌레 새끼 한 마리도 들어갈 수 없는 상태였던 것이다.

하지만, 만약 마리아가 불길로 저택을 둘러싸기 전에 누군가가 침입해 있었다면 얘기가 달라진다. 그렇다면 마리아의 불길로도 발견할 수 없다. 나는 ≪디멘션≫을 쓸 수 없는 상태였다. 내 일행들은 평소에 정찰과 경계를 나와 마리아에게 의존하고 있는 경향이 있으니, 긴장의 끈이 풀어질 대로 풀어져 있었을 것이다. 글렌 씨는 그 정신적인 빈틈을 찔러서 저택 안에서 숨을 죽이고 있었다는 걸까?

그렇다면 오늘 우리가 엘미라드 일행과 같은 타이밍에 시아의 별장을 찾아간 것도 우연이 아니라는 뜻이 된다. 나한테서 『어둠의 이치를 훔치는 자』의 마석에 대한 얘기가 새어 나가는 바람에, 이렇게——.

"지크! 그딴 건 신경 쓸 거 없어! 어차피 노스휘가 지껄이는 소리야! 어디까지 사실일지 장담할 수 없다고!"

라이너가 귓전에서 소리치는 바람에, 내 생각이 정지했다. 어느새 그는 엘미라드 일행의 퇴로 봉쇄를 단념하고, 내 바로 곁으로 와 있었다.

나와 마찬가지로 노스휘만을 적으로 인식하고, 험악한 표정으로 쏘아보고 있었다.

그런 라이너를 향해, 노스휘는 진심 어린 혐오감을 드러내며 대답했다.

"라이너는 끝까지 안 낡이네요."

"당연한 소리. 눈앞에 적의 대장이 있는 마당이니까, 복잡하게 생각할 건 하나도 없어. 그 대장을 해치우면 다 끝이니까. ——노스휘, 우리 앞에 나타나다니 배짱 한 번 두둑하군. 간신히 결박을 벗어나서 긴장이 풀린 거냐? 미안하지만 나는 이제 용서—— 안 해!!"

라이너는 말을 마치기도 전에 도약했다.

대화가 아닌 전투야말로 노스휘를 상대하는 데 가장 좋은 대책이라 판단한 것이리라. 두 다리에 바람을 휘감고, 오늘 본 것 중 가장 빠른 스피드로, 적이 있는 지붕을 향해 곧장 돌진했다.

그런데 도약 중에, 시장에 모여 있던 시민들 사이에서 단검이 날아들었다.

라이너의 목을 정확히 겨냥한 두 자루의 단검이었다.

"——윽!"

라이너는 공중에서 몸을 비틀어서, 단검을 피하는 데 성공했다. 그러나 무리한 회피기동을 하는 바람에 도약의 비거리가 부족해져서, 지붕 위까지 올라가는 데는 실패했다.

노스휘가 서 있는 가옥 창틀에 손을 걸치고 벽에 매달린 채, 라이너는 단검이 날아든 방향을 쳐다보았다.

"워커 가문의 전직『최강』……! 역시 있었군!"

관전하던 시민 무리들. 그 가장 뒤쪽에 큼직한 외투를 입고 있는 남자가 있었다. 후드로 눈을 가리고 있어서 알아보기 힘들었지만, 내『표시』능력을 이용하면 확인할 수 있었다.

【스테이터스】
이름 : 글렌 워커 HP234/352 MP34/156
클래스 : 스카우트
레벨 : 29
근력7.74 체력8.90 기량17.78 속도19.79 지능10.23
마력10.22 소질2.19
선천 스킬 : 행운1.03 악운3.55
후천 스킬 : 땅마법1.78 무기전투1.56 탐색2.25

은신3.12 약사2.22 도둑2.25

상태 : 정화4.76

내 시선을 알아챈 건지, 단검을 던진 남자는 체념한 듯 후드를 벗었다.

거기에는 내가 잘 아는, 나약하면서도 자상해 보이는 얼굴이 있었다.

모습을 드러낸 글렌 씨는, 다짜고짜 지붕 위의 노스휘에게 소리쳤다.

"노스휘 님! 라이너 군 말대로, 방심이 지나치셨습니다! 왜 자기 패를 다 까발리는 겁니까?! 아직 카나미 군 일행은 제 존재를 생각도 못 하고 있었는데! 이러면 기습을 할 수 없잖습니까! 당신이 얘기했던 거 아닙니까?! 카나미 군을 공격하려면 의식의 범위 밖에서 하는 방법밖에 없다고!"

그때까지 나는 글렌 씨가 적이 아닐 수도 있을 거라는 기대를 버리지 못하고 있었다. 하지만 그 외침을 들으니, 한때 나를 매부로 여기며 도와주었던 사람이 이제 적이 되었다는 사실을 실감할 수밖에 없었다.

"어……? 제가 까발렸다구요……? 아, 아아, 하긴 그러네요. 지금 저는 대체 왜 『솔직』하게 얘기해 버린 건지……. 왜 이제 와서……."

노스휘는 이마에 손을 대고 잠시 고개를 갸우뚱거렸다. 글렌 씨의 한 마디에, 조금 전까지의 의기양양한 얼굴이 말끔히 사라져 버렸다.

그 모습을 확인한 글렌 씨는, 짜증 섞인 목소리로 신음했다.

"이건……! 아까 벌인 전투의 빚이 지금 돌아온 건가?!"

노스휘의 상태가 이상했다.

나는 지금 레거시 가문 별장 방문 때부터 펼쳐진 급전개에 혼란스러워하고 있는데, 어쩌면 노스휘 진영도 그에 못지않은 혼란에 빠져 있는 건지도 모른다.

자세히 보니, 노스휘와 글렌 씨도 부상이 없지는 않았다. 옷자락은 그을려 있고, 찰과상도 몇 군데 보였다. 저택을 탈출하는 과정에서 뼈아픈 반격을 당한 것이리라.

양쪽 모두 혼란에 빠진 상태라면, 조건은 대등한 셈이다.

조종당하는 상태인 엘미라드 일행과 싸워 봤자 헛수고라는 건 알고 있다.

게임의 상식적인 전개를 기준으로 생각해도, 이럴 때는 술사를 공략하는 게 정석.

그렇게 판단하고 움직이려 하는 나를 보고, 노스휘는 황급히 품속에서 책을 꺼내 소리쳤다.

"어, 어림없어요! 주인 노스휘 후즈야즈의 이름으로 명한다! 기사 파프너 헤르빌샤인이여! 그 마법을 해제하라!!"

노스휘가 언급한 이름은, 후즈야즈 성에 있는 『피의 이치를 훔치는 자』 파프너.

그 이름으로 미루어보아, 지금 노스휘가 꺼낸 책이 바로 파프너가 찾던 『경전』이라는 걸 확신할 수 있었다. 그에게

들은 설명대로, 가죽 표지로 덮인 낡은 책이었다.

그 『경전』이 마법 발동의 열쇠 역할을 하는 것이리라.

시장의 인파 속, 글렌 씨가 있던 곳과는 정반대 방향에서 귀에 익은 목소리가 들려왔다.

"으, 으에엑?!"

시선을 옮겨 보니, 뺨에 양손을 대고 있는 라그네가 있었다.

어쩐지 너무 늦게 쫓아온다 싶었는데, 상황을 보고 민가 안에 숨어서 형편을 살펴보고 있었던 모양이다. 어쩌면 내가 엘미라드와의 결투에서 패할 분위기가 되면 개입할 꿍꿍이였는지도 모른다. 그녀는 그런 사람이다.

그런 라그네가 허둥대며 군중 사이를 헤집고 내 쪽으로 달려왔다.

"카나미 씨! 큰일났습다! 파프너 씨가 고쳐 주었던 상처가!"

뺨에 대고 있는 양손 틈새로 피가 흘러나오고 있었다. 노스휘가 얘기한 "마법을 해제하라"라는 건, 파프너가 라그네에게 조치해 주었던 지혈을 두고 한 말이었던 모양이다.

나는 노스휘에게로 향하던 발걸음을 멈추고 라그네 쪽으로 다가갔다. 『소지품』 속에서 두툼하고 청결한 천을 꺼내 머리에 둘러서 압박 지혈을 실시했다. 인간은 혈액의 절반 정도를 상실하면 과다출혈로 맥없이 죽게 된다. 원래 세계에서의 그 애매모호한 지식을 바탕으로, 몸 밖으로 유출되는 피의 양을 최대한 줄였다.

노스휘는 그런 내 모습을 보고 중얼거렸다.

"후후……. 역시 라그네 씨도 숨어있다가 기습할 꿍꿍이였나 보군요. 저는, 상대가 누구든 방심은 절대 안 한답니다."

방금 그 마법 해제는, 라그네를 색출해 내기 위한 목적도 있었던 모양이다.

"노스휘! 이 자식, 어떻게 이런 짓을!!"

"카나미 님, 그 출혈을 멈출 수 있는 건 파프너와 저뿐일 거예요. 하지만 이제 파프너가 지혈해 줄 일은 두 번 다시 없을 거예요. 제가 막을 테니까요. 이제부터는 제가 항상 파프너의 『경전』을 소지하고 다니면서, 그 마법을 통제할 거예요."

노스휘는 『경전』을 들어 보이며, 라그네를 지혈시켜 줄 생각이 없다는 뜻을 표명했다.

"노스휘! 다친 게 나라면 상관없어!! 하지만 지금 다친 건 라그네잖아?! 아무 상관도 없는 사람에 대해서 그렇게까지 해야 할 필요는 없잖아?!"

"그건……, 강해도 너무 강한 카나미 님이 잘못이에요. 이제 이 세상에 당신을 이길 수 있는 존재는 없어요. 『차원의 이치를 훔치는 자』는 그 정도로 강해요. 그러니까 취약한 저는 당신의 지인들을 인질로 잡아서 당신과 싸우는 수밖에요."

시종일관 비겁한 수로 응하겠다고 대놓고 선언하는 그 말에, 나는 이 자리에서 그녀를 설득하는 건 불가능하다는 판단을 내렸다. 나는 노스휘의 힘에 기대는 걸 단념하고, 라그네에게 회복마법을 걸면서 지혈 방법을 찾기로 했다.

"──마법 《큐어풀》! 라그네도 직접 회복마법을 써

봐……!"

"아, 알겠습다! ──≪큐어풀≫!"

하지만 만능에 가까운 이 세계의 회복마법을 썼는데도, 상처가 아무는 기색은 찾아볼 수 없었다.

여러 겹으로 꽁꽁 싸맨 천에서 피가 뚝뚝 떨어지는 걸 보고, 나는 이를 갈았다.

"카나미 님, 라그네 씨의 상처를 고칠 수 없다는 걸 확인하셨으면, 저에게 와서 부탁하시면 돼요. 제발 고쳐 주십시오, 라고 카나미 님이 고개를 숙이는 모습을 꼭 한번 보고 싶으니까요."

"고개 정도는 얼마든지 숙일 수 있어! 하지만 어차피 너는──!"

"네, 물론 그렇게 하신다고 해서 고쳐 드리지는 않을 거예요. 역시 대단하세요. 제 생각을 훤히 꿰뚫어 보고 계시네요."

한껏 찌푸린 얼굴로 대답하는 나를 보는 노스휘는 진심으로 즐거워 보였다.

마치 이런 내 얼굴을 보기 위해 사는 사람 같은 표정이었다. 그녀가 가진『미련』의 정체를 조금이나마 알 것 같았다.

하지만 지금은 노스휘보다 라그네의 지혈이 중요했다.

노스휘가 아무 대가 없이 고쳐 줄 리 없다는 건 알고 있다. 보나 마나 뭔가 조건을 내걸 것이다. 나를 더 괴롭히기 위한 **모종의 조건을**──.

"아뇨, **조건 같은 건 생각한 적 없는데요**? 지금 제가 생각하고 있는 건, 처절하게 치료를 애원하는 카나미 님 앞에서 웃으면서 '고려해 보겠다'느니 '긍정적으로 검토하겠다'느니 하는 성의 없는 대답을 되풀이하는 것. 딱 그것뿐이에요. 후훗. 아아, 상상만 해도 신이 나네요. 애절하게 저에게 애원하지만, 결코 이루어질 수 없는 소원. 그리고 자기 때문에 친구가 피를 흘리고, 쇠약해지고, 죽어 가는 모습을 지켜보는 카나미 님……. 후훗, 후후후후후――!"

"이 자식이!"

단지 나를 놀려먹기 위해서 치료를 거부하겠다는 그 말에, 머리끝까지 치밀어 오르는 화를 주체할 수가 없었다.

지붕 위에서 멋대로 지껄여 대는 노스휘에 대한 내 인내심은 어느덧 한계에 가까워져 있었다.

"후훗, 다른 가디언들에게 그랬던 것처럼, 순순히 말을 들을 때까지 저를 약화시키실 건가요?! 아니면 다른 방법을 찾아보실 건가요?! 마음 내키는 대로 선택하세요! 물론 저도 마음 내키는 대로 행동할 테니까요!!"

인내심의 한계에 다다른 건 가옥 벽에 매달려 있던 라이너도 마찬가지였던 듯, 분노하는 나를 향해 외쳤다.

"지크! 잔말 말고 『경전』을 빼앗는 게 나아! 그게 제일 먼저야!"

눈에 보이는 해결책이 있었다. 지금 노스휘가 들고 있는 『경전』이었다.

나는 우선순위를 끌어올려서 『경전』 탈환에 집중하기로

했다.

“그래! 결국은 『경전』을 되찾기만 하면 돼! 해야 할 일은 결국 똑같은 셈——.”

“가장 우선시해야 하는 게 정말 파프너의 『경전』일까요? 카나미 님, 괜찮으시겠어요? 저쪽 상황을 안 살펴보셔도 되겠어요……?”

노스휘는 그런 내 집중에 훼방을 놓았다.

준비해 둔 카드가 더 있다는 듯, 노골적으로 시선을 돌렸다.

그녀의 시선을 따라가니, 그곳이 보이는 것은—— 하늘 높이 솟구쳐 오르는 불기둥.

대성도 시내 가옥들의 높이를 넉넉히 뛰어넘는 거대한 불길이었다. 마치 탑과도 같이 하늘 높이 뻗어 있어서, 우리가 있는 시장에서도 육안으로 또렷하게 볼 수 있었다.

“부, 불기둥이……? 시내 한복판에?! 혹시…….”

저렇게 커다란 불길이 자연현상으로 생겨났을 리는 없다.

마법에 의한 불인 게 분명했다. 그 마법의 불길이, 아까 우리가 왔던 바로 그 방향에서 타오르고 있었다. 나는 저절로 한 가지 결론에 다다를 수밖에 없었다. 지하에서 천상까지 뻗은 불길을 일으킬 수 있는 사람은, 내가 알기로 단 한 명밖에 없었다.

“네! 카나미 님이 상상하신 그대로예요! 저 지하도시에서, 지금! 여러분이 싸우고 있어요! 저건 그 여파죠, 여파. 여파일 뿐인데도 저 정도란 말이죠. 후훗, 정말 다들 강하기도 하셔라. ……아, 그러고 보니까, 아까 저기서 떠나올 때 본 건데, 라스티아라 씨는 거의 죽어 가고 있던데요? 그 때 상황을 생각하면, 이제 라스티아라 씨가 다른 분들 손에 죽었어도 이상할 게 없겠네요."

노스휘는, 그 불길에 타고 있는 게 다름 아닌 라스티아라라고 말했다.

"이 자식……!! 엘 일행에게 쓴 마법으로 동료들을 조종한 거냐?!"

"그건 아니에요. ≪라이트 마인드≫는 기본적으로 레벨이 비슷한 상대에게만 통해요. 하나 더 솔직하게 자백하자면, 그분들은 모두 마음이 강하셔서『매료』쪽도 전혀 안 통했어요. 그리고 어차피 마법을 통해『솔직』하게 만드는 데 성공하더라도, 다들 워낙 다정한 성격이라 싸움까지 발전하지는 않았을 거예요. 마음속 깊은 곳에 격렬한 무언가가 있기는 하지만, 다들 근본적으로 착한 아이들이니까……. 네, 카나미 님이 얘기하신 '조종' 같은 건 좀처럼 쉽지 않은 일이에요……. **제 힘으로는** 절대 불가능한 일이죠."

노스휘는 자기 힘으로는 어림도 없다는 것을 인정하고, 애석하다는 듯 과장되게 이를 갈았다. 하지만 꾹 앙다물고 있던 입을 이내 풀고, 의기양양하게 얘기를 이어갔다.

"하지만 다행히도, 그 자리에는 저보다 더 뛰어난 내분의 전문가가 있었어요! 저는『대화』를 통해서 그 전문가의 마법을 빌렸죠! 제가 한 건 그것뿐이에요! 후후훗, 카나미 님……!

마음속 깊은 곳에 있는 질척질척한 감정에 불을 붙이는 것. 이 말을 듣고 뭐 떠오르는 것 없나요?"

물론 떠오르는 게 있었다.

지난날 마리아와 싸웠을 때의 상황을 떠올렸다. 정확히 말하자면, 불타 무너진 집 앞에서 마리아를 끌어안으며『불의 이치를 훔치는 자』아르티가 했던 말이었다. 그때, 아르티는 마리아를 부추겨 놓고는, 자신이 마리아를 감정에 솔직하게 만들었다고 말했었다. 노스휘가 쓰는 마법과 비슷했다.

"마리아가 아니라 아르티의 마법을 빌렸다는 거야……?"

"네. 마리아 씨는 아르티의 마법을 물려받아서, 피에 새겨 두고 있었으니까요."

지난날 참극을 빚어냈던 마법을 또 썼다고 당당히 말했다.

그 경솔한 행동에, 나는 기어이 감정을 주체하지 못하고 고함쳤다.

"대체 왜 그 마법을……!! 마리아한테 얘기 못 들었어?! 마리아와 나는 아르티의 마법 때문에 죽을 뻔했다고!"

"물론 알고 있고말고요."

"알면서 대체 왜 그런 건데?! 라스티아라나 다른 동료들과는 그렇게 정답게 지냈으면서! 내가 없는 곳에서는 다 함께 웃으면서 지냈으면서――!!"

"그분들과 웃고 있었다구요……? 제가요……? 하, 하하, 그런 얘기 좀……, 안 하시면 안 될까요? 착각하시면 안 돼요!

저는 라스티아라 씨나 다른 분들보다 카나미 님이 더 좋아요! 저는! 카나미 님을! 세상에서 제일 좋아한단 말이에요!!"

내 격앙된 목소리를 지워 버릴 만큼 커다란 외침이 돌아왔다.

노스휘는 내가 끼어들 새도 없이, 숨 돌릴 겨를도 없이, 연신 말을 던져 댔다.

"라스티아라 씨와 정답게 지냈다구요?! 아뇨, 저는 라스티아라 씨가 싫어요! 라스티아라 씨의 목소리를 들으면 그 사람이 떠오르니까요! 『모두 함께』가 좋다구요?! 정답게 지내고 싶다구요?! 하핫, 아하하하핫!! 바, 보, 같, 은, 소, 리!! 정말 말도 안 되는 소리 아니에요?! 그런 게 말이나 된다고 생각하세요?! 꿈같은 망상일 뿐이잖아요?! 어때요, 카나미 님도 그렇게 생각하지 않으세요?!"

"……윽!"

워낙 기세가 어마어마해서, 도리어 내가 냉정을 되찾을 정도였다.

마음을 가라앉히고 노스휘의 얼굴을 쳐다보았다. 지금 그녀가 연기를 하고 있는 것처럼 보이지는 않았다. 어떤 말이 그녀의 역린을 건드린 건지는 모르지만, 그녀의 마음속 깊은 곳에 있던 무언가가 부서져 버렸다는 걸 느낄 수 있었다.

"마리아 씨도, 디아 씨도, 스노우 씨도, 모두! 카나미 님을 훔쳐간 라스티아라 씨를 미워할 수밖에요! 마음 같아서는 확 죽여 버리고 싶다고 생각했을 걸요?! 뻔한 거 아니에요?! 당연한 거잖아요?! 그렇지 않다면 비정상이에요!! 저는 그 비정상을 마법으로 바로잡아 준 것뿐이에요!!"

흥분해서 빨갛게 달아오른 노스휘의 얼굴은 한껏 일그러져 있었다.

숨이 막히고, 구역질이 나고, 울 것만 같은 표정……. 하지만 한편으로는 진심으로 후련해 보이는 표정.

자신의 감정을 모조리 토해낸 노스휘는, 헝클어진 호흡을 가다듬으며 웃었다.

나를 대할 때면 늘 그랬듯, 일그러진 웃음을 지으며.

"허억, 허억, 허억……. 하하핫, 저를 그런 눈으로 쳐다보지 마세요……. 기뻐서 눈물이 나올 것만 같잖아요. 기쁜 나머지, 정말로 눈물이……. 눈물이, 멈추지를 않잖아요……. 후후, 후후훗……."

기어이 노스휘의 눈가에서 눈물까지 흐르기 시작했다. 불안정하기 그지없는 그 모습은, 조금 전의 엘미라드 일행——아니, 어제 만났던 파프너와 빼닮아 있었다.

지금 노스휘는 어딘가 정상이 아니었다. 아까 언급했던 계획이라는 건 완전히 틀어지고, 미처 예상치 못했던 사태에 빠져 있는 게 아닐까 하는 생각이 들었다.

"후후훗, 카나미 님, 저는 카나미 님을 연모하고 있어요. 사랑하니까, 당신에게 못된 짓을 하고 싶어요. 어떻게든 괴롭히고 싶어요. 왜냐면, 지금 당신의 적의와 살의를 한 몸에 받은 것만으로도 이렇게 가슴이 뛰는걸요. 눈과 눈을 마주하고 얘기를 나눌 수 있다는 것. 내용이 어찌 됐든, 단지 그것만으로도 제 몸은 환희에 휩싸여 있는걸요."

노스휘는 양손으로 가슴을 부여잡고, 눈물과 웃음이 뒤섞인 얼굴로 사랑 고백을 던졌다.

얼마 전에 라스티아라와 내가 주고받았던 『고백』에 비하면 너무나도 어둡고, 처참했다.

"이렇게 카나미 님과 얘기하는 것만으로도 가슴이 끝도 없이 고동쳐서, 어찌나 흡족한지 몰라요. 솔직히, 독점할 수 있게 된 기쁨을 주체할 수 없을 지경이에요. ……네, 무시당하는 것보다 몇 배는 더 기뻐요! 바르고 착한 아이처럼 굴고, 부탁이란 부탁은 다 들어 드리고, 잠자코 이용당하고, 당신께 모든 걸 다 바치고 바치고 또 바치고, 그래도 끝끝내 외면당했던 그 때에 비하면! 몇 배는 더 기뻐요!! 후훗! 그러니까, 저는 이제 이렇게 하는 수밖에 없어요! 이렇게 못된 짓을 하는 것도 다 카나미 님 잘못이에요!! 전부전부전부, 전부 카나미 님 잘못이에요!! 카나미 님 잘못이란 말이에요! 후훗, 아하하하하하하하, 아하하하하, 아하, 하하하하하……."

노스휘의 가슴속에 얼마나 큰 불만이 쌓여 있었는지, 이제야 진정으로 깨달았다.

그녀는 나를 좋아하는 동시에, 격렬하게 증오하고 있다.

그 어마어마한 양을 깨달았다.

사랑 고백이 끝나 가면서, 노스휘의 웃음소리는 조금씩

잦아들었다. 서서히 시선이 아래로 향하고, 뇌까리는 말도 나에 대한 대답이 아닌 자문자답으로 바뀌어 갔다.

"하, 하하하하하……. 어째서 카나미 님은 저를 바라봐 주지 않으시는 걸까요……? 대체 왜, 대체왜대체왜대체왜……? 대체 왜, 저는, 홀로 그 방에……?"

눈의 초점이 점점 흐려지고, 이윽고 같은 말만 되풀이하는 지경이 되었다.

나는 그런 노스휘 앞으로 움직여야 할지 말지 고민했다.

솔직히, 지금 노스휘가 허약해진 건지 폭발 직전인지 판단이 서질 않았다. 항상 호전적이던 라이너조차도 지금의 그녀를 보고는 움직이지 못하고 있었다.

가장 먼저 움직인 것은, 거리의 민중들 속에 숨어있던 글렌 씨였다.

한달음에 지붕 위로 이동하고는, 외투를 벗어 던져서, 엘미라드 일행과 마찬가지로『마인화』한 모습을 드러냈다. 멀리서 봤을 때는 큰 변화가 없어 보였다. 두 눈이 곤충류 특유의 눈으로 변하고, 손목에서 바늘 같은 게 튀어나와 있는 정도가 전부였다.

"노스휘 님! 실례 좀 하겠습니다!!"

글렌 씨는 광기에 빠진 노스휘에게 다가가서 무릎을 꿇고는, 손목에 달린 바늘을 그녀의 가슴에 꽂아 넣었다. 그러자 그녀의 떨림과 웃음소리가 조금씩 잦아들었다. 마치 주사기로 진정제를 투여한 것 같은 효과였다.

흔들리던 시선을 바로잡고, 노스휘는 글렌의 얼굴을 보며 감사를 표했다.

"하아, 하아, 하아……. 고마워요, 글렌. 괜히 저 때문에 글렌 씨가『마인화』를 하게 됐네요……. 『영창』의 대가가 생각보다 심한 건지도 모르겠네요. 마음을 더 굳게 먹지 않으면 로드와 똑같은 신세가 되겠어요……."

"감사 인사는 됐으니까 호흡부터 가다듬으십시오. 제 독으로도, 지금의 노스휘 님을 억제하기는 버거우니까요."

두 사람의 발언으로 미루어보아, 글렌 씨가 모종의 독을 지닌 몬스터와 섞여 있는 상태라는 걸 알 수 있었다. 그 독을 약으로 활용해서, 노스휘의 정신을 진정시킨 것이리라. 여러 종류의 독을 자유자재로 구사하는 곤충류일 가능성이 높았다.

주인을 진정시킨 글렌 씨는, 자리에서 일어서서, 이질적인 노란색 안구를 내 쪽으로 향했다.

그리고 글렌 씨가 노스휘를 대신해서 나와의 대화에 나섰다.

"카나미 군, 방금 그 얘기가 노스휘 님의『솔직』한 속내다. 노스휘 님께서는 라스티아라와의 싸움에서 빛의 영창을 과도하게 사용하시는 바람에, 그『대가』로 우리 기사들보다도 더『솔직』한 상태가 된 거야."

방금 그게, 노스휘의『솔직』한 상태……?

그 애기를 믿어도 좋은 건지 알 수 없어서 얼굴을 찌푸리고 있으려니, 그는 다정한 얼굴로 설명을 시작했다.

"빛의 영창은 읊으면 읊을수록 마음이 깨끗해지게 되어 있어. 남을 구하면, 자신까지도…… 마법으로 사람들을 『솔직』하게 만들면, 사용자도 동시에 『솔직』해지는 식이지. 즉, 빛마법을 사용하는 건 세상에서 마음의 벽을 없애서, 타인을 의심할 줄 모르는 사람들이 넘쳐나게 만든다는 거다."

"글렌, 기다려요……. 누구 마음대로 얘기를……."

주인인 노스퀴도 글렌 씨가 그렇게 설명하고 나설 줄은 예상하지 못했던 것이리라. 자신의 패를 멋대로 까발리는 기사를 매서운 눈으로 쏘아보고, 비틀거리며 제지하려 들었다.

그러나 글렌 씨는 멈추지 않았다. 나와 노스퀴 양쪽 모두를 줄곧 자상한 표으로 쳐다보며, 이 현장을 수습하려 했다.

"좋아, 이 정도면 되겠지. 그럼 레이디언트 씨, 이제 그만 도망가죠. 노스퀴 님의 『대가』가 예상 이상으로 중증이라, 우리 진영은 더 이상 아무것도 숨길 수가 없는 상태입니다. 시간이 흐르면 흐를수록, 노스퀴 님 본인의 입에서 작전 내용이 흘러나오게 될 겁니다. ……조금 이르지만, 작전을 개시하죠."

글렌 씨는 힘없이 고개를 숙이고 있는 노스퀴를 등에 태운 거대 늑대—— 세라 씨의 어깨에 손을 얹고, 이곳을 벗어나 달라고 부탁했다. 주인을 주인으로 여기지 않는 듯 무시하는 그 태도에, 노스퀴는 언성을 높였다.

"누구 마음대로! 주인은 저일 텐데요?!"

"노스휘 님, 걱정하지 마십시오. 원래 계획은 라그네 씨가 아닌 카나미 군이나 라스티아라가 피를 흘리게 돼 있었지만요. 카나미 군의 성격을 생각하면, 결과적으로 별로 달라질 건 없잖습니까? 아니, 오히려 더 잘 된 건지도 모르죠. 그렇지 않습니까?"

글렌 씨는 그제야 노스휘에게 대답해 주었다.

포근하게 감싸는 듯 부드러운 말투였다. 엘미라드와는 달리, 흥분한 주인을 진정시키고자 하는 의도가 또렷하게 느껴졌다.

노스휘도 글렌 씨가 진심으로 자신을 걱정하고 있다는 걸 깨달은 모양이었다.

천천히 심호흡을 하고는, 고요하게 대답했다.

"……맞아요. 당신 말대로, 결과적으로는 달라진 게 없어요. 카나미 님은 자기보다 남을 더 소중하게 여기는 분이니까요. 그렇게 다정하신 카나미 님이라면, 저기 저 소녀를 위해 찾아와 줄 게 분명해요."

노스휘는 대성도 중앙의 후즈야즈 성 쪽으로 눈길을 돌렸다.

무방비하게 등을 보이며, 이대로 떠나겠다는 뜻을 보였다.

마음만 먹으면 그 뒤를 덮칠 수도 있다. 하지만 시야 한쪽 구석에서 타오르는 불기둥을 무시할 수도 없었다. 어쩔 줄 몰라 하는 내 태도에 속이 탔는지, 옆에서 라그네가 선택을 촉구했다.

"카나미 씨!! 결국 어떻게 하실 검까?! 저는 카나미 씨에게 맞추겠습다! 어차피 저는 혼자서는 아무도 못 이기니까 말임다!!"

라그네는 당장이라도 노스휘에게 달려들어서, 뺨의 출혈을 치료해 달라고 애원하고 싶은 심정일 것이다. 하지만 그것 역시 쉽지 않으리라는 것쯤은, 아까 노스휘가 한 발언을 보면 충분히 짐작할 수 있었다.

『이치를 훔치는 자』의 힘을 동원해서 우격다짐으로 상대를 굴복시키는 건 쉽지 않다. 무엇보다, 이 전장이 상대에게 유리해도 너무 유리했다. 지금 대성도는 노스휘의 지배하에 있다.

노스휘가 지붕 위에서 이렇게 쓰레기 같은 소리를 지껄여 대고 있는데도, 시장에 모여 있는 사람들은 여전히 성녀에게 홀려 있었다. 전원이 『매료』당한 상태임을 훤히 할 수 있는 광경이었다. 아마 앞으로 가게 될 후즈야즈 성도 같은 상태일 것이다.

여러 요인 때문에 움직이지 못하는 나를 보고, 글렌 씨는 더 이상 내게 추격당할 일은 없을 거라 판단한 것 같았다. 여유를 가지고, 긴 작별 인사를 꺼냈다.

"카나미 군, 마지막으로 한 가지만 얘기해 두고 싶다. 지금 노스휘 님은 있지도 않은 용기를 쥐어짜서 모든 것의 결말을 지으려 하고 있어. 그러니까 카나미 군에게도 용기 있는 선택을 부탁하고 싶군. 너도 노스휘 님처럼 영창 때문에 마음이 넝마처럼 됐다는 건, 파프너에게 들어 알고 있어. 말기에 다다른 『이치를 훔치는 자』들은, 자기 자신이 하는 일을 제대로 인식조차 하지 못한다더군. ……그래도 우리는, 너라면 할 수 있을 거라고 믿어."

서로 적대하게 된 상황에서도 글렌 씨는 여전히 나를 응원하고 있다는 걸, 그 목소리를 통해 알 수 있었다.

하지만 그 내용을 곧이곧대로 받아들이기는 힘들었다.

내 마음이, 영창 때문에 넝마처럼 됐다고……?

나 자신이 하는 일을 제대로 인식하지 못하고 있다고……?

당연하지만, 그런 증상 때문에 고생한 기억은 없었다.

"후즈야즈 성에서 카나미 군 일행을 기다리지. 꼭 와 줬으면 해. 우리 주인은, 네가 괴로워하는 모습을 갈망하고 있으니까. ……그럼, 또 보자!"

그 말을 끝으로, 글렌 씨와 노스휘를 태운 세라 씨는 지붕 위를 내달렸다. 노스휘는 끝가지 미련을 버리지 못한 얼굴로 나를 쳐다보았지만, 결국 아무 말도 하지 않고 떠나갔다. 이어서 지상의 마인 3인조도 시장을 떠나려 했다.

느와르를 회수해서 등에 태운 페르시오나 씨가 엘미라드를 질타했다.

"우리도 가자, 싯다르크 경!"

"더 이상 버티는 건 도를 넘는 거겠지……. 하는 수 없군. 또 만나자, 카나미!!"

엘미라드 일행도 우리 곁을 벗어나 도망치기 시작했다.

떠나가는 적들의 뒷모습을 지켜보고, 나는 옆에 있는 라그네 쪽으로 시선을 옮겼다.

정확히 말하자면, 그녀의 뺨에 난 상처의 상태를 확인한 것이었다.

그런 내 생각을 알아챈 건지, 그녀는 내가 묻기도 전에 자기 상처의 상태에 대해 대답해 주었다.

"아마 꽤 오래 버틸 수 있을 겁다. 상처가 아물지는 않았지만, ≪큐어풀≫을 지속적으로 건 덕분에, 빈혈까지는 일어나지 않은 것 같습다. 그러니까 아가씨 일행 쪽을 우선시해도 상관없습다."

"미안, 라그네. 나는 먼저 지하 저택으로 돌아가고 싶어. ……그냥 가만히 앉아서 라스티아라가 죽는 걸 지켜보고만 있을 수는 없어."

보아하니 라그네가 당장 죽을 걱정은 없어 보였다. 출혈을 멈출 수는 없었지만, 시간은 아직 충분했다. 하지만 저택 쪽은 상황이 다를 것이다. 지상까지 치솟을 정도의 불길이라면, 사상자가 나왔어도 이상할 게 없다. 뒷전으로 미뤄둘 여유가 없었다. 라이너의 판단 역시 나와 같았던 듯, 매달려 있던 벽에서 내려와서 우리 쪽에 합류했다.

"지크 의견에 찬성이야. 기사인 라그네 씨보다 라스티아라의 안전이 더 우선적이야. 그리고 지크 혼자 힘으로 다섯 명의 마인과 두 명의『이치를 훔치는 자』를 상대하는 건 현실적이지 못해. 지금 성에 가면, 보나 마나 함정도 있을 테고."

"고마워……. 빨리 돌아가자. 동료들이 있는 저택으로."

고민을 거듭한 끝에, 떠나가는 적들의 뒷모습에서 눈을 돌려, 우리가 원래 온 길 쪽을 돌아보았다.

"알겠습다!"

"그러지."

두 기사가 대답하는 동시에, 내달렸다.

하늘로 솟구치는 불기둥을 이정표 삼아서, 곧바로.

이대로 곁눈질 한 번 하지 않고 지하도시를 향해 달려야 한다.

그렇건만, 떠날 때 글렌 씨가 남긴 충고와 노스휘의 눈물── 그리고 어째선지, 어린 시절에 보았던 **내 아버지의 뒷모습이** 뇌리에 떠올라서 사라질 줄을 몰랐다.

술렁이는 군중 속을 가로지르면서, 고개를 저었다.

지금 가장 중요한 건 동료들의 안부다.

뱃속 깊은 곳에서 솟구치는 감정을 뿌리치듯, 나는 대성도 시가지를 내달렸다.

작가 후기

경축, 14권 발매! 그리고 코믹스판 2권도 동시에 발매됩니다!

코믹스판 2권에서 묘사된 초기 주인공의 분투는 더할 나위 없이 신선해서, 개인적으로는 이 14권과 함께 읽으면 조합이 아주 좋아 보이니, 한 번쯤 읽어 보시길 바랍니다.

지난 권 후기에서도 말씀드렸습니다만, 이번 14권부터는 "『이세계』 중심의 세계"에서 "『원래 세계』까지 포함한 이야기"로 조금씩 이행하게 됩니다. 즉 아이카와 남매의 이야기에 돌입하게 된다는 뜻이 되겠죠. 다음 권부터 격동의 전개가 펼쳐집니다(그리고 거의 논스톱입니다). 따라서 web연재 작품 특유의 예고도 이번에는 생략하도록 하겠습니다.

그렇게 하자면 후기에 쓸 얘기가 없어지는데……, 지금은 세계적으로 힘든 시절이라(14권이 발매될 때쯤에는 호전됐으면 좋겠습니다), 우선 독자 여러분의 건강부터 빌고 싶습니다. 손 씻기와 입 헹구기, 기본이지만 아주 중요한 일입니다. 더불어 저는, 요즘 들어서 목욕 횟수를 살짝 늘렸습니다. 다른 소설가분들은 산책할 때나 화장실 등에서 아이디어가 떠오른다고 하시는 분들도 계시지만, 제 경우는 목욕이거든요. 스토리가 막히면, 오랫동안 목욕물에 몸을 담그고 멍하니 망상에 잠깁니다. 저와 같은 분이 계시다면, 동료인 셈입니다.

그렇게 해서, 14권도 읽어 주셔서 감사합니다. 항상 근사한 일러스트를 그려 주시는 우카이 선생님, 작품을 최고로 재미있게 코믹스화해 주고 계신 사토 선생님, 무엇보다 독자 여러분께 감사 말씀을 드리며, 그럼 다음 권에서 뵙겠습니다.

이세계 미궁의 최심부로 향하자 14

2022년 11월 14일 1판 1쇄 발행

저 자 와리나이 타리사
일러스트 우카이 사키
옮 긴 이 박용국
발 행 인 유재옥
본 부 장 조병권
담당편집자 정영길
편집 1팀 김준균 김혜연 박소연
편집 2팀 정영길 조찬희 박치우 정지원
편집 3팀 오준영 곽혜민 이해빈
미 술 김보라 박민솔
라 이 츠 김정미 맹미영 이승희 이윤서
디 지 털 박상섭 김지연
발 행 처 ㈜소미미디어
제 작 처 코리아피앤피
등 록 제2015-000008호
주 소 서울시 마포구 토정로 222, 403호 (신수동, 한국출판콘텐츠센터)
판 매 ㈜소미미디어
영 업 박종욱
마 케 팅 한민지 최원석 최정연
전 화 편집부 (070)4164-3962, 3963 기획실 (02)567-3388
판매 및 마케팅 (070)4165-6888, Fax (02)322-7665

ISBN 979-11-384-1477-7 04830
ISBN 979-11-5710-166-5 (세트)